▼ 徐中玉先生的全家福

▲ 徐中玉先生与妻女的合影
（1942年）

▲ 徐中玉先生与夫人的合影

▶ 徐中玉先生在泰山南天门
（1978年）

▶ 徐中玉先生与郭绍虞先生
（前坐者）、程千帆先生
（1980年）

▲ 徐中玉先生（2排左4）与华东师大民盟成员的合影

▲ 徐中玉先生与中文系教师进修班学员合影（1984年）

▼ 徐中玉先生在会议主席台上

▲ 徐中玉先生
与同事合影

▲ 徐中玉先生在长春参加学术会议

▲ 徐中玉先生与钱谷融先生在
《劳动报》座谈会上（1997年）

▲ 徐中玉先生与钱谷融
先生等在一起

▲ 徐中玉先生与钱谷融先生
重游沙家浜（2003年）

▲ 徐中玉先生与学术会议的参加者合影

▲ 徐中玉先生在上海图书馆参加会议

◀ 徐中玉先生在书房读书

◀ 徐中玉先生在书房写作
（1995年）

◀ 徐中玉先生在家中

◄ 徐中玉先生在游山途中

◄ 徐中玉先生在江南古镇

▲ 徐中玉先生在湖畔（2000年）

1 第一卷

徐中玉 著 方克强 编

文集

华东师范大学出版社

图书在版编目(CIP)数据

徐中玉文集:全6册/徐中玉著. —上海:华东师范大学出版社,2013.5
ISBN 978-7-5675-0736-4

Ⅰ.①徐… Ⅱ.①徐… Ⅲ.①中国文学－文学评论－文集 Ⅳ.①I206-53

中国版本图书馆 CIP 数据核字(2013)第 115301 号

徐中玉文集(全六卷)

著　　者　徐中玉
编　　者　方克强　查正贤　王嘉军
项目编辑　庞　坚
审读编辑　庞　坚　沈　衡　袁　方
　　　　　宋金萍　马兰胜
装帧设计　黄惠敏

出版发行　华东师范大学出版社
社　　址　上海市中山北路 3663 号　邮编 200062
网　　址　www.ecnupress.com.cn
电　　话　021-60821666　行政传真 021-62572105
客服电话　021-62865537　门市(邮购)电话 021-62869887
地　　址　上海市中山北路 3663 号华东师范大学校内先锋路口
网　　店　http://hdsdcbs.tmall.com

印刷者　上海华大印务有限公司
开　　本　787×1092　16 开
印　　张　123.25
插　　页　4
字　　数　1966 千字
版　　次　2013 年 7 月第 1 版
印　　次　2013 年 12 月第 2 次
书　　号　ISBN 978-7-5675-0736-4/I·992
定　　价　318.00 元

出 版 人　朱杰人

(如发现本版图书有印订质量问题,请寄回本社客服中心调换或电话 021-62865537 联系)

徐中玉文集

第一卷　目　录

忧患深深八十年——我与中国二十世纪　1

徐中玉学习、工作、著述简历　13

抗战中的文学　19

第一章　抗战以新的生命给了文学　21

一、可以尽情倾吐了——抗战已使自由复醒　23

二、抗战为文学供给了火花灿烂的题材　24

三、抗战把文学的领域扩大了，视野放宽了　25

四、抗战使文学提起了许多新的问题，又供给了解决
的可能性　26

五、抗战促成了作家间的团结，并鼓励他们
进步　27

第二章　文学用什么报答了抗战　29

一、文学帮助了抗战情绪的普遍提高　29

二、文学激发了民族意识和爱国观念，巩固了
团结　30

　　三、文学随时打击了汉奸敌寇的阴谋　31

　　四、文学帮助了政令的推行　31

　　五、文学使抗战获得了世界的同情　32

第三章　怎样加强文学的抗战　34

　　一、政府方面　35

　　二、作家团体方面　37

　　三、作品本身方面　41

第四章　文学目前的任务——抗战第一！

　　　　胜利第一！　48

学术研究与国家建设　51

崔载阳先生序　53

自序　55

第一章　近代中国学术研究的回顾与展望　56

　　第一节　中国近代学术研究进展史略　56

　　第二节　过去学术研究对国家进步上的贡献及其

　　　　　　批评　60

第二章　发展学术研究的基本条件　66

　　第一节　积极领导，积极援助　67

　　第二节　自由研究，自由批判　71

　　第三节　民族内容，民族形式　72

　　第四节　学术专门，学术统整　75

　　第五节　纯粹研究与实际应用的统一　83

第三章　学术研究的设计与考核　87

　　第一节　以前的无计划与设计的必要　87

　　第二节　设计的目标　89

　　第三节　设计的要点　91

　　第四节　设计的进行　93

　　第五节　设计与考核　94

第四章　学术研究的合作协进　97

第一节　过去的情形　97

第二节　现在重振合作的必要　99

第三节　如何合作　101

第五章　学术研究事业的人事问题　103

第一节　主持者的选贤与能　103

第二节　青年研究者的训练与培植　105

第三节　外国学者的运用　107

第六章　学术研究在抗战建国时期的地位　109

民族文学论文初集　111

钟敬文先生序　113

自序　116

民族文学的基本信念　118

论民族制度　122

一、乌托邦的大同主义　122

二、对民族制度的讥评　123

三、讥评的辩解　125

四、心理学上的解释　127

五、相反与相成　129

论文学上的爱国主义　132

一、巨潮的泛滥　132

二、新的爱国主义　134

三、爱国的活道德　136

四、真诚的表现　138

五、精神造成胜利　140

论文学上的民族主义与国际主义　141

一、活的地球，国际化的生活　141

二、一间屋子，一个皇帝　142

三、无知的猖獗　143

四、"固有天才"与"国家风格"　145

3

五、影响是罪恶 146

六、"谁也不能毫无恶果的在棕树下散步"
　　——［德］莱辛(Lessing) 147

七、激发创造的力量 148

八、渴求影响的哥德 149

九、中、英、法文学史上的繁盛时代 151

十、各国艺术精英的融会贯通 152

十一、激励民族精神的情热 153

十二、民族主义与国际主义 154

十三、民族性、国际性与人性 156

以果戈理为例——论民族文学的暴露黑暗 158

一、爱国者的果戈理 158

二、在一群假爱国主义者的围攻中 160

三、与丑恶战斗 162

四、以生命来完成 166

论民族性的改造——民族性与民族文学 168

一、民族性的解释 168

二、文学表现民族性 171

三、文学改造民族性 174

四、中国的民族性,其批评及改造 175

五、当前民族文学如何改造我们民族性 177

论传统的传授——民族传统与民族文学 180

一、为民族生存团结发展要素的民族传统 180

二、为民族文学基本题材的民族传统 182

三、中国的民族传统与民族文学 183

论历史的教训——民族历史与民族文学 187

一、历史与民族意识 187

二、论历史的传授 189

三、痛苦造成自觉 190

四、史实文艺化 192

论英雄的塑造——民族英雄与民族文学 194

一、英雄之死　194

二、英雄必须重新回到小说中来　195

三、群众的英雄　196

四、神还是人　197

五、一些常人　198

六、带着一切内心的矛盾和缺点　199

七、虽败犹"雄"　201

八、目前的英雄与英雄描写　202

论乡土的描写——民族乡土与民族文学　204

一、难忘的乡土　204

二、从容地描绘　206

三、两个构图　209

论传习的势力——民族传习与民族文学　212

一、一个不断活动的因素　212

二、作为民族的防腐剂　212

三、以文学化来深入　216

文艺学习论——怎样学习文学　219

代序：每一天都可以开始　221

Ⅰ　总论　223

生活、战斗与文学　223

一、生活是健康的，人生是美丽的　223

二、生活要求着勇敢的、坚强的、热情的人　225

三、从战斗到文学　226

四、只问耕耘，不问收获　229

论文学工作　232

一、一个基本条件　232

二、热情，信仰，爱　233

三、天才和熟练从那里来　234

四、集团的、友谊的劳动　237

Ⅱ　一般论　238

为什么要学习文学？ 238

文学工作者为什么要学习与学习什么 241

文学工作者应该怎样学习 245

怎样获得写作的能力 249

青年作家的幼稚病 252

Ⅲ 语言的学习与大作家写作过程示范 257

论语言上的天才 257

从口头语到文学语 263

怎样学习民众语 268

果戈理的语言观及其写作过程 273

托尔斯泰的语言观及其写作过程 280

契诃夫的写作过程 287

Ⅳ 几个问题 289

关于文学创造上的外国影响 289

关于文学上的创见 292

关于平凡与神奇 294

关于真正的自然 296

关于商论的利益 298

关于老作家的经验 299

Ⅴ 作人与作文 300

诗人，骗子，贩子 300

诗人，英雄，哲士 303

投机分子 303

作家们为什么会"才尽"的 304

在围攻中屹立的果戈理 306

真实的人与真实的艺术 308

人性的奋斗 310

Ⅵ 批评与鉴赏 313

批评文学的标准 313

《文艺鉴赏论》新书评介 316

后记 322

忧患深深八十年

——我与中国二十世纪

一

我生于1915年2月15日。故乡江苏江阴。家里没有一亩地、一间屋。母亲来自农家,不识字。父亲以中医为业,过的清贫生活。两个姐姐都只读完初级小学便辍学在家,给袜厂摇洋袜挣钱了,只能培植我这个男孩。小学毕业后还去邻镇杨舍(即今张家港市治所)读到初中毕业。接着考上免费还可供饭的省立无锡中学高中师范科。毕业后按章老实当了两年小学教师,凭服务证才得考入国立山东大学中文系读书。七七事变后随校内迁,转入重庆沙坪坝国立中央大学读完大学。又去国立中山大学研究院文科研究所当研究生两年,毕业后留校任教。从此辗转教书,至今始终没有脱离校门做过别的工作。读师范时不用化费多少,读大学一年级时花的是当小学教师工资的积余,后来一直即靠写稿自力更生。高中以前我一直未知茶叶为何物,以为茶梗也算茶叶,因那时祖父当家,尽量节约,从不买茶叶,夏天便喝家里自炒的大麦茶。这种家境对我有深刻影响。我的人生道路就是这样开始一步步走出来的。五四运动兴起时我还很小,读初中时才听说有这个运动,要打倒卖国贼。那时提出民主、科学、新道德这些要求,再晚一点才大致明白。五四运动虽然间接却仍给了我这个江南乡镇初中学生重要影响。我现在仍感谢前辈们这个先行的业绩。七十多年来我们已有了不少进步,帝国主义列强不能再对我们为所欲为了,旧军阀打倒了,租界和治外法权收回了,很多国耻纪念游行已不必举行了,都是好事。当时提出的较高要求至今仍待我们努力去达到。进步没有止境,纵向比较必须同时再

1

作横向比较，才不致浅尝即止，自满不前。多少年来我们缺乏危机感，失去紧迫感，似乎闭关锁国没关系，自我感觉曾还好得很。

我可以不读私塾而进初级小学了，教师不是秀才先生而是多少受过新思想薰陶的人。江阴有重视教育的传统，乡镇子弟家境稍好便去常州、无锡、苏州升学，有些教师就是回乡工作的这种人，脑子里多少有点新思想。记得初级小学与高级小学校牌上都写有"新制"字样。祖父常说"这种学堂洋派多了"，又称"洋学堂"，主要指其"开通"。语文课本开头教"人、手、足、刀、尺"，不是《三字经》。每天早上到校的第一件事是集体肃立向上升的"红、黄、蓝、白、黑"五色国旗敬礼。

六年小学时期给我印象最深的是在5月，要参加好几次国耻纪念游行。5月4日是纪念五四反帝反卖国贼运动，"外争主权，内惩国贼"，"取消二十一条"，就是我们手执小旗上所写和跟着教师口里高呼的口号。纪念实际为了提醒不可忘记耻辱。1928年5月3日发生了"五三济南惨案"，日本帝国主义出兵占我济南，打死中国军民，杀我外交官蔡公时。这后面是5月9日。还有"五卅惨案"，日、英帝国主义在上海枪杀顾正红等中国工人、市民。华士镇虽不大，周游也要一两个小时。当时不大了解这种行动的重要作用。后来发现，我们这一代人的发奋图强，誓雪国耻，要求进步，坚主改革，不论在什么环境、困难下总仍抱着忧患意识与对国家民族负有自己责任的态度，是同我们从小就受到的这种国耻教育极有关系的。"天下兴亡，匹夫有责"，这不是说个人有了不起的力量，而是说每个人于国、族兴亡，都要负起自己应该并可能承当的责任。当时一听到列强要把我国瓜分，迫使我们当亡国奴，就极为愤恨，既想到国族受欺压自己连带要受罪，自然便想到为此自己即应承担一份责任。

国应当爱，人类也应当互爱。当存在国家与民族之别的时候，当然先应爱自己的国家与民族，然后再推及世界、人类。自命超越，连本国本族都不爱，就谈不到泛爱世界与人类。厌恶甚至痛恨本国本族确实存在的弱点、缺点，正是由于爱，希望变好，"恨铁不成钢"，不是一味恨而实在爱得极切。这里有祖宗庐墓，有父母兄弟姊妹，有亲戚朋友，有故乡山水，有优良的共同文化传统，有基本一致的现实利害关系，在哪里都找不到可以如此自在、发挥作用的地方。这就是为什么历来志士仁人都有热爱国家民族的思想。这是爱国思想最重要的基础和来源。这同政权并无必然的关系。千百年来政权时有更迭，有好有坏，好坏无常，但中国人民的爱国思想并未时有时无。当然，进步、开明的政权能使人民的爱国思想更强，凝聚力更大。我们过去热爱祖国不等于热爱旧政权，恰恰相反，很多知识分子对它持批判甚至反对的态度,因而才显示出深刻的爱国之心。

江阴有个小小典史阎应元是著名的抗清反暴英雄,他率众扼守江阴孤城,力抗满清南下大军八十多天,最后失败牺牲。江阴因此被称为"忠义之邦"。阎应元原就住在华士镇郊乡村。他就是从我故乡奉召去县城任典史之职的。死后乡人为纪念他的忠烈,建立昭忠祠奉祀他。我就读的高级小学,即由这所"昭忠祠"改建而成。当时厅堂里仍塑着他的坐像,还有不少同他一道就义者的牌位。有副对联,表扬他有"天地正气",是"古今完人"。厅堂变成全校师生集会的礼堂,我每天来回总要在他像前经过几次,有两年之久。所谓"正气"与"完人",我似懂非懂,但对这位乡贤确实非常尊敬。六十多年过去了,回忆仍很清楚。

就在这里读高小一年级(即今五年级)时,级任老师、兼教我们语文课的陈唯吾先生受到了我们真诚、热烈的欢迎。他不但教书活泼生动,教学态度也非常亲切热情,大家都愿意听他的课,同他接近。但不到几个月,忽然不来了,不知是何缘故。问问别位老师,或说不知道,或含含糊糊。同学们非常盼望他回来。他终于不能回来了,据说已被捉去杀了头,只二十多岁!究竟是怎么回事,几十年都未明白,可他的形象一直在我心里。直到几年前江阴市为乡前辈刘半农先生等三兄弟建成"三刘纪念馆",邀我回去参加开馆典礼,便道参观了市里的革命烈士纪念馆,才终于明白了陈老师为革命而牺牲的真相:他是中国共产党党员,先在基层工作,哪里有困难就调他前往,牺牲时已任地下党的县委书记,在领导工人运动中被捕杀头。保留的一张照片分明是当我教师时那个样子,年青而果决。我的怀念已有分明的着落。高小两年给我印象最深的便是阎典史和陈先生这两个人。

那时江阴"农民暴动"此时彼伏。去杨舍镇读梁丰初中时,有个晚上突然听到镇里响起枪声,人声鼎沸,谁也不知出了什么大事。学校紧闭大门,我们都从床上爬起,挤作一团。天明后听说已没事,大家才敢去镇上看动静,原来是数十里外的农民有组织地赶到这里来"暴动":夺枪械、弹药,"抢"典当,向几户地主借粮、借款。此外秋毫无犯,早在后半夜起就迅速撤走了。

这使我简单地联想到所读《水浒传》时赞赏过的劫富济贫。

不消说这样的活动在人烟稠密的故乡是很容易被发现、破坏的。于是就传出了很多"有人被杀头"的消息。当时这样做太冒险,但我很同情这些被害者,因为我知道乡下有很多贫苦人。我外婆家就在乡下,那个村里农民借债还不出,作抵押的土地隔三年就要交给债主,变成佃户。如再欠租,那就说不定哪天

3

还得被抓去吃官司。烈士们的牺牲精神不死。

1931年在无锡读高中时我遇到了九一八事变。"不抵抗"政策引来全国群情愤慨。上海各大学学生发起去南京请愿,要求抗击日本帝国主义。我参加了无锡学生对上海学生的支援,跃上拦下的火车一道前去。到南京后立即被大批军警截往当时的"中央军校"住下,当晚听到蒋介石的讲话,重申其"当然要抗日,却应先安内再攘外"这个调子。大家不满意。第二天一早便被载去中山陵谒中山先生墓,下午大批军警又把我们赶上火车,押回无锡了。此行当然不会有什么结果,但毕竟表现了我们中国的民气。当时我订阅了邹韬奋主编的《生活周刊》,很爱读他写的《小言论》。我们年级订阅这个刊物的同学有十多位。游行回来后我们全参加下乡宣传抗日的队伍。这是我第一次参加这类工作。

1934年暑后我到青岛山东大学中文系继续求学。青岛有很多日本侨民,其中不少是派来制造事端的日本浪人。前海经常有日本军舰停泊,有时竟卸去炮衣,把大炮口针对着我青岛市政府大门。东北三省已经沦陷,眼看青岛亦危如累卵,亲历此境,心情十分沉重。接着是冀东紧急,进一步波及北平、天津,整个华北动荡,导致屈服妥协的几次"协定"。一二·九学生运动应时峰起,各地同学纷纷响应,青岛山大学生以及很多中学生一道参加。那时我们读到生活书店出版部分进步书刊,特感新鲜,对社会问题有了一些认识,使我没有一味钻进读书和学习文学创作的兴趣中去。我参加了进步同学组织的抗日救亡活动,作街头演讲及下乡演剧(如《放下你的鞭子》和《张家店》等),不会演就帮做些杂事,写点宣传抗日的文字。在此之前我原是清静宽敞的图书馆中常客。这段生活充实了我,也结交了一些好友。他们都是"民族解放先锋队"的成员。后来介绍我参加,我欣然参加了。1937年芦沟桥事变爆发,开始全面抗战,当年11月我随校辗转西迁,好友们分去各地参加打游击,直接抗击日本侵略者。建国后知道其中有的已牺牲在抗日战场上,有的担任各种重要工作。他们在和我同学时大都已是地下共产党员,随时准备贡献出自己的一切。我由衷敬佩他们。觉得这样的人,才是真正的爱国者、民族的脊梁。

我作出了自己的选择:继续学习,从事文学研究工作。我决心在自己认定的工作与生活道路上,学习这些同学、好友的志气和精神。我们曾互相这样勉励:做个正直的、坦率的、对国家社会多少有点奉献的人,在任何困难条件下都不灰心丧气。当然并不是有了这种愿望就真能成为这样一个人。但觉得这应是我的价值观之基点。

我读完大学已找到不差的工作,同时报考了研究院。接到录取通知后,我即毅然由重庆前去昆明南面的澄江。文科研究所设在县城外荒山上一座名叫"斗姥阁"的破庙里。就在这里我力求保持着与大学好友们的联系,开始读着、积累着、思考着各种问题。好友们行踪难定,联系终于中断。但他们的精神面貌一直烙印在我深心里。对我来说,他们是最具体的榜样,当时我对革命者的一些认识多来自感性。为文学兴趣所限,也与个性和认识有关,我对太抽象的思辨每觉近于虚玄,未免偏执,却也不致过于迷信教条。我觉得胡适文章明白清楚,朱光潜论文谈艺具体生动有趣,不简单。他们深通西文,研究中国问题,极少见那种生吞活剥、佶屈聱牙、硬装出来的洋味。批胡高潮和"文革"浩劫中胡被目为战犯、洋奴,"文革"中朱被目为"资产阶级反动权威"。尽可驳斥或不同意他们的某些观点,难道他们不能算是认真的爱国者?总算现在对他们已变得比较客观了。他们都已逝去。采取客观态度才可以团结一切应该团结的人。

　　抗日战争时期,我主张抗日到底,反对投降派。抗战胜利后我在广州和青岛参加进步文艺工作,支持学生的反内战反饥饿运动,被青岛警备司令丁治磐密报当时教育部,说我有"奸匪"(指共产党)嫌疑,朱家骅即密令我的母校山东大学把我与我向无政治兴趣的妻子一并中途解聘。上海解放前夕我与姚雪垠合编的周刊《报告》第一期出版立即遭禁,其中我写的一篇论文便是《彻底破产的教育》,为此几遭不测。解放初期我极为一派清明的开国气象所感动,完全信任,甚至也紧跟过照批俞平伯、胡适、胡风诸位。号召帮助整风时还是应领导与各报刊之"热情"邀约,在《光明日报》、《文汇报》、《文艺报》上写了几篇文章,结局是被划成了"反党反社会主义"的"右派",主要罪状据批为主张"教授治校",在大学里居然可以"学术至上"。定案后把我赶出中文系,降去图书馆库房整理书卡。株连妻子受歧视,儿女升学难,就业难,跟我一起,蹉跎十几年。迟至1961年我才得以回系继续任教。1966年"文革"开始,我和许杰、施蛰存又被首先投入"监改",从"右派"而"摘帽右派"而"老右派",直到"文革"结束,得到彻底平反,整整蹉跎了我二十年最可以多做些工作的宝贵时间。我们不知说了写了多少对新社会的歌颂却被说成是"抽象肯定"而于应邀之后仅对个别事情、个别人所提的意见建议则被说成是"具体否定"。越分辩越被判成"顽固"、"反动"。

　　这个时期我经常想到在青岛一道参加救亡工作的好友们,想到了他们当年的意志和精神,也想到为什么甚至他们也会蒙受冤屈。这使我增多了面对艰难时世的准备、信念与勇气。我利用一切可以利用的时间,埋头积累专业研究资料。二十年间孤立监改扫地除草之余,新读七百多种书,积下数万张卡片,约计手写远近一千万字。甘于寂寞,自求心安。只有自己觉得这种积累有用,即使这些卡片将始终只能塞在我的抽屉里,也有意义。也许这只是为了求得自己心理上的平衡,但到底并没有把这二十年光阴完全白过。虽因十多年来担任面上各种工作,未有时间好好利用这些材料,但内心觉得假我以年尚有可能利用它。在普遍的信仰危机中,1984 年去美讲学回来,我入了党,归属于为人民、为社会主义、为人类服务的这一高尚目标、理想。当时年已七十,夫复何求,只想以此鞭策自己。过去的已经过去,还有什么个人恩怨须记,觉得认真总结严重教训,一致向前看才是道理。中国绝大多数知识分子果然"物美、价廉、耐磨",穷也穷不走,打也打不走。挨着无奈,忍辱负重,挨过就算了。诚然懦弱、无能,但确挚爱这块土地,这里有我们丰富的文化宝藏。有人以爱国为迂腐、狭隘或竟可哂,未免如杜甫所说,有点"轻薄为文哂未休"吧。

外国各地都有不少纪念性建筑,隆重集会升国旗奏国歌,庄严肃穆,愉快自豪。热爱自己国族,比单知崇拜偶像好得多。尽管彼此价值观念不全相同,还是同多而异少。如能使多数人民相当安居乐业,对前途充满希望,国族的凝聚力一定很强。关键在充分发扬民主,公仆真为大众服务,而且服务得好。

真以国族利益为重而又能干实事的爱国者必然能不断进步、努力工作。过去经常只以爱国为第二甚至第三等的评价,实在太小看了。

二

生活在 20 世纪的中国,有幸有不幸,幸与不幸复杂交叉,很难截然划分。当时的感觉与后来回想时又有不同。每一个时代的人们大概都有类似的经历。我只能谈些自己的体会。

最早能记得的是北伐军抵达故乡镇上的事,在此之前只还模糊地留有墙壁上常看到军阀"苏浙闽皖赣五省联军总司令孙传芳"具名布告的印象。这时我正在读小学,很可能是第一次看到正式的军队。民间一向流传着这两句话"好铁不打钉,好男不当兵",对当兵的都无好感。可是这些兵却颇和气,枪上撑有旗子,贴标语,还在街上演讲。大家都未见过这样的兵,我也钻进人堆中去看,非常新鲜。据说他们一路来把孙传芳手下的兵全打败了。在镇上驻扎没几天便开拔走,但这些兵教唱的歌我还记得,便是:"打倒列强,打倒列强,除军阀,除军阀。国民革命成功,国民革命成功,齐欢唱,齐欢唱。"我知道并未能记全,调子却还能哼出来。这给了我很深的印象。当时根本不清楚国家大事。

前面谈到,历经多次国耻纪念和游行,使我对英、日帝国主义者特别痛恨。接着便受到"农民暴动"一度风起云涌的直接影响。一次听说我们镇上随时也会来人。居民包括我家大人,都不明真相,很早便紧闭大门,外有商人出钱组织,以一些领津贴店伙为成员的"商团"任巡逻,实际是帮助县里提防、同时保全殷实店主自己。逐渐懂得除帝国主义侵略者外,国内还有军阀和土豪劣绅都须打倒。那时还不懂看报,这种认识都从所见所闻得来。订阅《生活周刊》后,觉得对外太懦弱受欺,社会太不公平。此后便是八年抗战,辗转大后方,流离颠沛。抗战胜利之后,内战又更扩大。明知学生反内战、反饥饿很正义,表示同情却就遭殃。直到近几十年来包括"反右"、"文革"在内的各种挫折、各种遭遇,忧患意识都始终在心中激荡不已。居安必须思危,忧患才能兴邦,怎能居危还可粉饰?好不容易从艰苦卓绝的牺牲中取得重大胜利后,却似率由旧章,走向另一极端,人们仍处于贫穷、无奈地位。真挚的腾欢不断下滑,国族落进苦难深渊。许多不应该发生的悲剧都发生了,不应该蒙受的损失都蒙受了。从极有希望演变成几近绝望。弹指一挥如梦中,真是一梦倒还好,却是真事。北伐胜利,统一全国是幸事,内战继续不断是不幸;日本帝国主义大举入侵、国土大部沦陷是不幸,八年共同抗战还是把它赶走了是幸事;内战再起,革命胜利,是不幸中的大幸;"一言堂"仍非群言堂,造成种种失误,"文革"之惨,史无前例;拨乱反正,改革开放后才使人们看到了曙光。中国的知识分子几十年来一直在惊涛骇浪中饱受折腾,在为国族命运焦灼不安,尽力难由,忧危无用,经常处在可使又可疑的尴尬地位。运动来时首当其冲的总是知识分子。知识分子的工人身份忽有忽无,可以一下子又成为资产阶级分子,甚至被说得比这还更危险。这种经历我们这把年龄的都太丰富了。在封建意识仍根深蒂固的情况下,还声称就要穷过度一步迈进理想社会,大风大浪大起大落无法使真诚爱国的知识分子对国族命运闭目掩耳,不忧心忡忡。高尚情操,志士品格,书生意气,不在这种时代,也许还学习不到,可代价实在太大了。痛定思痛,有些人想从此超脱,首先就提出要脱离政治,至少应该加以淡化,进而对忧患意识,对使命感与历史责任感亦笑乃书生们不自量力的大言:你有多大能耐,竟想仍自居为当代社会的重心。这种心情或明或隐,我理解为对诸如文艺、学术都必须服从政治,"一切以阶级斗争为纲"、"必须为现实阶级斗争服务"等等长期成为指导的"驯服工具"论的反拨。这种理论之失误已被多年实践结果所证明,不必再说。所说"脱离"、"淡化",以至"不求有用"、"讲求功利便庸俗"之类,转折之际难免矫枉过正属实,到底也不具普遍意义,说到了另一极端。以此来反对显然失误的老一套,其实这何尝不也是一种作用。如果不把政治看得太狭隘,太急功近利,要求立竿见影,把凡对真美善的追求都认为可以包括在革新政治,有利于社会进步事业的范围之内,那就无须脱离,不必淡化,不应这样做,而且也是无从脱离的。不用之用,还是要有用,只是应供此用,不能仍像过去那种用途罢了。书生从古至今从未占有社会重心的地位,得宠的文人学士或有以为已成重心,其实是有时自我感觉太好,出于一时的偶然,所以多的是感到"伴君如伴虎"。只在高度民主、厉行法治的未来社会里,真有知识而又有能力的人们才有可能代表人民成为社会重心,这也理所应当,不过目前还未具备足够条件,而具有忧患意识,有使命感和历史责任则是每一个爱国者应有、能有的。尽其在我庶几集腋成裘,涓滴成流。如果大家都只会发牢骚,叹失落,只顾个人,甚至以玩世不恭,皈依佛老为超脱、潇洒,那就于公于私,什么都会没有长进而更加落伍,沉沦永无翻身之日。忧劳兴国,逸豫亡身。市场经济发达的国家,该用的地方不惜巨资,不该用的钱远比我们目前节省,例如公款吃喝,超前消费。应该也学学他们这方面的管理办法。这样的书生意气实在是一种升华了的知识者精神,是缺乏高尚理想追求者所不能轻易达到的。既非迂腐,亦非狂生。对这种人我心向往之。举措不当,会使原本很高尚的理想因无能落实而黯然失色,重要的是幡然改图,另找有效途径,决非为大众服务、为全人类进步事业服务这个理想、目标便无价值了。我们数十年来取得过成绩以及频频失误的经验教训从正负双方都可证明这一点。不是任何政治都是文艺学术发展的障碍。

由于把人类社会错综复杂的关系往往看得太简单、太极端,"阶级"好像成为人类社会中最森严最对立而且总在斗争着的壁垒,以致认为只要把这种斗争每年每月每时每刻狠抓下去,即能"一抓就灵"。任何各执一端的话,都行不通,最好还是具体分析,重在效果。人道总比兽道好,人性不能说没有共同处,人之常情有所存在。完全否定这些,说不服人。有差别,有时有些差别还不小,这也是事实,但即使在某些方面某些问题上存不小差别时,同时也仍还有某些共同点。共同点在长期历史发展中形成,原因很复杂,有矛盾时仍得互相依存,利益既有差别亦有共同处。一种学说往往因急要构成体系,总有很多不符合它设想的东西被忽视或抛弃,这就是为什么大家都相信生活才是常青树,而理论则是灰色的。任何学说如能在历史上起过一段时期真正的促进作用,就很不错了,任何学说都不可能永远有同样的生命力。所以教条主义绝不足取。时代前进了,思想观念还是老一套,固不行,还是像张之洞那样要求"中学为体,西学为用",物质文明可向外国学习,精神文明则须坚守自己一套,就能如愿把经济搞上去吗?有人说新加坡独立后取得的迅速发展便是这种做法取得成功的先例。须知新加坡有识之士自己却并不这样看的。

国运颠沛,生活坎坷,时常午夜难眠。不幸带来苦恼,苦恼引起思考。能有这样丰富的体验,这样不断艰难的探索,终于还是可以自己开动若干脑筋了,这在过去确实难以想象。杜甫有句:"剑外忽传收蓟北,初闻涕泪满衣裳。"当气候阴转多云,沉重的一页渐成过去时,是否有些类似杜甫乱离后即可回乡的欣喜心情呢?许多人都有。这是一个新时期的开始,尽管道路并不就会平坦,但毕竟已不可能仍是枯水一潭的老样子了。

坚持民主、科学、公德、正义、公平,永不休止地革新、前进,切实为广大人民服务,争取实现社会主义的崇高目标,不是把任何小我的主张、权益放在第一的地位来考虑,国家富强了,大众生活质量提高了,民族凝聚力必然会增强,而且会越来越强。为中华民族各阶级、各阶层,即绝大多数中国人都能接受,而且还发挥爱国作用的优良文化传统诸如忧患意识、自强不息、仁爱为怀、天下为公、以身作则等等,都非常可贵,其中普遍合理的因素,都能与时代需要联系结合起来运用,发挥积极的作用。这正可与市场经济发达国家那种促进民族自豪感的努力接轨。自尊、自重、自强、自豪的国族,是历经艰苦奋斗才可能达到这种境地的,那就同样会懂得尊重其他国族的努力。"己欲立而立人,己欲达而达人"我觉得这道理在国、族之间也可通。增强民族凝聚力与追求全人类的和平发展绝不矛盾。同过去相比,阶级、阶层的面貌早已发生了许多变化,再不能用过去种神狭隘、极端的观念来规范、束缚当今的新形势了。

开头我就说过,对幸与不幸,当时感受与后来回想不全一样,而且难于截然划分。不幸已成过去,重在切记教训,促进好转的现在,争取更好的未来。只要能把好的经验留下来,严重的教训也传给后代,曲折过程中个人受点冤屈,算不了什么。过度时代出不了大手笔,写不出能领风骚数百年的大作品,果然如此也没大关系。后来者仍能从这个世纪的苦难探索、已见曙光的努力中得到启示,引发灵感。中国自有后来人。

9

三

高中读书时我已爱好习作，是从写抗日宣传文字开始的。1934年进入大学后，开始在一些全国性报刊（如《东方杂志》、《国闻周报》、《益世报》、《光明》、《独立评论》等）发表文章，直到现在还不断在写一些，六十年了。以文艺理论研究为主，也写散文、杂感，曾写过几篇小说，后即洗手。开头乱投稿，《论语》、《人间世》、《宇宙风》、《逸经》、《大风》这类小品文杂志上都有文发表，参加救亡工作后便有了选择。我的学费虽即要取给于自己的稿费，但这仅是副产品，我为上举小品文杂志所写文字都不"闲适"，虽然讽刺批判不深不透。现在时行自嘲写文章为"爬格子"，我一直觉得何必这样自卑，连自己也如此看不起自己的工作。没有多少成绩，敬业的精神还是应该有。否则为什么还要一路"爬"下去呢？

选上中文系，以及选上"研究"这个行当谁也没有勉强我，也未为此特地请教过人。完全是凭自己爱好走上了这条路，还要一路走到底了。当时从未料到一辈子要生活在学校大门里，可也从未先想要干别的什么事。曹丕所说文章为"经国之大业，不朽之盛事"，乃后来所知，他说干别的"荣乐止乎其身"，干这个可能"声名自传于后"，久而知其极难有成，而且传名于后的人生前大都穷愁，还很少得以善终。便看成一种应有的职业罢了。后来运动频繁，文学工作者几乎每次都被首先揪出来，好像一切罪过都是文学工作者造成的，把文学工作的地位提到了最高也最危险的地位，反而使人们视文学工作为畏途了。回想数十年前把它看成一种职业，不比别的高，也不比别的低，较合实际。兴邦也好，丧邦也好，在正负两方面文学工作都只能起一点积极或消极的作用，负一部分的责任。要求过多，责之过苛，都不是能够胜任和公平的。一窝风来搞，或怕得都不来搞了，都不必要。

我学搞文学研究工作，从未想建立什么庞大体系，高谈一套一套的理论，服膺五光十色的各种主义。也看也听也想，却并不无条件服膺，愈老愈觉应该如此。实践出真知，难在坚持实践，不在放言高论。凡一种流行过的体系，总有某些见解，或比较新鲜，或比较深入，或扩大了原有视野，一概否认、排斥是不对的。但对无比丰富、复杂且不断随着社会生活的变化而在发展的社会生活、文学现象而言，这类思想体系往往只能在局部或某方面有些开拓、深化、补偏纠弊的作用，这也有益，可既已标为旗帜，常见就认为它已可解决整个生活和文学的问题,这把钥匙可以开通所有的难关了。有些还只是针对当时当地存在的现象而言的,如何即应生搬硬套到此时此地来。我觉得还是先要有一定的宏观视野,力求兼收并蓄,择善而从为宜。服膺就是完全接受、服从了,科学态度却是应该发展创新的。文艺比什么都更需要百家争鸣,百花齐放。

也许我的想法太简单,文学创作最重要的原理可能一篇千字短文就够写出来。引申、举证、说明、试探当然可以写出许多文字。这也能有所用。但不是最重要的原理本身有这么复杂。有些可以让人举一反三,思而得之,有些尽可各抒己见,提供参考。对作家、作品的研究另作别论。不少洋洋大篇,夸夸其谈,重复而又琐细甚至玄虚之至,还有的不知所云,以艰深文浅陋,崇洋以为高。招摇过市,自欺欺人。兼收并蓄即意味着也该向外国学习。

例如黑格尔,思辨深,很有逻辑,我愿读。但有时感觉过于抽象、枯燥。同样是德国人,读歌德的谈文论艺之作,就亲切舒畅得多,各有其长,可以互补。不能称黑格尔最高,最大,他这种思维方法表达方式最好。刘勰用骈体文写《文心雕龙》,由于史论评密切结合,把理论著作写得如此扼要,在当时条件下可说异常深刻而又生动,犹如读部文学创作。苏东坡在若干极短文字中若不经意谈到了诗、文、书、画创作中的经验教训,读之有味,思之精深,耐得不断挖掘,关键他有丰富的生活经验,突出的创作才能,而且还能深入底里,点出精髓。东坡没有的是理论体系之形式,有的是他理论的吸引力、感染力与说服力。可是至今仍能看到一种说法,即中国像苏轼这样的谈论是思辨力不高、逻辑不强、缺乏深度的表现。须知苏轼自己也曾以未究数学为憾事,可在文学现象中难道"不着一字,尽得风流","羚羊挂角,无迹可求","只可意会,难以言传"的东西不是确也不少吗? 文学既是人学,更是人心民心之学,其微妙之处凭已有逻辑知识,电脑技术尚远未能达,怎样思辨亦然。我这样说,绝无非议黑格尔的成就之意,仅仅认为对不同的思维方法与表达方式,看它所起的作用是主要的,充分估计其间的互补作用非常重要,不必强分高低,妄下断语。希腊文明值得敬佩。言必称希腊却不知道本家精华,就令人惋惜了。

学问无涯,一己精力有限,博览尚有限度,精专谈何容易。视野求广,力求宏观,又有一专之长,善有微观能力,正是我心向往之的境界。梁启超、王国维、胡适、鲁迅、陈寅恪……本世纪中这些人物太屈指可数。论世知人,知人论世,并不是后来人聪明已逊,乃环境太不安定。有的是浮躁与激情,缺少足够的积累、虚静与深思。随风飘荡与执笔无从,自都不能与硕学有缘。现在环境有所改善，学术自由仍待前进，这对人文、社会科学的发展尤其要紧。宏观而天马行空，流于大言失实，无从操作；微观而非谨严细密，烦琐不得要领，迷途忘归；均劳而鲜功。有了专长又自知它在整个学问中的适当位置，便不致自我感觉太好，以为知识学问已尽在自己腹中。求学不比从商下海，只要沉得住气，意志和时间便成实力，铢积寸累，总可陈功，无惨败之理，这种实力自亦不易。

几十年来文学工作的经验教训应该深刻总结。改革开放提供了开始这样做的条件。总结得坦率真实，对今后的拓展至关重要。人们对已经写出的纸上历史颇难信服，因为真相每已隐去，一些总结性文章实乃新的檄文，难足为据。这个工作迟早会做好，初步认真去做做亦有益。史实不清，挖掘未深，但彻底否定"文革"和不再认"一切以阶级斗争为纲"理论为正确，非常明智，深刻总结已有了基础。总结是为了进一步除去迷茫，为了现在，争取将来。

古有"文人相轻"，后多路线斗争，煞有介事。几次运动中，一茬被批倒，最早的批人者却成为第二茬的倒下者，第三、四茬受苦更多，因又成了"黑帮"。整个文界沉沦，几乎同归于尽，亦是史无前例。几茬牛鬼蛇神，"监改"时济济一堂，同是天涯沦落人，何况相逢原曾识。"劳改"中就平等了，有的当时尖锐有加，此日哭笑无从，痛定思痛，相濡以沫，乃成熟友。有些误解，在平等地位时即不致发生，有了也容易化除。合作共事还未必能振兴文学，经不起再消耗在阋墙之内了。但愿都走大道，不入私门，各尽所能，即使目前繁荣不了，未来总能做到。

目前市场经济大潮对有严肃态度的文学事业确实冲击很大。社会主义的市场经济不应把文学完全看成一般商品，不应把文场完全变成商场，这应是这样提法的原意，但在执行中却出了毛病，文化事业迅速告危。没有精神文明为辅佐，物质文明不可能自然持续上去。目前，教育滑坡，文盲增多，人才难出，民族文化素质下降，公民道德缺少，必须大力挽救，才能避免今后更多的困难。空谈已多，最重要的是拿出具体办法、措施，办实事，出实绩。

再过六年便到 21 世纪了。回顾八十年，忧患深深，去日匆匆。往者已矣，仍当学习下去，尽其绵薄，还是向前走，但求国族有光明的前途，社会不断进步。耿耿此心，以迎改革开放的深入，新世纪的来临。

1993. 10. 25 稿

1994. 2. 28 改毕

12

徐中玉学习、工作、著述简历

（一）学习、工作、经历简况

1915 年 2 月 15 日：生于江苏省江阴县华士镇。

1920 年 8 月至 1924 年 7 月：毕业于华士镇积谷仓初级小学。

1924 年 8 月至 1926 年 7 月：毕业于华士镇昭忠祠县立第六高级小学。

1926 年 8 月至 1929 年 7 月：毕业于江阴县杨舍镇（今属张家港市）梁丰初级中学。

1929 年 8 月至 1932 年 7 月：毕业于无锡省立无锡中学高中师范科。期间遭遇九一八事变，参加无锡学生赴京（南京）请愿坚决抗日运动。开始爱好文学，订阅《现代》杂志，及邹韬奋编《生活周刊》。在校印刊物及江阴县报副刊上发表习作。

1932 年 8 月至 1934 年 7 月：经学校介绍去江阴县立澄南小学担任五、六两个年级的语文教师。当时规定必须服务两年期满，才得凭服务证明报考费用较少的国立大学。

1934 年 8 月至 1937 年 11 月：考入青岛国立山东大学中文系学习。开始专注读书，爱好习作，也需靠稿费维持自己学业，文章多在北平《世界日报》、天津《益世报》、上海《晨报》等副刊发表。以后在上海《论语》、《人间世》、《宇宙风》、《逸经》、《大风》等刊物发表。天津《益世报》来约主编"益世小品"周刊，每次半版，老舍、洪深、王统照、吴伯箫等赐稿，编约半年因忙辞去。任山大文学社社长。为青岛《民报》编《新地》周刊，与同学蔡天心共同负责，约一年。后即改为

13

天津《国闻周报》,上海《东方杂志》、《申报文艺周刊》、《中学生》、《光明》等刊物写稿。也为北平《独立评论》、《文学导报》等刊物写过稿。以散文、杂感、论文为主,也发表过几篇小说。华北事变后,受救亡形势和进步同学影响,思想逐渐变化,参加一二·九学生运动,下乡宣传抗日救亡,参加"民族解放先锋队"。芦沟桥事变后,从家乡赶回青岛参加有关活动。山大奉命迁校安徽,任学生会负责人之一,率队和同学们一起离青。鲁迅逝世后,青岛隆重举行的追悼会就是由山大文学社组织召开的,叶石荪、施畸、台静农、颜实甫四位教授发了言。

1937年11月至1939年2月:山大迁校目的地先是安徽芜湖,十多天后即改去安庆,南京紧张后再去武汉待命。一个月后命迁四川万县。随迁同学越走越少。到万县后不久即也离开自去成都,在四川大学借读。两个月后,教育部正式决定将山大暂时并入重庆沙坪坝的国立中央大学。因重庆熟人较多,就去了重庆。旅途辗转费时,1938年3月到中央大学时,只得先读四年级第二学期的课程,然后再补读第一学期的课程,讲明1939年2月读完可先离校。毕业年月只能算是1939年的7月,比原在山大时的预定毕业时间迟了一年。

在沙坪坝中央大学学习的一年中,继续为抗战文艺写作,在《抗战文艺》、《七月》、《抗到底》、《全民抗战》、《自由中国》、《国讯》、《大公报》、《时事新报》、《国民公报》、《新蜀报》等刊物和报纸写了很多文章,以论文为主。任中大文学会主席、校学生会研究部长、系学生会主席。得老舍师推荐参加了"中华全国文艺界抗敌协会",多次参加文学界的一些座谈。先后以中大文学会名义,请来郭沫若、老舍、胡风三位新文学大家到中央大学作报告,在当时的重庆以及保持传统古学的中大,都引起了轰动和争议。

1939年2月至1939年7月:毕业课程读完后,离渝仍去成都,任四川省立教育科学馆研究员,要求研究语文教学问题。机构原在成都,因空袭迁去附近的郫县。这份工作可以保障生活,但缺乏兴趣。恰逢已迁在云南澂江的中山大学研究院文科研究所到成都来招考,觉得还是搞早已有兴趣的文学理论研究工作为好,就应了考。两个月后,山大教授颜实甫老师新任设在重庆磁器口的四川省立教育学院院长,邀去担任秘书,兼教点课。于是又回到重庆。刚回去就收到中山大学研究院的录取通知。颜老师慨然支持我的计划。不久即经昆明南下,8月到达澂江。

1939年8月至1941年7月:中山大学迁滇后,广东要求仍返粤北坪石。1940年8月决计迁回。研究院同学组成学术考察团,推我负责,一路在昆明、贵阳、柳州、桂林停留访谈,写成的报告后在桂林、香港《大公报》连载。1941年7月,研究院毕业。论文题为《两宋诗论研究》,主要导师冯沅君先生,先后参加指导的还有李笠、陆侃如、康白情、穆木天诸先生。

1941年8月至1946年7月:受聘留校任文学院中文系讲师、副教授。1944年湘桂抗战失利,中山大学决定迁往梅县一带。仓皇离开坪石去赣州暂避。应泰和中正大学之聘任师专科副教授,两月后泰和危急,随迁宁都。到宁都后,知中山大学已迁到梅县,即回中山大学工作。1945年8月抗战胜利后,即由兴宁循水路搭船抵惠阳返广州石牌参加复校的中山大学。直到1946年7月,因久别思乡,又喜爱青岛自然环境,接受母校山东大学的聘约,告别了生活七年之久的中山大学。在此时期,除教学外,我写的论文大都发表在东南各地的《新建设》、《时代中国》、《艺文集刊》、《中山大学学报》、《当代文艺》、《文坛》、《民族文化》、《收获》、《中山日报》、《正气日报》、《青年报》、《东南日报》、《幹报》等报刊上。到广州后,与黄药眠等一起参加文协港粤分会的活动,支持中山大学学生的进步活动,在《文艺生活》等报刊上发表文章。

1946年8月至1948年7月:应聘回母校山东大学中文系任副教授。当时青岛实际已成解放军三面包围下的孤岛,只剩海上与空中交通。去后,先后应约为济南《山东新报》遥编《文学周刊》(一整版),为青岛《民言报》编《每周文学》(半版)。王统照、臧云远、骆宾基、许幸之等大力支持。在山大学生发动组织的"反内战反饥饿"大运动中,我公开表示同情支持。与王、臧两位筹组全国文协青岛分会。被《民言晚报》虽未点名但明显指为"奸匪"。开始残酷镇压后,学生多人被捕、开除。我编的上述两个周刊即被勒停。山大在已送给下年度聘书的情况下,接到国民党政府部长朱家骅据青岛警备总司令丁治磐报我有"奸匪嫌疑"而命校方必须将我解聘的密令。赵太侔校长为表示无奈,把密令给我看了。当然不能再留,便回上海写文为生,并在一所私立中学兼了半年课。这段时期写了不少文章,主要发表在《观察》、《世纪评论》、《文讯》、《展望》、《时与文》、《国文月刊》、《远风》、《民主世界》、《东南日报》、《中国新报》等报刊上。

1948年8月至1952年7月:应聘任沪江大学中文系教授。其间曾兼任同济大学中文系教授一年,复旦大学中文系教授一学期。参加进步组织"上海大学教授联谊会"("大教联")。在沪江大学参加"革新会",协助接收。1950年在北京参加中国民主同盟。历兼校务委员,校图书馆长,民盟市委委员、校民盟分部主任,校工会副主席。解放前夕,应邀与姚雪垠共同主编《报告》周刊,创刊号出版后即被禁,第二期编就不得付印,几遭不测,不久上海解放,创刊号才得在街头出现。1952 年高校进行院系调整,中文系教授六人,朱东润、余上沅去复旦,章靳以去上海市作家协会,施蛰存、徐中玉去华东师大,朱维之去南开大学。

1952 年 8 月至 1994 年 7 月:分配任华东师范大学中文系教授。历兼教研室主任,中文系副主任、主任,文学研究所所长,校务委员会副主任;中国民主同盟华东师大支部委员,委员会主任,市委委员、常委;原教育部学科评议会中文组成员(两届);上海市教授职称评议会中文组组长(三届);国家教委全国高教自学考试指导委员兼中文专业委员会主任;全国大学语文研究会会长;中国文艺理论学会副会长、会长;中国古代文学理论学会执行副会长;上海外国语学院、同济大学顾问教授;中国作家协会首批会员;上海作家协会第四届副主席、第五届主席;《语文教学》主编;《文艺理论研究》副主编、主编;《古代文学理论研究》主编;上海文学发展基金会副会长;上海炎黄文化研究会副会长;上海市文联、文化基金会、语文委员会、高教自学考试委员会、艺术教育委员会、古籍整理规划小组等机构的委员、理事、顾问等。1984 年应邀去美国斯垣福大学、内布拉斯加州立大学讲学。同年参加中国共产党。多次参加在新加坡、香港及内地举办的国际学术会议。

1957 年,应邀为《文艺报》、《光明日报》、《文汇报》写了文章,参加市宣传会议,1958 年被定为右派分子,受撤职降薪去图书馆整理卡片的处分。1958 年冬通知参加所谓"市级右派分子学习",先赴颛桥劳动学习两个月,接着参加上海市社会主义学院第一期高教班学习六个月。结业后奉派借调去辞海编辑所编写语词部分辞条两年。1960 年初宣布摘去右派分子帽子。回系担任教学工作。"文革"开始,首批被投入"监改"。"清队"之初,被关押在学生宿舍一个月,长期在学生宿舍内外清扫。抄家五次,书稿都被封存,部分散失。1971 年初宣布"解放",即派赴苏北大丰县海边参加师大干校劳动学习一年。1973 年回系为工农兵学员教课,上下于工厂农村之间。"四人帮"覆灭后,首批获得彻底平反昭雪。1978 年起,陆续恢复并新任了前述一些职务。现在校内为中文系名誉系主任,在民盟为市委及师大委员会顾问。校外职务目前大都尚在连任中。

(二)写作、编著出版简况

一、专著

《抗战中的文学》(1941 年 1 月,重庆国民图书出版社)

《学术研究与国家建设》(1942 年 1 月,重庆国民图书出版社)

《民族文学论文初集》(1944 年 2 月,重庆国民图书出版社)

《文艺学习论》(1948 年 1 月,香港文化供应社)

《鲁迅生平思想及其代表作研究》(1954 年 1 月,上海自由出版社)

《论文艺教学和语文问题》(1954 年 6 月,上海东方书店)

《写作和语言》(1955 年 11 月,上海东方书店及新知识出版社)

《文学作品的阅读和写作》(1955 年 12 月,上海东方书店)

《文学概论讲稿》(1956 年 7 月,华东师范大学函授部)

《关于鲁迅的小说、杂文及其他》(1957 年 6 月,上海新文艺出版社)

《论苏轼的创作经验》(1981 年 9 月,华东师范大学出版社)

《鲁迅遗产探索》(1983 年 8 月,上海文艺出版社)

《学习语文的经验和方法》(1984 年 3 月,浙江人民出版社)

《写作与语言》(修订本 1984 年 10 月,上海教育出版社)

《古代文艺创作论集》(1985 年 8 月,北京中国社会科学出版社)

《美国印象》(1985 年 12 月,上海社会科学院出版社)

《现代意识与文化传统》(1987 年 10 月,河南大学出版社)

《激流中的探索》(1994 年 10 月,华东师范大学出版社)

二、主编高校通用教材、中小学教材:

《大学语文》(自 1981 年 7 月以来,已出版"通行本"、"自学读本"、"组编本"三种本子,屡经修订改版,都由华东师大出版社出版,在全国发行,累计已达一千余万册)

《中国古代文学作品选》共四册(1987 年 8 月,上海古籍出版社)

《文学概论精解》(1990 年 3 月,上海文艺出版社)

上海新编中小学语文教材 H 本(试用本,与徐振维共同主编,上海教育出版社)

《大学语文》(自学考试专科用统编本,即出,华东师范大学出版社)

三、主编书籍

《伟大作家论写作》(1944 年 4 月,重庆天地出版社)

《华东游记选》(1985 年 6 月,上海文艺出版社)

《中南游记选》(1986年2月,上海文艺出版社)

《西南西北游记选》(1987年7月,上海文艺出版社)

《中国古代文论研究方法论集》(1987年3月,齐鲁书社)

《古文鉴赏大辞典》(1989年11月,浙江教育出版社,获全国图书金钥匙奖壹等奖)

《刘熙载论艺六种》(与萧华荣合编,1990年6月,巴蜀书社)

《苏东坡文集导读》(1990年6月,巴蜀书社)

《中国古代文艺理论专题资料丛刊:通变编》(1992年9月,北京中国社会科学出版社)

《中国古代文艺理论专题资料丛刊:艺术辩证法编》(1993年10月,北京中国社会科学出版社.本丛刊已编就,共约二十册,将陆续出版)

《中国近代文学大系·文学理论卷》(即出,上海书店)

《中华文史知识辞典》(即出,上海汉语大辞典出版社)

四、主编期刊

《益世小品》(天津《益世报》每周副刊,1935年)

《新地》(青岛《民报》每周副刊,1935年)

《艺文集刊》(赣州中华正气出版社,1944年,与钟敬文合编,共两辑)

《文学周刊》(济南《山东新报》,1947年,约半年,被勒停)

《每周文学》(青岛《民言报》,1947年,出四期,被勒停)

《报告》(与姚雪垠共同主编,周刊,1949年3月创刊号出版即被禁止,第二期编就未能再出,春秋出版社)

《语文教学》(双月刊,上海新知识出版社,1956年,反右后被撤去编务)

《中文自学指导》(月刊,全国高教自学考试中文专业委员会主办,出版至今已达110期)

《古代文学理论研究》(中国古代文学理论学会主办、丛刊,已出17辑,自第9辑起开始主要负责,上海古籍出版社)

《文艺理论研究》(中国文艺理论学会与华东师大中文系联合主办、双月刊,15年来一直负责至今已达75期,华东师大出版社)

（本文写于1994年）

抗战中的文学

第一章　抗战以新的生命给了文学

中国的新文学运动自一九一七年一月胡适在新青年上发表《文学改良刍议》以来，到今天已有二十四年的历史了。在这短短的二十四年中，我们国家经历着政治、经济、社会、文化各方面历史上空前的变化。这些变化反映在文学思想和文学作品的表现上，大体说来，可以分成四个时期：第一个时期由一九一九年的"五四"到一九二五年的"五卅"，第二个时期由一九二五年的"五卅"到一九三一年的"九一八"，第三个时期由一九三一年的"九一八"到一九三七年的"八一三"，第四个时期就是由一九三七年的"八一三"到目前和今后的若干日子。在这四个时期里，由于中国社会急遽发展的复杂性，各个时期都有它自己的特点。但通过这些特点，二十四年来的中国新文学运动却有一种在基本上是共同的精神，这就是始终如一地表现在我们各期文学思想和文学作品上的反帝民族斗争的精神。不管在我们新文学二十四年来的活动史上曾有过多少争论，多少不同的见解，但从没有一个人，也从没有一派，曾经要反对这种精神、这种斗争。我们文学上历次的运动都能和这种反帝民族斗争的意识结合，决不是偶然的事情，而正是由中国社会的半殖民地的性质所决定的。二十四年来的中国整个社会，一直受着帝国主义的严重威胁，我们可以说，如果中国社会内部的确有着矛盾和冲突，而且在某些时期这种矛盾和冲突的确还有相当增高的事实，但无论如何，这种内部的矛盾和冲突，比较起来是始终处于一个次要的地位；只有我们社会跟帝国主义的矛盾和冲突，才是最主要的，而且是一直最主要的，任何一个中国人，任何一个的派别或阶级，不论他们各自的抱负、见解怎样不同，但作为他们各自存在和发展的前提的，都不能不反对帝国主义，都不能不主张和帝国主义的斗争。中国民族与侵略的帝国主义异民族之间的巨大矛盾使中国文学

21

带上了民族斗争的色彩；我们相信，这种巨大的矛盾一天不完全消除，中国文学就将一天不脱离这种色彩，并且为着生存的必要，我们还应当格外来加强这种色彩。

然而，在新文学运动的二十四年间，我们决不会忘记这样一个事实，就是：在二十四年的中间，有二十年多，我们文学虽然始终带有反帝民族斗争的色彩，但我们文学在这样的表现上却也始终受着极大的限制；这限制，主要是由于帝国主义侵略国家直接间接的威吓与压迫。在几个帝国主义国家的侵略压迫之下，——特别是日本帝国主义，它的野心最大计策也最毒辣，我们永远不会忘记那些可耻的事实，就像在有个时期中它竟公然要我们放弃爱国的宣传与教育。然而类此的事实不过只是它们限制我们文学发展许多因素中比较明显的一小部分罢了，它们主要是利用自己政治经济军事文化种种方面的力量，为我们制造出无数纷扰，使我们文学在这些纷扰中得不到充分的营养，因而无法顺利发展。我们文学在第一个二十年里经历的可说是一种被压迫的最艰苦的过程，它往往遭受着帝国主义及其走狗汉奸们的双重的压迫；它不仅不能激烈地向敌人反抗，它甚至也不能向祖国尽情地呼喊。一切属于正义的反抗的呼声，都要受到帝国主义直接间接的迫害，中国的吼声被窒息，中国的自由被剥夺了！假如我们文学倒并没有真正被这些手段完全捏杀，反而是从岩石的重压下茁壮地生长起来了的话，那么这样的发展，实在不能不说是非常的，因为它那应有的盛大的进度，已被帝国主义的魔手所捏死了。

帝国主义，特别是日本帝国主义，近二十年来对我的疯狂侵略与压迫，终于在三年多前燃着了我们民族革命抗日战争的烽火。这一次战争，可以说完全是帝国主义，特别是日本帝国主义对我侵略与压迫的必然的结果，也就是我们民族数十年来对外含冤茹苦、哀痛受难的总爆发。我们的忍耐已经到了极限，再不能忍耐了；我们如再不奋起反抗，那我们的命运就是马上灭亡；而在决死反抗的斗争中，我们却一定能打退敌人，一定能生存，并且一定能生存得更好，更光荣。返观历史，我们民族曾创造出无数光荣的事迹，这无数光荣的事迹，就是我们中华民族伟大的标志；在历史上，我们也有几次受难的时候，然而尤其重要的，是我们民族在每一次受难中都能重新奋起，每一次都能以我们民族的文化，或终于以武力，击退来侵的外族。元清两代外族入主而终于灭亡的事实，这明白证明我们中华民族的坚韧，力量的伟大。我们受难，但我们一定能复兴；而且不仅能复兴，我们还能有更光荣的创造。我们民族这种不屈不挠的伟大精神，在目前反抗日本帝国主义企图灭亡我国家民族的空前战争中,是格外明显地表现出来了。在这历史上空前的危难之前,在这世界上罕有其匹的凶恶大敌之前,我们中华民族不但不曾丝毫退缩,反是毅然决然接受了敌人的挑战。这拼死的战争进到今天已有四十个月了;在四十个月的坚定作战和血肉牺牲中,我们不但没有丝毫崩溃之象,反是一天天强大起来,而在一向虚张声势的敌人方面,却明明白白一天天衰弱下去了。四十个月的战斗,证明敌人马上就要败逃,我们马上就能获得最后的胜利;也证明中华民族这次又一定能克服这个难关,又一定能复兴,而且这复兴还要为我们带来一切更新的生命。

事实上,抗战已经为我们带来不少新的生命了。在抗战炬火的照耀下,我们社会的若干久年黑暗已渐见光明,一切缺点都有了改善;我们的各方面都已有了新的气象。这种新的气象,随着抗战的坚持和胜利,一定还要显著起来,深刻起来。

而在我们的文学上,也同样已得到抗战给与的许多新的滋养。这主要表现在文学的那些方面呢?

一、可以尽情倾吐了——抗战已使自由复醒

伟大的作品可以在压迫之下产生,但决不能在感情的限制状态之下出现。我们民族反帝斗争二十多年来没有能在文学领域里产生出几部伟大的作品,原因虽然很多,但反帝斗争的感情长期是在一种被限制的状态之下,这不能不是重要原因之一。这限制的一部分或由于我们当时环境不得不如此的苦衷;不过无论如何,客观方面我们文学在反帝斗争的表现上是受到严重的阻碍了。许多表现反帝民族斗争的文学作品不能或不能完整地在刊物或书本中露面,许多作品的反帝民族斗争表现都是不完全的,过于转湾抹角的,这些情形,加上我们文学上技术的比较落后,就都不能不影响到反帝民族斗争文学质量的低减上去。

但抗战起来后,这种限制统统取消,我们文学马上便在一种空前地解放的状态中了。文学上失去已久的反帝民族斗争表现的自由,已被神圣的抗战夺回,而且在集中表现反对日本帝国主义无理侵略的一点上,还被它特别鼓励着了。在今天,我们作家已用不着绕个大圈才来表现我们对于日本的憎恶、愤怒,已用不着遮遮掩掩来反对日本的侵略。反之,我们已可用任何爱用的方法来写作抗日的文学,我们已可用任何爱用的字眼、声音,来表现我们对日本帝国主义

23

野兽军阀们的痛恨。在反抗日本的压迫和残杀这一点上，我们文学不仅已用不着一切顾忌，反而是惟恐我们不能创造出更动人更有力的形式，因为如果我们文学能有更多的有力的形式，我们就能把永远跟我们同在的这次抗战的正义，表现得更清楚、更明白；我们就能把同胞们的敌忾之心呼喊得更高涨、更热烈；同样我们也就能把日本帝国主义野兽军队的野兽行为，和他们欺骗世界欺骗它国内绝大多数民众的罪恶，描写得更真切、更确实；这一切，都足以给日本侵略者更重大的打击，都足以越发表现出我们文学在抗日战争中巨大的武器作用的力量。

今天，我们可以尽情地倾吐了——向祖国，也向我们最兽性的敌人。向祖国，我们尽情地献出我们的爱，向野蛮的日本军阀，我们尽情地说出我们的憎和恨——我们一定要消灭它！而当我们文学已可以这样尽情地表现我们所有的一切真正感情后，我们文学在实际上是已向它未来的伟大成功迈进一步了。

二、抗战为文学供给了火花灿烂的题材

如果说伟大作品必是选择着一种伟大题材，那么反过来说，伟大题材的提供就可能使伟大作品出现或大量出现。我们用不着一本理论再来重复题材有无伟大与平凡之别的辩论，我们应该承认在生活的历史上的确有几种题材可以称为伟大的，例如革命题材、民族战争的题材等就是。这些题材所以是伟大的，就因它们特别具有丰富的历史性、具体性和形象性。任何一个作家，如果能抓紧这种题材，他就差不多已经成功了一半，而当他还能完美地处理了这种题材的时候，他就往往能产出伟大的作品来了。举个例子，如在欧洲从封建主义到资本主义的移行时代，即两个世界观与两个文化的斗争时代，就出现了但丁、塞凡提斯和莎士比亚三个人物和他们的作品；而近代的俄国革命，也曾周知地为世界文学的宝库添进了托尔斯泰、高尔基等人的许多伟大的作品。

抗战没有疑问已为我们文学供给了最伟大的题材。像这样伟大的题材，在世界的文学历史上也是少见的。今天，在我们祖国的原野上，从东北到西南，从寒冷的黑龙江到温暖的珠江，从沿海到内地，从都市到乡村，也从平原到山岭，到处都充满着战争，到处在流血、拼命，反复着失败与胜利。整个国家，整个民族，都在受苦，都在牺牲，而又一切都在改造、转变、成长和发展。一个四千年的古国在烽火连天中奋勇挣扎，它要用自己的力量击退暴敌，它用自己的手在那

里改造自己的命运,努力争取新的生命。在我们文学的历史上,有过什么伟大的题材,能和这次抗战的相比呢?

在我们今日的土地上,充满的是火花灿烂的战斗,充满的是可泣可歌的动人的故事。我们作家如能紧紧抓住这个题材,给以完美的表现,我们文学就不仅能有丰富的教育的意义,而且我们也就能亲眼看见伟大作品的真正产生。

三、抗战把文学的领域扩大了,视野放宽了

二十年来我们文学运动上两个重要的缺点,就是文学的领域太狭,和视野太窄。这两个缺点又是互为因果的。"五四"的文学启蒙运动虽以:(一)推倒雕琢的阿谀的贵族文学,建设平易的抒情的国民文学;(二)推倒迂晦的艰涩的山林文学,建设明了的通俗的社会文学;(三)推倒陈腐的铺张的古典的文学,建设新鲜的真诚的写实文学,这三大条为革命的目标,但无可讳言,革了命以后的新文学并没有能够马上真正走进民间去,走进一般社会去。而成为"平民的"和"社会的"文学。这原因,一方面固在大部分虽是"白话"的作品,但却不能为一般不识字或不识许多字的大众所接受,一方面在这些作品并不能真正表现一般民众的生活,表出他们真正的思想、感情和经验,因而民众中就是能接受的也无法了解。这种情形,在初期固然如此,就是在以后两个时期中,也很难说有何显著的进步。新文学的势力老是只在一部分学校青年的圈子里逞强,而作家们所写的也多半只是选一小部分人生活中的一些悲欢离合,即使他们能表现一下民众的生活,也只是限于在他们有限的视野中的民众生活,那和真正的民众生活,其实是隔了一间的。

但文学是必须和民众结合在一起的。当文学脱离了绝大多数民众,它就要成为无用的废物,而且也就失却了它的健康的要素;因为当文学能从民众生活——那深不可测,无限地千差万别,无限地强,无限地广的泉头里获得了灵感的时候,它就足以使自己健康起来了;文学的救济,就在民众生活里面。

抗战把我们文学的领域扩大了,视野放宽了。由于抗战的全面性,由于动员全体同胞的实际需要,文学必须"下乡""入伍"到广大的乡村和军队中去发挥鼓动的作用;另方面,为要使文学的鼓动有更好的效果,文学就不能不放宽它的视野,它就不能不从狭隘的都市、学校、书房、亭子间、咖啡室的小天地里解放出来,走向乡村、工厂、兵营、田野,去认识、去体验广大民众的生活。视野放宽了,

文学的领域就可能渐渐扩大;而文学领域的扩大,也足以使视野放宽,加深。

抗战使文学领域的扩大和视野的放宽成为必要和可能,而且实际上已经比前扩大和放宽了。我们文学通过种种民间的形式,已经从农民、兵士、工人的集群里获得许多新的读者,我们文学也已开始能够注意到一向被忽略的如边疆和内地民众的生活、军队的生活等等题材,而且我们文学也渐渐能够从事物的生长观点和它们之间相互的关系上来表现了。所有这一切,都证明着:抗战已使文学得了新的滋养,而且还在获得着。

四、抗战使文学提起了许多新的问题,又供给了解决的可能性

由于抗战的实际需要,使我们文学提起了的许多问题,它们在外貌上或是过去已经有的,但在本质上却是新的。这些问题,如果在过去已经提出过,那么现在的确是在一种全新的阶段上重新被提出。它们不是原则的反复,而是实践的发展。

作品公式化的问题重新被提出,这表明着问题在抗战阶段中的严重和解决它的迫需;诗歌的朗诵问题以新的姿态进行了一种实际的试验。特别是关于文艺大众化的问题,现在已从时起时歇的阶段进到实践的阶段,已从利用旧形式进到创造新民族形式,已从初期文艺的过于欧化进到要使外来的影响能和中国文艺的传统溶结为一体的文艺的中国化了。在今天新的形势规定下的这些问题的必然的发展,使我们已有了对公式化作品的正当的批判,已有了把诗歌的"触手伸到街头,伸到穷乡"的逐渐广泛起来的朗诵运动;而大众化和民族形式讨论的结果,也已使我们有了通俗故事、墙头小说、讲演文学、街头剧、活报、朗诵诗等等实践的工作。

所有一切由于抗战才在文学上新提起了或重新提起了的许多问题,我们都已有初步或进一步的讨论和发展。自然,这些问题都还不能说已有或已近于满意的解决,譬如:大众化和民族形式的问题就还特别需要从空泛的原则的讨论归返到实践的努力;但抗战的确已给了解决这些问题的大量可能性,而且继续供给着。抗战的未来的发展一定将使我们可能留意地解决一些已经提出而久悬未决的问题;更重要的,是我们一定又能发现和接触到许多崭新的从未想见过的问题;而新问题的提出,无疑会使我们文学的内容格外丰富,格外多彩了。

五、抗战促成了作家间的团结，并鼓励他们进步

新文学活动的二十年历史，其实也就是文学作家派系互斗的历史。文人的恶战不下于武人的恶战。如果说这些恶战对文学的发展并非没有利益，但也不能否认中间有些恶战实在只是无原则的意气之争或同原则的字眼之争，都属无价值的浪费。作家们的活动多半是个人式的，散漫，没有组织，最多也只是小团体的行动；作家间的正当关系一直没有建起。

但抗战却改变了这些情形。为民族革命的抗日战争而奋斗，成为一切不愿做汉奸顺民的作家的共同感觉、共同趋向与共同目的，加上全国作家抗战以后的接触容易，于是一个空前团结的组织便终于在一九三八年的三月二十七日在汉口成立了，这组织便是"中华全国文艺界抗战协会"，简称"文协"。协会的发起旨趣中写道：

> 我们应该把分散的各个战友的力量团结起来，像前线将士用他们的枪一样，用我们的笔来发动民众，捍卫祖国，粉碎敌寇，争取胜利。民族的命运，也就是文艺的命运，使我们的文艺战士能够发挥最大的力量，把中华民族文艺伟大的光芒照澈于世界，照澈于全人类。

这一个空前伟大的文艺集团，不仅奠定了抗战期中文艺界团结抗战的基础，建立了作家间的新的关系，而且它对以后文学的发展，也一定将有重要的影响。

抗战不仅使作家们团结了，更重要的是也使作家们进步了；而在同时，它也毫不容情地从文坛踢出了一些甘作汉奸的民族败类。如前所说，抗战使许多作家走出了他们那狭小的天地，去向广大的战斗的原野，这样，文学的领域是可以扩大了；而就在和这战斗的现实的生活接触中，作家们同时也受到教育，于是他便发见了比过去一切更为宽广的、更为深远的真切的实景，于是他便为他自己寻到了新的工作方法，开拓了新的生活领域。

作家必须在创造新生活形态的广泛的像暴风雨似的战斗之流中，寻求灵感和材料，并且必须投身在战斗里面。高尔基说：

只有当创造者直接参与创造实在和争取生命的刷新时,理知与直觉,和思想与感情之调和才是可能的,形象的创造才是可能的。

这就是说,作家只有在自己也被卷入抗日战争里的时候,在抗日的日常斗争所产生的快乐为自己的快乐的时候,在与抗日的大众共休戚的时候,他们的作品才能取得高的价值,具有抗日战争的丰富的深刻的内容。而我们的大多数作家,现在是正都可喜地有着这种进步的表现了。

在我们全民族的苦斗里,不但不贡献他一己的劳力,反变成了敌寇走狗的一些文坛败类如穆时英、刘呐鸥等小丑,是死有余辜了;我们相信像周作人、钱稻孙之类的老贼,迟早也必有其应获的教训。抗战为我们照出了这些败类的原形,在踢出了这些民族的渣滓之后,我们文学是发展得更灿烂、更辉煌了。

第二章　文学用什么报答了抗战

荷马的诗歌是唤醒希腊民族传统而造成希腊民族的创造者,荷马的力量在今日还足以鼓励希腊民族英勇反抗它的意大利侵略军队。福禄特尔说:"我们的语言和文学所获的胜利比查利曼还大。"Treitschke 说:"哥德对德意志的统一之功,不在俾斯麦之下。"而巴尔扎克则公然声称"拿破仑用剑拿不到的东西,我要用笔去达到目的。"在我们自己的历史上,南宋辛弃疾、陆放翁、刘过等慷慨激烈诗词,明末戚继光、张家玉、孙承宗、瞿式耜、顾炎武、王夫之等人的爱国的诗文,岂不一样也历次鼓励着我们反抗外族侵略的斗争? 那么今天我们在抗日战争中盛大起来,并为抗日战争而存在的文学,究竟已用了些什么,来报答抗战的呢?

一、文学帮助了抗战情绪的普遍提高

抗战起来后,我们文学为配合当时紧急的需要,马上暂时放弃了只在纸面上工作的形式,而用歌咏、演剧演讲等等方式通过作家的实践而走向了农村和街头、前线和后方。文学以这些方式教育着、鼓舞着同胞对于祖国和民族的热爱、对于敌人的憎恶,以及对于抗战的认识与献身,在初期的宣传工作上,起了很大的作用。

随着抗战的继续,需要的迫切,我们文学从初期工作中检讨了并逐渐改正了自己的缺点,于是相当大量的通俗作品便络绎产生出来,像通俗故事、墙头小说、抗战鼓词、抗战旧剧、街头剧、活报、演讲文学等等作品,就大批的在前后方都市农村中出现,发生了大的影响,普遍地提高了抗战的情绪。今天我们在各

29

个战区、沦陷区，和后方大都市如重庆、成都、桂林等地都已有供给通俗文学作品的组织，经常出版各种通俗文学的小册、刊物和报纸，并且得到政府在经济和流行上的协助与合作。文学在帮助提高抗战情绪这个任务，我们相信以后可能有更好的成绩。

二、文学激发了民族意识和爱国观念，巩固了团结

抗战文学的一个重要特点，就在于本质上实是一种集团主义的文学，抗战文学宣扬着民族集团的感情，就在表现个人的英雄行为时，也是根据着这个民族集团主义的原则。个人的英雄行为，只有当他能有利于民族集体的战斗时，才值得加以宣扬，加以表现的。

抗战文学的这个特点，决不是偶然得来的，而是被决定于我们这次抗战的性质，及其必要。一个半殖民地的国家，要反抗一个强暴的帝国主义国家，如果不能取得它自己内部的一致，就决不能有胜利的希望；反之，全民团结的反抗就多半有胜利的把握。而且战争，在根底上也就是一种集体的动作，不能以自己的更强的团结去对付别人的团结，就一定无法取胜。在这次抗战中，我们民族内部的纷争是平复了，而且能够开诚合作，一致进行抗日的战争。抗战文学就是在这个基础上取得了这个特点，也就是根据这个特点来激发了民族意识和爱国观念，并巩固了全民族的团结的。

抗战文学以我们这次斗争自己的艰苦和英勇鼓励了我们民族。文学以热烈的言语诉说着真实的故事，表现着动人的战斗：表现出如何我们这伟大的民族决不愿在野蛮的日本军队之前屈服，如何我们终于毅然地起来战斗，如何在我们初期的战争中遭遇到许多严重的困难，如何我们民族全体在抗战的前后方拼命努力，以及如何我们终于渐渐能克服自己的弱点和困难，而一天天强盛起来，一天天更接近于最后的胜利。……换句话说，文学是依靠了它对于这次斗争的真实的认识和动人的表现来激励了全国同胞的。敌人的野蛮，被压迫的痛苦，同胞的死难，以及我们作战的英勇，牺牲的壮烈，后方建设的猛进，战局的反败为胜……就是这些明明白白的事实激励了大家的民族意识和爱国心；而且也只有这些明明白白的事实才真正能够激起大家爱国爱族的赤心来。我们用不着像敌国文学那样无耻地捏造、歪曲、欺骗、粉饰——其实这那里是文学，不过是恶劣的无用的咒语而已，只有丧心病狂一意要断送自己民众到深渊火坑中去

的日本军阀,才需要这种"害人不着反自害"的咒语,而我们,正义在我们这边,胜利也在我们这边,是绝对不要这种东西的。

抗战文学就以它对于这次斗争的真实的认识和动人的表现,来巩固团结。抗战的转败为胜是民族集团主义的力量,初期抗战的挫折经验使我们知道了团结得不坚的弊害;最后的胜利,必将是民族集团最高度团结的胜利。文学里民族集团主义精神的更进一步的发扬,相信必将促进民族的更高一段团结。

三、文学随时打击了汉奸敌寇的阴谋

整个抗战文学的活动全以击退敌人为目标,它在表现前后方持久的战争,增强作战的力量之外,也随时打击了汉奸敌寇层出不穷的临时的阴谋。

例如当敌寇屡次发动和平攻势企图便宜地结束这场战事的时候,我们文学便以它明晰的形象性和真实的具体性,向同胞揭露了这中间的欺骗和诡计,使大家不致去上当。例如当敌寇屡次宣传沦陷区里的安定和繁荣,企图诱引一部分同胞返乡,以便奴役、剥削和屠杀时,我们文学就根据真正的事实,表现出沦陷区同胞生活的惨状,和敌人在那里变本加厉地奸淫屠杀的实况,使大家不会去受骗。而当一些无耻的汉奸企图以一种平民的伪装来进行他们的"汉奸和平"时,我们文学也就马上用具体的作品揭露了他们的丑态,指出这种伪装实际是在为敌寇服务,而且依然是出于敌寇的一种阴谋。

抗战文学还给汉奸们无耻地倡导的所谓"和平救国文艺"决定的打击。它以作品的具体事实证明敌人的野兽面貌,证明敌人愿意用"和平"两字来分化我们、懈怠我们的奸策,也证明汉奸们口里的"和平",其实不过是卖国求荣的"和平",所谓"和平救国文艺"其实也就是卖国求荣的文艺,这种文艺根本不是为的救国,根本不配来谈救国。在上海,在香港,在一切汉奸藏匿而可以暂时吠叫几声的地方,文学把这种无耻的倡导统统击溃了。

抗战文学与汉奸敌寇是不能两立的。它必须要把汉奸敌寇彻底击溃,事实上是正在击溃着了。

四、文学帮助了政令的推行

抗战文学以增强我方力量,打击敌人为一切活动的目标,它除掉在间接方面可以从各处帮助政府抗战政令的推行外,它也直接针对着抗战的各种重要政令,进行了许多工作,以帮助这些政令的推行。

例如在推行兵役的政令上,我们文学就贡献出了许多鼓动的作品。这中间有利用旧形式的小曲、故事、唱本,和一些简单的剧本。这些作品大量地流入乡村,激动着广大同胞的心灵,不仅使兵役政令的推行得到许多便利,而且还相当地鼓励了他们的自发自动精神。各地报纸上经常地报告着的壮丁自动请缨杀敌的行动,多半就是受了这些作品的影响。文学的这种情形,表现在对于"加紧生产"、"加紧建设"、"严防汉奸"、"提倡节约"等等政令的推行上,也都一样。

文学活动必须要和政治的活动更密切地相配合,这是现代文学发展上必然要走的一条途径,否则便是一种力量的浪费,一种对于日趋激烈的生存斗争的大不经济。抗战文学在这一点上可说已有了相当好的表现。但它和政治活动的配合必须还要扩充到一切任务上去,要使它自己成为一种锋利无比,到处披靡,到处可用的武器。这样才能保证文学力量在抗战中的更大的发挥。

五、文学使抗战获得了世界的同情

纯粹是英吉利血统的小泉八云曾在一篇论及文艺与政治的关系的文章中,指出文艺表现在沟通外国人的舆论上,有超过厚大的统计册与庄严的历史著作的作用。他说:在现代各国政治上,舆论几乎是代表一切的,所谓舆论,就是一般人民的见解或感情,要得到这种舆论的理解和同情,表现感情生活的文学,就是唯一巨大的力量。因为一切的偏执都由于无智,用高尚的情绪则易使无智消灭,而纯洁的文学,便能够激发高尚的情绪。他举例说:十九世纪中叶以前的西欧人简直不知道俄国人也是真正的人类,但当俄国大作家托尔斯泰、哥戈里、普式庚、屠格涅夫等的杰作陆续在西欧出现时,一切的感情就都改变了。读过了这些作品以后的西欧各国人民,才知道在俄国人心中的感情,恋爱和痛苦,完全和他们自己的一样,并且俄国人还有些独特的伟大的美德——即他们的忍耐、勇敢、忠实和信仰。于是普遍的仁慈和人间的同情之感,便代替了那从前往往有之的敌视与嫌恶。

小泉八云这种意见里有一个错误,就是他彷佛以为所有的舆论完全要靠情感而不是也要用一部分理性来决定;但除此之外,他就再没有说错的地方了。文学作品,比之干燥无味的电讯和公式化了的宣言,不知要能深入人心多少,它不是不给人理性，而是以感情化了的理性使人在不知不觉中接受的。

我们抗战的正义和英勇，在全世界爱好正义与和平的绝大多数国家里获得了普遍的同情，这正是理性胜利的结果。但在一些伟大的友邦如英、美、苏联等国内引起了特别深厚的关切，特别清楚的了解，使我们得到了许多道义上的声援和物质上的帮助的原因，一方面固在大家都已处于一个相同的反侵略的立场，需要互助；另一方面也在我们抗战文学表现了我们民族的伟大、战斗的英勇、胜利的把握，已加深了他们对我国的理解与钦佩之故。（抗战文学作品由我们自己和一些外国作家用英、法、苏、德、日、世界语等文字译出的已经相当不少，文协并有了一个专做这工作的刊物）我们抗战文学作品在苏联的流行和得到了高的评价，尤其不能不和苏联全体人民对我特别表示亲善的态度有密切关系。我们抗战文学在事实上已经成为争取国外同情与援助的一个有力因素了。

第三章　怎样加强文学的抗战

　　抗战到今天已经进行了四十个月，四十个月的艰苦战斗已使我们通过了初期那样的危机，而现在确确实实已处于一个转败为胜的阶段中了。但这却并不是说：我们这时已经可以轻易地获得最后胜利。敌人的力量虽已明显地变得衰弱，但还并没有完全崩溃，还并没有完全消灭。同样，我们的力量虽然已明显地增强，但也还没有增强到应有的高度；我们阵营里有些努力得不够的地方也还没有完全克服。我们不难想像，在敌人力量总崩壤的前夜，日本侵略者是一定还要来几次垂死的猛烈的挣扎的。我们为要彻底击破敌人，为要使最后胜利提早实现，我们就不能不在各方面检讨自己的经验，改善自己的缺点，格外增强自己的力量。

　　对于这样一个课题，在我们文学的活动上也应该成为一种主要的推动力量。我们文学一开始就支持了参加了抗战，它在四十个月战斗中的表现是有目共睹的。但用不着说，我们文学在抗战中还没有发挥出它全部的力量；如果各种缺点能够顺利地改善，它一定还能贡献得更多。那么怎样才能加强文学的抗战呢？

　　文学以它的具体作品参加抗战，但要加强文学的抗战，却不能仅是作品自身的问题，同样也是政府和作家们的问题。具体的作品由作家的劳作中产出，也要通过政府的关系才能发生影响，而作家也必须在和政府与同志的关系影响之下，才能得到产生作品的可能，才能得到进步与发展。以下我就分成：政府、作家团体和作品本身三方面分别指出在它们各自的范围里应如何来加强文学的抗战。

一、政府方面

在政府方面，也可以分做四点来说：

甲、政府应该确定一种文艺政策，予以明文的公布。本来，像抗战建国纲领原也可以当作文学创作的准绳，但惟其这个纲领可以适用于抗战的各个领域，它也就很难特别适用于某一个领域。在文学的领域里的确需要一种有较详规定的活动的纲领。不过这个纲领必须要是能够鼓励一切作家来参加抗战，来充分表现整个战争的实况的，才有真正的利益。

一种优良的文艺政策明定以后，可能有几种好处：政府与作家间在文学事业上的意见是可以沟通，可以一致了；作家在创作时有了准绳，可以免去许多意外的浪费；政府也就可以根据这种政策来进行积极的领导。

一种优良的文学政策的实施，可以使文学的脚步和政治的脚步同时并进，可以使文学和政治在抗战的共同任务上结合得更密切。文学的表现所以常常落后于抗战，就因为它和政治的结合还不够密切。

要希望文学能够和政治紧密地配合，要希望政府与作家之间的意见完全融洽，明定一种优良的文艺政策是必要的。政府应该尽量减少消极方面的各种限制，而在积极方面，给予更充分的鼓励、援助与领导。在这种情形之下，相信文学一定能更大地发挥出它的抗战效能来了。

乙、政府应该积极援助文协，奖励它的工作。在文协创立的两年间，政府已给了文协援助，文协可说是在政府的援助之下才做了许多工作的；但政府所给的援助显然还太不够。文协迄今还只有极少的经费，而且就是这极少的经费也是由东拼西凑而来，没有一个确定的来源。

经济的穷困使文协无法展开它的工作，无法实现它的许多计划。它有的是人力，但因为钱不够，便很难把这些人力变做巨大的成绩。例如它曾计划多出几种刊物，供作家们发表新作；多出版一些通俗的读物，并把它们大量输送到前线和后方去……所有的许多计划，都因为经济穷乏，无法实现，或做过一点就只好搁下来了。

文协在今天是中国唯一广大而且著有成绩的作家团体，它不仅在目前可以团结作家，对抗战献出巨大的力量，在将来建国期间，将尤能发生重要的作用。当政府能认识文学的确是一种极有用的武器，并能好好地运用时，文学将成为抗战建国的主要力量之一，而文协却就是发挥出这个力量的枢纽。

增加和确定文协的经费，使文协能在各方面进行和完成它的事业，扩大它的影响，这是援助它的第一步；考虑它的建议，协助它的工作，指导它的方针，这是第二步；而第三步，就是要使文协的工作和政府自己的完全打成一片。

保证文协工作的开展，在实际上也就是保证了文学的抗战力量之加强。

丙、政府应该切实保障作家的生活，奖励优秀的作品。政府在不久之前曾经成立了一个文艺奖助金管理委员会，在这个会里已经有十万块钱基金，并且实际上已开始注意到这两个问题。这个措施证明政府对文艺事业空前的关切，是文艺运动史上值得大书特书的事件。不过无可否认的是这个会的工作还并没有能够完全解决这两个问题。保障作家的生活决不是仅仅给予小额贷金所能根本解决的；这问题，也包括着对作家正当权利的保护，如书商的剥削，著作版权的横遭侵害，著作的无理由被损失等等。而且贷金的条件，限制得也太苛了，它不但很少有补于成名作家的穷困，事实上根本拒绝了对无数努力文艺，处境困难，但还没有成为作家的无名作者的援助。这势必会影响到文艺后备军补给上的困难。

奖励优秀的作品应该在一种较为广大的基础上来进行。不但在奖励的原则上应该采取宽容的办法，认为一切有利于抗战的作品就都有被奖励的资格；而且在奖励作品的型类上，也应力求普遍与平均。不应该太偏重于小说和戏剧，应该给时、散文报告文学和理论批评以同等的机会。也不应完全偏重于新形式的作品，对于成功的民间形式作品也要给以同等的机会。

奖励优秀作品的目标，应该不是造成少数几个文坛的明星，主要应藉此机会发现文学的新的天才，为文学事业培养出一批新的干部，奖励的意义要不仅是给出一点钱，尤在能为作者的创造设备种种便利的条件。

作家生活的得到保障，和优秀作品的得到奖励，这就必然能使作家对抗战更为努力，抗战的优秀作品更多出现。

丁、政府应该奖助大批作家到前线去工作。这所谓前线，不是单指战壕的附近而言，也是指广大的敌人的后方，我们的根据地和游击区而言。要作家到那里去的目的不是要他们真正去拿枪，而是要他们拿笔去描出战斗，帮助抗战。临近战争的地区，是我们国家被战争变化得最厉害、最迅激的地方，在那里有许多在后方所看不到的情景，飞扬着一切光明的胜利的因素。发动作家到那里去，不仅可以给文学许多产生杰作的可能性，同时也可以利用他们的劳作，就近补救前线广大地区缺乏精神粮食的恐慌。

　　作家中事实上已有一部分老早在前线工作着了。许多作家所以还没有踊跃地参加到前线去,主要的原因,就在生活的不安定,和找不到一条参加工作的适当的门径。作家们大都有家庭的重荷,参加工作的确也需要有便利的环境。政府就应该针对这两点,为他们解决困难。前者,给以物质的援助;后者,给以介绍和工作上的种种便利。

　　政府在前年已经援助文协派遣过一次作家到西北战地去了。在那次访问的行程中疾病还不幸夺去了我们的同志访问团团长王礼锡先生。这都是在文学运动史上值得纪念的大事。那次访问不曾得到很大的收获,是事实,不过这并不能就证明作家到前线去的无用;因为那次的工作止不过是访问,不仅在战地停留的时间太短,不能从事较大的工作,而且经过几次分散以后,人数也愈变愈少,根本就无法胜任较大的工作了。

　　政府要派遣作家到前线去,必须要注意到几个原则:各战区必须能平均地派到;要使作家在一个较长的时间留在那里;要使作家在军队里不始终是一个贵客,而是它的工作开展场所;要供给作家在那里工作的一切便利。而在作家方面,自然也还有许多应该自己改进的地方。

　　发动作家到前线去决不只是一样点缀的举动。当政府能奖助得更慷慨一点时,这个举动对于加强文学抗战的力量就能够显著出来了。

二、作家团体方面

　　作家团体主要就是指文协,在这方面也可以分做四点来说。

　　甲、文协应严密它自身的组织,使在实际上能够得到加强工作的效果。文协在今天已团结了几百位作家,它在成都、桂林、昆明、贵阳、曲江、延安、香港等地都已建立了分会,另外又在许多地方成立了通讯处;文协两年来的工作已经得到各地作家的支持,这是事实。但分散在各地的作家,有些还没有被争取参加到工作中来,还并没有被从名义参加争取成实际参加,因而减弱了整个机构的力量,这也是事实。这主要就是由于组织在实际上不够严密的缘故。

　　各地分会经常是在一种散漫的半停顿的状态之中,不但不能及时号召当地的一切作家来参加工作,而且对于一些经常必须处理的事务也因为得不到大家一致的努力而不能进行得很好。各地的通讯,更多有名无实。

分会的工作为什么一般都表现出松懈的毛病呢？问题不在它缺少形式上的组织，反之，纸面上的组织可说是一切都齐全的。问题是在分会的领导往往不得其人。他们或是自己的事务太忙，根本无法来兼管这个事情，他们之成为领导人或由于自己一时的奋勇，"争取"得来；或由于身为"名流"，由于别人的勉强；也或由于他们根本缺乏领导工作的能力。领导人与参加的作家之间，往往不能发生较亲密的关系，甚至会毫不认识。问题也在不能经常发动一些有意义的工作，而在工作中进行组织。在这一点上，总会没有负起责任来经常领导和督率，也是原因之一。

整个文协的组织所以不能够十分严密，以致影响到工作上去，这同时不能不和文协的经费困难有重大的关系。因为这样文协就不能有负专责的人，经常来办理一切了。（目前似乎还没有一个作家可以不要为他自己和家庭的生活担心，而专责地来为文协工作的呢。）所以这个问题，最终也必须要和政府的加强援助一同解决。不过如果作家们和文协本身能有更大的努力，在问题的解决上是一定能容易和美满得多了。

乙、文协必须发扬研究的精神，并提高研究的水准。革拉特珂夫说：

> 作家必须能把艺术工具操纵自如。作家绝不能降到当代文化水准之下的。他不应作一个小巧的工匠，而应作一个技艺的支配者，这必得一直钻研到老才行。从来没有，也不当有不学无识的作家；不修边幅的作品，蹩脚的著作，贫弱的技巧，与工厂中蹩脚的工作是同样要不得的。

要作家们不降到当代文化的水准之下，要他们始终能产出一次比一次好些的作品，作家们就不能不加深研究的工夫。

正如高尔基所说，创作的确是一种记忆工作的紧张过程。记忆从知识印象的库藏中选取其最重要的特征的事实、图像与情节，并将它们转化为最生动最明白晓畅的文字。然而我们一般作家的印象的累蓄、知识的总量，的确是太差了，而且他们也未见急切努力于这种知识与印象的加丰；这就是说，他们一般都忽略研究的工作。

缺乏研究精神，这是新文学运动二十四年来一贯的缺点，由于这，我们便没有能产出较多的有价值的作品，我们便有了许多无益的争论，我们所遇到的许多问题虽迭经讨论便也很少得到真正的解决。作家们一般都缺乏历史的知识，对于本国的和本国文艺的历史也一样，而文学技术的知识则尤其缺乏。他们对于生活的现实的观察也多半是表面的、肤浅的。所有这些缺点，就不能不影响到他们作品的表现。

抗战以来，在我们文学上提出了大众化的问题，以后这问题又发展成为旧形式的利用问题和新民族形式的创造问题。这是一个重要的问题，但我们也应当知道这其实是一个已经说了无数遍的问题。为什么这个问题已经提过了几次还是没有适当地解决，为什么在今天的新阶段上再提出时，大多数人还是只能说些"内容决定形式"、"内容和形式不能分离"一类的逻辑的常识、原则的老调，而仍无补于问题的进一步的解决呢？这主要就因为他们对民族文化的文艺修养过于缺乏，对于技术的知识过于忽略之故。他们在谈着这样一个问题，但他们是既不很了解民间的语言，同样也不很了解过去的"文言"和现在一般写文用的"新文言"。问题是必须要超过空论，进到实践的阶段时才能解决或才有解决的可能的。问题是必须要深切了解了其中各方面的历史和它们相互间的关系时才能解决或才有解决的可能的。而他们不研究，或不屑研究，于是便根本谈不上什么实践，什么深切的了解。

由文协来倡导研究的精神，现在已是适切的时机了。在文协周围凝集有许多作家，这对于研究工作实在是一个极有利的因素，因为这样就可以利用集体的力量。文协要发动作家们一起来研究生活战争，研究一切新的变化，和表现这些变化的技术。这种研究必须是经常的、深入的，原则的而尤其是具体的、技术的。空洞的原则的反复，目前差不多已成文学问题讨论上席卷一切的病态了！

文协年来在研究工作上的表现是开过一些座谈会，座谈的记录曾登出在会报上。文协已能注意到这个工作，是很可喜的；不过一方面是还没有把这个工作加紧推动起来，一方面在工作的成绩上也还颇不能令人满意。坦白地说，要提高研究的标准，仅有那种非专门的、无系统的、临时凑成的座谈会的杂话，是不能达到目的的。对于基本原则的一再的反覆，这在常识范围里是有用的，但说不上是研究，当然要说不上能提高标准。文协应该选定几个方面，或几个特定的题目，指定会内对这些方面这些题目有专门研究的同志，再去作长期的系统的研究。并不是说，提高标准就该拒绝一部分尚未有专攻的人来共同研究，我只是说，为要使研究真正有进展，由有专攻的人来领导其余的人研究，实是必要的办法。研究工作必须要是有计划的行动。发扬研究精神，提高研究水准，事实上也就是在加强文学在抗战中的作用。

丙、文协必须切实负起训练青年作家,培植文学干部的责任。文协的社会价值,主要也要在这个工作中来表出,目前有许多困难,使协会还不能马上把这个工作做得很广泛、很周到;对它提出太大的要求,时候还不免过早。但协会也不是已经在这个工作上出了可能的大力,是事实。

协会原是可以从下列两个方面来开始这个工作的:第一,它应该给分布在各地大学、中学、补习学校、商界、工厂、军队里的那些文学组织充分的帮助!第二,它也应该给孤独地个人从事于文学的初学写作者必要的帮助,这些帮助暂时自然只能是属于工作的指导上的。协会早就应该专为这事指定几个学识经验两俱丰富的同志成立一个文艺指导部或顾问部。

怎样帮助他们呢? 经常跟他们通信;告诉他们怎样开始工作,替他们修正讨论的大纲,为他们介绍参考的书报,给他们指出生活中的新变化,指示他们创作的技术;经常替他们修改作品:严格批评出作品的毛病,并且也指出好的地方,同时把自己的艺术经验告诉他们,在关于主题、题材、表现方法、结构、风格等等点上,给他们许多忠告,为他们较好的作品介绍发表;也经常派遣优秀同志到他们的地方去讲话,陈述自己文学工作的经验,直接鼓励他们的创造。

文学干部的培植不仅在加强抗战这个课题上是一种极重要的工作,在文学活动的整个进程上尤其是一种百年的事业。没有别一个团体,能比文协更有能力,也更应该负起这个责任来的了。

丁、文协应该为参加的作家们创造出一种适宜的创作环境。鼓励集体地来工作,从这种工作中供给作家们以最广大的自我教育的机会;鼓励相互的自我批评,从这种批评中增进作家们艺术修养的机会。养成一种精神,使作家们都能相互关切,——真实的同志的关切,使他们各人对协会中的一切人负起自己的责任。

作家间应该建立起一种新的关系,应该澈底改变过去那种唧唧喳喳、琐琐屑屑,彼此不能合作、不能互助的态度。要用互相学习来代替互相命令,要用互相尊重来代替互相轻视,要用交换经验来代替固执、妒忌和中伤。只有在一种融洽的、坦白的、亲密的环境中,作家们才能共同工作,共同进步,文学的抗战力量,才能发挥得更大。

抗战使许多一向在精神上感情上隔膜的作家从东西南北聚拢在一起了。这正是可以使他们得到彼此认识、彼此亲切地交换意见的最好的机会。许多只因为彼此毫不认识和只在纸面上讨论而引起来了的不愉快的陈账，固然可以一笔勾消了；就是在意见上还有点距离的，也可以诱引出一种开诚的态度来互相研究、互相商讨。

为加强文学的抗战，文协也应该积极负起这个责任来。

三、作品本身方面

作品本身方面，也可以分做四点来说：

甲、作品需要有积极性的主题。但千万不要把这几字当成了"颂扬光明"的同义语，以为"暴露黑暗"的主题，是没有积极性的。自从"光明"、"黑暗"成为问题以来，有些人以为"暴露"得已经太多了，应该回过头来多多"颂扬"一下才是，以为□是"更重要的"，是"更能表现出现实的主导的方面"。其实这种说法是犯了机械论的错误的。在抗战中，光明与黑暗是互相交错着的一物的两面，这两面是在消长的过程中的，决不是孤立的两物。"颂扬光明"若不只是虚构出一条光明的尾巴就算完事，那么势必要表出光明曾怎样击退了黑暗，或光明曾怎样终于在黑暗的包围里战胜了它，因为这样的光明才真值得颂扬。而暴露呢，如若不同于汉奸的失败主义，那原也不是说出了黑暗就算，更主张要指出它的社会根源、发生的内在原因，它的成长过程和作恶的丑态，并指出消灭它的可能，和光明起来的必然性的。写出光明和黑暗，如果不从"生活的真实的表现"这个基本的命题上来着眼，就不能不成为机械论的胡说。

正当的暴露，其实就是一种自我批评，自我批评是一种健康的现象，根底上是充满着积极性的。高尔基在其《儿童时代》一文里说：

> 记起野蛮的俄国生活里的这些铅似的丑恶，我有时候这样问自己："值得说起这些事情么"？而重新深信地回答自己："值得的！"因为这是活着的卑劣的真实，它到今天还没有断气。这样的真实，必须澈底地知道，为得要把它从自己的记忆里，从人的心灵里，从我们这艰苦的可耻的全部生活里连根拔起。

继承着哥戈理、契诃夫"批评的和嘲讽的"传统的俄国绥拉比翁兄弟们一派理论的形式之一，就是以讽刺姿势来回答俄国当时官样的乐观主义。他们攻击

41

着俄国的无知、粗鲁，和社会的混乱。他们看到当时这给一切人指路的新国家，还包括着整千整万仍过着奴隶生活的人民，苏联的官吏还和他的前辈一样贿赂，点起革命之火的人还是撒谎、造谣、欺骗；平常的人还施着凡庸的技俩。天才的幽默家左琴科在嘲弄着小资产阶级和一知半解的人——他们虽然完全接收了他们党的标语，而在内心上还仍然保持着占据的、私有的观念。卡泰耶夫在《盗用公款的人们》里叙述了充斥在苏联各机关内的寄生虫和伪善者，有些而且还掌握着各地方的大权。以后伊芙和皮特洛夫在他们合作的幽默小说《十二把椅子》和《金牛犊》里也叙述了一些苏联的害虫怎样带着他们党的官衔去欺骗无知的平民。这种暴露的自我批评的文学，并没有在苏联受到反对或禁止，反而是得到了重视和高的评价，而苏联和苏联的文学到底也就在严肃的自我批评中健全起来，强盛起来了。自我批评是力强的象征，而不是弱点的象征，在抗战向着胜利之途迈进的我国，是用不着害怕它，拒绝它的。

在抗战的真实的表现这一个基础上，作品必须选取一些有实际意义的主题，同时必须由被战争推广了的题材范围内去拓展主题的范围，从而，向各方面去发挥出它们的积极性。对于主题，作家不仅应熟悉，而且要经历过、深思过，再三感觉——既不是由于"责任所在"，也不是由于抽象地思辨的结果——否则便难免"是有或无的现实的歪曲，生活的虚伪的理想化"（勃洛夫曼引白林斯基语），无补于抗战的加强了。

乙、作品应该扩大它选取题材的范围。抗战为作家供给了空前地丰富的营养，使他们有了从广大的范围中选取题材的可能性。事实上，抗战文学已经能这样地来选取了。例如关于后方建设的、生产运动的、军民关系的、边疆同胞的等等题材，就是以前文学里所没有过的。问题是在选取的范围比之抗战所扩大的还不够广大，而已经选取来表现过的，大多也嫌处理得不够完好。

例如关于我军实力的充实、抗战力量的增进，关于妇女们在抗战中正负两方面的作用，关于现实中民主主义要素的生命和胜利，关于新的工作方法的出现，关于人民在加入抗战后民族意义的增强，关于国外对我们抗战的真挚的同情……等等题材，就还没有在作品里常常出现。

例如关于后方建设的、生产运动的……等等新的题材，不但还没有得到充分的注意，而且在题材的处理上一般都表出"官样的乐观主义"和"生活的虚伪的理想化"的毛病。这毛病，主要是由于作家太性急地要达到政治的任务，以致放任着自己的理想，把生活里的矛盾要素抹杀，把乐观要素廉价地夸大了。作家仅仅是受了理论的催促,或"合理观念"的鼓励,才来接近这种题材的;他们根本没有这样生活过,或根本就等不及详细生活过,就性急地下笔了。这就怪不得他们的作品,差不多只能平面地"颂扬光明",却不能说出这光明是从那里来和怎样来了的全过程,以及它的必然性。

扩大选取题材的范围,为的是要作品能从各方面来表现抗战;要求完善的处理,为的是要作品能不把抗战从它真正的表现上不正当地恶化或理想化。恶化与不正当的理想化,同样是对于抗战有害的。

丙、作品应该有事件全过程的表现。法捷也夫曾指出一般作品描写人物的缺点,说:

> 他们中很少观察人们的改造过程是怎样进行的。……艺术家的任务,就在表明这个人怎样由落后转而前进。为什么要这样呢? 为了帮助别的落后分子,读了这书,也可以在一个较短的时期走完这路程。这过程在周围的现实的影响下,在全新的制度的作用下,正在发生于人的意识中、经验中,观察这过程,对于一个艺术家,对于他创作的发展是非常主要的……我曾努力于,现在也正努力于尽可能地真实地竭自己所知,表达出人们心理上、愿望上、志趣上所发生的变动,显示出这些变动是受了什么影响而发生的,显示出在新文化下新人的发展形成,是经过什么阶段而完成的。

法捷也夫这一节话说得很对,而且在描写"事"上也同样真确。在苏联现代名闻世界的杰作中,高尔基、萧洛霍夫、潘菲洛夫、绥拉菲摩维支和法捷也夫自己等等就是很生动的描写着活跃的人及其内心的矛盾,并指示出其心理发展的全过程的。苏联的许多杰作,就以这样的表现来教育了他们广大的读者的。

我们抗战文学的作品却一般都表现出不能做这样的描写,描写了一群纯粹自私的农民变成一群英勇的民族解放战争的斗士,却偏偏不写出那"变成"的过程;描写了一个绿林的豪客变成一个游击队的领袖,却偏偏不写出那"变成"的过程;描写了一支游击队的英勇战绩,却偏偏不写出他们是怎样克服了种种困难,才健壮起来,才能打败了敌人的。这种毛病在我们所有的作品上,差不多处处都存在着。一味"颂扬"的作品往往忘记了说出为什么该颂扬的;一味"暴露"的作品则常常不指出其黑暗的原因——社会的根源。

为什么一定要求写出"如此这般"的全过程来呢? 为的是要显示出这个战

争的真相,为的是要用这个"全过程"的表现来教育群众,使他们能够方便地为抗战贡献出最大的力量。也就是要以最少的代价换取最大的效果。

任何一个中国人走向这次民族革命的战争,都有他自己的道路。各人的道路容或不同,但任何一个人的道路,和他环境相同的一批人的道路,总能有许多相似的地方,那么典型的写出其中一个人的奋斗的全过程,不管是失败的或胜利的,就都有在正负双方给予这一批人指导教训的效果。从知道了这个人的如何失败,他们就可以不必再去蹈覆辙;从知道了这个人的如何胜利,他们就可以少碰一点挫折,迅速走上胜利的道路。这个人的战斗经历不但可以教导他们如何应付已经有过的战斗,而且也可以暗示他们如何去应付即将发生的战斗。要每一个人都从他自己的"试行错误法"里去寻找成功,要每一支游击队都从它自己的经验里去碰运道,这是太困难了,而且也是一种最大的浪费。文学作品的具体的全过程的表现,不仅能够传达出典型战斗里的典型经验,而且它的效果,还远远地超过了传达同样经验的一切抽象的作品。

抗战文学作品一般之所以没有"全过程"的表现,可能有两个原因:一个是误认了作品的教育意义主要是在事件的结局上,而不是在这结局的如何造成上,因此忽略了这样的表现。另一个是,作者根本没有能力来做这样的表现。

事实上这两种情形现在都是有的,不过后一种情形是特别多些。作者要能有"全过程"的表现,他就首先要能认识全过程,把握全过程;而要做到这样,他就非亲身经历过这个"全过程"不可。无论是描写前线、后方,生产或建设,如果作者不曾血肉相关地在中间斗争过、深思过,他根据什么就能做出种种全过程的表现来,而保得住不"公式化"恶化或理想化呢?当然是不成功的。

所以在实际的作品上要解决这个严重的问题,必须和要求作家们在生活上有高度的实践的问题相联结,且成为"抗战的真实的表现"这一个总命题的一部分。

丁、作品必须更要贯澈着爱国爱民族的精神。我们文学必须负起团结我们民族、发扬我们民族的责任。二十年来的新文学,由于客观的限制和主观的认识错误或表现乏力,在这种精神的表现上太不够了,这在我们这个人欺侮压迫已经到达极点的民族,真是一种可痛的遗憾。只有褊狭之徒才高兴提倡"爱国狂",也只有迂阔之徒才能脱离了民族高谈世界主义。我们应该有世界主义即"大同"的理想,应该向这个理想去努力,但不应该为了这理想就先实际放弃了自己的民族。世界上如今还有许多像日本一样专想以自己民族消灭别个民族的野蛮国家，在这样的野蛮国家旁边先放弃自己的民族，就等于在凶恶的杀人者面前先放下自己的武器。

爱国爱族的情绪，决不是一种要不得的，和损人利己的情绪，而只是要来满足民族自存的自然冲动和群性——这两者是结合民族分子，和使他们爱本族胜于外人的要素。真正的爱国爱族心并不只计及民族的物质幸福，它也是一种伟大的道德的力量，督促个人牺牲其个人的利益，以谋他的全族的幸福，助进博爱观念的发展，遏止人类个人主义的倾向。认本族的一切都是美好、可取；遏止一切对本族的合理的批评，为了本族的利益就不惜牺牲别的民族，牺牲全人类的利益；不当地赞颂本族的一切，怨毒地虚妄地抹杀或曲解他族行为的历史的鼓吹……所有这些都是"爱国狂"，或"狭隘的爱国主义"和侵略主义的结果，绝对不是真正的爱国主义。所以拉马丁说得好：

> 虚伪的爱国主义是一民族对别民族的一切的怨毒、一切的偏见、一切的嫉视；反之，真正的爱国主义却含有人们共有的一切的真理、一切的德性、一切的权利；虽重视本国，但其同情却不为种族、语言或国界所拘限。

作品必须要用适当的形式来表现目前民族抗战的生动的力量，发扬民族的自信心、坚决心，写出抗战中一切进步与改变，写出抗战中一切最优秀的爱国爱族的英雄，和他们的英勇牺牲英勇事迹，用来激发我们民族的各分子，激起一种患难相共的情感，使大家能更加团结，一致发奋为击退敌人、增进民族幸福而战斗。

要在作品中加强爱国爱族的号召，目前抗战在各方面的胜利表现固然是极主要的材料，但我们国家民族过去的一切传说、习俗和历史上许多英勇击退外族的史实，也是一个重要的泉源。赫伯脱所谓："真正民族主义者的任务，在于寻出什么是民族过去事物中最优美最高尚者，和把它与活的现在的结构，熔成一片。"这正就说明了我们所要达到的目标。

我们民族历史上有无数光荣的事迹，时候太早的不说，如汉唐两代，就不仅有煊赫一世的武功，更有光芒万丈的文物；明代虽不极盛，到底也驱走了入寇的异族，并且在南洋一带最初植下了我们民族在那里根深蒂固占有势力的基础。在盛世，我们有不可一世的英雄，如卫青、霍去病、薛仁贵，在衰世，我们有不屈不挠的志士,如岳飞、文天祥、史可法。我们文学必须表现这些光荣的史迹。不过我们文学也不妨表现一下我们民族以往所受的苦厄、共尝的磨折,指出是由于那些原因我们民族才落在那种不幸里的。文学必须激发我们民族各分子对于过去共同经验过的苦乐的回忆,激使他们自信,也激使他们深思。

世界上已经有过许多伟大的历史著作,曾使德意志、法兰西、意大利、捷克斯拉夫、罗马尼亚……塞尔维亚等民族统一或复兴了他们的国家,而且还要成为各民族统一或复兴的要素的。不过我们的问题是在要写出许多文艺化了的历史的钜作,甚至要把我们民族反抗外敌、自强不息的史迹,融化到歌谣里去,到摇篮曲里去,到童话里去,要使那些共同的光荣,和共同的苦难,从小就灌输到我们民族的未来者心中去,使他们在壮年皓首,都不能忘了与我们民族的关系,要使民族的记忆,在我们现在和未来的每一个分子的心里,世代常新,生生不息!

在这个意义上,就是国外民族奋斗的故事我们也大可摄取。我们可以从他们的奋斗的表现中得到许多知识;我们也尊敬一切有光荣历史的外国民族。同时,我们也衷心地同情一些弱小民族的不幸的遭遇,而他们的痛苦,尤值得我们警惕。

在 Bernard Joseph 的 *Nationality, It's Nature and Problems* 一书中引有 J. Fichman 在所编关于巴勒斯坦的典籍中所作表现犹太人怎样爱慕怀想故国的一段话,这段话不能不使我们十分感动:

当我们翻阅这六百页的《故国记》(*Book of the Land*)的时候,从祖国流亡的民族的景象便一幅一幅的映入我们的眼帘来。这里充满着惓怀故国的热望,有时以有含蓄的预言出之,有时以琐碎连篇而不重思想的故事表现之;正义之士,日暮途穷,逃出客居的异域,遥返可爱的祖国,凭吊故墟,悲哀中来的时候和泪写成的信,虽零篇断简,但往往能把这种情绪披露出来。从这一切,我们听见不断的呼声——犹太民族哀恋已失的故国的呼声。故国一日不恢复,这呼声永无息时。这个纯洁的火焰,有时高腾十丈,有时只稍露微光,是他们民族生活持续的惟一表征,是国家覆灭而民族并未消沉的惟一证明。像警钟一样不绝地催他们起来动作的,就是伊色列的故土——(指巴勒斯坦)——安康和平的不竭的源泉。在民族的英雄之前,在那些不曾忘记民族所遭的耻辱的人们之前,扬起反抗之旗的,也是伊色列的故土。……

　　像古代燃于山顶以报新的月分和节日之至的烽火,犹太人中也时有三数先觉令世世代代都忆起我们荒凉的故国,常常预告民族复兴之已在前头,和新的时代之终于来临。这民族之有所成就,也就靠这种新的警悟,给以灵感,给以营养。它恍如飘忽的黑影,由一城飞到别城,由一地掠到别地,所过之处,把在梦中的人们喊醒;它是生活的原素,御风而行,嘘吸及于木叶尽脱的树林的时候,老的盘曲的树,和嫩的枝条都为之复甦——假使它们还保有一点营养的话。祖国对我们的影响,总不能一时消失。它使到我们抛离千年的祖国,恍如隔宿所居;使那只可得自传闻的迢迢的归地,犹是我们唯一的故乡。

　　我们浪迹天涯海角,栖寄于丰饶的异乡,有时我们也耽悦它的繁华,而流连逾宿。但民族之魂,总不曾一时间抛弃它的归宿的地方。只有在精神上与故国不离的人,他的劳苦才得上帝的祝福。每当故国的影像呼之欲出的时候,血液之流汹涌更甚,便可奋发有为坚持不懈,努力美丽之实现。……

　　为世界的文明贡献出了许多天才的犹太民族,自从国家被灭亡以来,在世界的各处已经流亡一千多年了。这一千多年的流亡中,是充满了多少苦痛与辛酸呵!当我们听到他们每日的祈祷:祈求上帝赐给他们以生还郇山(Zion,本耶路撒冷的山名,犹太王宫圣殿所在地)之祸的时候;当我们看到他们的葬仪:拿起一撮来自耶路撒冷的泥土,撒在死者面上,以象征死葬故土的时候,我们能不为一掬同情之泪么?能不严肃地警惕自己么?

　　而这样的情形,当我们接触到朝鲜、台湾两民族的弟兄时,我们的感受便也更深切。是的,我们必须要援助他们从日本的残酷压迫中解放出来。援助他们,也就是援助我们自己!

　　让我们的作品越发充满着爱国爱民族的意识吧!从战斗的真实的表现中,从民族生活的真正利害上,从感情到理性,从常识到逻辑,从道义到实际,让我们文学,号召坚固团结的必要,贯澈着爱国爱民族的精神吧!

第四章　文学目前的任务
——抗战第一！胜利第一！

　　抗战现阶段的文学，任务是更大了：它一方面必须尽所有的力量来坚持抗战，另一面又必须以更大的努力来加强抗战，争取最后胜利的提早实现。文学的这个任务，是被决定于抗战的目前这个新形势，它在这个任务上，是只许成功，不许失败的。

　　四十个月的抗战使我们已完全恢复了对国家民族的自信。一百年来，我们民族虽无时不在苦难之中生活，但还从来没有受到像今日这样深重的痛苦；不过同样也还从来没有受到像今日这样热烈的世界的尊敬和同情，抗战使我们重新振奋了，也使我们重新强盛了。抗战的继续将使我们格外振奋，格外强盛。坚持抗战！在我们抗战的目的还没有完全达到，在我们的独立与利权还没有确实保障，在我们的失地还没有完全收复，特别是，当日本的野兽军队还没有完完全全退出我们的土地的时候，我们必须坚持抗战，始终不渝！文学首先应该尽它所有的力量来负起这个任务。

　　在抗战的继续发展中，我们必须越发坚定自己的力量，准备应付敌人一切最后的挣扎。胜利的日子虽已在望了，但胜利还决不会轻易地就能取来。在前后方一致的加紧努力中，文学也必须毫不落后地献出它自己的力量，配合着各方面的力量共同为争取胜利的提早实现而奋斗。

　　抗战第一！胜利第一！在检视了过云的工作，改正了工作中的缺点以后，我们文学一定能以更大的步伐，挑起重担，昂然前进了。

　　　　　　　　　　　　　　　　　一九四〇年十二月在中大研究院

　　作者附记：本文为篇幅所限，不能就题中提及的各方面详加论述，兹就本人

三年来在国内各报章杂志发表之文艺论文中,择其可以与本文互相补充者,略举数篇如下,以供参考:

1. 悲剧的胜利(《抗战文艺》第十五期)

2. 论我们时代的诗歌(《抗战文艺》第廿三、廿四合期)

3. 文学的典型(《自由中国》第四期)

4. 论文学的表现(《全民抗战》第四十七期)

5. 论文学社的组织(《全民抗战》第五十四期)

6. 抗战以来文艺发展的总结(《抗到底》廿一、廿二合期)

7. 文学应表现生活全部的真实(《重庆时事新报·学灯》第五期)

8. 为争取文学的技术武装而斗争(《七月》三卷三期)

9. 论我们时代的文学批评(《文艺月刊》三卷十二期)

10. 再向前一步(《重庆大公报·战线》廿七年十二月三十日)

11. 作家的战斗及其创造(同上,廿八年一月廿三日)

12. 论新美学的发展(同上,廿八年四月一日)

13. 批评界的症结(同上,廿八年八月卅一日)

14. 对于一九三九年中国文学的感想(《新流》第一期)

（本书出版于 1941 年 1 月）

学术研究与国家建设

崔载阳先生序

我们现在都认识，自然科学发明后，世界人类的进化，已进为知而后行的时期。

学术研究是知，国家建设是行，中国近数十年受了世界文化怒潮的激荡，正急起直追，迎头赶上。所以，以学术研究的知联系起国家建设的行，在中国今日确为必要。

中玉所著《学术研究与国家建设》，无疑是有价值的。我们从他这本书可以看出学术对建国的重要；可以认识近代中国学术之史的发展；可以明白发展学术研究的基本条件和切实办法。这些一切，特别对于我们关心学术研究的人，将有宝贵的提示。至说到本书的流畅文字、清晰条理，使人读了后会有轻松愉快之感，犹为余事了。

作者是青年人，自然容易带有一般人所通有的见解和立场。但是如果我们推进一步来分析它，那末我们觉得它与国家的见解和立场，亦无很大出入的。例如：他主张"自由研究，自由批判"，那当然是要以三民主义为最高准绳的。因为《抗战建国纲领》已明显规定："在抗战期间，于不违背三民主义最高原则及法令范围内，当予以充分之合法保障。"个人自由要依存着民族自由。又如：作者在讨论着民族内容与民族形式时，主张"所谓学术研究的民族内容，就是学术研究所从事者，即为我们民族国家当前迫切需要解决的各种实际问题；如果我们认定国家当前迫切需要解决的实际问题，无过于如何努力三民主义彻底实现的问题，则作者的意思是没有不对的。再如：作者主张尊六经而不罢斥百家，那亦很有理由的；不过当我们发现所谓百家，有国际侵略的背景，和以外国利益为立场时，我们就不能不暂时忍痛予以罢斥了。

53

我们深信中玉这本书，能刺激起我国人对学术研究的重视，和刺激起我国学术研究对国家建设的贡献。中玉数年来在研究文学之余，努力写成这书，必然是有收获的。

三十年十一月十五日于中大研究院

自　　序

　　今年秋天，我应国立中山大学文学院之聘，担任讲授"文学批评"、"民族文学"诸课程，课余之暇，常常想到学术研究与国家建设应该如何切实联系的问题。五年以来，我遍历西南各省，到过许多大学，考察过许多研究机关，深感到过去的学术研究，与国家生活的关系，实在太不密切。这样的结果，国家建设固然甚少成就，学术研究事业本身，也落得像温室里的花朵，萎弱无力。

　　我写这本小书的目的，仅在使它成为一个最初的呼吁，希望由这呼吁，政府当局以及学术界同志，能够切实注意到这个问题，而引发大家来进行一个英明的策动。限于篇幅，限于参考材料的缺乏，书内误漏之处一定很多，如能得到读者诸君的指正，不胜感幸。

　　书内一部分材料曾发表于香港、桂林二地《大公报》，但增删甚多，与原来面目已大不相同。自然只有这里的意见，才能代表我最近的见解。

　　承国立中山大学研究院院长崔师载阳赐序，多所指示，谨此志谢。

徐中玉　三十年十一月二十日在坪石

第一章　近代中国学术研究的回顾与展望

第一节　中国近代学术研究进展史略

自有史以来,直到十八世纪中叶,中国的文化学术在世界上始终占有一种优越的地位。中国发明过印刷术,发明过火药,发明过航海罗盘,这些发明都是世界历史上的大事。当近代大规模工艺尚未到临之先,中国的工艺,曾深受东西洋各国的崇拜。在距今一千五百年前,中国已发明了瓷器,其制作之精,并且不久就达到了"类玉类冰"的程度。(陆羽《茶经》)约在同时,丝、毛、绵、麻、草的各种织物,金属、骨、角、籐的各种制品,以及漆、墨、朱砂、水银等也都有了。外国人也承认——如 Rutus Suter——就大儒的数目、版图的广大、物产的丰富、政治组织、文学艺术、洪水的治理、泥土的保护诸点说来,中国所有的记录都是值得他人羡慕的。

然而两百年来,我国的文化学术在世界上的地位却相形低落了。由于历史发展的特殊和迟缓,近代欧美工业社会的文化对我们形成了一种严重的威胁。为要御侮图强,使我们不能不马上改弦易辙,加速吸收这种新起的文化。可是一直要到了鸦片战争以后,这种吸收的工作才正式开始发展。

中国从西洋输入学术,并不是迟至鸦片战争时代才开始,汉唐时代因与西域诸国通商,引来了印度的佛教,与希腊、罗马(Greco-Roman)的文化。元初马哥孛罗来华,一部份西洋学术和技术,如火器的制造和使用,被介绍到中国。明时追在海洋诸国商人之后,随天主教徒而入的有意大利、西班牙、葡萄牙等国的文化。到清初,西洋的天文、算学等学问更有大量的输入。总计明清之际西洋各国教士到中国来传布西洋学术种子的不下六七十人，所著之书不下三百余种，而鼎鼎大名的日耳曼人汤若望（Schall Von Bell）、比利时人南怀仁（Verbiest）就是此中巨擘。

不过在雅片战争之前，我国输入西洋学术的目的，不外是增强武力，树立武功，压制叛乱，或粉饰太平。那时候吸收西洋学术的态度，不过是被动的、不迫切的。雅片战争以后的态度就不同了：战争的失败使当时认识了这种严重的威胁，使他们知道如不亟图富强，就得被欺凌，被灭亡；为要图富强，不能不赶快输入西洋的新技术；这时的态度，已是自动的、迫切的了。

同治初年，太平天国的战事平定以后，曾国藩等从战事的经验，深知新武器威力之大，以为非仿西法制造，就不能自存。于是上海江南制造总局就在一八六四年开工成立。原来该局的目标，不过是聘请西洋技师，仿照成法，制造当时所说的新式枪炮，可是开局制造以后，发现为着训练国人充任技师，除实际经验外，也不能不知道一点普通的原理。因此该局不久即附设一种编译事业，从事于科学与技术书籍的翻译。所译书中，如火药制造及造船一类与兵工事业直接有关的书，当然占首要，其他农业、医学、格致（物理）、化学、历史等性质的书，却也顺带译出了一点。这些书在当时竟也能售去了约一万三百多部。（据傅兰雅《译书事略》）

江南制造总局的译书开通了中国的译书之风。自此以后，中国译书最多而影响最大的，就是侯官严复。他所译重要的书有：《穆勒名学》、《名学浅说》、《群己权界论》、《群学肄言》、《社会通诠》、《原富》、《法意》、《天演论》等。而《天演论》一书，影响最大。严的译笔达而且雅，因此很受当时读书人的欢迎。《天演论》又是讲的进化之理，其说物竞天择、弱肉强吞的种种事实，使当时被压迫的中国人读了，得到极深刻的印象。

江南制造总局时代的译书，是我国近代学术文化史上一件大事，不过同时还有三件大事，对我国近代学术文化的发展同样有重大关系，这就是：科举制的废除、新式学校的设立和留学生的派遣。

科举制的废除，一是由于制度本身发生了流弊，已不能达到原来的目的；二是由于它可以障碍新教育的发展，妨害当时一般的图强御侮需要。废科举是一种消极办法，设立新学校才能积极地造就通才，挽救危局。派遣留学则一由于旧式教育机关尚未完全革除，新人才一时不易多得；二由于自己多设新式学校，用费太大，一时不易筹出；三由于新式学校普遍设立起来，教师人选亦很不易；

四由于外国学校办得极好，极便往学。

翻译西书，废除科举，新设学校，派遣留学，这四件大事造成了中国学术文化史上的一大转变，同时也为现代中国的学术研究事业打下了一个初步的基础。

中国的大学教育自逊清光绪二十四年京师大学堂成立到现在，总算已有四十三年的历史了。然而纯粹学术研究的机关，到民元后才有设立，正式的研究院所更是迟至民国十六年后才有成立，各研究机构工作的开展，也不过是二十年来的事。光绪二十八年的《钦定学堂章程》，在大学堂之上设大学院，并规定"大学院为学问极则，主研究，不主年限，不主课程"。翌年张百熙等的《奏定学堂章程》中改大学院为通儒院，也规定了"以五年为限，以能发明新理，著有成书，能制造新器，足资利用为毕业"。又以后民国六年和民国十一年两次公布的学制系统表内，也都有大学院的设置，"以大学院为研究学术之奥蕴，为大学教授与学生极深研究之所，不立年限"。不过虽然有这些条文的规定，而正式的研究机关，在民十六年之前，却并没有建起。因此，中国现代化的学术研究事业，其基础只能说是民国以后，尤其是民国十六年以后，才奠定的。

中国学术研究机关成立最早的是实业部的地质调查所。（现属经济部）它在民国元年南京临时政府时就已成立。其次是中国科学社的生物研究所，于民国四年在美国绮色佳城成立，民国七年迁回本国。再次是北京大学研究所的国学门，成立于民国十年。自此以后，各种研究调查机关渐渐增多起来。中央研究院旋即于民国十七年四月正式成立，成为中华民国学术研究的最高机关，担负研究科学，和指导联络奖励学术研究的任务。自中央研究院成立，各大学的研究院所亦相继成立，抗战以后，各大学的研究院所又多增设。

目前我国纯粹学术研究的机关，就其隶属不同，可以分做三类。一类是国立独立的研究院所；一类是附设于公私立各大学的研究院所，这中间又可分为正式的及非正式的两种；一类是附设于其他行政机关，或学术研究团体，或私人研究机关的研究所、试验所、调查所，等等。

第一类的研究机关有国立中央研究院的十个研究所，计为：物理、化学、工程、天文、气象、地质、动植物、心理、历史语言、社会科学。有北平研究院的九个研究所，计为：物理、化学、镭学、药物、生理、动物、植物、地质、史学等九所。

第二类的研究机关，截至抗战前止，有属于公私立中央大学、中山大学、北京大学、清华大学、南开大学等十一个大学一个学院的二十六个研究所，四十五个学部。这中间有理科研究所八个，十八学部；文科研究所六个，十一学部；法科研究所五个，七学部；农科研究所三个，四学部；工科研究所两个，二学部；教育研究所一个，二学部；商科研究所一个，一学部。

抗战以后，由于事实上的需要，各大学的研究所部又多增设，虽尚无可靠的统计，但学部的增加，当不在二十以下。

以上是指各大学经教部认可设立的研究所部而言。另外各大学有些研究机构，因各种原因，未能正式成立，不过它们也有相当的工作。此如中央大学的机械特别研究班，中山大学的细菌学研究所、解剖学研究所、病理学研究所、生理学研究所、两广地质调查所、土壤调查所、药物学研究所，华西大学的中国文化研究所，齐鲁大学的国学研究所等等。

第三类的研究机关，现有经济部的地质调查所、工业实验所，农林部的农业实验所，军政部的兵工研究所，中央政治学校的研究部，湖南、河南等省的地质调查所，静生生物调查所，黄海化学工业研究社，中国科学社生物研究所，中国西部科学院，热带病研究所，地政研究所，地理研究所，民族文化书院，复性书院，以及各机关的研究室、实验室等等。

除上述三类研究机关以外，还有各种专门的学会，也同时能担任一部分研究的工作。欧洲学会发源于意大利的拿玻里（Naples），这是西方第一个科学学会，成立于一五六〇年。英国第一个科学学会成立于一六四五年，法国的第一个科学学会则成立于一六六六年。现在各国学会林立，为促进学术研究的重要因素之一。中国的学会，最早应推光绪二十一年即一八九五年的强学会，此后又有质学会、圣学会、南学会、群学会、粤学会、苏学会等等，名目甚多，但那时的这些学会，大都不是专门性质。目前我国则已有了许多专门性质的学会，如中国哲学会、经济学会、工程师学会、化学会、物理学会、农学会……等等。这些学会如梁任公所说："盖合众人之力以研究实学，实中国开明之一大机键"。（《戊戌政变记》）

综上所述，我国近代学术研究的进展，大体上也可说是我国学术向西洋吸收的进展。这个进展的历史，可粗分为三期：而即自明清之际至鸦片战争为一期，自鸦片战争至清末为一期，自民国元年至现在又为一期。在第一期中，吸收的态度是被动的，不迫切的。在第二期中吸收的态度虽已变成自动的和迫切的，但吸收的结果，实际上并未有巨大的成就，这期的工作，不过建立了我国现代化学术研究事业的初步基础。在第三期中，现代化的研究机关才渐有设立，研究工作也渐有进步,特别自民国十六年全国统一以后,政府对学术研究事业渐能注意扶植,学术研究事业乃有了真正的开展,现代化的学术研究基础,至是乃得奠定。

两百年来吸收西洋学术的结果,使我国已渐渐走上了现代化的道路,然而现代化的程度,距离欧美若干先进国家,还是相当遥远。两百年来的努力,我国现代化的学术研究的基础虽然有了,可是如何发展推进,迎头赶上,却几乎还没有开始。可是现在不能不是应该开始的时候了。

第二节　过去学术研究对国家进步上的贡献及其批评

一四九二年哥仑布发现美洲是近代史的起点。这件事更正了人类对于宇宙的观念,并且引起伟大的科学结果,因此也可算是近代科学史的起点。当哥仑布的时代,航海学、气象学都还没有发达,行船全靠人力或风力,除了指南针以外,别无旁的科学设备,一入大海,全船的生命财产,悉听自然界的支配,生死存亡的消息,也无法使祖国的同胞知道。可是当现代美国和苏联的南极北极探险家出去探险的时候,就不同了。冰海可用强有力的轮船冲过,轮船不得到的地方就利用飞机,并且每日皆用无线电向全世界报告消息,数万里外,近如咫尺,沿途的重要事迹,都用有声电影记载。美洲发现到现在约有四百五十年,这时期中,尤其是最近的一百五十年间,科学的进步真是迅速,从前人一天所走的路程,现在普通飞机十五分钟就可飞到。从前一个月消息才能传到的地方,现在一点钟内电报就能送到,或数分钟内就可亲自对话。从前一人讲话的声音,至多只能达到千余人,现在他的声音可以传到全世界。从前数百人所不能做的工,现在一个人不费多力就能做成。藉着科学的知识,近代化学家能制造二十多万种有机化合物,数目远超过自然界原有的有机化合物。生物学家能利用优生学原理产生优良品种,最近更能利用 X 线来帮助天演的进化……

物理学家密尔根说:"科学在一百年内改造了世界。"一百多年前,今日所谓物质文明先进的国家,他们人民的衣食住行等生活,与我国内地人民彷佛,但自自然科学引起工业革命以后,他们的生活文化就有了突飞猛进,使整个世界的潮流为之改观。密氏这句话,实有至理。

科学在最近一百年内改造了世界,可是在这一百年内,中国却并未改造完成。这当然不是因为科学本身无力,而是因为中国的科学太不发达。张之洞可算是清末很开通的人，可是"中学为体，西学为用"这在当时视为切实的主张，其结果不过是延缓了科学的真正进步。不过我国虽还没有改造完成，而一百年来，特别是近二十年来的努力，科学研究对于我国进步上的贡献，也已有很多的表现。

大体而论，近百年来的科学研究，至少已使我国渐渐走上了现代化的道路。许多不良的传统，如墨守陈法、顽固迷信、不求进步、排斥外国文明等等，已经渐渐消灭或减弱了。许多现代化的基本设施，如新式的工商业、铁道、公路、邮政、电讯、大学、研究机关，等等，已渐渐设立，并已渐渐普遍起来了。我们的成就比之欧美几个先进国家当然差得还远，不过和百年前，甚至五十年前的我们自己相比，我们的确已进步到有了一个差不多完全不同的面目。

我国学术研究二十年来的成绩，有几个部门已达到了很高的水准，若干学术研究机关的工作，对国家实际的建设也已有了一些贡献。

在地质学方面，我国的成绩比较出色。地质调查所在丁文江、翁文灏二先生领导之下，不仅在我国学术研究界中占有最高的地位，就是在国际间也有很好的声誉。从民国五年到十年之间，在瑞典地质学家安特生指导之下，经该所发现的新铁矿有一万万吨之多。同时所有北方的重要煤田，都经过了科学的研究。该所基本的职务是测量全国的地质图，二十年努力的结果，截至二十四年止，测量的面积已经一百五十万方公里以上，已够做十二张一百万分之一，每张包括纬度四度、经度六度的地质图。到一九三五年为止，中国地质学家所发表的著作，已有一一六八篇，可是这还是一个不十分详尽的统计。

在古生物学方面，二十年来在美国葛利普（Grabau）教授指导之下，有了不少成绩。地质调查所出版一种《古生物志》，专门叙述这种工作的结果，从民国十年到民国二十二年，一共出了七十册，共有六千四百多页，作者除国人外，还有美、德、法、瑞典各国人士。《古生物志》成了国际上有名的刊物。

在考古人类学方面，民国十年安特生在距北平一百里的周口店地方发现了脊椎动物的化石。民国十六年，地质调查所得到了罗氏基金的补助，由布拉克主任领导杨钟健、斐文中诸先生在周口店石灰山洞开始大规模的发掘。发掘的结果，就发现了所谓"北京人"（Sinonthropus Pekinensis）的骸骨。这是世界上最古人种之一。到民国二十四年为止，已寻得二十多人的遗骨，并且有石器和用火的遗迹。这是我国对于世界先史学上极大的贡献，外人曾推为二十世纪世界上最大的发现之一。中央研究院在河南安阳发掘殷代旧都与陵墓的工作，也甚为国际考古学界重视。

生理学是我国最发达的一门实验科学。《中国生理学》杂志业已出了十五年，且仍继续在出。这个杂志已为外国同行所承认，英、美、德三国的提要杂志都按期摘录它的论文。据国立中央究研院所出版的《中国科学著作目录》中，生理研究论文，在一九一九年前，每年不到十篇，自一九一九年至一九二二年间，每年约有二十篇，到一九二六年，便已增至四五十篇，一九二七年后，数目增至百篇左右。一九三七年，《中国生理学》杂志编辑部决定每年共出二卷，约一千页，所载论文的数目，就增加到一百五十篇。同着这个数量的增加，还可见到国内工作机关和工作人员的增加，以及工作品质的进步。

物理学方面，自一九二八年至一九三九年初，中国学者所发表的论文共有二二五篇。如果我们将这二百多篇文章分年排列开来，就可以见论文的篇数，也是逐年增加，而以一九三六年发表的为最多，约有五十篇，几占全数四分之一。

二十年来各部门学术研究努力的结果，还可以从我国各种发明品专利的数量和种类上看出一点。计国民政府前实业部依照《奖励工业技术暂行条例》所核准之专利案件，自民国二十一年至二十六年间，共一二三起；现经济部自民国二十七年成立至三十年五月底止，依照原条例核准者二十五起，依照修正条例核准或已予公告者一百起。总计实业部及经济部所核准案件，共二五八起。就核准专利物品及方法之类别言，为：（一）机械及工具，（二）电气器具，（三）化学，（四）印刷及文具，（五）交通工具，（六）家具，（七）其他杂项。按《奖励工业技术暂行条例》于民国二十一年九月公布，其细则于同年十一月公布，事实上的实施，二十二年才开始。二十六年下半年，因战事关系，专利案自然较少，在这四年半的时间内，共核准一二三案，平均每年二十七案。经济部于二十七年核准十六案，二十八年二十一案，二十九年四十六案，三十年五月底止四十八案。二十七、二十八两年之所以少，乃因前方军事情形尚未大定，大多数人民还不能安心研究的缘故。所以大体而论，每年实都有增加，以后自必更多。这些专利案件中，大都是发明品，这些发明品不消说就是我国二十年来努力科学研究的一部分成绩。

我国若干研究机关近年来也已渐能利用科学方法来研究我国的原料和生产。我国工业落后，要自己有新异的发明，很不容易，然而我们有特殊的天产、传统的技能，假如我们能了解我们原料的质量、生产的原理，很容易利用新方法来改良旧的工业，或是开发新的富源。关于这一点，中央研究院行之已有一些成绩，例如：

浙江平阳矾山铺地方，向来出明矾，但一直到十年前该院派员去调查后，才知道这里竟是世界上第一大矾矿，储量将近三万万吨。矾矿（Alunite）原是一种硫酸钾铝，我国现在用土法把它制成明矾（Alum），价贱销窄，每年出产不过百万元。假如能把原来的矾矿，一方面制成氧化铝，作为炼铝的原料，一方面制成硫酸钾，或是利用一部分的硫酸，制成硫酸铔，所得到的结果，就可从用途很有限的明矾，变为几种销路极大的必需品，每年生产的能力，一定也可以增加几十倍。这问题前经该院化学研究所和塘沽的化学工业研究社一起研究，虽尚未完全成功，但前途是很有希望的。

瓷器如前所说，在一千五百年前我国已经发明，而且制作甚精。但近年以来，我国瓷器业竟渐衰落，无法与日本的瓷器竞争。这是因为我们制瓷器的工人，只知道照老祖宗传下来的旧法制造，对于一切作用，知其然而不知其所以然，所以不但不能进步、改良，而且因为原料质量的变迁，出产品反而退化起来。又因为外国瓷器用机器生产，质量有一定的标准，我们完全用手工，质量不能一定，同一个窑的出品，大小形式都不能一样。该院工程研究所附设有一个陶瓷试验场，先与地质研究所合作，把江苏、浙江、福建、江西、湖南各处的陶土釉料。澈底研究它们地质上的成因、储量，用标准的方法，采取矿样来分析试验，使各种的原料，都可以标准化（Standardization），然后选矿量最丰，矿质最适用的原料，用小规模的机械，试验制造陶器。这种工作，已有相当结果。

棉花有几种重要的病害，叫做炭疽病、角斑病、苗萎病和立枯病，都由于细菌妨害棉子。这种细菌，一部分附生于棉子的壳上，一部分藏在土壤里面。在外国都是在播种时，一面把棉子用药品消毒，一面把毒药撒在土壤里面。但这种方法，在中国却都不能采用。一因药要向外国买，价钱太贵；二因我国农民太穷，化不起这种消毒的资本。可是这种病害，在我国极其流行，每年损失很大。这个问题，经该院动植物研究所派员研究，已有了解决方法了。试验的结果，如果在播种以前，先把棉子放在滚水里浸过，棉子壳上所附生的毒菌，都可杀死。棉子壳厚，在滚水里浸过，不但无害，且可以使它早点发芽。再用氯化汞和草灰涂在棉子上面，然后播种，各种病害，完全可以消除。氯化汞是一种毒药，可以消灭土壤里的病菌。因为不撒在土里面而用草灰相和，杀菌的效用相同，而所需要的数量则可以减少。而且我国农民的习惯，都先用草灰拌子而后播种，所以如此办法并不多费人工。用这种方法来种棉花，每一亩棉花只要化目前几角钱的代价，就能完全防止四种病害了。

麻黄原是中国的旧药，但用法极不科学，近年才有人研究证明麻黄里所含的精，是治喘病的特效药，麻黄的真正作用才明了。该院化学研究所和北平研究院药物研究所，近年都在研究中国药材，渐有成绩。

关于食品问题，该院化学研究所也已着手研究。一般人都知道，我国劳工效能极低，一个人工作十二小时平均只能挖煤半吨，英国的矿工，在差不多同样的情形之下，工作八小时，却能挖煤一二吨。可是第一次欧战时我国劳工到法国去挖战壕，吃了面包牛肉，工作的效能便马上增高到和西欧人一样。我国的学生体格发育大都不能健全，与外国学生比较，情形也一样。这都因为所吃的东西，不够营养。化学家如能研究我们通常的食品，决定它们的营养价值，可能使我们以科学的根据，在国民经济能力范围之内，改良我们的食品，以增进一般人的工作效能。

以上所举，不过是就中央研究院随便举几个例，其他研究机关，对于学术应用的问题，近年来也同样已渐加注意。

我国学术研究事业二十年来的努力，对于学术理论和国家实际建设都已有了一些贡献，这是事实。不过我们也不能讳言：第一、我们的学术水准距离欧美先进国家还是很远；第二、我们的学术研究贡献还远不能适应国家建设的迫切需要。我们的学术研究因为一向侧重理论的和实验室内的工作，因此一方面是与国家生活失却了紧密的联络，没有尽可能协助国家各种建设的工作；一方面也就同时失却了从实际工作中改正理论、发展理论的机会。

二十多年来的学术研究事业，成就不容抹杀，可是不健全的地方也真多。政府没有负起积极领导、积极援助的责任，研究机关的经费穷困万分。研究本身又不着重国家当前迫切问题，许多研究不免成了装饰品。这些研究都未能出以比较通俗的形式，使一般人更少能了解学术研究的意义与重要。学术未能注意综合、统整，许多研究是支离破碎，似实在而空虚，所谓纯粹研究与实际应用在大多数场合上迄未统一。整个事业的进行漫无计划。全不考核，机关与机关之间，有或不能合作，有或不知合作，重复浪费，叠床架屋。若干机关的主持人员形同官僚，自己不作研究，因此手下人也不研究。青年研究工作者的训练培植依然还没有确实的办法……这样的结果，就是使我国在逢到当前这种大难时，学术研究并不能发挥出巨大的力量。

总裁在廿八年三月五日招待第三届全国教育会议出席人员的演辞中,曾严重的指出:教育应注重生活的改造。……生活的改造,本是教育唯一的功用。我们中国近几十年来的教育,偏重于知识技能的传授。……所教所学的东西,几乎与实际生活毫不相关,或且根本脱节;以致教育自教育,而一般国民和青年的生活,完全不适合于现在时代的环境。……现在正是我们一面抗战一面建国的时期,我们教育界一定要知道,我们教育的一切,都要适合于军事,最后归向于军事;要教成一般青年和国民,人人能够卫国自卫。如此,学问技能,才有用处,教育才有功效。否则,无论讲天文,讲地质,或是学其他人文科学或自然科学,如果不能趋向于卫国自卫的总目标,这种教育,就是卸除武装的教育,教出来的学生,无论学问怎样高深,只是一件装饰品,甚至是一种浪费。国家失其保卫,学者也只有作他人的奴隶。……我们从前的教育,全是卸除武装的教育,于国家民族,只有害处,而无补益。今后我们一定要注重根本,将教育武装起来,来造成健全进步的新国民,建立富强康乐的新中国。

总裁这种对过去教育的指摘,和今后教育的指示,同样也可以应用于我国的学术研究事业。过去学术所研究的东西,也是偏重于枝枝节节的知识技能,也"几乎与实际生活毫不相关,或根本脱节",也"只是一种装饰品,甚至是一种浪费"。唯其希望这种事业能够得到正常迅速的发展,所以批评宁可失之苛刻。

今后的学术研究事业,必须要趋向于卫国自卫这个总目标!不这样,学术研究的存在,对国家就失去了意义,同时它也就无法获得盛大的发展。

至于如何改进过去的缺点,当于以下各章分别讨论。

(本章参考下列诸书文:一、周谷城《中国通史》第四篇、第五篇,开明;二、丁文江《我国的科学研究事业》,载部编《教育播音讲演集》第一辑,商务;三、魏学仁《近代科学发达简史》,载同上书;四、曾昭抡《中国学术的进展》,载《东方杂志》卅八卷一号,三十年一月一日;五、欧阳苍《中国十年来的新发明》,载《中央周刊》三卷五十期,三十年七月廿四日;六、汪敬熙《我国的科学研究事业》,载《星期评论》三十四期,三十年九月十五日。)

第二章 发展学术研究的基本条件

在抗战中间,中国在学术研究方面的落后情形也暴露无遗了。学术研究并没有能充分地配合抗战的需要,而发挥出巨大的力量。一直到现在,学术研究对于当前的抗建大业。依然只是站在一个无足轻重的,而且差不多是旁观者的地位。

学术研究今天还不能适应抗建的需要,简单说,这是由于两个原因:第一、中国现代化的学术研究到今天不过十余年的历史,并且在这短期内,也不曾有过大量的充实与发展。以基础如此薄弱的学术研究,要适应如此迫切巨大的抗建的需要,当然十分困难。第二、学术研究的基础固然太薄弱,而十余年来学术研究所行的路向实在也太嫌空虚,换句话说,也就是太不切实。不论是人文科学、社会科学,甚至自然科学,几乎都不免是一种学院派的、实验室派的,或温室派的废话高谈。它们之间虽程度稍有不同,而鲜补于国家社会的实际建设则一。学术的表现,差不多只成了一种纸上工夫、学术的功利,不过表现在学术可以藉这个幌子去取得功名利禄。以如此薄弱的基础,再加上了这种不切实际的倾向,学术研究今天还不能胜任负起抗建的大任,甚至还依然只是一个旁观者,毋宁说亦是必然之事。

造成这两个原因的又有许多别的因素。我们今天讲发展学术研究,首先就要准对上述两种落后的情形加以挽救。即一方面要谋其基础之稳固充实,他方面又要谋其发展方向的正确。所谓归于正确,我的意思就是说归于切实。即么我们将如何挽救,如何发展我们的学术研究。在讨论到这个问题时,自然就必需涉及造成上述两个原因的各种因素;不过无疑在这里实无法把它们一一都论及。若干种比较重要的因素,如果在负的意义上说它们就是中国学术研究所以薄弱无力的缘由,那么若在正的意义上把它们提出来,就也成为发展中国学术研究的基本条件了。为方便起见,我把这些条件分成四点,论述如次:

第一节 积极领导,积极援助

一国学术研究的发展,先决条件之一,是要看其政府对于学术研究事业是否关切,是否重视,是否有积极的领导与援助。是则有发展,或有大量的发展;否则无发展,或虽有发展而极为微小。现代以来,政治上的组织日趋严密,其劳力往往足以控制各种事业。学术研究事业欲在政府的漠不关心中自发地成长已困难了,欲在政府的有意压抑下生长则更困难了;反之,若政府能支持学术研究,或更能积极予以领导与援助,则学术研究的发展,自然可以一日千里。苏联革命以来学术研究的飞速发展,就是一例。

政府对学术研究的支持,从消极方面说,是放任现状,不故意去阻碍其发展;从积极方面说,是改革或推进现状,根据自己国家的需要,切实予以领导,予以援助,加速其发展。现代各国政府对学术研究的支持,这两种情形是都有的。不消说,如果是在一条正确的道路上,那么对学术研究采取积极支持的态度,对于自己国家的建设、文明的进步、生活的改善,当然都是更有利的。

我国政府对学术研究事业的态度,最初是漠不关心的。大学教育自逊清光绪二十四年京师大学堂成立到现在,总算已有四十三年的历史了,然而如前所述,真正算得上学术研究的机关,一直到民元以后才有设立,而正式的研究院所,则更是迟至民国十六年后才有成立。

我国政府对学术研究事业的态度,在最近十余年来可说已离开了漠不关心的阶段,但其进步也多以消极的支持为止。这态度表现在学术研究事业的量上便是增加的迟缓,在质上便是和国家生活的基本事业联系不够密切,基础薄弱和差不多离开了实际,这便是我国政府十余年来对学术研究事业不曾积极领导、积极援助的结果。

我国学术研究事业在量上的贫乏和不如人,已见前述,再就学术研究工作的情形来说,我国的情形也远不如人。科学家蒲朗克曾说,科学的终极目的,在于致用。学术研究的终极目的,也是一样。一个国家,所以要建立学术研究事业,其目的就在要藉这种力量,改革旧社会、旧文化、旧生活,而建设新社会,发展新文化,创造新生活。然而如果学术研究并不跟当前的生活有密切的接触,那么这些目的,当然就无法达到。而我国十余年来的学术研究事业,恰恰走上了这样一条岔道。

无可讳言,一直到今天,我国从事学术研究的人员十有六七还是在实验室、研究室、图书馆中进行其工作的。他们所接触到的,除了一些不完备的仪器,就统统是书本子上的知识。他们远远地离开了四周沸腾澎湃的生活,因此便没有机会来改正、充实他们的工作。研究工作的进行,只按照他们个人的倾向,没有计划,没有监督。

这样的结果,学术研究与国家生活之间就失却了必要的联络,而这种恶果,在抗战以后,许多人也就充分尝到其苦味了。无可讳言,学术研究在抗战中间是并没有贡献出其应有的巨大力量。一向倾心于古典研究的人文科学、社会科学者们,他们的惟一本事就在牵拿补衲,繁征博引。这种本事看似踏实,其实十分空虚。因为凭这本事,他们对当前问题,便茫然不解,对当前大难,便无从出力解救。而那些一向倾心于"纯粹的"、"理论的"研讨的自然科学者们,当他们一旦离开了实验室和图书馆时,也变成了手足无措,无能为力。平心而论,抗战以来我国在各方面的进步和建设,出之于纯粹学术研究机关人员的贡献者,真是少得很,倒是那些被摒在纯粹研究机关里工作的人们,凭了他们在现实生活中的观察、实习和经验,对国家进步尽了很多很大的力量。

造成这种失败的原因主要是由于政府支持力量的不够。十余年来政府对学术研究事业的支持除了拨出一点点钱以外,可以说就别无表现。它自己既没有一个发展学术研究的整个计划,也并不督促各学术研究机构去设立一个计划,或者是虽然有计划,因为计划不善而行不通;虽然有计划,而并不努力执行,或并不监督各机构去切实执行。因此整个学术研究事业的进行是几近自发性的。大量的重复浪费,迟缓的进度,对国家需要的极少贡献,这便是它自发地进行的结果。

在这一点上,苏联的情形就完全不同了。在苏联,革命以前学术研究的进行也是按照工作者个人的倾向而无任何计划的。但在革命以后,学术研究工作便经过积极的调整,而有了基本的改造。学术研究工作有了一种新的特性、新的内容,这就是学术研究本身和工作人员对于实际生活的密切接触。"纯粹的"理论被放弃了,根据于理论与实际统一的原则,学术研究事业与苏联国家生活及工作建立起了密切的联系。整个学术研究的工作,都使之适合于整个社会主义建设的各种需要。一切研究工作的进行,他们都务求直接有利于国家的建设。学术研究上若干实际问题的研讨和解决便利了两次五年计划的顺利完成，这使研究工作在实际上具有了无比的重要性。而这就同时也造成了苏联学术研究事业的盛大发展。苏联政府积极领导学术研究的结果，便是如此。

苏联在积极领导学术研究事业上的成功，是不能否认的。虽然我们对苏联的政治制度并不同情，它供给了我们一个具体的前例，使我们知道应该采取那一种政策，学术研究事业才会有大的发展，学术研究在国家生活中的比重，才会有急速的增加。

学术的研究与创造在今天已成为我们抗战建国期中迫切的条件之一，前述各种阻碍发展的因素，此时必须立即加以扫除，扫除的办法，可以具体提出两点：

第一点，是政府应该积极充实各原有研究院所的内容。如果没有特殊的必要，同性质的研究院所暂时可以不再添设。充实内容可分两方面说：一方面是设备的充实，一方面是人才的充实。设备的充实包括图书、仪器、机械、房舍的补充、添购和修葺；人才的充实包括外国学者的礼聘、原有人才的添聘、培植和审核调整。这两方面都需要大量的经费。

说到经费，我国十余年来用在学术研究事业上的经费实在是太少了。已故中央研究院总干事丁文江先生于其《我国的科学研究事业》一篇讲稿中曾经指出，在民国二十四年以前的几年中，政府每年所用于科学研究的经费，合计起来在三百五十万左右，加上私立的团体如北平静生生物调查所、塘沽黄海工业化学研究社、南京中国科学社生物研究所、重庆西部科学院等的经费，公私两方面用于科学研究的款项，每年大概有四百万元。

丁先生在作了这个估计之后，为要使一般人知道这个数目的意义，曾拿其他各国来作比较。他说，据美国中央科学研究评议会（National Research Council）的估计，美国每天所用于工业研究的费用，约为七十五万金元。所以我们全国用于科学研究全年的经费，还抵不上美国用于工业研究的两天的款项！而且上面所说的数目，还不包括美国各博物院、各大学及政府机关，如中央地质调查所之类；单是地质调查所，每年的经费就有三百万金元之多。各项合计起来，美国全国每年用于科学研究的款项，至少有三万万金元。照二十四年的汇兑，约有当时国币九万万元。所以丁先生说，我们用于科学研究的经费，还抵不上美国二百分之一！丁先生又说：据赫胥黎（Juleau Huxley）估计，英国人用于科学研究的费用，约为美国四分之一，就是比我们要多五十倍！我们的人

69

口,比美国要多四倍,比英国要多八倍,我们一切工业学术都比英美人落后一百几十年,由此可以知道我们现在所用于科学研究的经费,与我们的需要相比,真正不过是九牛的一毛!

丁先生这种慨叹是在二十四年的冬天,然而如果丁先生现在还活着,又将如何慨叹法呢? 二十四年用在学术研究事业上的钱还有四百万,而现在呢? 数目也许是增多了一点,而实际的价值,怕还抵不上当时的四分之一! 如果美国的数目也并未增加,依照目前的汇兑,那么我们岂不是还抵不上它的千分之一?!

自然,这是因为我们目前正遭逢着空前的国难;我们虽然不满,却无法怨怼。不过学术研究事业在抗建期中既占着这样重要的地位,就是万分困难,政府也应该尽量设法,达到有慷慨的增加。

关于人才的充实,当在第五章中详述。

第二点,是政府应该积极领导学术研究机关的工作。积极领导的涵义有两方面:一是有积极建设的计划,一是有积极执行计划的行动。研究工作的进行脱离了社会实践,学术研究鲜有裨于抗建大业,这都是以前政府对学术研究没有积极建设的计划所致。但单有了计划,还是无用,必须同时有积极执行计划的行动,学术研究才会有真正的进步。设计工作如果不顾及计划执行的进程,这就和脱离实际生活的研究室的设计工作没有两样。一切成了纸上具文,成了空架子的计划,就因为计划并没有和执行工作,以及审查执行程度的工作联系起来的缘故。关于这点,在第三章里我还要详论。

政府今天对学术研究的积极领导必须表现在切实把学术研究者的创造工作,去与我们抗建期中整个计划发展事业衔接起来。务使专家研究所得的结果,在最短期内,就可为建设国家新生活之助。一切非实践非现实的倾向必须加以肃清。学术的研究、创造、教导和应用,应使其处处与国家的建设计划取得一致,应使学术活动成为抗战建国整个计划里的一个积极构成部分。国家的整个政策便也应该是学术研究领域里的政策。

我们切盼政府积极领导学术研究的目的,是希望能得到在抗战建国这个大目标下全国所有学术研究人员力量的共同大量发挥,共同大量贡献。在学术研究工作上的积极领导,其真实的含义应该是相互尊重、相互合作、相互讨论与相互协助。学术上的领导其最好的形式是以学术领导学术。领导的态度应该是一种长兄与幼弟的态度,循循善诱,反覆譬说,虚心爱护,无半点凌厉之气。我们切盼于政府的,便也是这样的一种态度。因为只有在这样一种态度的领导之下,学术研究才真会开展,对抗建大业,才真有利益。

第二节　自由研究,自由批判

人类社会全部的历史就是一部争取自由的历史,对于自由的愿望,特别在今日,在人类活动的各方面表现得尤其显著。自由是今日人类的生活与思想所需要,正像鱼之需要水一样。今日人类的一切努力,就在获取自由,实践自由。自由是一切进步、一切创造、一切德行的源泉。

学术研究就必须也要在自由的状态之下,始能获得盛大的发展。这所谓自由的状态,我的意思就是指在一个大目标下的自由研究与自由批判。十四世纪至十六世纪欧洲的文艺复兴运动,其最大的成功是"人类的自觉",意思就是说:"我有耳目,不能绝聪明;我有头脑,不能绝思想;我有良心,不能绝判断。"近代科学研究的发达,就是这种思想精神的表现。

然而学术研究这种工作,在人类的历史上却老是在一种不自由的状态之下的。一部学术发展的历史,里面充满着许多学人为争研究的自由的事实,读过威尔生(Grove Wilson)那本 *Great Men of Science*(《科学名人传》)的人,就会知道,这里不必多说。

学术研究的不得自由在中国历史上更是常事。而这也就是为什么中国的科学会停滞而特不发达。古书载周穆王时曾有一人献傀儡于王,这种傀儡竟能自己行动,自己唱曲,当时给穆王见了,大吃一惊,认为这种"奇技淫巧"存在于世,则必有碍于他的王位,于是就把傀儡毁了,做傀儡的人杀了,"斩首示众","以儆效尤"。所以在周朝的律令中,有"作奇技淫巧者斩"的一条。明代定都金陵,每年端节竞渡,至为热闹,于是有一善为"奇技淫巧"者创造了一只龙舟,献与成祖。这龙舟内部装有机器,不需人力,划桨能自己划,舵也自己把,甚至龙眼龙鳞,都翕翕能动,放在江上,宛如一条生龙。成祖见了,大为震怒,认为这是"奇技淫巧",于是立刻又把制作者杀了。

此外,唐以后"以文取士"的科举制度,也是学术自由研究的障碍。科举制度使绝大多数读书人的精神活动都锢闭在古籍的钻研之中,消耗在陈腔烂调文字的模仿之中,使他们在无形中萎弱腐化,放弃了研究与创造。

我们相信,如果自古以来作"奇技淫巧"者不被推出斩首,那么即使不得奖

71

励,中国的科学也必早已有相当的发达;如果自唐以来取士的制度并不限于科举八股,那么中国的科举也必早已有盛大的发达了。如果事实上不能得到奖励,那么放任学者有研究的自由,便也还可以造成学术的发达。

学术研究必须自由,但这当然不是指那种无目的、无意识、无知觉的自由。这乃是一种有计划、有决心,能为国家人类远大幸福的利益而积极努力的自由。自由两字在学术研究工作上的涵义,决不应该是"一盘散沙"、"茫无头绪"、"不着边际"的意思。它实是指一种决心、一个目的或一样计划,在造福国家人类的标鹄下,所表示的一种积极的创造与努力。我们现在倡导学术研究的自由,决不是要使学术研究脱离了抗建大业而自由,反之,却正是要使学术研究能够在抗建这个大目标之下,作一种积极普遍的创造与努力。

在抗战建国期间,一切学术的研究应该服从抗战建国的利益,就是要以争取国家民族的独立生存、实现三民主义为最后目标,服从的应该获得充分自由,违反的就不在自由之列。这就是为什么汉奸们危害祖国的理论不但不应给以自由,还应加以扑灭。

第三节　民族内容,民族形式

发展学术研究的另一基本条件就是学术研究必要有民族的内容,必要通过民族的形式。

所谓必要有民族的内容,意思决不是肯定学术之民族的狭隘性,更不是要颂扬一切中国固有的文化,或一味拒绝其他民族进步的学术思想之研究。这乃是要将世界学术研究的最新成果,以及我们自己学术研究的最新成果,应用于中国民族当前各种现实问题的解决,适应于中国民族生存发展的需要。具体地说,所谓学术研究的民族内容,就是学术研究所从事者,即为我们民族国家当前迫切需要解决的各种实际问题,而其根本目的则在实现三民主义,确保民族的生存和发展。

学术研究的有价值,主要是由于它和民族生活有密切的关系,有所改善和增进。二十世纪中国民族生活的主要特征是从帝国主义与封建残余的双重压迫下,在受着苦难,在觉醒过来,在团结着、战斗着,一直到现在发展为神圣的抗战建国。这个特征也就应该决定中国学术研究工作的性质和方向。中国的学术研究,为要在政治上帮助自己民族达到反帝反封建的任务,它就必须是:

一、澈底地服从抗战建国的利益的。

二、澈底地以现代进步科学与现实主义为基础的。

三、澈底地与民族各方面的生产建设计划和配合的。

四、澈底地以中国民族自己的生活形式为其表现方法的。

由上述见地,所以我们也不能不反对学术研究十余年来一贯采取的那种专治古代问题的办法。这种办法自然多半是指文史方面的研究而言,但社会方面的研究也并非是没有这种习染。这样的结果,几乎是使文史方面现代迫切问题的研究在纯碎学术研究机关里见不到了踪迹。我们所看到的,只是些研究与目前不关痛痒的古代问题的人,只是些盲目尊古的新顽固派、新式腐懦,只是些对目前问题"如入云雾中"毫无理解毫无解决能力的人物。任何一个研究当前问题的计划,在教授们的协议之下,十有八九是通不过的。因为他们不喜欢现代问题,也因为他们同样不知道现代问题。不论是那个作家,那个问题,那本书籍,其时代越早,那么被欢迎去研究的程度也就越高;至于研究了这问题有何用处,或如何才能研究出对当前生活的用处,却可以完全不管,完全不懂! 我们是不是因为那些古代的问题也是属于中国民族的,就可以赞同他们的那种办法呢? 自然不赞同!

研究古代的问题,原也不是没有用处的。一个国家学术上的新创造,必须先要求旧文化的熟悉,得到旧文化中优良成分的滋养。但要做到这一点,研究工作就应该有正确的观点、正确的方法。这就是说,这种研究必须以现代历史科学的观点去研究古代社会的意识形态,具体地去了解中国民族发展的历史,从中去发掘出古代那些问题的根本,更从而根据了对古代问题的认识,来比较研究现代的问题,来设法解决现代的问题。研究古代问题的目的,应该是为了要解决现代的问题,研究旧学术的目的,不是为了发扬旧学术,而是要创造新学术!

研究文史方面的古代问题,如果方法观点都很正确,原来也一样可以科学化的。而且对于这些问题的研究,对我们的现代生活也可以有很大的裨益。中国的不容易统一,一个很大的原因,是我们没有公共的信仰。这种信仰的基础,是要建在我们对于自己的认识上面的。文史方面古代问题的研究,可以帮助我们明白我们民族的过去。例如历史考古,许多守旧者都还相信上古真有一个黄金时代,所以主张维持旧礼教,读经,复古。中央研究院以前在河南安阳县发掘商朝时代的旧都与陵墓,得到许多材料,使我们了解那时候人的生活状况。他们迷信的奇异残酷、生活的简单幼稚,那里说得上是一种黄金时代! 一个皇帝死了,殉葬的车马器皿不算外,还要砍几百个人头,埋在四面;宫室大都是板筑,因为砖瓦还没有发明。皇帝的祭祀、田猎、战争,一切都听命于卜卦,把地板上挖一个窟窿,用火灼它,然后再看上面的裂痕,来断定所卜的吉凶。所以丁文江先生便问:"如果主张复古的人是对的,复古应复到什么程度? 假如我们恢复到商朝的文化程度,我们又如何能够生活?"

同样的这些材料,如果在一班腐儒古董手里,他们就只知道抱住了甲骨钟鼎,或秦砖汉瓦,而一味称古道雅,并以为这样就已尽了历史考古的能事!

历史考古的贡献可以如此,其他方面对于古代问题的研究,也可以如此贡献。

不过研究古代问题的用处,一般而论,对于现代问题的解决到底是间接的,非主力的。譬如对于古代方言的研究,苦心焦思亦不易有很好的结果,然而即使有了好的结果,知道各种方言完全是一种语言的变相了,对于目前统一国语的运动也不见得就能有重要的帮助。新的问题来自新的时势,需要有新的方法来解决,不是可以仍用对老问题的老方法来代替解决的。因此我主张我国民族的古代许多问题,不妨加以研究,但除了在方法观点上应加校正外,还应该权衡轻重,使对现代问题的研究多得到奖励,绝不能使治古之风,依然在学术研究界中横冲直撞。

学术研究目前的任务是应该配合广大军民同胞的抗建工作。四年来的英勇抗战,使我们已经达到了与敌人相持的阶段,然而目前我们的困难同时也增加了。针对着敌人的奴化文化政策,我们应该如何建设起民族文化的堡垒? 针对着敌人的破坏我国经济,我们应该如何创设起国防工业,和确立下完善的财政金融政策? 在目前,为要坚持抗战,争取胜利,政治、经济、军事、文化各方面的国防建设都极端需要,而这一切需要,自然都有待于学术研究工作去适应,去满足。学术研究如果能充满了这些民族斗争的生动内容,那么它本身的发达发展,一定将是不可限量。

学术研究在要求有民族的内容之外,同时也要求通过民族的形式。这里所说的"民族形式",主要是指一种表现的形式,即学术研究的内容,要用一种为我们民族大多数人喜闻乐见的形式来表现。换言之,也就是要学术大众化。

学术大众化的意义,并不是奢望大众马上能在学术工作上有巨大的创造。在目前条件之下,这自然还是不可能的。我的意思是指一切关于学术研究的工具的表现,应该通过民族生活——大众的——形式。不论是讲演、报告、文章,十余年来学术研究界的一贯作风,就是力求古雅、避俗、高蹈。许多论文和实验

74

报告,都是用外国文,或用文言文写成的;其中有些文字甚至只在外国发表,国内反而无法见到。这就越发减少了一般人接近学术研究的机会。学术研究的道理可能是高深的,但我们相信如用一种通俗的形式来表现,那么一般人也未始不能懂得;而且即使不能完全懂得,至少也可以使他们有了渐渐懂得的机会。这对于发展学术研究,是一个重要的因素。

学术研究的表现应该通过民族的形式,实在是一种极重要的工作。学术研究表现的大众化,可以渐渐把学术由少数人的手中归还于大众的手里,这将直接有助于民族的解放。

第四节　学术专门,学术统整

学术要分析,要专门,又要综合,要统整。就研究者而言,便是要专家,又要通人。学术无专门不能有深博的统整,无统整不能产生伟大的作用,人材非专家不能,然而必须要有了通人,才得为经世之业。有统整与通人,学术研究才能发展发达。

十九世纪资本主义发达以来,认识方面的特征之一,就是澈底地实行了科学的专门化。二百年前生物学的专家是已不能不分化为动物学者和植物学者,现在则又不能不更分为某一特定格式的动物或植物的专家了。各部门的材料,巨大地增加了,各部门的现象,非常复杂而繁多,除了少数天才,能够同时研究两三个部门,一般人则都只能致力于一个部门,而且就是这样费了他的全生涯,也仍未必有成。

近代各科学术的专门化,乃是一种很自然的现象,而且不能不承认这是学术发展史上的一大进步。不过各科学术澈底专门化了的结果,又发生出一个弊病,这就是学术的界限性和狭小性。站在科学更进一步发展的观点而论,这种界限性和狭小性,实在是一种很大的阻碍。

材料巨大地增加了,使一般人只能从事一个狭小部门的研究;同时观察技术如显微镜、望远镜等的完成,使人更其深入现象,因而在现象中见到更多的内容了。从溜水里取得的一滴水,在显微镜下,也变成了充满生命与斗争的完全世界,而对这小世界的迷恋,就蒙蔽了许多专家的通识——对大世界总原理的通识。学者用力的范围、思维的视野都很狭窄,很少能理解自己专门以外的事情,因此也很少能正当评量自己所专门从事的工作的鲜活意义了。狭小的思维极难有所创造，专家们集中全力搜集断片和细目，不过格外蓄积了、增加了一些材料而已。

专家们没有完整的方法来统驭巨大材料的结果，于是各个知识部门的活动都成了孤立的、独面的、不相联系的。他们并不知道在别的部门里，也还有自己所应用方法以外的方法，可以为自己这一部门的研究之助。因为方法的不充分，缺乏融通性而且往往是陷于陈腐，所以搜集的材料虽很丰富，却仍无法创作出进步的，或更进一步的结论来。界限性和狭小性所以会阻碍着学术的进步，就因为这样的学术研究，一方面是不免陷于重复浪费，一方面是不能充分发挥其在各方面推进建设的效用。学术研究和实际问题结连，是同时也能使学术研究本身，得到发展的机运的。

以上所谈的情形，在资本主义发展以来的西洋学术界中，是非常显著，非常普遍。然而这种情形，并不一定要在现代才能发现。学术界的分工，是在资本主义发展以前，就已存在的。不过在以前，专门化的程度或没有现在这样高，因而其弊害，也或不感到这样深吧了。然而若以我国清代有些学者对于汉学的评议而言，则他们对于汉学的破碎不通、害道无用，其观感实已至为深切，而那时的专门化，也已经程度很高。

清代汉学的琐碎不通、害道无用，如凌次仲说：

> 搜断碑半通，刺佚书数简，为之考同异，校偏旁，而语以古今成败，若坐雾雾之中，此风会之所趋，而学者之所蔽也。（《文集》卷二十三《大梁与牛次原书》）

方植之说：

> 汉学诸人，言言有据，字字有考，只向纸上与古人争训诂形声，传注驳杂，援据群籍，证佐数百千件，反之身己心行，推之民人家国，了无益处。……然则虽实事求是，而乃虚之至者也。（《汉学商兑》卷中之上）

沈子敦说：

> 近时考证家言，东钞西撮，自谓淹雅，而竟无一章一句之贯通。……秦

权汉瓦,晋甓唐碑,撮拾琐屑。(《落帆楼集》卷八《与孙愈愚》)

乾隆中叶后,士人习气,考证于不必考之地,上下务为相蒙,学术衰而人才坏。(同上)

今人动诋前明人为不通,而当世所推为通士者,率皆冒于货贿,昧于荣辱,古今得失之故,懵然罔觉,是尚可为通乎?譬之于身,前明人于一指一拇之微,或有所窒滞,而心体通明,自足以宰世应物。今人于一拇一指,察及罗纹之疏密,辨其爪之长短厚薄,可谓细矣,而于一手一足之全,已不能遍识,况一心之大、一身之全乎?是尚可为通乎?(同上卷八《与张渊甫》)

数十年来学者……闻见自夸之人多,读书贯穿之人少。(同上)

夫小学特治经之门户,非即所以为学;金石特证史之一端,非即所以治史,精此二艺,本非古之所谓通儒,况但拾其唾余,以瓦砾炫耀耶!(同上)

曾涤生说:

嘉、道之际,学者承乾隆季年之流风,袭为一种破碎之学,辨物析名,梳文栉字,刺经典一二字,解说或至数千万言,繁称杂引,游衍而不得所归。(文集一《朱慎甫遗书序》)

据上所引,汉学"刺经典一二字,解说或至数千万言","证佐数百千条",可知其专门化的程度之高。但由于这种专门化的界限性与狭小性,这种研究虽充满着实事求是的精神,但在客观上却成了竹头木屑之伪学,"无一章一句之贯通","游衍而不得所归","学术衰而人材坏","反之身己心行,推之民人家国,了无益处"。考证之学原不过是一种"功力"并非就是"学问"。以功力为学问,以工具为目的,就因为没有通全的认识;对于这样的学者,而欲语以古今成败,求其不"若在雾雾之中",自然不可得。而道、咸的学者,显然就不能称为通儒,而乃荒俚之陋儒。

在清代学人中,对于当时学术界这种危险的倾向认识最清,攻讦最力,提出校正的办法最切当的,就是章实斋。在《文史通义》里,他辨别学问与功力,深诋当时汉学为"征实太多,发挥太少,有如桑蚕食叶,而不能抽丝"(《外篇》三《与汪龙庄书》),为"逐于时趋,而误以擘积补苴谓足尽天地之能事"(《博约中》),为"指功力以为学","犹指秫黍以为酒"(同上)。他又辨别专家与通识,虽极力推重专家,如云:

学问文章，须成家数。（《与林秀才》）

趋向专，故成功易。（《外篇》三《与朱沧湄中翰论学书》）

学贵专门。（《家书》四）

大抵学问文章，善取不如善弃。（刘刻《遗书》卷二十二《与周次列举人论刻先集》）

但同时亦极言通识的重要，如云：

道欲通方而业须专一。

学必求其心得，业必贵于专精，类必要于扩充，道必抵于全量。（《博约下》）

夫治学分而诸子出，公私之交也；言行殊而文集兴，诚伪之判也；势屡变而屡卑，文愈繁则愈乱。苟有好学深思之士，因文以求立言之质，因散而求会同之归，则三变而古学可兴。（《文集篇》）

而归于二者之相济，如云：

昔人谓爱博而情不专，愚谓必情专而始可与之言博。（《与孙渊如观察论学十规》）

立言之士，读书但观大意，专门考索，名数究于细微，二者之于大道，交相为功，殆犹女余布而农余粟也；而所以不能通乎大方者，各分畛域而交相诋也。（《答沈枫墀论学》）

他的意思就是说，专家是通识的基础，没有专精的研究，不足以谈通识，而同时通识也是专家所必需，没有通识的专家，就是腐儒、陋儒，这种学者是毫无用处的。他说：

忖己之长，未能兼有，必不入主而出奴，扩而充之，又可因此以及彼。（《答沈枫墀论学》）

凡人之性，必有所近，必有所偏，偏则不可以言通。古来人官物曲，守一而不可移者，皆是选也。薄其执一而舍其性之所近，徒泛骛以求通，则终无所得，惟即性之所近，而用力之能勉者，因以推微而知著，会偏而得全，斯

古人所以求通之方也。(《通说为邱君题南乐官舍》)

实斋主由专而通,通以后就能够识得大道。而一般专家却都不认识这种大道,因而"纷纷有入主出奴之势"。他说:

古今以来,合之为文质损益,分之为学业事功文章性命。当其始也,但有见于当然而为其不得不为,浑然无定名也。其分条别类而名文名质,名为学业事功文章性命而不可合并者,皆因偏救弊,有所举而诏以示人。不得已而强为之名,定趋向尔!后人不察其故,徇于其名,以谓是可自命其流品,而纷纷有入主出奴之势焉。汉学朱学之交讧,训诂辞章之互诋,德性学问之纷争,是皆知其然而不知其所以然也。(《天喻》)

一般汉学专家所以于服郑训诂、韩欧文辞、周程义理出奴入主,不胜纷纷,自实斋看来,就因为他们都"未窥道之全量,而各趋一节"之故。他们都不知道这些都是"道中之一事"。什么叫做"道"?他解说:

为所当然,而又知其所以然者,皆道也。(《与朱沧湄中翰论学书》)
道不远人,即万事万物之所以然也。(《答沈枫墀论学》)
道之大原出于天,……故道者,非圣人智力之所能为,皆其事势自然,渐形渐著,不得已而出之,故曰天也。
不知其然而然,即道也。(《原道》)

实斋所谓"道",简言之,实在就是指历史发展学术演进的那种必然的总原理或总法则。明白了这种总原理、总法则,那么学业事功文章性命都足以救世,都可以相通,而无所事于门户的主奴。不明白这些必然的原理法则,所以于考订、义理、文辞三者,乃有门户的争执,所以界限狭小的专家,其为学乃只能达于功力,而不能有经世之用。不但不能济世,反有害世之弊。所以实斋又说:

学术无有大小,皆期于道。(《与朱沧湄中翰论学书》)
学业将以经世也。(《天喻》)
学博者长于考索,岂非道中之实积?而骛于博者,终身敝精劳神以徇

79

之，不思博之何所取也。才雄者健于属文，岂非道体之发挥？而擅于文者，终身苦心焦思以构之，不思文之何所用也。言义理者，似能思矣，而不知义理虚悬而无薄，则义理亦无当于道矣！《《原学下》》

实斋的意思，归结起来说，就是：学术的目的在经世，要达到这目的，那么对历史发展，学术演进的必然的原理原则，应该有贯通的认识，如果具备了这种认识，那么不论治那一种专门之学，都可以达到"通"的地步，都可以经世救世。否则就是竹头木屑、破碎不通、害道无用的伪学！

上面清代章实斋等一般人对当时汉学的讥评和讨论，在许多方面，是跟目前世界各地的有识之士对极度专门化后科学的流弊所作的讥评和讨论，是非常相似的。目前各国学术界的有识之士，所极力攻击的，也是极度专门化后，学术的破碎无用。如美国卡尔佛顿（V. F. Calverton）于其《客观心理学之兴起》一文中就曾指出一般专家的这种毛病，即现代有许多物理学者、地质学者、历史学者、心理学者，或其他科学的学者，他们都只要把他的观察，局促在实验室里，而使他的结论，限制在目前所研究的科学。他们也学旧时历史家只专力于事实之发见和叙述那种样式，于其资料之统合，往往不敢越出他的特殊研究的限制的范围以外去。他们不能从所搜集的事实里推出一般的结论来。在由四个心理学家见出的《近代心理学的倾向》一文中，他又指出，一切科学之中，最有意义的自必要算社会学。社会学的观念依存于由各科学抽取出来的事实，而各科的效力和价值，则依于其事实与其他科学的事实参照起来时得以从中抽出正确的社会学的结论那种能力。以现时的各种科学而论，大部分是在一种孤立与无政府的状态之中。物理学家不肯让他的研究涉及化学的范围，化学家也不肯侵犯物理学的研究，此其结果，逐致关于物质的构造，关于电子之性质和作用，既有一种物理的观念，复有一种化学的观念。生理学家则要讨论神经构造，讨论反射弧，讨论机体对于刺激的感受性，讨论反作用之物理的和化学的性质，然而它虽然也承认灵肉之相依存，却不肯把他的生理学上的结论，扩充做心理学的反应的解释。心理学家只求说明心理的反应，却不肯把这反应的动机和决断，推求到它的原始的不可避免的原因。……

专门家对于历史的进步，对于决定个人和社会行动，及决定并形成习惯、偏见和观念等等的经济的和地理的种种势力并无一种概念的结果，像《精神病理学》（*Psychopathology*）一书的著者坎普（Kempt）那样，就会毫无顾忌地做出谬误的推论来。坎普以为我们"对于现在的教育制度和它的清教徒的理想,对于现时宗教和社会法律的状况,对于一般父母训练儿童的状况,都应严重地加以怀疑",而他便自信已经窥见个人和社会所以纷乱的病根了。各等程度的科学家在他的特殊科学里,倘不曾对他的对象和他所搜集的证据先有过一番审慎的研究,总不肯轻易下结论;而在社会学的问题,则无论他怎样昧于社会学的因素,便要毫无顾忌地做起推论来。如果他所专的是性心理学,他的结论便完全关于性的改良;如果他是一个营养学者,他便认营养学是使社会更生的方法。(参考华通书局傅译《文学之社会学的批评》)

卡尔佛顿这种议论,正如章实斋所说的一样,他们"各以聪明才力之所偏,每有得于大道之一端,而遂欲以之易天下"(《言公上》)。他们于所专的一部分,"既竭其心思耳目之智力,则必于其中独见天地之高深,因谓天地之大,人莫我尚……而不知特为一……隅曲,……未见窥……全体也。"而章实斋的这种意思。远如庄子也已经有所发挥了。《庄子•天下》篇说:"天下大乱,贤圣不明,道德不一,天下多得一察焉以自好。譬如耳目鼻口,皆有所明,不能相通,犹百家众技也,皆有所长,时有所用;虽然,不该不遍,一曲之士也。判天地之美,析万物之理,察古人之全,寡能备于天地之美,称神明之容;是故内圣外王之道,暗而不明,郁而不发,天下之人,各为其所欲焉……悲夫! 百家往而不反,必不合矣! 后世之学者,不幸不见天地之纯,古人之大体,道术将为天下裂! 不侈于后世,不靡于万物,不晖于数度,以绳墨自矫,而备世之急,古之道术,有在于是者。"又《列御寇》篇说:

小夫之知,不离苞苴竿牍,散精神乎蹇浅,而欲兼济道物,太一形虚。若是者,迷惑于宇宙形累,不知太初……知在毫毛,而不知大宁。

庄子所谓"道"当然未必就是章实斋及我们所谓之"道",但"小夫之知"之不足以知大道,虽于今尤烈,却千古均有同感。

随着学术研究上极度专门化的流弊,各学术部门间的融会贯通,研究方法的单一化,成为十分必要。而这种倾向,自二十世纪以来,果然也渐渐得势,渐渐显著了。十九世纪的各科学术是由合而分,二十世纪则复由分而合。这是因为,各种生产部门,无论怎样相隔得远,其间仍存有同样的条件,可适用同样的方法。十九世纪科学的破碎支离,到二十世纪的今日已开始有了综合的新精神,这是本世纪生活上的一大特色,也将引来一大转变。

二十世纪科学的新综合,我们可以据其大别,作一个概括的叙述:

第一,是实验科学内部的综合。过去物理学中光学、电学、力学等部门,都不相统属,不相联络,及爱因斯坦出,应用综合法,把许多局部现象加以根本的探究,物理学乃顿呈异彩。最近原子、电子研究的结果,又把一向认为分离独立的物理学与化学联了起来。生物学者利用物理学的精细技术,研究细胞的组织,这使它在本世纪内也已改造成了一种实验的科学。

第二,是实验科学与抽象科学的综合。抽象科学所研究的是抽象的观念,不隶于数,即隶于形,它的方法偏于演绎法,是理想的而非实验的。这种抽象科学是近代科学进步的始基。从数学的系统出发,善为推演,所得结论可以与实验研究所得的若合符节,有时并能神奇地预测某种事物的出现。如爱因斯坦的相对论,就是用数学来解释宇宙现象的精辟之论。现代各种科学莫不在可能范围内尽量注重数量与统计,以数学为范围,且利用教学的结果,作实验的先导,甚至在艺术的领域中,量的概念也已占有重要地位了。(参考卡尔佛顿《艺术科学与量的概念》一文,同上书)

第三,是实验科学、抽象科学与社会科学的综合。社会科学与实验科学虽然对象不同,但它们应用科学方法研究客观事实的真相与真理,则完全一致。科学的任务,在促进思想的经济,而不违反科学方法,那么这种思想对于任何材料都能获得正确的结果。社会科学的对象人群或人为之物,虽然无时不在演变之中,复杂特甚,而不能有精确完全的度量纪录与分析,它的预测社会现象,自然比不上预测自然现象的准确,但它的推测方法,不是已不能使其逐渐严密,如现代经济学上注重统计与数量的研究,以分量的推论代替性质的推论,就可以表出社会科学进步的新趋势。

第四,是实验科学、抽象科学、社会科学与应用科学的综合。关于这一点,留在下节详论。(关于四种科学的综合,参考张其昀先生《论现代精神》一文,载《思想与时代》第二期)

由分析到综合,由专门到统整,这就是目前世界学术发展的一个新趋势,也就是现代思潮的一个最著特色。中国的学术研究工作,一定也要朝着这个方向走,朝着这个方向迎头赶上去。十余年来我们学术研究所走的途径,在客观上所表现的,乃是只有专门而无统整,虽然那种专门其实亦并不真正专门。因为没有统整,所以一切都显出支离破碎,贫弱无力。所以学者也极少通人,而有的只是一些亦非专家的浅薄的炫学派。我们的学术研究必须要做到专门化的程度，同时也一定要注重统整上的努力。学者们不但要知道关于各该部门的许多现象，还要能够自由驱使知识全复合体中多量的一般的知识。一方面能专门，一方面又能统整，只有这样的学术研究才能有高大的成就，才能对民族生活有重要的裨益，同时它本身也才能有积极的开展。

第五节　纯粹研究与实际应用的统一

学术研究的目的，不但是"格物致知"，而且要"利用厚生"。我国现在还有许多学术研究人员，被资本主义国家内的高度化理论所眩惑，受着"为科学而科学"的观念之毒，他们只在超国家超民族的实验室中制造几篇论文，以便在专刊上发表，以为这样就是在他们自己的岗位上为国效劳了。这也就是他们美其名为"纯粹研究"的东西，而他们相信这样就自然而然地能够产生出伟大的效用！

迷信纯粹研究的人们，以为现代人类生活的改变，其力量完全由于纯粹的理论研究；而纯粹研究起于人类的好奇心，因此好奇心就成了一切发明的原动力。他们以为科学的应用，不过是"研究真理"的途中偶然的、附带的发见吧了。他们举例说：当伽利略用斜板和球作他的实验时，他并没有意识地或故意地创造了力学，然而后来力学在工程上的惊人业绩，却把农业社会改变为现代工业文明的世界；如在广泛地研究电磁波理论的途中，偶然发见特异的 X 线，当时并不注意它的用处，后来渐渐知道 X 线对于人体的生理具有重大的关系，于是日臻发达，到现在却在医术上成为一个专科了。又如奥斯华特（Ostwald）教授是首创理论化学的学者，他在研究接触作用的时候发明氨可以氧化而成硝酸，当时硝酸之价值较氨为廉，这个发明是完全没有用处的，不过在理论上很有价值而已，那知道后来哈拔（Haber）又发明利用空中氮可以合成氨，于是就应用从前奥斯华特的发见，得以由空中的氮间接制造硝酸，其用途大为昌明，遂使上次欧战中被封锁的德国不忧火药制造原料的缺乏。

因为他们又说，试将现在应用的各种科学问题，寻其原委而加以考察，则如上面几例所述者，殆不可胜计，可知一切应用科学，都是产生在理论之中的。功利中义对于科学的发展会产生实际化的不利，而好奇心，则一切荣誉都应该归它！

这些真是一种严重的误解。（这些误解，是就近从下述三文归纳出来的：一、Futus Suter 一文，见前注；二、张其昀先生一文，见前注；三、程详荣先生一

文《科学之意义与功用》，载《教育播音讲演集》第一辑）

这些误解的来由，就在于他们根本不知道科学的发展，原是由于社会民生的需要，一部科学发展史，也就是一部经济结构的发展史。在手工生产时代，不能产生出很进步的科学，因为那时还并未感到这种需要；现代的进步科学，乃是欧美高度机器生产背景下的产物。如果偏离了社会民生的需要，我们将如何解释古代为什么没有产生现代各种进步科学的好奇心？或者是虽有一点而绝无成就？如果说好奇心也要受时代的限制，只有在某种时代才能产生某种好奇心，那么这种好奇心就不能说是天生成的了！它就不能说是一切发明的"原动力"了！

需要才真正是科学发明的原动力，的母亲！我们仔细研究科学发达的历史，没有一项科学不是因实际需要而产生。埃及与巴比伦两国都有河水泛滥的困难，使他们不能不设法解决。因此简单的天文、数学与几何在两国发达最早。数学与生活及贸易的关系是极明显的，而天文与几何也是因实际需要而产生的。埃及的尼罗河每年定期泛滥，汪洋一片，成为泽国，所以埃及人不能不计算时间的长短，以为预防，于是有天文历数的产生；河水泛滥以后，畎亩冲积陷没，必须测量以为征税的标准，于是有几何学的产生。巴比伦也有同样的情形：因为度量衡基本单位与生活有密切关系，在纪元前二千五百年，巴比伦对于长度与质量的单位都已有法律的规定。阿拉伯数学及代数是为着商业往来之用，伽利略和牛顿的力学是由于造船工业发达，化学是源于求富的冶金术及治病的制药术，天文学是由于计算历日，地质学是由于探寻矿物，生物学是由于医术、农业的要求，而热力学则是由于蒸气机发达的结果。其他各种科学也都一样。

科学的起源，先由于社会民生的需求，有了这种需求，就促进在这些问题上的研究，结果科学就有了发展。既发展某项科学之后，沿着实践的路线，再加以理论的研究，而后使实践更进步，社会民生更进化；等到社会民生更进化，需求更大，于是科学也就更发展，更进步。社会需要和科学发达是相互作用，然而论其始基，当然是社会需要在先，因为没有需要，就不会产生科学。当伽利略用斜板和球作他的实验时，他虽然没有意识地要创造力学，可是他的整个努力，却是意识地要适应当时造船业的需要，没有这种需要的感觉，他不会创造出力学。X线的发见也一样，仅仅在这个事实上它是偶然的，然而全部看起来，如果当时社会并没感觉要研究电磁波理论以适应工业上的需求，那么就不会有人去研究电磁波理论，那么也就不会发见 X 线。在这种意义上，难道 X 线的发见是完全偶然的、附带的么？当然不是！其他的例子也一样。

因此，我们不能承认一切应用科学都是产生在纯粹理论之后的说法。而是应该这样说：一切所谓纯粹科学的理论都是产生在应用观念之后，而使科学发达了，则所谓纯粹科学与应用科学是互相诱导，互相推进，无所谓谁先谁后的。所谓纯粹科学与应用科学的联系，立贝（Walter Libby）于其 *Introduction to Contemporary Civilization*（《现代文化概论》）一书的第三十章中说得好：

> 理论知识与实用知识之间，纯粹科学与应用科学之间，没有什么显著的区别。科学的古史，告诉我们知道在大体上科学的发生，是为适应实用的需要的。人类的科学的好奇心，其阐发是与日常职业有关系的，决定播种和收获的时候，遵循昼夜，及设法救苦疗疾等，均与科学好奇心的发达有关。人类想由星宿知道人类的命运，向粗劣金属淘取金子，决定一坵田的界限，计算一个谷仓的立体容积，测算一个金字塔的高度，均为以前阐发天文学、化学及数学的初步表现。在所谓乐制科学之中，医学是根据于解剖学、生理学、病源学、微菌学、寄生物学、药谱、化学及自然科学与物理科学的其他部分。在医学实用上，也能应用心思科学，因为除有许多理由外，心理学与心灵学之间，很有密切的关系。

科学最后的归趋，必为纯粹研究与实际应用的完满结合，完满统一！

学术研究应该注重"功利"，"利用厚生"。如清儒颜习斋曾问："世有耕种而不谋收获者乎？有荷网持钩而不计得鱼者乎？抑将恭而不望其不侮，宽而不计其得众乎？"以为全不谋利谋功是空寂，是腐儒。（《言行录·教及门》）罗罗山著《小学韵语序》，勉励他的学生们克自奋发，共相策励，"日亲当代崇实之儒，拔本塞源，共正天下之学术"，以为"学术正，则祸难有不难削平者，非徒恃乎征战已也"。陈兰甫与胡伯蓟书也以为"政治出于人才，人才由于学术"。（《东塾文集》卷四）但在学术研究上讲功利，不是指那种急功近利、目光如豆的功利，而是指那种可近取则近取，不可近取时也准备远求的功利。我们虽然不必奢望在十年八年之内就能收获理想的伟果，但我们可不能不时时刻刻想着要把学术研究的成果充分而且迅速地协助国家的建设。过去中国人是讲实利主义的，可是并非远大之利，因此这种实利主义反而妨碍了我国科学的发展。Rutus Suter 在前面说及的那文中，便把实利主义作为我国科学不发达的重要原因之一，在这一

点上,他并未说错,他说:

> 中国的学问家是实际的、常识的、架子很大的一类人物。他们是不屑去做伽利略那样在斜面上滚圆球为的仅是要正确地测量它的加速度一类的勾当。这种把戏是不值得成年人去干的。他们以为成年人应该去讨论政治、经济组织、伦理训练和历史等等困难的问题。如果他们有非实际的瞬间的话,他们宁可去吟一吟诗,作一作对。我们或者会以为这种实际主义的倾向,应该是使中国科学发达的很好的土壤,但是在事实上却恰恰相反。……中国曾有多数的高职者是宫廷的占星家,而且他们曾用精确的、优良的仪器作各种星象观测,于是他们皆在"凡世事皆由那些星宿决定,且可从那些星宿看出"的牢笼中。这种思想是太实际了,所以他们不能从政治的或社会的实利理想解放出来,另树一纯科学的观点,使天文学演进成能够产生有真正的实用价值之知识。和上述的类似的情境,亦摧残了中国固有的数学、地质学、生物学、解剖学和医学的成长。凡这些学问,起初虽极可观,前途实有惊人的发展的可能,但是到后来都脱离不了拟似科学的领域。

过去中国人的狭隘的实际主义自有它的社会原因,并不是因为中国人生来就注重实际,缺乏好奇心。然而这种狭隘的功利观在某种程度上限制了科学的发展,是事实。

目前我们的学术研究必须与实际应用统一起来!科学者们从国外学来的专长,在经济落后的我国社会中虽然得不到像国外那样的应用,可是他们也用不着去改行,因为他们正可利用在学理方面的专长,在我国当前许多实际问题上来应用。我们当前有许多问题,例如战时汽油代用品问题,桐树疾病问题,学生营养问题,矿产探掘问题,药品自造问题……这些问题都有待于科学家们去设法研究,解决。在学理上,这些问题也许看来不难解决,可是实际上,我们得顾及原料经济及技术上许多条件,并不是一件简单的事情。在实际工作中,将可以成就新的理论,决不会因为沾惹了这些实际问题,理论研究就会停顿起来的。

纯粹研究与实际应用的统一,不但将为我国造成许多实际有用的人才,完成许多光辉灿烂的事业,同时学术研究本身也将空前地发展起来。

(本节又参考下列各书文:一、张子高《科学发达略史》,中华;二、徐子桢《现代科学发明史》,商务;三、卢于道《致用的科学研究》,载《读书月报》二卷九期。)

第三章　学术研究的设计与考核

第一节　以前的无计划与设计的必要

现代国家生活上的一个特点就是对于进步诸力的控制与运用,这个特点在行政上的具体表现就是国家生活的计划化。在欧美那些高度发展的国家里,它们都有一个整个的、全部的、综合的大计划。它们国内的每一个工厂、农场、大学、行政机关……都按照了这计划而活动。这计划一如法律,任何一个机构都受计划的约束,国家的全部资财也都为了完成这个计划而动员。这种计划在国家生活的各个部门的发展中间规定了它们之间的联系,使整个国家得到最合理最迅速的发展。德国、苏联的发展,就是一对显著的例子。

国家生活的巨大发展,需要有一个整个的、全部的、综合的大计划,但这个大计划的完成,一定要有种种条件,国家生活各部门及其各级配合活动的计划,便是重要条件之一。各部门各级的个别计划,一定要在国家整个的大计划统率之下才能发生重要的意义,但仅有一个大计划而没有各部门各级配合活动的计划,那么这个大计划就将成为空洞而无物。

学术研究作为国家生活的一个重要部门,它是应该有一个计划,来配合国家那个整个的大计划的。学术研究如果没有计划,不但它本身不能发展,就是整个国家的发展,整个国家发展的计划,也都将因此而受到阻碍,受到损害。这种情形,我国过去的事实,就是一个明白的例子。

我国的学术研究事业,十余年来,未尝无进步,但因为缺少着一个完整的计划,的确也产生了许多浪费,许多流弊。国家的扰动不安,使政府无法订出一个切实可行的大计划以统率各部门较小的计划,但学术研究事业的本身,却也始终不曾产生出一个在自己领域内活动的计划,其分崩离析散漫无绪的情状,和一般行政机关并无两样。这种无计划的情状,就是学术研究事业的主持当局也已承认,这从下述数事中可以得到证明:第一,如二十七年四月国民党临时全国代表大会通过《战时各级教育实施方案纲要》的第四条说:"教育目的与政治目的一贯。"这就是一般教育的见地,承认了过去的学术研究与国家生活的整个目的实际脱节。第二,如二十八年三月第三次全国教育会议通过教部提交之《高教改进案要点》第一项说:"全国专科以上学校之设置,须有一贯之计划,而为合理之发展,各校对于各地之文化与建设事业,亦应有密切之联系,以期适应国家社会之实际需要。"这就是承认了学术研究机关之一大部分的专科学校及大学,过去的设置情形并无一贯之计划,并无合理的发展,而且这些机关的工作,也不能适应国家和地方建设的实际需要。第三,同上《要点》第六项又说:"高等教育所负之学术文化使命,至为重大,对于本国固有学术文化,应加整理与阐扬,对于外国学术文化,应加研究与采择,过去此项工作之进行,尚无一贯之政策,今后应谋尽量阐发本国文化之优点,表现于世界,有计划的研究介绍外国学术思想,俾适合本国之需要。"这就是承认了过去的高等教育界的学术研究工作,漫无计划,而国家亦无一贯之政策。第四,本年三月十三日中央研究院评议会二届一次年会上现任中央研究院院长朱家骅先生的提案说:"请本会拟具国家对于科学研究之整个方案,送请政府采纳施行。"这也就是承认了过去的科学研究,是并没有一个整个的方案为之领导进行的。

过去的学术研究事业没有计划,这是一个事实,无法讳言,也不必讳言的。

学术研究事业必须要有计划,而且必须要有严密的、整个的计划,这已是国内上下一致的要求和感觉。然而虽有要求,虽有感觉,却似乎一直到现在还不曾开始计划!以八中全会决议的战时三年建设计划作中心的计划政治,经过一年的准备,将于三十一年度开始实施,这时各院部会的一切措施,都要订定详细的计划,先由综合设计的中央设计局作整个的审核,再经国防最高委员会最后加以核定。在这次的全国建设计划中,政府主管学术研究事业的部院——教育部及中央研究院,是否曾经发展学术研究,使学术研究与国家及地方建设事业结合为一的计划参加在内,目前虽还不得而知,但由这项工作的杳无音讯,不能不使我们怀疑这项计划在事实上恐仍未开始。并且就算开始,这样完全由部院闭户造出来的计划,我们也不能不怀疑到它究有几分实行的可能。

无论如何，一个学术研究事业计划网的建立，不能迟缓了。如果目前部院方面的确还没有着手这个设计的工作，那么我们的希望，就是要它们立刻领导起来，把这个计划网建起！

第二节　设计的目标

当前学术研究事业的设计工作，其全部的要素为服从于国家抗战建国的目的，其具体的任务，即作为国家整个建设计划——三年建设计划的一个组成部分，在自己的领域内，积极完成国家（一部分属地方）所课予的任务。

当前学术研究设计的目标，政府和教育团体历年所颁的方针或决议大致均可斟酌采用，如十八年四月国府通令规定《中华民国教育实施方针》第四条说：

大学及专门教育，必须注重实用科学，充实科学内容，养成专门知识技能，并切实陶融为国家社会服务之健全品格。

如二十年九月国民党三届中执会通过《三民主义教育实施原则》，关于高等教育之第三条说：

课程应视国家建设之需要为依归，以收为国储材之效。

如二十七年四月国民党临时全国代表大会通过《战时各级教育实施方案纲要》第四、六、七、八各条说：

教育目的与政治目的一贯。

对于吾国固有文化精粹所寄之文化哲艺，以科学方法加以整理，发扬，以立民族之自信。

对于自然科学，依据需要，迎头赶上，以应国防与生产之需。

对于社会科学，取人之长，补己之短，对其原则应加整理，对于制度应谋创造，以求适合于国情。

如二十八年三月第三次全国教育会议通过教部提交之《高等教育改进案要

点》，除一、六两项已见前述外，又第七项说：

> 高等教育之目标，固为研究高深学术，培养专门人才，然如所研究之学术，所培养之人才，直接间接，无裨国家建设事业，实尚未尽其职责。今后高等教育，必须与国家建设切实联系，于社会实际，有所贡献，使学校研究之问题，俱合国家社会之需要，而实际应用之人材，即能取之于学校。学合于用，用出于学，然后建国之目的可达，而教育之任务方完。

又如本年三月十三日中央研究院评议会二届一次年会委员长训词要旨第二点说：

> 学术救国，研究与设计并重，求知与致用兼资。

院长朱家骅先生开会词要旨第一、第二两点说：

> 纯粹科学之发展，为一切文明之基础，失此基础则一切应用科学无所附属，更不论宏大，兹为建国久远之大计，本院不能不探本寻源，注重于纯粹科学之研究，以求真知真理。
>
> 纯粹科学与应用科学，乃相依而发展，亦有许多科学，以实际应用之需要而发展者，故二者必兼顾而后得，而偏废或竟为遍废。

综上所引，归纳起来，学术研究事业设计目标不外两点，即：

一、如何使学术的研究适合国情，与国家及地方的建设事业密切联系。

二、如何使纯粹学术的研究，与应用学术的研究配合地进展。

而当前的问题，就在如何使针对着这两个目标所设的学术研究自己领域内的计划，能够根据，并配合目前条件下全国性的三年计划而具体地活动。

为学术研究事业定下一个远大目标是必要的，然而这种工作比较也是容易做到的。问题是在有了正确的目标，还要有达到这个目标的正确详密的计划。否则目标自目标，进行自进行，仍可以不相联系，我国过去的情况，就可证明。

第三节　设计的要点

现代各国"计划政治"、"计划经济"等所谓计划一语,它有三项特殊的内容:第一,这必是指全部的、整个的计划,决不是指部分的计划,因为各部分的计划虽未必妥善可行,却往往已有。第二,这必是指一种与财政预算相配合的计划,决不是不管财政预算上有无办法,只凭理想做成的计划,因为空想的计划,不能收获预期的效果。第三,这必是指顾到实施条件如人力及物资的限度和来源等等的计划,决不是不管人力和物资的有无丰缺,凭空列举数字,粉饰表面的计划,因为这种计划也是不切实际的。

当前学术研究的设计工作,也应该具有这三项特殊的内容。计划的学术研究,要求学术研究领域内各个机构都有计划,也要求整个学术研究领域内有一个整个的计划。学术研究各个机构的计划服从于学术研究这个部门整个计划的需要,而学术研究这个部门的整个计划,则服从于国家整个的三年建设计划的需要。

学术研究的计划也必须要顾到国家经济所能负担的程度。这种计划必须与财政预算相配合。一方面,政府应该根据学术研究对于全国建设计划完成上的重要性。尽量增筹经资,一方面学术研究的各级主持当局,就应该在经费所许可的范围之内,来进行设计的工作。只有这样产生的计划,才能保证实行。各个学术研究机构应该把它们的努力表现在充分利用有限的经费,争取较多的成绩,而不在它们能造出庞大但无法实行的计划。

同样的道理,学术研究的计划也应该顾到实施条件如人力及物资的限度和来源等等问题。特别因为现在是战时,对外交通既极端困难,内地交通亦复不易,所以对于这些问题,尤应加以精密的估计。

过去我国学术研究事业,一方面固然缺乏一个完整的计划,而在另一方面,若干学术机关的个别计划所以也很少能有实行之利,就因为它们的计划,既多不与经费预算相配合,也多不顾及各种实施所需要的条件。汪敬熙先生曾概论及此,说:

> 我国有些研究机关,在成立之时,往往就发表了洋洋大观的研究计划,送到各处去请批评,去请指教。写这伟大计划的人,从来不着想到这计划

可否实现。要做研究的人,往往一开口就讨几万,或者几十万,来购置设备,但不想想究竟需要这许多钱干什么,也不自省购到了这设备之后,究竟有没有把握可以做出一些工作。

我们第一不可因为某一问题的重要,而就不管有无适当人才,先去设立一个研究机关。这种只要规矩绳墨而不重视巧匠的态度,已浪费了我们不少的国帑。我们应该觉悟了,没有人才,而只有个机关和设备,一定产生不出研究结果。(《我国的科学研究事业》,载《星期评论》三十四期)

汪先生是中央研究院心理研究所的所长,我们相信这些话是事实,而且据我们所知,这还不过是无数事实中的一小部份罢了。若干学术研究机关因为自己庞大的计划无法实行,于是在怨苦之余,就把原来应该进行的工作,应能获得的效果,也都松懈了,放弃了。于是我们就看见了许多怪事,如:"如行政长官,似乎是以'指导'所内人员为其主要任务,自己却不去做研究工作","只注意人事应付,或向各方面去拉拢补助款子"的研究所主任;"在所里领薪的人员,上自主任,下至助理,谁也没有问题研究的"挂着研究照牌的研究所;"陈列馆式"的研究所……(均汪先生语)

学术研究的设计工作必须尽量采用科学方法,否则便很难获得成功。这个工作,必须信赖过去已做过的知识,和对于情况的知识。应该把属于同一目的,而在外国现时正在施行着的计划作为借鉴,并取同一目的下,在过去所已实行过的计划作为参考。那怕它是不好的、失败的计划,也可以藉知何者不能实行,而研究其原因所在。为明白起见,我以为从学术研究领域的整个计划,到领域内各个机构,甚至机构内每个工作人员的活动计划,最少都应该具备下列这些内容:

一、就国家三年建设计划目的的需要,明白叙述本领域、本机构或本人须做的事项。

二、指明负责去做的机构或人。

三、指明物资供给和配备的状况。

四、指明工作的地点。

五、指定工作的时间——何时开始,何时结束,以及时间的次序。

六、订定工作的进度表。

七、明白叙述进行工作的方法。

八、经费数目的估计，及其来源的指定或预计。

九、其他，如参考材料，管理的事项，或工作原则等之开示或摘要。

第四节　设计的进行

当前学术研究事业的设计工作，为保证计划的顺利完成，必要上下一同来合作。

目前主持三年计划综合设计工作的机关是中央设计局，该局工作的详细情形因为成立时间还很短促，外间都不大明了，因此它是如何跟各院部会的设计工作相联系，我们也不甚清楚。推想起来，该院在要各院部会提出它们的计划时，大概对国家建设的目的和趋势已有了深澈的分析，对三年计划在第一个阶级内必须完成的主要工作——中心工作，已有了明确的指示，同时对达成这个计划的人力、物力、财力，也一定已有了大概的估计和说明。

如果这种推想是可能的（应当是可能的），那么我以为当前学术研究事业的设计工作就应该这样来进行。

有关部院如教育部和中央研究院在接得中央设计局关于当前设计工作的各种提示后，就应根据这些提示，制成一种在学术研究事业领域内适用的设计纲要（初步设计），发交所属各级机构作设计时重要的参考。这个纲要对于设计上所需说明的各种情况和问题必须详细叙明。部院对于所属各级机构的要求，是要它们在本领域计划要求的范围内，根据自己具备或可能具备的人力物力财力的条件，订出一个详密的工作计划来，由它审核。

各级机构在接到院部或其上级机构制定计划的通知以后，就应根据院部制定的设计纲要，对本机构的活动，积极进行设计。这种设计，一方面包括根据现有人力物力财力等条件所能负担的工作，另一方面也包括如果条件的某一种或某几种能变具备或更充实时所能加负的工作。对于这些能变具备或更充实的条件，计划中应该具体而翔实地说明其限度及来源。

每个机构的设计工作都应该得到机构内全体工作人员的积极参加，每个机构的主持人都应该鼓励工作人员在这个工作上发挥出他们的积极性。只有全体工作人员的积极参加，积极负责，才能保持计划工作的美满和完成。因此，各个机构的计划，应该由各该机构的全体工作人员共同详细讨论后来决定。决定后，就送呈院部去审核。

院部在接到所属各级机构呈来的计划后,就应详细审查,根据本领域的全国范围,对各机构的计划,就实际条件,加以调整,以消除工作的重复,以及人力物力财力上不必要的浪费。调整后的全部结果,就形成了学术研究领域内的一个全部设计。

只有这种建基于各个机构的实际能力及实际问题上的一领域的设计,才能保证一领域设计工作的美满,和计划的顺利进行。

学术研究一领域的计划,自然最后又要提到中央设计局去跟其他各领域的计划作再一次的调整,作最后的确定。确定后经过国防最高委员会通过或批准,就成为法律,付诸实行。

各机构的计划,在提出以后如有任何变更,不管是减缩、扩大或调换,都应该由院部随时通知,并指示,这样它们就可以在新的情况下来重新商讨本身的工作,分配各项新的任务。

根据全国建设计划的需要,计划的学术研究工作,这对于学术研究工作者,是一种很好的训练。他们将逐渐感觉到他们是国家整体之一个重要的、积极的部分,因此而更努力于发明和创造。

为保证任何组织所制定的计划,不至流于空洞,院部以下各级学术研究机构如大学、独立学院、研究院所中应该都有一个设计部,经常负责推进计划及上下机关之联络。这就同时也保证了设计工作领导的统一。负责设计部人员,不消说,应该是知识经验两俱丰富的专家。

第五节　设计与考核

以上专论学术研究事业应该有及如何有一个较好的计划网,其实这只是涉及了发展研究事业的一半;如果光有这一半——一个好的计划,而不与计划的考核工作联结起来,那么学术研究事业还是不能发展的,有了一个妥善的计划,并不就等于已有一个妥善的成果。广义地讲,制定计划不过是计划工作的第一步,如果只有这第一步,那么自然不会达到目的地。

苏联两次五年计划的主持人莫洛托夫说得好:

设计工作如果不顾及计划执行的进程,则这种设计工作就不能算是良好的设计工作。这种脱离实际生活的研究室的设计工作,是没有多大价值的。不可把设计工作归结为编制一大堆数字表,而不管计划执行情形如何。在数字表本身看来,我们的计划完成与否,当然是不关痛痒的,可是在进行着计划经济的我们看来,这就远非不关痛痒了。我们之所以需要计划,是为着在进行经济工作中有正确的路线。我们需要有按各部门和各区域、按各年份和按更短时期的计划,同时要正确衔接着各个部分和计划的执行期限,根据实际执行计划的结果,必须给个别部门、个别区域,以及计划执行期限以修正。我们之所以需要计划,是要审查我们经济工作进行的状况,而如果计划不与审查执行程度的工作联系起来,那它就会变成纸上具文,变成空架子。……我们既认真进行对于计划执行程度的审查,那我们就会改善经济工作以及计划本身的编制工作。(《关于发展苏联国民经济的第三个五年计划的报告和结论》)

这里所谓"计划执行程度的审查",就是我们所说的考核。设计工作与考核工作的联结,一方面是保证了计划的实行,一方面也是保证了计划的改进。

政府对于学术研究各机构计划的执行,有组织地经常去监督、考核,也可以使计划如期执行。政府在实施监督考核的时候,可以组织若干个由专家组成的考核团,经常负责考核的工作。然而这种"外间人"的考核,作用终归是有限的。真正负责周密的考核,必须靠各个机构的主持人,因为只有他们,才知道得最翔实,调查起来最容易,督促时也最有效。如果能发动各机构的工作人员自己起来负责考核的工作,那么效果自然将更好。

学术研究事业的计划网是一个重大而复杂的工作,即使我们能够把它设计得很完善,也仍决不会完全无缺。因为如果我们对各项情况的知识、计划各部分的考查和检点,略有疏忽,就可以使计划结果,大受影响,为减少整个计划的结果之不满意处,考核工作必须做到在工作过程中考核每一工作阶段的成绩。考核者的问题是:

一、计划有没有实行?

二、工作进展多少?与原计划有无出入?为什么?

三、人力物力财力的消耗是否如预计?和工作的配合怎样?

四、工作中的困难何在?如何设法解决?

经过考核以后,如果一阶段的工作发现满意时,始可进行另一阶段的工作。如果发现部分有不满意处,就应该仔细研讨,将计划加以部分的修正。如果经过考核，发现计划已全部不能适用，那么就应根据新的情况、新的估计，来重新作出行动的新计划。这种情形自然是不会常有的，但并不是不能有的。学术研究的整个活动计划，如能就每一阶段的成绩，这样来细细考核，随时立刻改进，它所得的总成绩，一定将更易合于计划的目的。

根据计划进行和考核的结果，政府或院部当局应该每年总结计划完成的结果。在这些总结中，政府估定了本年度学术研究事业计划完成的程度，和在整个三年建设计划中完成的程度。它确定这个领域的计划，在那些方面没有完成，和没有完成的理由，在那些方面胜利地完成了计划，以及完成的方法。政府也可以根据考核的结果，对各个机构计划的主持者和工作者分别加以奖励或惩戒。对于学术研究工作者的奖励，不一定是要给予金钱或虚荣，最好是给他们以工作的便利、适当的环境，以及发展事业上的助力。对于设计无能，执行不力，敷衍夸大，毫无实际工作表现的人员，政府应加以撤换。

在这里必须说明一点，就是对于学术研究事业的考核，与对其他事业的考核自略有不同之处。因为学术研究上有许多问题，是从已知的事物到不知的事物，追求与创造新的东西。这种研究因为不能确知在什么时候才能获得成就，所以以成绩的表现而论，在规定的时间内实不能用一般考核的方法、观点来应用。不过这也并不就是否定了学术研究工作中考核的可能。因为一方面，学术研究上的问题并不是统统有这种情形；另一方面，学术研究上的若干问题，虽不能在短期内就必要其有显著的成就，然而也可以根据工作者对这些问题所已经完成的若干实验或讨论来进行考核。一切研究工作，是利用实验或讨论等以求解决一定的问题，每年的工作计划规定若干实验或讨论，在研究者希望能从这些实验中和讨论中，产生所追求的解决方法。研究者在一定的时期内，对于他所研究的问题，虽不能全部获得解决，但他在这一定时期内所进行了的某种确实的实验或讨论，也就是他的实际工作的表现。所以考核工作，对于从事这类研究计划的机关或个人，在某种程度上，也还是可以进行的。

周密的设计与仔细的考核一旦完全联结，我国学术研究事业的前途，一定将光明无限。

第四章　学术研究的
合作协进

第一节　过去的情形

学术研究上的合作协进，涵义甚广。从学理言，各种科学在方法在原则上都应有基本的调协；从实践言，各种科学的研究创造，应该与人类幸福、国家社会的迫切需要相适应，凡此可称为广义的合作协进。狭义的合作协进，乃指各学术研究机构在进行研究工作上取得密切联系而言。广义的合作协进在本书第二章里已略为论及，本章专论其狭义。

在学术落后、经济贫困、人才缺乏的我国，学术研究上的合作比之先进各国应该是格外重要的事。合作一方面可以减少重复，减少消耗，一方面又可以获得较优的成绩。在我们这种艰难的环境中，只有合作才能使各个学术研究机构协进，使整个学术研究事业进步；不合作，则无论个人、机关、国家，都绝无好处。

我国学术研究上指导联络奖励的任务，过去是由中央研究院的评议会主持。这评议会一共有四十一个会员，中央研究院的院长与十个所长，是当然会员，其余的三十个人是由各国立大学校长选举，再由国民政府聘任的。这三十个人中，凡国内重要的研究机关及著名大学都有代表当选。评议会开会的时候，照中央研究院已经设立的科目分组，再由各组委员会，调查全国研究机关的成绩，和全国学者所发表的著作，以为联络合作的基础。

在抗战以前，由于各种便利的条件，国内学术研究界在事实上已有了许多合作的表现。已故中央研究院总干事丁文江先生于其《我国的科学研究事业》一文中曾具体地指出下列这些合作的事实：

譬如地质,有实业部的地质调查所,中央研究院的地质研究所,两广地质调查所,河南地质调查所,湖南地质调查所,近几年来这五个机关的工作,都有合理的分配,从来没有丝毫的重复。并且各机关互相援助,不分界限。譬如二十三年两广地质调查所调查广西地质,职员不够分配,就由中央研究院派了两个人加入。中央研究院派了一个研究员测云南调查矿产,地质调查所又派一个调查员做他的助手。湖南地质调查所经费不足,中央地质调查所每年就津贴它八千元,并且派人在湖南帮他们工作。又譬如生物,中央研究院的动植物研究所,中国科学社的生物研究所,在北平的静生生物调查所,北平研究院的动物植物研究所,都商量得有分工合作的办法。在北平的机关,担任中国北部的生物调查,科学社担任扬子江流域生物的分类,中央研究院则注重沿海的海洋生物。沿太平洋的国家有一个太平洋科学协会,会里面有一个研究海洋学的委员会,各会员国家都设有分会,二十四年四月,中国的分会,由中央研究院发起成立,分为渔业技术、渔业、珊瑚礁、物理海洋学、海产生物学五组,各组会所代表的机关,除中央研究院外,有北平研究院,中国科学社,静生生物调查所,实业部,海军部海道测量局,山东、厦门、中山各大学,青岛市观象台,中国动物学会,江浙两省水产试验场等团体。当时决议在厦门、定海、烟台、青岛四处设立海洋生物研究室,由厦门大学、中央研究院、北平研究院、山东大学和青岛观象台分别主持。同时海军部海道测量局,用资源委员会、财政部监务署、中央研究院三处的补助费,提前测量扬子江口到海州的海道详图。第三舰队又把定海军舰,借给中央研究院,在山东半岛渤海湾作研究海洋生物的工作。中央研究院的职员常常在各大学担任教课,可是他们虽然兼差却不兼薪,因为中央研究院所有的职员,都受严格的限制,不准以任何名目,在院外受任何的薪水和公费。……

丁先生在举出了这些例子以后,又说:"上面所举的几个例,已经可以证明国内的研究机关,并没有多少冲突或是重复,而他们的互助合作的精神,很可以为其他团体作模范的。"(丁先生此文是二十四年十一月二十六及二十八两日在中央电台教育播音的讲稿)

我们承认丁先生所举的例子都是真实的,我们也觉得他们这种互助合作的精神很可以为其他团体作模范,但以为那时各机关的互助合作,似尚并未达到很完满的程度。研究工作上的浪费重复，还并没有完全避免，各机关工作人员之间不必要的隔阂，也还并没有完全消释。合作只还是刚刚开始，而且也还没有经过通盘的计划。

虽然只还是刚刚开始，合作事实的表现却渐渐多起来了。然而接着就起来了抗战，刚萌芽的合作，又几濒于夭死。

第二节　现在重振合作的必要

我国学术研究机关的亟须合作，如果说战前已感迫切，那么战时实尤感迫切。这原因不外两个，一是人才的分散，一是物力的艰难。抗战以前，我国各研究机关十多年来的培植、努力，人才设备比之外国虽然还差得很远，但大体上说已粗具规模，渐能从事独立的研究。自抗战军兴，机关相率内迁，原有的设备，不能略受损失，并以物价高涨，增值不易，人才离散，人力物力更变困难，而合作的感觉，更愈加迫切。

战时研究机关人才的分散，有种种原因，略举如：第一、是抗战后公私新事业兴起极多，需才孔殷，研究机关的人才多被礼聘以去。第二、是抗战后新成立的大学和专科学校很多，教授人才缺乏，研究机关的人才被聘去教书的也很多。第三、是研究机关的待遇菲薄，不能维持生活，人才即使没有去参加新事业或教书的工作，也多弃就他务。第四、是原在设于沦陷区如北平或近于沦陷区如上海等地研究机关内工作的人员，或因家室之累，不克远行，因此也有许多滞留沦区迄未来内地继续工作的。这几种情形，不论是否应当，影响于研究机关人才的分散则一。人才一经分散，于是一个机关本来勉强可以举办或完成一种研究的，就不容易了。目前国内的各个研究机关，论其人才，除一部分偏于文史且有长远历史尚能勉强维持战前情状的以外，大多数是残阙不全，或是隔时拼凑成的班子。

战时研究机关物力的艰难，也有种种原因，略举如：第一、是各机关战时经费大都仍按战前原数（初时还有折扣），近来虽有增加，但实际价值仍远不如战前。第二、是国内研究机关中规模较大的，一向都是在平、沪、京、粤各地，抗战以后，各地相继沦陷，各机关仓皇内迁，图书仪器不免有点损失，而此时经费拮据，补充不易；至原来在内地的研究机关，除极少数外，大都因陋就简，不足适应研究的需要。第三、是各省财政现在都很困难，因此战时各省新设立的研究机关虽有若干，但以限于经费，也没有较大的发展。第四、是目前交通困难，如向外国订购物件，往返最少半年一载，即使经费有着，也难迅速利用。因为这样，所以目前各研究机关物力的艰难，虽然在程度上略有重轻，而在感受上则无不一样。

目前各地研究机关人才的分散，物力的艰难，这是实情，而且也是战争期中不能避免的情形，不可讳且亦不必讳。值得注意的，只是在这种情形之下，研究工作上已造成了许多不良的现象；成为问题的，就在如何才能克服这些不良现象，如何才能利用目前分散的人才、艰难的物力，在目前困苦的环境中，仍得为创造之努力，在学术上实行抗战建国。

以上所说的不良现象，择要可分三点说：第一、是人才物力两俱感到缺乏的研究机关，成为一个空虚无用的组织，既没有力量举办或完成任何一种研究，就只成了社会的累赘、行政上的装饰。这些机关里的人员，大都因循敷衍，毫无实际的工作，或就抄袭成说，依样葫芦，藉此塞责。研究学术的机关，反成了他们逃避烦重工作的养老机关。第二、是物力尚充人才不足的研究机关，虽不成为一个空虚无用的组织，却成了一个重复浪费的组织。因为它有物力，原可有较大的成就，因为它没有人才，或虽有而太少，不足应付工作上的需要，完成有创造性的工作；所以每每重复浪费，在学术研究的总成绩上，少有增添。第三、物力不充人才尚足的研究机关，虽不成为空虚无用或重复浪费的组织，但也不免成为一个效率低弱的组织。人才欲有为，而物力则不许，虽勉为其难，而效果则难睹。

以上三点，可举一个例来说明。如西南浅化民族的研究，西南各省如粤桂湘等都有研究机关从事，但各机关的研究，实莫不有上述不良情形的一端。它们虽研究同一或极相近似的问题，而彼此之间，却可以绝少联络：工作经验互不交换，研究计划各不相知，所有困难彼此也不为协助解决。这种情形，在主观上或不尽然，在客观上则的确如此。各机关的工作，有人才无物力者，不能有显著的表现；有物力无人才者，劳而无功，费而无成；人才物力两俱缺乏者，不过成了一种门面的摆设。结果便是国家空有了这些人才，空费了许多经费，空成立了许多机关，而对于浅化民族的研究，则仍是茫无头绪！

战时研究机关人才的分散，物力的艰难，固已造成研究事业上客观的困难，但如主观上有热忱，有毅力，有计划，也未始不能克服这些困难。我们如能善用此分散的人才和物力，那么研究工作的效率，自必能有某种程度的提高。善用之道，我以为就在如何谋合作。

如前所说，我国学术研究事业的联络合作，在战前虽已有萌芽的表现，然而仍还没有达到美满的程度；而在战时，则因各机关都流离困踬，人事变动，以及交通不便，就是连战前那些不甚美满的联络合作，也变少见了。然而正因为在战时，合作的需要，却要加迫切。今日之势，不论是为国家的抗建大业，为学术事业的进展，或为个人的工作便利，各研究机关合作则两蒙其利，不合作则两伤，合作则可以协进，不合作则彼此都不能有成；这种道理实在已最显明不过了。

第三节　如何合作

欲求各研究机关的充分合作，不能不同时要求各级政府间的合作。兹先论中央与省市及市与省市政府间的合作。（市以下政府，极少成立正式研究机关的）这种合作，主要在于经费方面。我以为属于同一或近似性质的研究机关，处目前人才物力两俱困乏之际，不论中央与省市，或省市与省市间，其设立，在原则上均不必相互重复；与其分散而毫无作用，宁可集中而争取效果。省市行政当局欲藉设立研究机关以粉饰其治绩的不良心理应该革除。因此我以为今后如无特殊需要，新的研究机关大可暂不添设；而若必须添设，那么中央与省市间，或省市与省市间，必须互相商讨，其研究之主体有关数省数市之广的，即应就经费的情形决定由中央举办，而由各省补助；或由各省联合举办，而由中央补助。切不可仍旧叠床架屋，徒成糜费。至于已经设立的，如果他们的任务相同，研究的性质相类，也应以合并或联立为原则；如不得已而仍准其独立，至少也应责令作到在研究上与其他同类机关经济合作的地步。各级政府可以藉工作的考核，以鼓励并督促其合作。

次论研究机关间的合作。我以为这种合作，至少可从下列三方面做起。一方面是研究上的合作：例如一种范围较大的研究，为一个研究机关的人才物力不能独自完成的，可分其一部，约请其他能够担任的机关分任，这种合作方式，各机关大可交互为之。如能于拟订计划时彼此就共同商讨，甚至把这种计划作为双方共同进行的计划，那么合作的效率，自然更容易增加。二方面是技术上的合作：这可以包括人才设备的交换利用。从事研究工作的人员，我国本就很少，而研究工作人员又大都是一些专门的人才，对于一种研究所需要的专门人才，更是少之又少，因此就未必各处皆有。这种专才，各机关应该互相慷慨借用，设备也一样。三方面是出版上的合作：抗战以来，纸张昂贵，印刷极端困难，因此各研究机关往时出版蓬勃的气象，已不可得见。研究机关的出版书报，用途有三：

一、刊载各种研究的记录和报告，一方面可以表现本身的工作与成绩，一方面也可使别人或别机关研究同样的问题时，用作参考。

二、可以藉此与国内外的机关或学人互通消息，免除重复的弊病。

三、可以藉此奖励个人研究，与促进各科学家彼此善意的竞争。

出版上的困难或陷于停顿状态，这实是目前一般研究机关所共感到的烦恼。各机关不是没有相当数目的出版专款，不过在此时期，委实不敷应用。因此如果各机关能通力合作，各出其能出之款，就性质或地域的相近，联合出版书刊，那么不但出版的目的可以达到，就是出版的内容，一定也可以格外丰富。（这种办法，目前国立各师范学院，已行之有效。）

研究机关的合作，处目前交通情形之下，如以为全国性的合作为不可能，或不易见效，那么可以分区推动，分区实行。例如陕甘可为一区，滇黔川可为一区，粤桂湘可为一区，闽浙赣又可为一区。

研究机关的合作，一方面需要各机关人员的热忱，一方面尤需要政府主持学术研究事业的当局，如教育部和中央研究院，积极领导提倡，积极计划推动。我国学术研究事业，一向没有计划，已见前述。这种态度，目前必须改变。一个现代化的国家，事业之重要如学术研究，如果没有缜密的计划，循序的进步，当然不能适应巨大的需要。

要求研究机关的合作，要使其效率普遍强固而迅速，我以为应该由教育部会同中央研究院召开一个全国性的学术会议，在这个会内，结集全国与学术研究事业有关的人士——包括政府主持教育的当局、各研究机关的主持人、各省市主持教育的当局、有关的大学校长及学者专家等——于一堂，检讨过去，策划将来，不仅各机关的合作，可以藉详细的协议而有整个的规划，就是今后整个学术研究领域建设的大计，也可以藉此会的召集而作重大的决定。

全国性的学术研究会议于决定一整个的合作计划之后，其执行此计划的责任，即可委之于分区常设的区学术会议。区学术会议的成员一如前述，但以区域为限制。它应该经常集会，讨论区内研究工作的合作发展事宜。而每一机关，即应设一部门，或指定专人，负责经常与各机关保持接触，并实行各种已经决定的合作办法。

学术研究界的同志们应该一致来推进这种合作运动，学习并发扬战前那种通力合作的精神，只有这样，我们才能消耗得较少，而进步得较多！

第五章　学术研究事业的人事问题

第一节　主持者的选贤与能

学术研究事业的各级主持者贤能与否，常常可以决定整个事业的进退。在艰难的环境中，无能之辈能够藉口艰难而因循敷衍，贤者则可以克苦奋斗，以最少的代价争取较多的成绩。在顺利的环境中，无能之辈能够因循坐误，贤者则可以利用这种好的环境，办出更多的事业。在有些地方，的确是天定胜人，可是也有些地方，人定可以胜天。在我国的情形之下，学术研究的理想主持人就是那种孜孜不倦，终身从事，常常能努力战胜环境的贤者。

学术研究事业的主持者首先必须是一个富有成绩的学者，而不是一个略有学识的行政人才；其次必须是一个孜孜不倦，终身从事研究的学者，不是朝三暮四地时而拾起研究又时而放下。

可是我国目前一般的情形，却还大都没有达到这两个标准，关于这一点，汪敬熙先生曾在前引一文中直率地指出过一些事实，他大意说：我国有些研究事业的主持人说话都不负责，他们往往发表了洋洋大观的研究计划，到处请人批评指教，像煞有介事，可是从来不曾想到这计划可否实现，要来许多钱究竟有没有把握可以做出一些工作。有些主持人只在外国大学本科毕业，从未做过研究，而因回国较早，捷足先登，仅凭服务年久，逐渐升到了主任或院长的地位，毫不自惭地去指导研究。还有些人有了一点偶然的成绩，便也自拉自唱，高抬身价，甚至想占一门学问的领导地位！但只想领导，自己却不愿再努力工作了。科学研究在我国是新兴事业，在草创之时，每门学问只有一二个工作的人，到后

103

来参加的人渐渐多了，但他们不是创始人的学生，就是创始人的后辈，所以创始人就得居于主持领导的地位，其实却并不适当。因为人才太少，既没有一般舆论的监督，又没有同行公议的制裁，所以在英、美、德、法、荷、比等国，甚至于在远东的印度，每个研究所的主任都是富有成绩的学者，且是正在继续努力的学习；而惟我们的研究所主任，则如行政长官，似乎是以"指导"所内人员为其主要任务，自己却不必做研究工作；有的还只注意人事的应付，或向各部门去拉拢补助款子。至于树着研究所的招牌，而在所里领薪的人员，上至主任，下至助理，谁也没有问题研究的，也似并非不常发现的事。陈列馆式的研究所也是有的；名为研究而实专做仿制工作的更多。此研究所与彼研究所，名义虽同，而其内容可以差得很远。……

汪先生举出的这些事实，对于目前一部分学术研究事业及其主持人，的确是一针见血之论。不过我国学术研究事业也已有了些很好的主持人，是事实。地质调查所的丁文江、翁文灏两先生，和中国科学社生物研究所的秉志先生就可作例子。

地质调查所是一个极穷的机关，从民五到民十五，每年实收经费平均不过五万元，最少时不到三万元，抗战以前也还不过七万元。因为经费少，所以薪水也比较薄，然而丁文江、翁文灏两先生主持这个机关，却先后各有十年或十余年之久，而且有了斐声国际的成绩。当民十四至十六年该所最困苦的时候，翁先生完全不要薪水。民二十三以前，所长是荐任官，但翁先生宁愿不作清华的校长和教育部长，却不愿离开地质调查所。因为主持人有这种牺牲自己的精神，所以所里的职员多宁愿少拿薪水，不愿离开。同时使作田野工作的人，也把吃苦冒险当作应该的事。因为主持人和全所职员的克苦努力，在工作上有了表现，为社会人士所认识，因此所有它在北平的图书馆、解剖室、古生物与燃料研究室、地震室，就都能利用私人的乐捐而建设成立。

中国科学社生物研究所当成立的时候，只有两间小房子，每年的经费只有二百四十元！秉志先生是发起人和所长，不但不支薪水，而且同他的朋友各人把自己的书籍拿出来作为公共的图书馆。从民十二到十五年，每年经费增加到了三千八百四十元，但秉先生和他的朋友们分别担任采集、陈列、研究各项的工作，先后发表了八篇论文。他们的工作都是夜里和夏天做的。民十五以后，一直到现在，科学社受了中华教育文化基金的补助，经费比较宽裕点了，而生物研究所一面常川派人去野外采集标本，一面建筑新屋，增加设备，现在仪器陈列室已经粗备,截至民二十四年止,出版的论文已有九十多篇,藏书有九千多册,标本五万多件。用款的经济,成绩的可观,比之一般研究机关,真胜过多了。(以上数字,据前引丁文)

今后学术研究事业主持者的人选,必须注重人格、见解和学问,只重视资格和质历是不够的。政治一旦上了轨道,政府对学术研究学业的经费有了确定和增加,主持者用不著应付人事而只会埋头进行研究,这母宁说是可喜的事。学术研究事业所问的不应该在这个主持人是否会说漂亮话,拟大计划,态度客气不客气,而是应该在这个人主持之下,研究工作是否有很好的进展,对国家是否有切实大量的贡献,而本人是否真能在研究学术上也担起领导的责任。

政府对于目前各研究机构的主持者,应如本书第三章所论,从速加以考核。对于良好的主持者应给以各种奖励,并使之久居其位;对于不能胜任的主持者,则应责令改进,或即予以更换。今日之势,如果要发展学术研究事业,各机构的人事,实非澈底调整不可。

第二节　青年研究者的训练与培植

现代化的学术研究在我国是种新兴事业,主持人才固然太少,青年研究者的数目也非常之少。有了机关和设备,如果没有人才,一定产生不出研究结果。大量训练和培植青年研究者,这是适应抗战建国的需要,促进我国学术研究事业的根本条件。

我国现在从事学术研究工作的人数,真是少得可怕。我们不要忘记在本书第一章里所说的那些研究机关中,有些实在是有名无实的。在有些研究所中,或许只有四五个人在工作,或许只有一二个人在工作,或许只有兼任的半个人在工作,甚至或许并没有人在工作。经费的困难,设备的简陋,待遇的菲薄,主持者的不得人,就是这些原因使若干研究所变成了徒有其名。这种情形在抗战以后由于困难更甚而有增无减。民国二十八年,政府协助国立中央、中山、西南联合等六大学研究院所恢复招生的结果,只考选了五十名,连同旧生复学及助教兼作的,二十八年度国立大学研究院所的研究生一共不过七十六名。私立大学研究所也不过只招到三十名左右。所谓二十六个大学研究所,十有五六没有恢复招生,工作陷于完全停顿。其他大学以外的研究院所,因为向来不自招生,加上战事关系,所以工作人员更是没有增加,只有减少。二十九年的情形也并

105

未转好。现在全国公私立各大学研究院所的研究生最多决不会超过二百人。加上少数研究员、助理员、技术员，最多也决不会超过三百人。另外加上中央研究院和北平研究院两处的约三百五十人，再加上其余各研究调查机关的工作人员，现在全国学术研究机关内纯粹从事研究工作的人员，老老少少大概最多也不过一千人左右罢了。（以上数字据边理庭《我国研究院所发展概况》，载《教育杂志》三五卷八期）

拿我国学术研究事业的数量和苏联相比，真是瞠乎后矣。苏联自十月革命后，据品克维支（Albert P. Pinkevich）于其 *Science and Education*（《苏联的科学与教育》）一书中的报告，一九一九年科学研究机关的数目是二十一个，到一九二七年已有八十六个，到一九三五年即第二五年计划的第二年，又增至六四九个；到一九三八年，即第二五年计划的完成那年，据 A·巴茨在《论苏联计划科学》一文中的报告，更已增至九零二个了。苏联的研究工作人员，单研究生一项，据品克维支的统计，在一九二八年就已有一五四八人，一九三二年增至一万六千五百人，一九三三年又增至二万二千人，以后逐年增加。到一九三八年一月，据巴茨的统计，苏联全国所有的研究工作人员，总计已达八万人了。

今天讲训练和培植青年研究者的办法，我以为不外派遣留学和增加国内研究生名额两途。留学政策有其弊病，这不成问题，不过在目前情况之下，留学还不失为一个办法，亦是事实。特别是学科人才，本国的环境、设备、师资，的确都还不足以培植高深的人才。问题是在各种有关学术的基金董事会，各省政府，应该尽量扩充派遣的名额，同时能实行公正无私的考选，学生经派出后，应该严格督促其努力，不要使归国后，依然不能负起领导建设的责任。

增加研究生名额，可从三处着手：第一，是扩充各大学研究所的研究生名额。抗战以后，各大学研究生的津贴改由教部直接拨发，名额是每一学部每年五名，这个额限应该取消。关于这一点，最近部分已实行了。第二，是补助国立各独立研究院招收研究生。各国立独立研究院有较佳的设备，但一向不招收研究生入学，令人不解。它们每年只招用极少数助理人员，增加数极微。这些助理人员与一般研究生不同，它们没有得到学位的希望，所以应考应用的人数本极稀少。今后政府应该补助其经费，命其招收研究生，并且在学位授予上也给以同等的机会。第三，是酌量放宽研究院所入学的资格。目前凡欲投考研究院所做研究生的，必须先要在大学毕业。这个规定有其用处，但未免过于刻板。在一般贫穷的我国，有多少人家的子弟能有机会走入大学？入了大学的又有多少人能毕业？另一方面，有许多青年，虽未入大学，或虽未在大学毕业，但由于对生活的熟习，技术的熟谙，以及理论的自修，却充满着作高深研究的愿望。然而在学术上作高深研究，却不是容易在自己的家庭里、工厂里或机关里所能成功的。不过他们因为没有入过大学，或没有在大学毕业，便无法去进研究院所的大门。就他们所已有的某一科知识而论，他们其实并不弱于读这一科的大学毕业生，也许还远过之。拒绝这一种人在研究院所的门外，不仅是一种不公道，而且尤其是国家社会的损失。现在投考大学既然已有同等学力可以应试的办法了，为什么投考研究院所就不能有同等学力的办法？应当也是可以的。

增加青年研究者的办法，除上述两项外，还可以尽量援助和维护不属于政府直接管理的研究机关，奖励其工作，补助其经费，使它们也能训练培植出大批研究人员来。

在抗战时期，大量派遣留学事实上既多困难，青年研究者的训练培植主要就得靠国内的研究院所来负责。青年研究者的增加，当然不是专指数量上的，同时也应当是质量上的。因此与研究生名额的扩充同时，各研究院所的人事、设备、经费、事业进行，也应当经过一番有计划的充实和调整。要使各研究院所出产的人才够得上标准，首先就不能不使各研究院所本身够得上标准。

第三节　外国学者的运用

现代科学原是西欧的产物，欧美人研究科学，至少已经有一百五十年的历史，我们才不过二十多年。人家当然比我们高明，我们当然要与外国人合作，要外国人指导，方始有赶上人家的希望。

不过我们必须要会善用外国学者，才有真正的利益。外国人虽比我们高明，但他不会说中国话，不知道中国的实情，中国的需要，没有相当的中国人作领袖来指挥他，不但他不能尽其所长，而且往往还要误事。我们有许多政府机关雇用外国人，就因为没有适当的本国人去指挥他，往往不但不能得到他的好处，反而为他所用。地质调查所因为善于运用，所以像安特生、葛利普等人，就能对我国地质、考古、古生物等方面的研究，有了很多的帮助。

今后政府应该设法多多聘请外国一流学者来我国讲学。如果确有利益，可以不惜重金。有些不必一定要去外国学习的科目，如社会科学、人文科学之类，聘请三五个外国人来讲学，比之派三五个学生出国去研究，经济得多，因为这样

107

就可使三五十个甚至更多的人，能够一样聆到外国权威学者的议论。

今后政府可以多多与英、美、苏联等友邦政府联络，希望能大量地交换教授或学生。我们的科学虽还比不上人家，但关于中国事情的研究，我们有些教授显然可以指导他们。

外国学者的运用，同时也可以帮助我们解决充实各研究院所师资，和提高学术水准等问题。

第六章 学术研究在抗战建国时期的地位

现代的战争,也可说是学术的战争。学术不是飞机大炮,可是学术可以发明,改进,动员,和增加飞机大炮,同时也可以消减敌方的飞机大炮。现代的战争,是建筑在现代的学术基础之上。只有学术的进步发展,才能保证胜利。

在抗战期中,学术研究固然重要,在建国时期,学术研究实尤其重要。总裁二十八年三月四日在第三届全国教育会议的训词中曾说:

> 现代国家的生命力,由教育、经济、武力,三个要素所构成。教育是一切事业的基本,亦可以说教育是经济与武力相联系的总枢纽。所以必须以发达经济、增强武力,为我们教育的方针。……我们要建设我们国家成为一个现代的国家,我们在各部门中需要若干万的专门学者,几十万乃至几百万的技工和技师,更需要几百万的教师和民众训练的干部。这些都要由我们教育界来供给的。这些问题,都要由我们教育界来解决的。

这里教育界应负的责任,其实也就是学术研究界应负的责任。因为教育界的高级干部,国家各部门建设的主持人才,都得由学术研究机关来造就,来供给,在欧美文明先进的国家,学术研究机关往往是它们建设计划的设计者、推动者和实际领导者。因为如果一切建设不是建筑在学术研究的坚固基础上,就一定不能进行,就是进行也一定不会有好的结果。

学术救国,胡适之先生曾举过一个很好的例,大意是说:从前法国被普鲁士打败之后,割了两省地方,赔了五十万万法郎的款。这时候有一位刻苦的科学家巴斯德(Pasteur)终日埋头在他的试验室里做他的化学试验,和微菌学的研究。他是一个最爱国的人，然而他深信只有科学可以救国。他用一生的精力证明了三个科学问题：(一)每一种发酵作用都是由于一种微菌的发展；(二)每一种传染病都是由于一种微菌在生物体中的发展；(三)传染病的微菌，在特殊的培养之下，可以减轻毒力，使它从病菌变成防病的药苗。这三个问题，在表面上似乎都和救国大业没有多大关系，但从(一)巴斯德定出做醋酿酒的新法，使全国的酒醋业每年减除极大的损失；从(二)他教全国的蚕丝业怎样选种防病，教全国的畜牧农家怎样防止牛羊瘟疫，又教全世界的医学怎样注重消毒以减除外科手术的死亡率；(三)他发明了牲畜的脾热瘟的疗治药苗，每年替法国农家减了二千万法郎的大损失，又发明了疯狗咬毒的治疗法，救济了无数的生命。所以英国的科学家赫胥黎(Huxley)在皇家学会里称颂巴斯德的功绩道："法国给了德国五十万万法郎的赔款，巴斯德先生一个人研究科学的成绩足够还清这笔债了"。(胡适《论学近著·赠与今年的大学毕业生》，商务本)

学术的进步发展，不但可以救国而有成，也可以使抗战必胜，建国必成。在现在世界，只有在学术上能够站得住的国家，才能够生存而有发展，此外都不免是徼幸苟延之道。因此目前全国上下，必须通力合作，兴利除弊，共谋学术研究事业的充实发展。学术研究一旦能有盛大的进展，我们国家的生活，一定将变得更强壮，更美丽……

（本书出版于 1942 年 1 月）

110

民族文学论文初集

钟敬文先生序

近来我底手边有一册拉威斯(E. Lavisse)教授底《欧罗巴政治史概要》。每当精神疲劳的时候,便拿起来读几页。这是一本简略的入门书,可是有着明确的原理贯穿全体的书。作者用着民族底起伏和近代的民族主义,简要地描出自古希腊至第一次大战前夜的欧罗巴历史底轮廓。广濑教授在日译本底序上说,这书能够省去一切机械的分类和枝叶的插话,而使欧罗巴各民族历史底全部开展,印入我们脑子里。他又说,虽然是过去底论述,但是可以给现在和将来许多暗示。我敬重拉威斯教授底学理和艺术,同时我也理解广濑教授说最后那句话的缘由。但是,我要坦白招认,我并没有从这部名著里得到智识上的或理想上的满足。我对它的偏爱,与其说是学问上的,不如说是艺术上的。——它写得那么明快,那么精炼! 这决不是因为它太简略了,而是因为作者对于历史事实的观察和说明,多少是雾里看花的。我们不能从那里窥见什么历史底真实意义。

因为拉威斯教授底这本小书,我常常联想到他底一位同国人,那小说家兼政治家的巴勒斯氏(M. Parres),他是现代法兰西文学史上曾经辉煌过一时的人物。本来是极端的个人主义者。他青年时期的信条是:"人必须为自己而活着,即必须为自己生活机能底最完全的展开而活着。"他那有名的《自由人》等自我崇拜底三部曲,便是这种思想底表白。后来他走到民族心、祖国爱底新领域。"个个的人尽管把他想象得怎样完全,到底不过是所谓民族那更完全的组织中的断片罢了。"在那最后的作品里,他藉着女主人翁底思想和行为,宣布了国民精神底最后疆界——自己民族底"国境"。那是怎样也不能够跨过的鸿沟! 因为在他看起来,每个人只是他自己民族传统底承受者和理解者。从两个不同的

113

民族传统哺育出来的两个心灵,是宿命地不能够融合在一起的——尽管双方抱着怎样的情爱,和对于共同生活幸福的憧憬。从现代欧罗巴列强激烈的利害冲突和巴勒斯氏本人底政治思想(反德意志的)等看来,这种文学上极端的民族传统主义,它底产生重被一部分人所赞赏,正是很自然的事情。但是,这种思想,对于人类文化及心理底解释有多少真实的意味呢? 对于人类全体或自己国家民族底真正福利和进步,又会有什么贡献呢? 关于前一点且不必去细论它,关于后一点,第一次欧罗巴大战底炮火和它所带来的后果,不是已经给予最明显的答覆么?

目前徐中玉先生把他一年来写成的关于民族和文学问题的十多篇论文交给我看。我带着兴味把它阅读了。结果不仅得到许多欢喜。而且也引起了许多思索。那些思索中最重要的一个,就是在这篇论文上有一种在拉威斯教授或巴勒斯氏底著作里所缺少的东西。我不能不说,我们底时代,已经从本世纪底最初二十年那个境界上,大步跨过来了。

"民族文学"在我们底文坛上已经不是什么新名词了。但是,对它做一种比较广泛而深入的考察的著作,好像还很少看到。过去对于这题目的论述,大多数是停留在片面或浮面上的。从这意义上说,徐先生底著作无疑是更进一步的开拓。在这十多篇论文里,他触到民族性、民族传统、民族乡土、历史传授、爱国主义、国际主义、民族制度,以及民族英雄底塑造、民族性底改造等问题。他正像一队骑兵,在那广阔而重要的战场上纵横驰骋着,他显出了使人羡慕的豪勇。

如果仅仅是涉及范围底宽阔,在理论上没有什么特别的光彩,那么,这决不是怎样值得我们鼓掌的。徐先生在这广泛的论述中,却处处迸出美好的思想底花,使人读着,像踏入一个红酣绿醉的园子中。举例子说,像论爱国主义,论暴露黑暗,论国民性底形成及改造,论民族英雄底塑造等地方,都是很有斤两的文字。我以为这些不仅仅是民族文学问题上秀异的见解,而且是一般文学理论上,乃至于一般文化理论上的秀异见解。

无论怎样一部有价值的书,像它必有许多精采的处所一样,同时它不能没有一些可以商讨的地方。真正完美无疵的书,就是在实际上不曾存在过的书。徐先生这部在短时间内写成,而在某种意义上差不多是等于辟荒的学术著作,从读者看来,中间有些值得商讨的地方,这决不是会叫我们怎样感到惊奇的事情——或者还可以说,这比起它完全没有一点瑕疵来,更要叫我们惊奇些。以徐先生底年富力强，加以好学不辍，在这个《初集》里如有一些未尽妥周的地方，到了《二集》、《三集》里，不就会被熨得平平贴贴了么？

一定的历史条件和社会要求，催迫着每一个文化上学术上问题底提起，解答，或辩解。今天底一切情势，不是在迫切要求给民族和文学的问题，以公正深入的检讨和解答么？徐先生这个集子，是来得适当其时的。至少从我个人说来，把这些论文放在书桌上，比起拉威斯教授等底著作来，是更能够发生一些亲热的感觉的。

钟敬文　三十一年十二月一日

自　序

　　七八年来，我专治文学批评，目的在融贯这门科学上各种学说的真理，建立一个较为美满的系统，以协助文学发展，贡献于国家社会。去年秋天，应聘担任国立中山大学文学院讲师，除讲授"文学批评"、"国文"二科之外，当局因我专治批评，又要我担任共同选课"民族文学"的讲授。民族与文学的关系及问题，原是批评理论中一个重要部分，过去我亦颇加注意，但以尚未经过一番系统的思考和组织，未敢贸然应允。我对于许多大学以只讲解通篇稍有民族思想的诗文词曲，就算讲授了这个课程的办法，是认为陈旧敷衍，决不赞成的。然而推辞不掉，终于还是答应了下来。

　　系统的讨论民族文学的书籍，前乎此在中国还没有产生，期刊报纸上偶或见有这类文字，又都颟顸滞驳，很少参考的价值。因当讲授之始，我就决定由自己首先写出一部有系统的书来。原定计划每周讲完一回，随即写成文字，在一年内将全书大致完成。孰料一年来杂务纷繁，所成不过预期二分之一。而这里所收集的，则还不到此数。

　　集内各文，一部曾在《时代中国》、《新建设》、《民族文化》、《大公报》等各期刊报纸发表。发表以后，各处颇多称引，并有抄袭易名再登情事发生。由于前者，可见社会对这一类文字要求的殷切；由于后者，我就感到有将这些文字先行付梓以为表白的必要。本集所论，着重在民族文学的原理和题材，但也不曾尽意，关于表现及技术上诸问题，以及中国民族文学发展演进的历史，都已积有卷帙，即可络绎刊布。

　　当这大敌压境，民族生命濒于危殆的时际，学术界人士的责任，就在竭其智能，发挥怀抱，以为挽救时艰的砥柱。作者不敏，亦有志于此，年来发刊数书，区区之意即存乎是。如能得读者诸君的教正,幸甚。

承同事钟敬文教授赐序,仅此志谢。

徐中玉　三十一年十二月在坪石

民族文学的基本信念

一

民族文学的理论，是学问领域中即将完成的一种有系统的科学。

二

民族文学不是一种新东西，但也不是一种旧东西。因此，一味守旧和一味赞新的人们对它所发和所有了的辱骂和误解，都是错的，或不必要的。值得和应该反对的，只是那些在民族文学的名义下所进行的违反民众利益的罪行，而那些罪行，却绝不就是民族文学。

三

广义地说，一民族所产生的文学就是这民族的文学，因此可说它不是一种新东西。

狭义地说，必要那种能够积极地，自觉地，与产生它的民族的当前情势紧密结合的文学，才得称为民族文学，因此又可说它并不是一种新东西。

●

四

现代意义的民族文学非新非旧，亦新亦旧。新与旧对它都不是绝对的。一民族的民族文学当然须从这民族内产生，但不是所产生的一切作品都配称民族文学，而只限于那些能够积极地、自觉地集中表现民族当前情势，适应民族当前需要的作品，才配称民族文学。

五

我们为什么要提倡民族文学？这不是要提出一个新的口号，而是要适应民族当前的迫切需要：抗战建国！文学应该集中全力，密切配合以全民族福利为根据的政策战略，发挥出煽动、组织、行动的作用，成为抗战建国的一种强力武器。

六

在现代战争中，一民族必要能充分运用它本身的各种力量，才有战胜侵略者的希望，而我们对文学这种力量的组织运用，却还落在侵略者和他族之后。提倡民族文学，就为的改正这种错误，弥补由此带来的损失，增强反侵略战斗的实力。

七

真正的民族文学，一方面是反侵略的，他方面是不侵略的。它反抗一切加诸本族的横暴，也反对加诸他族的一切横暴。它主张民族间的合作协进，共存共荣。它不夸张自己，抹杀他人，它激起人们爱护本族之心，同时也养成他们尊重外族，热爱人类的心理。

八

真正的民族文学要求民族间的一切平等，也要求民族内的一切平等。它反对任何特权,任何不公允的待遇,任何少数人利己的阴谋野心。它为要维持自己,为要能发挥巨大的力量,发展本族,促进人类的幸福,就不能不站在大多数人们的一边,为他们说话。

九

因此自我鞭策应成为民族文学必备的条件。毫不讳饰地指出本族生活中的一切污点和罪行,站在期望改革的见地提出积极可行的方策,号召人们去反省,去改善,去实行。不能做到这点的文学,是夸大的,空虚的,欺骗的,软弱的,不配称民族文学。

十

凡属本族生活范围里的事物,都是民族文学可以运用的很好题材。历史传统,语言习惯,乡土景物,传说习俗,英雄人物,等等,都可运用。但对过去的事物,应选择其中对当前尚有用处的部分。表现各种事物,都应在一种期望改善或要求进步的心愿下进行。

十一

真正的民族文学不讳言失败,而从失败中提示珍贵的教调。报告成功,培养自尊自信,同时亦示人所以成功的原因。无论是失败或成功,都展示经过的全景。一般文学的表现原理,对民族文学大体上也可适用。

十二

民族文学的形式应该多样而通俗。尽管选用民间的口语、民间文学的形式,加以改造和发展。把文学的势力推广到各种教科书、识字书、唱本、歌谣、童话和各种不同的教育场所去,使民族文学成为大众心理改造的推动机。

十三

民族文学深深植根在本族历史土壤之内,但不应拘拘于保存国粹,以为本族所有无不美备,也应欢迎外族的影响,接受它们优良的遗产、丰富的成果,作为改造和创立本族新生活的助力。

十四

民族一天不灭,民族文学便一天不灭。不过正如民族国度之并不与国际主义相违,民族文学将来也必有为国际精神充溢着的一天。在大国之世,民族文学将以各民族自己的体验和色彩,去充实描绘人类共同生活的内容。

论民族制度

一、乌托邦的大同主义

大同主义是与民族主义相反的一种社会的教义。一般地说，这个名词通常总用来代表那种以世界为国家的观念，一个人无论在政治、社会或商业方面的同情与利益，如能不限于他所属的民族或种族，那他就可以称为一个大同主义者。这个名词以其范围之广，又常用来泛指人与人间那种不分种族疆界的理想关系，那种泛爱众人的四海皆兄弟的精神。不过依照这名词在政治上的较科学的解释，大同主义的基本观念，应当是打破社会中的民族区别之义。

大同主义的观念，在古代就已发生，在我国有《礼运》中那段尽人皆知的理论，在西洋当亚历山大大帝的武功，扩大了拘拘于市府范围的希腊的眼界之后，这个观念也就发生了。罗马人囊括数个文明世界于其版图之内，大同思想日见促进。罗马帝国颠覆以后，罗马教会就顺它自身成为伟大的超民族社会的机关和标帜，来养成大同主义。降至近代十八世纪，欧洲——特别是德国的知识分子重新提倡大同主义，以增进全人类的利益，侧重事物的非民族观为职志。所以勒辛曾说："我没有爱国之念，我觉得这种念头最多也不过是一种英雄气概，没有它我反倒高兴。"席勒也说："我是站在世界公民的地位而著作，不是为那一个君侯效力。我失掉我的祖国，以换取伟大的世界。最伟大的民族，也不过是世界的一个片段吧了"。

大同主义者们以为个人的福利，应为一般主要的着眼点，这样才得满足有组织的社会的需求。因此他们便赞成以个人而不以民族为社会单位的大同主

122

义。他们以为人类分化成为民族的结果，必起讧争，贻害人类。因此吁求世人，引伸亲亲之念，实现伟大的道德革新，把各民族结合为一，以造福人类。

平心而论，大同主义的这些观念诚不失为一种动人的理想。民族间的龃龉畛域必须消除，人与人间的关系，必须清澄和睦。然而这样的大同主义，却完全不能实行。或者也可说是，本就不必这样实行。希望人类在彼此关系和情谊上完全泯除民族之别，不许个人有爱国爱族的情绪——这种情绪是人性中不可分离的一部分——是不可能而且也不必要。当人类中还没有产生出一致的语言、宗教、政治、法律、道德等等时，完全泯除是根本不可能，而当人类由于生活与思想的接近，已使大同主义的这些理想有了实现的可能时，完全泯除便成了不必要，和对文化发展的障碍物了。

大同主义也常常成为帝国主义国家向外侵略的掩饰语。它们企图在心理上解除弱小民族反抗侵略的武装。不过在区别清楚之后，至少大同主义的为全人类谋取福利的心思是应该赞扬的。只因为它主张完全泯除民族的区别，这才使它的理想无由实现。如使它的主张只在泯除民族间的误会，则如马志尼(Joseph Mazzini)于其 *Life and writings*（《生命与著述》）一书中所说，"倘若大同主义是四海一家，泛爱众而亲人，消灭一切足以引起民族间仇视的畛域之谓，则我们统都是大同主义者"了。

二、对民族制度的讥评

1. 爱国主义与战争

民族情绪的一个显著特征，就是爱国主义。因为这一种天性，个人便觉得本族分子所作所为的事都值得他注意。同族的人如有伟大的成就，也悠然生自豪之心；他企求其民族之强大成功和繁荣，为达到这种目的，虽牺牲生命亦所不惜。

爱国的情绪本是有历史以来就有的，但现在所见的已经进步的爱国心，却是随着民族观念一同出现的。民族制度把从前个人对于别的事物的各种忠爱之念吸收了过来，成为它们的仓库。

于是讥评民族制度者就把爱国主义的一些弊害，做了攻击的藉口。他们说，爱国主义只计及民族的物质的幸福，它不独爱护本国，而且隐带有憎恨和仇视外族的心理。爱国主义足以引起许多无谓的偏见，结果使人们把人类分为两类：一方面是他同情爱护的本族分子，他方面是他所嫉视的外族。爱国主义即使是善，也不免是一种完全盲目的冲动。它有时可教人们假借本国的名义而任意妄为，在平时认为不道德或野蛮的举动，在兴奋激烈的时际，就可以爱国的名义，毫不羞惭地做出来。

还有一种民族的属性，也像爱国心那样，被人视为战争的导火线者，就是民族体面或民族光荣的观念。一切民族都承认体面或光荣是民族构成上不可少的部分，决不让外族有所侮犯。脱洛仑（Terriallon）曾说："为了民族的光荣，民族便应当被爱护，它对外族的仇视便属合理，它的要求便也算正当。"古代人已主张民族的要务在于维护民族的光荣，所以狄摩西尼（Demosthenes）说："即使灭亡已成为不可逃的命运，也要灭亡得轰轰烈烈。有一种东西，雅典对之重视尤甚于成功者，那就是光荣。这是有关它过去历史和将来荣誉的一种高尚的观念。从前波斯入寇的时候，雅典牺牲一切，就为的这个争取光荣的英雄的观念。"

以民族光荣为一种理想的鹄的，对民族体面的感觉就会过分地灵敏和严重，这样便会昧除理性，一任感情去行事。官僚政客们，就往往利用一般人这种心理上的弱点，来掩饰他的过错，并造成对他们自身有利的战争。

讥评民族制度者说，即民族观念本身，亦就是现代战争的导火线。他们说：民族情绪的觉醒，实是十九世纪战争频繁的原因，民族制度是比宗教还更有力地激动和保持了战争的精神。黩武主义是民族制度下必然要产生的果实。

如上所述，民族制度不过能造成一些排外性和敌忾心，成为侵略主义、黩武主义和帝国主义的源泉。无餍的民族主义精神，使各民族稍可藉口，便以攫取他人领土为念。而在经济方面，不仅如排外的关税政策和保护法案等，都足以损害到全世界人类的共同利益，且使各国民众受骗，将特殊的经济利益和经济政策，尊重为民族的经济利益和经济政策，而令少数人的野心和贪欲，能够得到多数人的热烈和积极的拥护。

民族制度如果只能造成些战争和灾祸，那它的确是应受诅咒的，因为这些事实与国际主义的精神和要求，完全不相容。

2. 文化的命运

讥评民族制度者的另一藉口，就是认为民族制度之下，文化的发展一定要受到阻滞。"一致"的要求，使民族内的各个分子都标准化，它要民族内的一切分子在生活与思想上都趋于一致，不问他们个人的爱憎趣味是怎样。这样的结果,就是使个人的文化的境界,变得十分窄缩,天才无由表现,有价值的创造不能产生。

民族制度使各民族都建立了隔离彼此的文化的长城。不仅是语言、文字、法律、制度,就是宗教也往往不容国教以外的存在。这样与外族文化影响绝缘的结果,就是各种文化的普遍衰落,换言之,就是世界文化的一般衰落。民族制度不但不曾助长世界文化冶为一炉的良好趋势,反而是阻碍它,使文化的发展受到阻滞。

国际主义的目标与要求之一,是世界文化的一般地昂扬,如果民族制度会使文化遭受厄运,那无疑将被决然地唾弃。

三、讥评的辩解

站在维护民族制度者的方面,会觉得以上的一些讥评都是可以辩解的,民族制度并不一定会走上与国际主义相反的道路。

爱国心即在没有战争刺激的时候,也是存在的。平常它是民族分子对本族忠爱的表现。它不一定是一种损人利己,只计及本族物质幸福的情绪,它也可是一种伟大的道德的力量,督促个人牺牲其小己的利益,以谋其全族的幸福,助进博爱观念的发展,遏止人类个人主义的倾向。个人对于关系密切的同族者和先人摇篮的国家,抱忠爱之念,是很自然的事情,无可非议。应该非议的乃是那种"爱国狂",它对别民族抱着一切的怨毒、偏见和嫉视。可是爱国主义却不就是"爱国狂"。讥评爱国主义的其实是在讥评"爱国狂",而他们就把"爱国狂"来代表了整个的爱国主义。

爱国心是维持民族意识和保存个人对其民族的爱慕的内在情感,它对民族具有特殊之价值。正如海士(Hayes)教授所说,它是民族情绪的推动力,是人类可珍贵的德性之一面,足以促进群性的发展,使各人的生活趋于社会化。真正的爱国主义含有人们共有的一切真理、德性与权利,虽重视本国,但它的同情却不为种族、语言或国界所拘限。它不遏止一切对本族的合理的批评,不令民族内一切分子盲目地拥护自己,它决不拒斥人类全体的利益。

爱国心也像别的情绪那样,容易失之太过,造成不正当的损人行为,但这并不是它应该如此,一定如此的。如果我们能把它的不正当之处加以消除,它的好处就将明白地显现。

说十九世纪的战争频繁，是由于民族的觉醒，也与事实不符。

世界上竟曾有许多人主张战争也是促进人类幸福的主要因素的。他们以为战争是自然留给人类的一种淘汰方法，在战争中将不适于生存的人淘汰掉，乃是进化历程中不可少的步骤。又以为战争在人心中所引起的种种情绪，乃是在个人发展上的重要因素，只有战争乃能培养人们最高尚的性格。他们似乎不知道战争在过去用拳、牙、棒、刀剑战斗时，或确有一部分选择作用，而现代战争中则否。因为现代的战争，乃是用着精密的器械，而在远距离进行，从事战斗的双方都是勇敢强壮的分子，而不适于生存的分子，倒反安住后方，淘汰不掉的。他们似乎也不知道在战斗行为以外，如体育运动式的竞争，从事烦难的精神工作而生的情绪激动，以及精神上的诸种竞争事件，是同样足以刺激身体内某种分泌，而维持健康和得到圆满发展的。战争在事实上于人们心中养成自我牺牲之类的好性格诚无疑义，但仅此是否即足证明战争是对的，很成问题；而且即使自我牺牲之类的好性格，除由战争方法外再无别法可以养成，战争之足以养成这种好性格的一点，是否就可证明战争是对的，亦极成问题。何况自己克制的爱国人民，与唯利是图的兀鹰式的人物，是同在战争中所造成的，战争同时也养成了如残忍、凶暴一类的不好性格呢！

战争在大体上总归是罪恶的，不幸的；我们不能讴歌战争，所以也不愿为民族制度拉上它能引起许多战争的光荣。在十九世纪，其实只是民族的发展为当时的战争所推动，而不是战争为民族观念所激起。战争是民族兴起以前已有的东西，不应说是民族的结果。自民族兴起以来，战争随着狭隘的民族主义而起，战争是由它所促成，但我们却不能因此就武断民族制度是战争的起因。

过去民族观念之引起战争，那是由于受奴役的民族力求独立自主。当世界上的一切都得到独立自主，那么一切纷争就会自然消灭。所以过去的许多战争，不是民族制度的过失，乃是不奉行不尊重民族制度的过失。一当民族的情绪得到满足，一切民族都获得自营其生活的权利，民族间的地位已经平等，最容易惹起战争的原因就可以消灭了。

如上所述，侵略主义、黩武主义、帝国主义，都不能说是由民族制度所引起，只能说是"爱国狂"和"狭隘的民族主义"所引起。民族制度的根本精神，以及真正的爱国主义，与国际主义的理想和要求是不相冲突的。

民族制度对世界文化的发展，也是弊少而利多。

就个人论，民族制度能够养成个人的自尊心，鼓励他们去创造，供给成功的极大可能性。失掉了民族的感觉的人们，往往陷于道德的堕落与精神的枯竭。民族的感觉使他加重了责任心，因为有民族在，他就感觉自己不仅只是自己。他分有民族的荣誉与欢喜，他有责任去光大这种荣誉与欢喜，他也分担民族的悲哀与损害，他有责任去减除这种悲哀与损害。他为自己活着，可是更为民族活着，这就大大地提高了他的价值，得以使他养成高尚的品格。一民族的个人分子也由民族而得到鼓励，增加力量。民族供给个人以一种环境，使他可以从中把他的理想发展到最充分的程度，使他可以完成他在别种情况下所不能完成的事业。个人因为是在同胞的环绕中工作，工作时的生活状况是自己所熟习和同情的，所以工作能力自然增加；又因为自觉到所作所为是全族更大的努力的一部分，所以精神勇气，增加数倍，工作效率，也当然提高。

民族对个人事业的刺激，不独为个人之利，当然有裨于他所属的民族，且也能使全世界蒙受其利。

民族制度对世界文化的一个重要贡献，就是民族生活的歧异，足以使世界文化丰盛滋长起来。文化虽为一切民族所共同具有，但各民族的文化却总有若干差别，每一族的文化都有它特异的色彩。各民族文化的特点可以互相考核、互相补足和互相提携。各就性之所近去求发展，而达于一个共同的峰顶。把各民族的文化完全加以统一，是不可能而且不必要。我们只期望各民族的文化都有一种进步的内容，对各自的特殊长处竭力保持并发扬，而于各民族文化的形式，则主张一任其色彩斑烂，因只如此，乃能使人类的智力充分发展，世界的文化光华耀目。

民族制度不但不会阻滞世界文化的发展，实在是能够促进它的发展。过去如曾有些民族未能对世界文化有所贡献，那并不是民族制度妨碍了它，而是这些民族，由于受到别一些民族的压迫蹂躏，没有自由发展其文化的机会。

四、心理学上的解释

民族制度与国际主义是否冲突，在心理学上应该也能找到一种解释。关于这点，毕尔斯堡（W. B. Pillsburg）教授于其 *The Psychology of Nationality And Internationalism*（《民族心理与国际主义》）一书中所提出的意见很有参考的价值，现略述于下：

为民族性所根据的社会心理学原理，在根本上可区分为两类：一是普遍的各种本能,一是各种的理想。各种理想可说就是由于各种本能,在各民族的经验之中发生作用,及依照着各民族的经验而发生作用,而发展成立的。各种本能乃是固定不变,且是无论在那种社会中的人们都同样地具有,而各种理想,则是由于个人所组成的团体所具有的经验所生,同时也是这种团体从中发展出来的诸种状况之所生。本能是人类天性中不能变动的原素,各种理想则在受着经验的命令时就可变动。在民族的发展之中,这两类因素中之比较重要的,乃是各种的理想。

民族的组织,若只根据于本能,则一经成立,便不能改变。但大体上它实是依赖于发展出来的各种理想,所以民族自身,便常有向前进步的可能。所以各种新的组织,便可在旧组织的空气中产出,而各种旧的组织,也能推广到可以包容一些向来属于自己范围以外的要素。旧的民族组织之生有这类的变动,在各民族历史中,随处可见。

人类所有一切可称为真正本能的本能,它们是适合于国际的组织或超民族的组织,正如它们之适合于民族的组织一样。民族这种精神之所以发展出来,乃是人们由于用着训练的方法,把各种社会本能自然所会达到的范围,予以限制起来而已。同情、畏惧之类的本能,其应用的范围仅限于一个民族中的各个分子,实在只是一件造作的事。各民族之能成立,都因在事实上有了各种共同的理想发展了出来之故,这种共同的理想根据于各种本能,但关于它们所要取的方式,则要根据各民族以及构成各民族的各个个人们的经验。在各种状况变动时,它们也要跟着发生变动。那么正如它们是由于部落或同样小的团体而发展以至为城市——帝国一样,所以它们也很可能再行推广,以至于包容许多个文明的民族,或一切文明的民族。在目前领导着各民族的理想之中,有许多种都是为一切民族所通有。事实上没有一个民族不曾至少在口头上宣说它乃是崇拜着人类具有自由权的原理,崇拜着民本政治的原理的。道德学上一切具有普遍性的原理,一切的民族都同样赞许。

民族间所存的偏见虽强,但其程度决赶不上个人与个人间的矛盾——这中间可包括地方团体间的、社会各阶级间的、各政党与各宗教间的矛盾。邻居之间的同情心,比起生活在一个海洋两岸上的人们间之同情心来,比起居住在相反两半球的人们之间的同情心来,是要热烈些,可是同样的情形,竞争心也要尖锐得多。在一城或一民族中,社会地位、经济地位不同的人们所生的仇恨心,比所居地不同、所属民族不同的人们之间所生的仇恨心来,是强烈而不易消除。

民族间的互相竞争，对国际的团结精神之存在，并不冲突，正如存在各地方之间的竞争，或各个人间的竞争，并不妨害较为狭隘的国家民族意识一样。地方间的竞争虽在较大的组织发展上有所阻碍，但在目前，它们却不是没有裨益。

因此，国际的组织之成功是可能的。在一个由许多国家组成的国家中，每一民族的精神还可继续存在，甚至这类民族精神之互相冲突的情形，也还可以继续存在，不过这类冲突，在这样国际式的国家之中，是要用着较为合理的方法来解决而已。犹如每一国中，各人之互相竞争，各城之互相竞争，及各较大地域之互相竞争，乃足以使那国得到进步，增强起来的一个因素一样，各民族的互相竞争，在那为许多国家所组织的大国之中，也很可能是一种促进进步的因素。民族间的竞争，若只限于秩序、幸福、进步之类之竞争，而不是对人民们诸种小的利益之争论，那就毫无弊病可言了。

人类所有的基本同情心，决不只限于民族的界限之内。虽发生之于远方的种种残忍事情，我们也不能不有动于中。这就是使一种实际上的国际精神得以发展出来的一个重要因素。我们现在的世界，乃是交通便利、知识发达、人们互相信任的可能性相当大的世界，目前地球上那些相距最远的部分，它们在事实上之生有密切的关系，及其能构成为一个社会的整体，比起中世纪时代的许多大国，或比起近代这时期之初的许多小国，已经胜过多了。国际的组织或超民族的组织之理想，现已发展出来，且已普遍地为人们相信了。……

民族制度与国际主义关系这问题，诚不能单从心理学上来寻求证明，不过心理学上这种研究和解释，是能够帮助我们来理解这个问题的。若把毕尔斯堡的这种意见来与本文前两节所论述的事实相对照，我们对这问题的结论便很显然了。

五、相反与相成

民族制度与国际主义似乎相反，其实相成。拥护民族制度者主张以民族为社会的单位，而他们的目标则是国际间的合作协进，与国际主义的理想完全符合。例如马志尼，他爱意大利超出他爱一切人间的其他东西，但他仍一刻不忘各国对普通人道有重大义务的目标。他以为一国在与他国为人道而联合之先，一个民族先须成为一个国家，没有国家的基础，就不能以平等地位加入在民族的团体里；有一个国家，就是在一个有范围的地方，以便我们在里面为全人类的利益去工作。国家就如杠杆的支点，我们要执掌着这个支点来图公共的幸福。他说：

> 人类是民族的结合，它是为实现和平亲爱的使命的民族联盟，是自由而平等的民族，无阻无碍，互助互利，向着上帝的意旨进行的组织。……忘记了人类等于放弃了我们工作的鹄的，取消了民族不啻抛了我们达到目的的工具。民族确是由个人达到人类所须要的一个环练，不可少的阶梯，没有它，个人的努力便很难裨益于人类。

因此，民族制度实可认是建立和发展四海皆兄弟的高尚理想的基础。爱国心之不会有碍于较高级的人道主义情绪，犹如爱家之念的无碍于爱国之念。伊色耳·盛威尔(Israll Zaulgwill)说："人类的博爱不曾因为一民族有一民族的爱国心而受妨害，两人始成为兄弟，可为譬喻。"就现在的人性论，各民族都首先注重它自己的福利和进步，是自然的事。而现在要谈调整国际关系的方案，对于民族欲保存其自己的理想、传说和制度的志愿，极应重视。所以民族制度也可说是真正的国际主义之先决条件，是国际主义的前提。

同时，个人生活既因成为大众的社会的一分子而得帮助，民族也将由国际主义而获得利益。说国际主义不能容纳民族观念，和说社会不能容纳个人同样地无理。国际主义不会埋没了民族的属性，当各民族已知道他们的需要和企求都大致相类时，他们就不会在文化、经济等等上面互相隔绝与蔑视。正如皮尔(Beer)所说："国际主义不是攻击'我们属于我们自己'的观念，而只反对'我们与你们无关'的谬见。"

国际主义谋世界的团结一致、各民族的合作协进，而并不要消灭个人对其民族的忠爱，妨害个人抱守其民族的语言和传说之自然志愿，阻碍各民族的自己的表现。若使民族制度真有缺憾的地方，补救的方法，不是把它痛骂一顿，而是要去改良它。

旷观当世，讥评民族制度者固已大有人在，但民族制度的确还没有衰亡之象。实现国际主义理想的主张虽有多端，但除由民族的合作协进以达于世界大同,其余的途径,都还渺茫难凭。民族内部各阶级的完全平等,造成各民族内部的紧密团结与健全和谐,各民族间的完全平等,就可作为国际团结世界大同的基础。因此我们主张由良好的民族制度以进至真正的国际主义,其程序与主旨,跟主张由阶级联合以进至大同之域者,其好处实少差别,而其可能性则似过之。少数人的利益必须服从大多数人的利益,民族的利益将来也必须服从国际的利益。将来我们可以看见,民族制度不过是供给个人一种最好的媒介,使他得有机会为国际主义效力而已。

论文学上的爱国主义

一、巨潮的泛滥

爱国主义是十九世纪若干民族国家成立后的产物,在这之前,只有爱国情绪,没有爱国主义。在那个时代,爱国成了最高尚的道德,一个人如果在这方面没有积极的甚至是显著的表现,差不多他就失去了一切价值。在这种时代,一个人就是做出了褊狭的结论,或残酷不合理的运动,只要被一般认为于自己的国族有益,他就很容易成为一个英雄。

翻阅十九世纪爱国主义的文献,在无数动人听闻的言辞中,马志尼(Joseph Mazzini)的热烈呼号可算是最动人的。根据他的说法,一个人如果没有国家,就没有名义,就成了人类中的"私生子",就是没有旗子的兵士,民族中的以色列人(Isaelites)。例如在《人的义务》(*The Duties of Man*)一书中,他说道:

> 我的同胞们,爱你们的国家!我们的国家就是我们的家庭——天给我们这个家庭,在这里头安置我们爱的,并爱我们的繁荣的家族。我们对这家族比对别人在感情和思想上的感通是更密切,更神速的。这一个家族,因为他集中在一定的地点,并且他的分子是齐一的,是注定要做特种事业的。我们国家是我们的工作场,我们工作的结果一定要输出去利益全世界;但是我们能够用得最好最有效的工具是在于这个国家里头;假如放弃这些工具,就不免于不忠于天志,并不免减少我们自己的力量。我们照真正主义替我们国家工作,就是为人类工作;我们国家就是我们藉以增进公

共利益的杠杆的支点。假如我们放弃这个支点,我们怕也会变成无补于国家和人类的人。我们在要与许多民族的国家联合之先,我们一定要先成了一个民族国家,只有在平等的人中间,才有结合。而你们现在还没有团体的生活可以得人承认的……

但愿你们心坎里不断的想念总是为着意大利,但愿你们的一切行为都对得起意大利,但愿你们集于这下而为人类工作的旗帜是意大利的旗帜。不要说"我",要说"我们",你们人人都要成了国家的现身,人人都要觉得须要替他同国人的行为负责,并且要实际使他这样负责,个个人应该练到他的行为都可以使人家从他身上会敬爱他的国家。

你们的国家是单一而不可分的。一家里头,假如有一个人在远方,他弟兄的友爱达不到他,全家的人同食时候就不能够高兴;同样的道理,假如在你们语言流行的区域还有一部分与国家分离,你们不应该快活,不应该休息的。……(第五章)

爱国主义的倡导重大地影响到了十九世纪大多数人的心理。这种思想泛滥到人类生活的一切领域。在文学里,便不仅限于创作,也影响到了赏鉴。我们可以随便举个例子,如对于莎士比亚的评价,英人卡莱尔于其《英雄与英雄崇拜》一书中既誉之为继神与先知之后的英雄,又代表英国人说:

若有人问我们,你们英国人还是愿意牺牲你们的印度帝国呢,还是愿意牺牲你们的莎士比亚呢? 永没有印度帝国呢? 还是永没有莎士比亚呢? ……我们,也为了我们自己,不必受强迫地回答道:"有没有印度帝国没有关系,我们可不能没有莎士比亚。印度帝国将来总有一天要失去的,这个莎士比亚却不会失去,他将永远伴着我们,我们决不能舍弃我们的莎士比亚。"

然而当一八一五年十一月廿九日,被拘禁在圣海伦岛的拿破仑却愤愤地写道:

大家都以耳为目地相信英国,拾人牙慧,说莎士比亚是世界最伟大的作者,我读过他的作品,那里比得上我们法国的拉辛或柯奈耶,莎士比亚的

133

剧作是不可卒读的。

不管卡莱尔的话是否对，他把印度帝国的重要去和莎士比亚相比，这总归是他们英国人自己的事；然而在拿翁的话里，我们是不是会感到有点不公平呢？对于莎士比亚或拉辛和柯奈耶，我们都是第三者，莎士比亚是否一定比不上拉辛或柯奈耶，他的剧作是否一定不可卒读，一个最公平的回答，应该是"不一定的"。

这不过是爱国主义的巨潮泛滥到文学领域里时无数事件中的一个，显然这只是一种不大方，使我们不十分感到兴趣的事。但文学上爱国主义的表现，却不能说在任何场合、任何时间，都一定是不大方，都一定会叫人感觉不快的。

二、新的爱国主义

今天我们可以看到有许多人在笼统地讴歌爱国主义，同样也有许多人在笼统地诅咒爱国主义，我们如果也笼统地来对这种情形加以评断，那么，他们任一边都没有错；可是如果稍为仔细地来评断，那么他们实在是那一边都没有对。

语言永远是历史的追随者，字句在每一个新的时代，改变着意义。许多古旧的名词，都有了崭新的涵义，他们的原来意义，有的已经一去不返，有的虽还残留着，却已不能独自占用这个名词了。爱国主义这个名词，就正有着这种情形。

依照这个名词的传统的涵义，爱国主义是一民族对另一民族，一国对另一国的一切的怨毒、偏见、嫉视，和对自己民族自己国家的一切的赞颂、拥护和夸傲。在这样的意义上，所以爱国主义就成了侵略主义的化身。而当这个名词仅仅成为一种政争上的工具时，那么如西雪耳（Hugh Cecil）所说："已成为无赖政客钳制异己的便利的武器了。"

如果上述意义的爱国主义是生活中一切奴役、黑暗、压迫的表现，那么建筑在一个新基地上的另一种爱国主义，就是代表了生活中一切的光明、爱与创造。莱蒙托夫在尼古拉暴政的最凶残的时代，曾说过一句精辟的话：

我爱祖国，但是以异样的爱。

这种"异样的爱"便是新的爱国主义之所本。对自己的民族与国家，像对历史的真正创造者的那种爱，对于别的民族与别的国家，不怀着敌意，而确信着本族本国与别族并别国的历史意义。新的爱国主义者虽重视本族本国,但其同情却不为种族、语言或国界所拘限。它出发于仁爱的人道主义,就是在强调以本族本国的利益为先决条件时,也了解整个人类的事务,与人类最高的责任。它主张本族本国的生存发展,却反对武力的威胁,或其他任何压迫的方法。它的理想是本国本族正当可爱的发展,与人类融洽的进步。它在对外关系上采取的是调协的态度,不只有利己,也有利他的精神;不只为了本族本国的利益努力,同时也为别族别国的利益着想,正如一个人是为自己活着,也是为别人活着。新的爱国主义反对一切对本族本国的奴役、压迫和欺凌,反对那些充满了侵略思想,因之捐己害人,阻碍人类提携进步的野心政客和野心国家,也反对狭小偏私民族自利所表现的一切不公道不合理行为。新的爱国主义自然地,并且不可避免地和国际主义联系着,因为它的最后理想不是一国一族的独霸世界,却是要在创造着新生活的所有民族国家间,建立起一种精诚合作的兄弟关系。

这种新的爱国主义,比起爱国主义这名词原有的涵义来,的确是"异样"的。这种异样,也就是帝国主义侵略者口中的爱国主义,和社会主义建设者与被压迫民族国家口中的爱国主义之间的异样,爱国主义的名词虽只一个,而涵义却有侵略的、破坏的与自卫的、建设的之分,我们怎能笼统地来对它讴歌或诅咒呢?

现在有些褊狭爱国主义者的文学史家们,他们因为自己民族、国家有过一段极得势的时间,有过几个伟大的文人,有几段文学上极灿烂的时代,就以为人类思想最高尚最完满的表现就应从自己民族、国家的历史上来寻。他们不知道人类思想最高尚最完满的表现,并不属于那一民族,却是各族各国都有同等的竞争权利与贡献,谁也不配独居卓越的地位,并据为己有。历史上一段极得势的时间,几个伟大的文人,几段文学上极灿烂的时代,这其实是各族各国都曾有过的。一个民族有了这些自然是一种很大的光荣,但并不因为这一个民族有了这些光荣,其他的民族就会没有光荣,或他们的光荣就会减色。

在新基地上生长了起来的爱国主义一定要得到真正爱国者的承认和发扬。民族、国家有其必要的存在理由,这和人类生存的理由一样重要。问题只在如何将我们的民族、国家的坚强存在,造成为人类进向大同幸福的一个重大堡垒。

人类的前途一定光明,然而目前它却依然是临在一个黑暗的长夜,法西斯的暴行使世界上正充满着屠杀和不幸,而我们中国,也正在这个长夜和侵入的日本强盗拼命。我们爱我们的国家,而我们的一切壮烈行动和惨痛牺牲,都是

135

和解放人类的利益相一致的。我们是一群新的爱国主义者。

这种新的爱国主义,我们文学一定要在种种方面把它表现出来,具体地发扬起来——为了祖国,为了胜利。

三、爱国的活道德

中国人只有家庭观念,不知道爱国,爱国的热度只能保持五分钟,这些就是我们被外人轻视嘲弄地话柄,中国人难道因为是中国人,就不会爱国了么? 一个有力的回答,就是现在事实上中国人的爱国观念、爱国热诚,已经大大地增强了。

中国旧日的文化,是生产家庭化的文化,这种文化的基础就是以家为本位的生产制度,以及由此而来的以家为本位的社会制度。在以家为本位的社会制度中,所有一切的社会组织,均以家为中心,所有一切人与人的关系,都须套在家的关系中。在这种社会里,一个人的家是一个人的一切,因为他有了家才有一切。这时的一切道德,都以家为出发点、集中点。在这种社会里,不但一个人的家是一个人的一切,而且一个社会内所有的家,即是一个社会的一切。若没有了家,即没有了生产,没有了社会。中国人旧时是生活在这样一种制度之中,所以只有家族观念,并不是因为中国人特别愚蠢,不知道爱国。

现代世界进步的文化是生产社会化的文化。工业革命使人舍弃了以家为本位的生产方法,脱离了以家为本位的生产制度,人们用了社会为本位的生产方法,行了以社会为本位的生产制度,在这种社会中生活的人们,已能离开了他的家,他的行动不能亦不必以家为本位。人们必须在社会内生产、生活,社会成了一个经济单位,一社会之人在经济上融为一体,这一部分人离了别一部分人,生活上就立刻大受影响。

生产社会化所谓的社会,其爱国可有国及天下两重,天下就是指全世界,在其社会化已冲破家的范围而未达到全世界的范围时,其社会只可以国为范围,人的生活,一切须靠社会,离开社会不能生存。但在生产家庭化的社会中,人靠社会是间接的,直接靠以生存的是家。在生产社会化的社会中,则直接靠以生存的是社会而非家。这时人与其社会,在经济上成为一体。如果其社会是以国为范围,则其中的人就与国成一体。在这样一种社会制度之下,一国的人对于他们本国的关系是十二万分的密切。在这种社会中生活的人们,爱国是他们切

身的情感。现代欧美人是生活在这样社会制度之中,所以爱国意识十分强烈,并不是因为欧美人特别聪明。(参阅冯友兰《新事论》)

中国人在近百年来爱国意识的逐渐增强,主要就因中国正自生产家庭化的社会,转入生产社会化的社会。中国现在虽说没有完全成功为生产社会化的社会,但部分的已经完成了,个人对于国家在某些地方是已经感觉到了有迫切的需要。所以中国人现在爱国的意识,比之百年以前,已经大大地增强了,而且将继续增强起来。

爱国在今天中国人的心目中,已不只是一个悬空的理想,在某些方面,的确已经是一个有血有肉的活的道德。这就是说,在某些方面,中国人已深切"感觉"到爱国的必要,而不只"知道"爱国的必要。我们文学应该充分地表现出这种深切的感觉,其来由以及其可能发生的效果,同时还应扩大加强它,使一部分到目前为止还只藉抽象的"知道"而知的爱国的必要,变成为全藉具体的"感觉"而知的爱国的必要,这就是说,为要使文学上的爱国主义的表现达到完满真实的程度,达到与大多数国民的生活要求完全一致的程度,文学就不能不为争取成立爱国主义的前提条件而奋斗——为争取国民生活的普遍幸福,普遍的自由、平等、进步而奋斗。

马志尼在《人的义务》中又说:

> 一个国家是个许多自由并平等的社团——这些人像兄弟那样同心协力合在一起朝唯一的目标努力的。……一个国家不是一个凑集,是一种结合。没有一律的权利,就没有真正的国家。在一个国土里,那种权利的一律性,因为有阶级,有特权,有不平等,就给破坏了。大多数人的能力和材性受压抑,或是潜伏不得发展,又没有大家全体接受的承认的发展的共同主义。——在那里就没有真正的国家。……为实现你们的爱国的感情起见,你们一定要不断对于你们祖国内的一切特权、一切不平等反抗,使它消灭。……无论什么特权,只要它是藉武力或血统逼你们屈服;无论什么权利,只要它不是共享的权利,就是一种篡夺,一种残暴,你们应该反抗它,打消它。

新的爱国主义在对内的时候是建立在个个国民之自由平等之普遍的幸福上的。爱国主义下的自由平等,主张凡是国民都须有自由发展的机会,不受不合理的限制，在同一国内没有贵族平民之分，特权的享有者与普通平民之分。国民在政治上应有同等机会过问国家民族的事务，在法律上没有差别的待遇，在经济上都需有最低限度的维持生活的条件。

在国家民族范围之内，人们生活上的自由平等、民主与进步，就是爱国主义炽热的保证。因为只有在这种情形之下，国民才能发展其良知良能，尽其最大的努力以贡献于国家民族。也只有在这种情形之下，人们才能"感觉"到爱国的必要，爱国才不是一个悬空的理想，才是一个有血有肉的道德，真能鼓舞群伦，使人生死以之的道德。

新的爱国主义，如上所说，就应有三方面的意义：一方面是国内人民的自由平等，民主进步，这是它成立的基本；一方面是国家民族的救亡图存，独立发展，这是它的具体表现；另一方面便是全世界国家民族间的合作协进，共同福利，这就是它的最高阶段，也便是它的最后目的。

因此，只是抽象地理论地使人"知道"爱国的必要的文学，不能说是爱国主义的文学；只片面的鼓励国民奋勇杀敌却不重视甚至忽略他们在国内生活上应有的自由平等权利之文学，不能说是爱国主义的文学；还有那些盲目不合理地高呼着把外国外族灭尽杀绝的文学，当然也不能说是真正有远见的爱国主义文学。

爱国主义的文学，不仅号召着一种对本族本国的颂赞，也号召着一种对本族本国的鞭挞。为要使国家的生活变成更美丽，更强壮，更有利于全人类的大结合，这种文学也应该不姑息本族本国的缺点。严厉地指出本族本国的各种缺点，这是出发于爱，也归着于爱的，具体例子就如果戈理及其作品中的表现。

如果在这种意义上我们来看现在若干所谓爱国文学作品，我们就将看到配得上称爱国文学作品的实是多么稀少，有较高价值的爱国文学作品是多么难得。同时我们也将为一般人对爱国文学观念错误之多之深，而感到忧虑，焦急。

四、真诚的表现

卡莱·柯起（Sir Asthur Quiller Couch）于其所编 *The Oxford Book of English Prose*（《牛津英文散文选》）一书的绪言中说：

　　我曾竭力选辑一些最能代表英国的文章。我所看重的，不是"热烈"的

"大声疾呼"的爱国主义,而是那种抑制的、神圣的情感——任何人站在坎特伯里大教堂的黑亲王(Black Prince)的墓前时免不了会产生的情感;任何人看到书籍和建筑物所蕴藏的奇妙历史时免不了会产生的情感。它使我们相信我们是伟大而丰富的精神遗产的继承者。

文学上的爱国主义应当在每个人物每件事情的身上关系上找出来,具体表现出来,而不是抽象的推论出来。爱我们的国家,就要具体地爱它,即是要同着我们国家的自然界、田野、森林、工厂、作坊、农场等等,并同着我们国家的一切热情的工作者。爱我们的国家,就要爱那在我国存在着的一切新的、积极的、建设的、进步的东西,一切历史上对目前生活尚有裨益的东西,而把我们国家表现在显明的、艺术的壮丽姿态里。只有这样的文学作品,才是充满了深刻的、生动的、现实的爱国主义的内容。然而所有这一切的内容,的确都不必要用"大声疾呼"的形式来表现。

"大声疾呼"式的爱国主义的表现,如是基于真实的感情,自然也无排斥之理,并且在有些场合和时际,这种形式的表现也有其价值。应该反对的只是那种以为爱国主义的文学一定要以"大声疾呼"的形式出之的错误观念。其实在大多数场合,反是那种抑制的、不动声色的作品,比之那些剑拔弩张的,为更感动人心,收得使人爱国的效果。

文学上的爱国主义的题材是无比的丰富,不要以为大名鼎鼎的英雄才是值得描写、称颂,一个无名角色的爱国行为有时反会加倍地使我们感动。(参阅本书《论民族英雄》一文)不要以为灯火辉煌、高楼大厦的大城市才是值得描写,赞美一个穷乡僻壤有时候更易触起我们的爱国心。(参阅本书《论民族乡土》一文)不要以为短兵相接的爱国行为才是能够感染我们,一种爱国的理想、感觉或信仰,即使是很平常的,有时也能够引得人感激涕零。有才能的作者能够从国民的日常生活中去寻获珍贵的题材,就是一草一木,一排房屋,或一座青山,他们也可以把它造成激动人的图画。

特林瓦特(John Drinkwater)曾有一段话说:"我发现我站在圣保罗大教堂下的泰晤士河边;在现代伦敦的活跃生动的生活中,看见一个很长的行列,由莎士比亚的剧院、伊里莎白时代给风帆及冒险者照耀着的华丽展览,清教徒时代的英国的严正,王政复古时代的高雅,后面跟着有机智的才子和摄政国,最后才是维多利亚时代和现代的复杂哑谜。当我望着这幅历史的全景时,我是这全景的一部分,也知道我是一个英国人,更知道我可以旅行到外国去,很熟识地谈到我在这大历史中的遗产。这种感觉使我受着异样的激励,我自言自语地夸口说:我可以和任何人并驾齐驱,因为我的家世系统可以和世界任何光荣历史比拟,毫无逊色。在最广泛最深沉的意义上说来,我是一个爱国者。"(引自 *Patriatism in Literature*)

故乡景物的回忆,本国历史的追念,像这一类的遭遇,都十分平常,然而它们却往往能使我们对本国本族充满了爱护的赤忱。

文学上爱国主义的表现,正如康拉特所说:"一个人须有某种伟大的灵魂,或一种真诚的感觉,才能把爱国心正正确确地表现出来。"从真诚的感觉里得来的表现,一定是动人的。如果这种真诚的感觉复能得到一种广大心胸的领导,那么由此而来的爱国主义文学作品,也一定不会陷于褊狭的民族自私,而妨害了全人类共同的福利。

五、精神造成胜利

中国反抗日本侵略的战争现在已进到第六年,依照历史的经验,大凡一个战争的时间愈延长,那么精神团结的动摇亦愈甚,而团结的需要也就更迫切。爱国主义文学的鼓励提倡,在今日就也是加紧全国精神团结的重要方法之一。自然这所指的乃是那种兼有颂赞与鞭挞的新爱国主义的文学。

文学应该表现我们抗战中领袖与人民的一切英勇、牺牲、痛苦,与由此得来的许多进步和成功。应该表现我们国家在战争中的一切变化、事件,包括光明与黑暗两方面的。应该表现我们这次抗战自救救人的远大目的及重要意义,和我们民族历史上一切可歌可泣奋斗复兴的事迹。也应该表现我们个个国民对于国境之内的无数村庄、田园、城市、乡镇等等的深深的爱意,以及对敌人蹂躏我们土地的痛恨。

我们应该做到成为坚强的钢铁样的一体。对内:不欺骗,不歧视,不压迫;对外:不屈服,不受骗,不侵略;由爱族爱国到爱全人类,都是在一条平等的线上进行。坚信着这是真理,誓为实现而奋斗,我们虽一时受挫,胜利终将来临。文学在争取胜利的过程中,无疑将被证明是最坚强的武器之一。

论文学上的民族主义
与国际主义

世界是一本大书，单看见本国的人，只读了它的第一页。)

——[法]保尔·玛仑(Paul Morand)

一、活的地球，国际化的生活

两世纪来工业革命的结果，使全世界变成一个有生命的东西了。这个庞大的脊椎动物，它的各种器官都是互相补充的，四肢五体都是一块儿生长着的，祸福与共的，如果分离开来便马上死亡。贾瓦斯基(Dr. Jawarski)就曾替这个新进化成功的生物，起了一个名子，叫作"活的地球"。

"活的地球"——我们只须少加留意周围的各种习见事物，和日常生活中的各种动作，就能知道这名子是怎样和具体的真实相吻合了。目前，不仅整个的社会体(Social body)是国际化了，就是它所由组成的各个细胞的生活，也一样地国际化了。

就是在抗战期内，我们的一些体面的市民也是怎样过日子的呢？

他们每天早起用刚果花生油所制的肥皂洗脸，用一块路易斯安娜的棉质毛巾揩干，然后就开始装扮起来。他们的衬衫和领子是用俄国的麻布制的，外衣和裤子是用好望角或澳洲的毛织品作的，领带是用意大利米兰所制的丝绳制的，鞋是阿根廷所产的牡牛的皮革制的，并用德国所产的化学原料硝过的。

在他们的餐室里，摆着一个荷兰式的食器架，餐桌上铺着一块英国制的厚玻璃，他吃着由香港带来的果酱，那是用法国的果品，和古巴的糖制成的；还有一杯精美的巴西咖啡。

于是他们就去工作了。他们搭公共汽车或自用的小汽车上办公厅去，这汽车是美国福特厂的出品。他们把来自华盛顿、莫斯科、新德里、伦敦的电讯一一从报纸上读过，就开始办公了，这时那架德国制的打字机，就嚓嚓嚓地响起来了，而他们用的自来水笔，不消说是康克令或派克牌的。

公余之暇他们就陪着太太出游去了。她们穿着讲穿的外衣，是法国名厂出品，阵阵芳香一闻而知是巴黎的"来路货"；她们身上也许还有几颗产于好望角的金刚钻。他们在一家俄国菜馆里吃了晚饭，商量着究竟是去看《红色舰队》还是好莱坞的跳舞片子，商量的结果，也许倒是去参加了一个音乐的晚会，在那里听到了悲多汶的《月光曲》，和西班牙的急促、热情的谐调，等等……

所有这些服饰、家具、用品……虽然都因抗战，来的少了，用得旧了，听得惯了，可是它们依然象征出这些市民们所过的一种多么国际化的生活！

在目前的时代，无论穿衣吃饭，工作或娱乐，我们都要仰赖于太阳底下的一切国家，我们的一举一动，也要倚靠某种出自极远地方的物品。地球上任何一件重大的事情，现在都要影响到我们的日常生活了。现代人确乎已都是一个世界的公民！

确乎已是世界的公民，然而他们之中却有多少是对于这件事完全不晓，不肯理解，不肯承认，不仅如此，且还大言不惭地唯我独尊！

二、一间屋子，一个皇帝

请看一看我们这些木屋子里皇帝的面貌吧：

火焰的守护者（Guardians Of The Flame）告诉法国的小学生说：法国在人类的进步上总是站在先锋的地位，那自由、平等、博爱的三大原则，就是由他发创而传播到全世界的，他曾大胆地做了种种试验，别人因此得到利益，但他自己却常要牺牲。谢谢他综合的天才，他的理想藉着这种天才表现出来，立刻叫人了解而传遍各地。他乃是各国之中一个伟大的创始者。他的科学家，他的艺术家，他的才干，他的态度，都较其余人类高出一等。巴黎是文明的老家，世界唯一的都市，是世界的眼，一切进步的圣地，一切光明和感兴的源泉。由此而推得的结论，明白地是：法兰西以前一向都是居于优胜的地位，故今后必仍把握世界的霸权。他是"正义"之不朽的战士，因此他当然是欧罗巴联邦的领袖。

可是费希脱却曾断言，只有一种从古代传下来的民族，只有那能理解其精神的杰出的,其自己的语言,也便是理解其自身的一种民族,才能自由而成为世界的解放者——而"德国人就是这样的一种民族"。他们说:日尔曼民族的纯洁道德,自从凯撒和塔西佗时代就早已名闻全世。凭它的哲学天才,它能理解复杂深澈的事物,较之任何国都要高明。凭它所用的科学方法的严格,他们曾创设了许多实验场和工业,再凭它那种为集团的,和有纪律的努力之能力,德国人无疑当得起那"最优秀的民族"的称号,它的使命就是要继续长久以来军事上的成功,去讨伐那些骄奢淫佚、腐败堕落的拉丁民族,而把一种卓绝的文明给世界建筑起来。

这样,不列颠的人士自然难再缄默了。说明:英国人决不是像德国人那样的一个笼统的理论家,也不是像法国人那样的一个虚浮的理想主义者,唯独他才有一种实现的知觉力,和务实的、随机应变的心性。首先倡议个人自由,首先创立议会政治与民治主义的就是他;首先发起经济革命,凭机械之力而改变了世界的局面也是他;首先创造的一个伟大的工业化、商业化和银行化的帝国,是古代的罗马帝国都不能够想像的,也是他! 英吉利人无疑是"人类的君主","大陆属于我们,海洋也属于我们"!

于是意大利的法西斯党人也跳起来嚷了:他追想那未脱野蛮状况的欧洲,在美术上、政治上和哲学上都曾受过意大利文艺复兴运动的熏陶,历代的罗马教皇和皇帝支起了各国的民心和民力垂数百年之久,新意大利是一定要重新负起古罗马的使命的:Tu Segero Imperio Populos Et Ducere Gontes(你应该作国家和民众的领袖)。意大利是"至尊的民族"!

此外还有中国人,希腊人,日本人,美国人,等等。

所有这些人物就都或自觉或不自觉地拘囚在那种小小木屋、小小窗户里的人物,他们寡见寡闻,所以有胆量唯我独尊,有权利关起大门独自做他的小皇帝!

于是他们就成了顶天立地的好汉英雄,把别人视如草芥,要狠狠地轻视,抹杀,排斥。

三、无知的猖獗

正如德拉塞(F. Delaisi)所说:心理上的帝国主义,好像是一件富丽无比的外衣,专替那经济的帝国主义遮掩那卑鄙的诡计。由于对世界各国长期的交往

143

关系无知或装作无知的结果，这些小皇帝们的恶行是猖獗极了，他们发动战争，造成屠杀，加深彼此之间的偏见与裂痕，所有这些不过是以千百万贫苦人类的流血牺牲，去换取少数人的穷奢极欲。

让我们以德意志为例吧：

德国人自吹自捧是最先构成新世界人种的民族，他们血统纯正，一切都是固已有之，未受他族丝毫的影响。费希脱说："一个讲有生命语言的民族，其心灵之组织，是完全由于生命的本身而来的；而且他讲别种语言的民族，其生命及其心灵之组织，却另走一条路径。"并且"一个讲有生命语言的民族，对于其心灵的组织，是极其真挚的，且愿由生命中护得其心灵组织，至于其他民族的心灵的组织，仅是生殖的，此外即一无所有了。所以后者只是意识，而德国人是意识及灵魂兼而有之"。"整个的日耳曼民族都是易于组识的，而作组织工作的人，均以民族自身，为其发展的目标。然而其他民族则不然，其他民族的智识阶级，都是与其人民分离的，只以其人民为其计划的愚蒙工具。"果如费希脱所说，德国民族真是与众不同，上帝老爷应该赐给它一种特权了，而这种特权，依照德国人的一贯愿望，就是他可以随时吞并邻国的土地，逐出邻族的人民，抢掠他人的财物，使欧洲甚至全世界的其他民族，永远无力反抗日耳曼民族的暴行！

接受了费希脱的号召，作为十九世纪德意志爱国文人代表的论调是否真在"以人类的名义"，"为人类的权利与特权而门争"呢？事实上，他们都变成对德意志帝国与对一个德意志的皇帝的情热，也便是，变成对中世纪的德意志的情热了。过去的光荣成了他们的题材，马克斯·封·先凯尔多夫悲痛憧憬地唱着这样的过往的时日：

> 那时高贵而骑士风度的人们，
> 践踏在莱因的河岸上。

而那个时代却是掠夺的武士，从他们城堡上统治着城市与郡邑的时代。另一个著名人物阿奈斯脱·马立慈·阿特脱则是一个法国事物的嫉恨者。他一面在写着那些颂赞自由的，男性而壮烈的歌，一面则热心地攻击着法国的语言和风俗，他甚至企图普及一种德国的装束。古德意志的神话与英雄的史诗，黑尔曼与条士布盖瓦尔德派，佛丹与德洛伊特派，圣橡树，勇敢而粗暴的，神怪而原始的，德意志的战士，杂乱的头发长长地披到肩上，巨大的拳头里握着一根棍棒，这些又重

144

新被视为光荣的了。德国人的粗暴,被想为德国人的道理性的左证了!

这些人物们固然是费希脱的同志,并且也是现在希脱拉、戈培尔等等的先行者了。德意志民族需要他们产生。然而千百万生灵却从此白白涂炭了。这些白白涂炭的生灵中间有法兰西的、比利时的、荷兰的、捷克的、挪威的、波兰的、苏联的……可是也有不少是德意志——日耳曼他们自己的呵!

除了德国,譬如还有日本,等等,但算了吧。

自认为优越,以为可以离世而独立,从而养成轻视、抹杀、排斥外族的思想,世界的祸患便迭出不穷。

而在同时,世界文化的进程亦受其阻滞。

四、"固有天才"与"国家风格"

一八一五年十一月廿九日,拿玻仑在被拘禁的圣海仑拿写道:

> 大家都是以耳代目地相信英国,学人的口吻,说莎士比亚是世界最伟大的作者。我读过他的著作,那里比得上我们法国的拉辛或柯奈耶!莎士比亚的戏剧是不可读的,是可怜的。

这好像是说拉辛或柯奈耶是"纯粹法国的"一样。而且惟其是"纯粹法国的",才特别增高了他们在艺苑的价值。

这拉辛和柯奈耶,在拿玻仑看来:就是法国的所谓"固有的天才";在别国,那就是莎士比亚、密尔顿、哥德、席勒,或但丁、塞凡提斯,等等。所谓"固有的天才",是具有他们各自本国的天赋,某种特殊的知识,和艺术上的感觉性,为他们各自的邻族所不能有的。这些天才的伟大,就是证明了这天才所属民族的伟大。

以法国为例吧:

每一个受过教育的法国人必已把柯奈耶或雨果的最优美的诗句,和福禄特尔与沙多勃里盎的最好的文章铭记在心。无论是日常谈话上或报纸上,只要是征引一句拉芳腾的话或引喻一段莫里哀的剧情,则人人立刻都能懂得。如果所引的是康德的某一条定义,或哥德的某一句诗,事情就完全两样了。所以一国之中,凡是受过教育的人,必都具有一种共同的智力外观,某种共同的思想态度,以及某种共同的精神习惯。两个受过普通教育的法国人,旅途相逢,立刻就能互相认出是同胞来。

法国天才文人作风的清澈流利，这是凭藉着什么呢？这是凭藉着法国民族的天赋，法国人生来就禀有，而为他族的分子所不能有的。生在比里牛斯山和佛日山间的儿童，对于笛卡儿的唯理主义自然就有一种癖好，同样，生于莱因河对岸的儿童，生来就会有倾向于康德的批判主义。博学的日耳曼人将会论证下面这件事，就是：当阿民尼阿斯（Arminius）歼灭了未剌斯（Varus）的军团时，他的伴侣们就早已浸染上那些固有的特质了。日后路德的《座谈录》（*Table Talk*）和康德的《纯粹理性批判》都是由这种特质产生出来的。德国民族的天赋就是谨严和沉着。这就是那些小皇帝们在文学的领域里夸口的法宝。

但还不止此呢。

还有所谓“国家的风格”。所谓“国家的风格”简言之就是敌对“普遍性”的“国家性”，或敌对“国际性”的“地方性”的风格。现代生活的急迫使得大多数的人不能有必要的闲暇去得到某种文学上或艺术上的修养，于是便一味以适应某个特殊社会的地方色彩为事，而那个特殊社会也就承认他是属于自己的“宝贝”。

“国家的风格”其任务是什么呢？不过是用于批评或排斥国外的作品，和国内的进步作品吧了。一个国家如果一旦有种真正有力的创作出现，不为本地的传统习惯和一时的风尚所拘束，而以一般的人性和普遍性为目的，那些狭隘的原则被推翻，琐屑的习惯被扰乱，这时这个国内的四五等角色就要宣布“国家风格”被人污辱了。例如在法国，当雨果想要把诗中的旧说法抛弃以便使韵律更为自由的时候，那班角色因为看惯了得利尔（Delisle）的格律，便一口咬定说雨果的诗是粗俗的、怪异的，曾有一个时期，他的《欧那尼》（*Hernani*）几乎被人逐下舞台去。在“法国风格”的名义之下，柯奈耶、拉辛、雨果、马内（Manet）、柏格森、白利渥慈（Berlioz）、罗丹……等人凡足以为法兰西光荣的杰作都受到了叱责、非难和恶嘲。杰作的光辉自然不会终于被掩掉，但文化的进程却不免受到阻滞了。

究是些什么样的古怪想头在他们的心里作祟呢？

五、影响是罪恶

他们以为外国的影响是一种不祥之物，一类构陷自己的行为，“损害个性”、“损害本国的伟大和荣誉”的罪恶。接受外国的影响，这是对于自己的标准亵渎，对于自己的伟大之轻蔑，对外国的无耻的膜拜。自己的一切都已如此完美高贵,为什么偏要想法使低劣的外国事物来损害自己呢?

失掉自己的恐惧!没有再比这种恐惧更妙的了。

纪德曾经写下几个人的事情,"我不要读哥德",一个青年文学家对他说:"我不要读哥德,因为我怕受到威胁。"又一个认识他的人不愿意读易卜生的作品,说是:"因为害怕太了解他。"别一个自矢永不读外国诗的人,则怕的是丢掉"他的文字的精髓"。

但还有更妙的呢!"有一回",纪德说,"我把一个题材举荐给一个青年文学家,我觉得这个题材和他这样适宜,竟使我有点惊奇他怎么没有早就看取了它。八日后,我碰见他,他焦燥莫名,他遇见了什么?我颇为不安……'啊'!他懊丧地对我说:'我一点儿不怪你,因为你给我的意见的动机是好的——不过看神的面上,好友,再别对我贡献什么意见了!你看我现在自己想到你那天告诉我的题目了。你教我拿它怎么办呢?这是你荐给我的;我永远不能相信我独自找到了它。'——啊!我并没有造谣!——我承认我当时好久没有明白他的意思:——原来那不幸的人是怕做不成个人的。"

我们还可以征引许多,但,谢天谢地,算了吧。

害怕影响,否认影响,排斥影响,这就是那些小皇帝们安身立命的惟一武器,他们的能耐也不过如此而已。

六、"谁也不能毫无恶果的在棕树下散步"——[德]莱辛(Lessing)

其实,要人们想像一些完全、深刻、澈底自然产生的人间事物,是多么不可能呢?就是最拘谨、最自封的人也还感觉到影响的力量,而且影响愈少,影响的力量便会变得愈强。尼采曾以为饮品也可以给一个民族的习俗和思想的大体以一种重大的影响,他说比如那些德国人,既饮啤酒,就永远不要妄想具有饮葡萄酒的法国人那种精神上的轻快与锐利。这种说法夸妄是夸妄了一点,但人们如要否认自然给他的影响,实在是徒劳的。

当哥德走进罗马时,他叫着:"我终于产生了!"当日他在他的书信上说:"他刚到意大利时,便彷佛第一次认识他自己而且存在。我们寻常总选择我们游历的地方,我们既选择这地方就是受了它一点影响的证据。我们寻常也读着许多书,读完后我们把它们合起来,把它们放在书架上,——但这些书里有某句话可不能忘掉,它入我之深,使我难于分别出它与我自己。今后我已不是跟先前没有认识它时一样的人了。尽管我以后会忘却了这些书,甚至也忘却了这一句话,但不相干,我可不能重新变成未读此语之前的我了。这句话的影响已经如此地深入我以后的一言一动,再也退不转来,再也洗不干净。"十八世纪的德国作家莱辛曾说:"谁也不能毫无恶果的在棕树下散步。"这是什么意思呢?他也不过是说:我们纵然马上离开棕树的阴影,也已不是跟先前一样的人了。

一国的人民,虽不会全都到过外国,但总有些人是到过外国的;同样,虽不会全都读过外国的作品,但总有些人是读过的。外国的影响就会从这些人的口里手里传过来。不仅这样,有些人还未到过外国,也未读过外国的作品,他们只局处本乡,而且只读些本国人说本国人的书籍,好像与外国影响无缘,实则他们也还是受了它的影响,他因为接触的人是到过外国,或知道外国,或仰慕外国的,他读过的书籍,书籍中所讨论的东西,是到过外国,也知道外国,或仰慕外国的人做的,是他参考了外国的资料,运用了外国的方法,渗透了外国的精神——一句话,是受了外国的影响而提出,而讨论的。还不仅此,即使是一个目不识丁,足不出本乡一步的人,也还是受了外国的影响,因为他给他的小子买洋布做衣裳,给他的老婆买洋肥皂,他自己抽旱烟也早已不用火刀火石而买了一匣匣的"洋火"——就是火柴。他已经生活在一个深受外国影响的环境中,虽不自觉,他的观念也早跟从前同了。

国际贸易是一个庞大的机构,现代人虽然实实在在过着一种国际化的生活,而因为接触不着这个机构的缘故,他们对于经济方面的现象大多数是矇然的。他们可以说:我们一切都是自给自足。美国或阿根廷的小麦,通过纽约的出口商,被意大利的货船装到上海,就有中华或福源字号的厂家把它们发过来磨成面粉,大通里或天德里街堂口的烧饼油条店老板又去把它称了几斤回来做成发卖,于是在吃得油油的小三子、张大嫂或王老先生的嘴里,就能说出我们中国东西"够吃够用",或"中国地大物博"之类,意在表示有恃无恐的话来了。一国的人民受有外国的影响,与一般人的不知道、不承认这种影响,其实是与这种情形一模一样的。

是故那些小皇帝也者,不过小三子、张大嫂、王老先生之流而已。

七、激发创造的力量

在文学的世界内,我们认识和碰到的种种式式的恐惧中,至蠢、至坏、至莫

148

名其妙的恐惧，就是前面说到的那种失掉自己的恐惧了。他们畏忌影响，避开影响，不啻就默认了他们灵魂的贫乏。他们既愿给那些可以领导他们启发自己的外国影响以一臂之助，则在他们身上必无可以启发的东西。伟大的作家生命丰富，充满敏感，他们渴求外邦的影响，生活在新的开发的快乐等待之中。而他们那些身上有多大富源的，就彷佛时时害怕着《圣经》里面惨痛的话应验在他身上："有的还要给他，但那没有的，就连他所有的也要拿去。"

真正的艺术家，渴求深刻的影响，俯身去就艺术品，竭力将它忘却而使自己更加深入。他把完成的艺术品，看做一个站头，一道边界，要改过样子才能更向前去或转往他处。古人说得好："太阳之下，没有新的东西，一切所谓创作都是从模仿——受了影响而来。"外国的影响特别是一种激发创造的力量。举个例子：瓦特的蒸汽力，也是从模仿来的。他生于一七三六年，他用的是牛可门(Newcoman)的蒸汽机，不过加上第二个凝冷器和其他一些修改而已。牛可门生于一六六三年，他用了同时人萨维里(Savery)的蒸汽机；牛、萨二人又都是根据法国人巴平(Denis Papin)的蒸汽唧筒；而巴平又是模仿他的老师荷兰人胡根斯(Huggens)的空气唧筒的。再举些例子：有人说拉辛(Racine)的《菲德尔》(Phedre)产于贞西尼派(Jauseuite)的影响，但此剧的价值可曾因而减少？法国的十七世纪可曾因为给笛卡儿支配过而减少其伟大？莎士比亚也没有因拿卜鲁得(Plutarque)的人物去编剧而妨害了他们的创造！

影响是创造力发展的要件，没有它，创造力便要枯竭；特别是外国的影响，它能够完成天才，造就艺术创造的伟大时代。这可以哥德的事迹，和中、英、法文学史上的繁盛时代做例证。

八、渴求影响的哥德

在自传里，哥德曾表出过他的爱国的感情，如说："我既看见这个建筑物在古德国的基址上建立，并且在真正德国的时代有那样的成功，连那素陋的墓石上的建筑师的名字，在字音和语源上也出于祖国，我为这个艺术品的价值所促使，大胆欲将向来误呼的名称'哥特式的建筑'更改，而还给他我国的'德意志式建筑术'的名字，其次我却少不了先在口头上，继在一篇献给将来巴哈的小册子中把我的爱国的思想披沥出来。"（中译本上卷页四二九）"我们应当称这种的建筑为德国式，而不是哥特式；不是外来的，而是国粹的。"（下卷页七六）

149

在与爱克尔曼的谈话中,哥德也表出了他对于"亲爱的德国"之爱情,而辩白地说:"我们对于祖国是不能以同一方法服务的,各人可各从其天分而尽其最善。我五十年以来备尝艰辛,我可以说,我为了自然给我规定了的种种事情,日夜不曾偷安,不给自己休养,而不停地努力、研究,尽我所能地苦干。……我对于许多人是目中之钉,他们都很想把我除去,而因为他们对于我的才能无可如何,他们就毁谤我的品行……末了,甚至于说我对于祖国,对于亲爱的祖国,没有爱情。"(一八三〇年三月十四日,T. P. Eekormain:《哥德对话录》中译本页二二六)

然而爱国的哥德是不是因为爱国就要拒绝外国的影响呢? 事实是,他青年时代就委身于外面的世界,无所区别的任令每个生物,以种种不同的方法,在他身上活动。他津津然受到那些至倏忽的影响,写道:"从此产生一种和每个物件的奇妙的联系,一种和整个自然如此完满的和谐,使一切地方、时辰、季节的变换,都深深的感触着我。"他对于什么都不谢绝,或如尼采的话,对于什么都"没有说不"!

一八二四年二月二十六日,哥德告诉爱克尔曼道:"趣味是不能只藉中庸的作品养成,而只能藉最高的杰作养成的。……你藉杰作巩固了你的趣味,那么你就得到对于其他东西的尺度,不会将它过奖,而能适当地评价。"(同上,页五十一)三年以后的一天,哥德又告诉他说:"不要学同时代的人或竞争者,而要学在很多世纪以后也有同样的价值而同样被人尊敬那样的伟大的著作。……想接近伟大的先验者的欲求,正是有高贵的素质的证据。请学莫利哀,请学莎士比亚,但最好是学古代希腊人,常学希腊人。……在天性中被赋予了将来能成大人物,能有崇高的精神的高贵的人,若和古代希腊、罗马的崇高的人物相亲近,则定能很好地发展,日新月异地生长,会达到同样的伟大的吧。"(一八二七年四月一日,同上页一二四—页一二五)过了一年半,哥德再告诉他说:"我们固然是带了若干能力而生长的,而我们的发展却得感谢广大的世界的无数的影响。我们从中取得能够处理的和适合于我们的事物。我得感谢希腊人和罗马人的地方很多;我从莎士比亚、斯底纳(Sterne)、高尔特斯密司受了无限的恩惠。……人应该有爱好真理,一见真理就接纳它那样的心灵。……世界现在是这么老了,几千年以来有许多伟人活过想过了,因此很少有什么新的事物可寻可说的了。我的色彩论也不是全然新的,柏拉图、达兹奇及其他贤人们已经零星地发见,而且说过了同样的东西,但我也发见了这个,再说出来,而且努力在混乱的世界里再造一条走向真理的进路,这是我的功绩。"(一八二八年十二月十六日,同上页一八九—页一九〇)

是爱国的，同时又决不拒绝外国的影响，遇着什么就把它化成可以受用的粮食，这就是哥德，这就是哥德的伟大，及其所以伟大。我们知道一直到他的暮年，他还从咸马（Hammer）刚译过来的夏非士（Hafiz）的诗集得到东方的影响——而且是这么厉害的影响，以至他在七十以上的高年，还去学波斯文，并且自己也来写一本东方诗集！

他是天才，可不是什么"固有的天才"呵！

一八三〇年三月十四日，他对爱克尔曼说道："我在自己的诗中，从未有所假作，凡我所不曾经验过，不曾受过痛痒，不曾使我苦恼过的东西，我没有做过诗，也没有说过。当我恋爱的时候，我只做了恋爱诗，那么，我没有憎恶，怎能做了憎恶的诗呢？我和你私底下说吧，我们脱离了法国人的时候，我虽然感谢上帝，但我并不憎恶法国人。只以文明和野蛮为问题的我，怎能憎恶一个地球上最文明的国家之一，而且我得感谢他给了我以我的大部分教养的国家呢？（同上页二二七）

请看这种胸襟是多么阔大，可敬！

哥德就是凭藉他这种胸襟，超越了以前的界线，完成了"永久"和"普遍"的艺术，激发了天才的创造之力的。以他对于德意志的巨大贡献，回视费希脱、戈培尔之辈，真瞠乎其后了。

九、中、英、法文学史上的繁盛时代

纪德这样说过："那些艺术创造的大时代，那些繁盛的时代，都是受影响至深的时代。——例如奥古斯丁（Auguste）时代之受希腊文学的影响，英吉利、意大利、法兰西的文艺复兴时代之受古代文化侵入的影响均是。"其实我国文学史上的繁盛时代，亦是深受了外族文学的影响的。

我们公认历史上唐、宋二代是文学繁盛的时代，这时文学就浓厚地受有异族文艺的影响。中国文艺传统中的外来影响，虽从汉代就已正式开始，如汉代的乐府歌辞，已受异族影响，但要到隋、唐之间，通达西域的阳关大道洞开之后，西方文化卷入中原，才在中土的文学上起有重大的作用。外来影响在当时的盛况，如元稹《法曲》就说："自从胡骑起烟尘，毛毳腥膻满咸洛。女为胡妇学胡妆，伎进胡音务胡乐。……胡音胡骑与胡妆，五十年来竟纷泊。"这种影响就使唐代的音乐与诗歌在形式上起了重大的变化，造成了光辉的杰作。比这更重要的是印度佛教的输入，和译经文学的起来，在它的直接间接的影响之下，给唐、宋二代以及后代的文学开了无穷新意境，创了不少新文体（如"变文"、"平话"、"诸宫调"、"宝卷"、"弹词"以及"语录体"等等）添了无数新材料，打下了繁盛的基础。若就现代而言，那么"五四"以来我国文学界的蓬勃，乃是受了西欧各国文学的影响，更是众所周知的了。

说到英国，也是一样的情形。道登（Edward Dowdon）曾说："现代欧洲每一种大文艺运动，全是由两种民族的结婚生活所产生出来。所以伟大的依利莎白文学，是英国与意大利的爱情的产物；十九世纪初年的诗，是因为法国革命的辽远的希望，在英国刺激起来的热情而产生的。"小泉八云在一篇论及英国文学的文章里也说到"英国文学曾是所能得到的各种外国文学中，得到灵感而生存过来的"。他赞叹外国的富源是那样出奇地浩大，而许多国家的人士对它却只有了极小的注意。他说：世界上每一种文学全是受它本身以外的影响而发展了的，每一国的文学，若只是自身孤独着，一定要因为食物的缺少而死亡了。外国文学影响的力量之感应于我们自己的文学，就如同以异民族的血液注入一种新力量给一个软弱将亡底民族一样。

法国文学史上的事迹尤足以证明以上观念的正确。法国文学在第十二世纪中所受的外国影响就是克勒特（Celt）民族的传说，便是关于"图案"的史诗系以及透利斯脱（Tristan），这使 Chansongs de gesto 重复得生气；其次是受希腊传说的影响，例如见于 Eneas 和 Alexandre 中者；复次则由克累提盆（Chrestien de Troyes）而受普洛温斯（Provence）的尔雅的文学的影响；更后则受远自东方传来的 lablianx 的影响。迨至文艺复兴时代这种潮流愈加澎涨的时候，外国的影响仍不绝地为法国文学的健全的滋补，使他继续重新，又使他的故枝上的新花繁开无已。

十、各国艺术精英的融会贯通

欧洲各民族的文化都来源于希腊和罗马，不仅意大利人、法兰西人、西班牙人是罗马的嫡系子孙，就连日耳曼人、盎格鲁萨克逊人，甚至斯拉夫人也统统都是。当中世纪时代，凡受过教育的人都把拉丁文当作共同的语言。以后各地的文化又都被基督教统一起来。

当十五、十六世纪诸大民族王国兴起之后，欧洲文化似乎就要分裂了，可是不然；当意大利成为文艺复兴的摇篮时，英、法、日耳曼等各国的学者、哲人、艺术家们便不期而会集到罗马和佛洛仑斯去学习新的思维法、绘画法，新的雕刻术和建筑术了。意大利式的教堂、邸第、绘画、书籍和服装，几乎流行了二百年之久，一直等到智慧的中心点移到西班牙后才渐渐消歇。

接着马黎就成为各国艺术精英的集中点了。莫里哀、拉芳腾、拉辛等人着实产生了几部杰作。德国、波兰、英国的作家都模仿法国诗，人人都摹拟蒙萨(Mansart)和勒拿特尔(Le Notre)的格调，甚至连巴黎式的家具、服装和客厅的格式也成为世界各国的楷模了。

而在同时，法国所有的文化界领袖，如孟德斯鸠、福禄特尔、卢梭等却都渡海访英了，那时霍布斯、洛克和休谟便给了来访者以深大的影响。

自那时以后，工业革命所引起的国际关系的大变化只不过加强了这种艺术精英融会贯通的作用，而把它推到最高点吧了。藉了各种交通工具的发明与普遍地应用，空间距离的遥远已不足为患，举例例子：一方面，各地的画家和雕刻家可以很快就赶来蒙帕那色(Montparnasse)，而他方面，法国的各种绘画，以及罗丹和包尔特尔的各种雕刻则流传到世界各地的博物院去了。

当龙沙(Ronsard)和昂社(Pleiade)中的人物在意大利发现了古代美术的标准后，他们便严重地非议"法兰西精神"所产生的任何东西。龙沙非难四百年当中的法国文学，以为应该一齐掷到垃圾堆中去，纵令这种文学至少还有"地道法国出品"的价值，他也不问。

无论那一派法国文学都曾受过它后辈的非难，龙沙骂中古时代的作家，却被马雷布(Malherbe)骂得一文不值，现在的人尊莫里哀是法兰西天才的最完美的化身，但卢梭却骂他是浅薄无德之徒，拉辛也被雨果评为"木头般的蠢物"。并且他们的非难常是假借着外国美学上的一种习惯作为理由的，如柯奈耶之假借亚里士多德的诸项原则，波也罗(Boileau)之假借贺拉西(Horace)的《诗论》之类就是。

十一、激励民族精神的情热

法国作家古尔芒(Romy de Gourmont)曾把文学上的外国影响比作一度新的恋爱，一个女子——男子也如此——每经一度新的恋爱，就仿佛更经一次青年，因为他们主要的生机就在于一种差不多没有间断的热情；一国文学受了外国影响的激发后,也必愈显得新鲜而活泼。这是一个很恰当的比喻。

文学上的一种新势力,与政治上、道德上的新势力一样,不易由同一种性的团体里面发生。无论那个团体,一经组成而取得个性,它所出产的东西就不得不趋于一律,或至少也逃不出几种确定的变化。人类是具有变化的本能的,但它不易自然地变化,而恒需要一种由外而入的酵母来引发它起变化。凡是在文学上挟有新势力的民族,那一定是一个多变化的民族,同时它也一定就是一个最能欢迎外国影响的民族。这种现象可以使植物学家想起那种最能欢迎昆虫的植物。

要提高个人的能力,我们都以为必须依赖社交,同样,要激励一民族的精神,也必依赖它跟其他民族有一种精神上的交换。有些人因为没有见到这种精神交换的必要,对外国文学的影响侵入本国文学,往往引为忧虑,其实这是杞忧。前述许多大艺术家的渴求外国影响,以及中、英、法文学史上的繁盛时代是由于外国影响的刺激,就是明白的证据。

民族的精神不致被那由外吸入的元素所阻碍,犹之一个人的血不致被卫生的食物所败坏。问题在于:食物是没有不卫生的。如果食物是坏的,那么那部分受病的机体必定会努力的撇清它。古尔芒说:就是疾病也不一定无用,犹之败坏的影响也不一定无用。凡是与一切绝缘的文学,势不能不经过一种衰弱与困倦的状态,文学与其有这种状态,比较起来,倒还是使它受些坏的外国文学的推动势力好。

现代法国作家保尔·玛仑曾经倡导过一种文学中的新世界主义的运动,我们对于他所倡导的这一运动的内容虽未能完全同意,但他所讲的这一句话"在一个强有力的民族,外国的文学并不比外国的种族厉害",却是一种真理。他力言交换影响的重要,要求"现代的一般青年男女,至少要有一部分的聪明才智是可与外间交换的"。他说:一个有动产的家长常晓得他的产业不只有国内公债票的价值,并且有国外汇兑的价值,即国际的价值……

因此,老是害怕着、避忌着、排斥着外国影响的人们,对于他们的民族其实只是一些不识大体的害虫,而真正的民族主义者和爱国志士们,却是渴求着外国文学的影响的。

十二、民族主义与国际主义

勃兰兑斯(Brandes)于其《十九世纪文学之主潮》的第一卷里,曾说:"一切宗教的、道德的、社会的、国际的与艺术的偏见的澎湃，这些偏见是比拿破仑的统治有更甚的压力压迫着全欧州，而且只是因为有这些偏见，才会使拿破仑的统治实现的。"这真是一针见血之谈。一直到现在，我们还可以看见许多民族在妄信自己是文明的代表，他们不知道他们的人生观只不过是那可以同样认是人生观的许多个中之一而已，而且其中也许有些是比他们的更可以得到承认的。他们不知道他们所相信所承认的标准，只是被若干相类似的感情的人们所接受，而同时旁的民族旁的国家还有着一些不同的标准。他们不知道被他们所轻蔑的艺术与文学是被许多民族看作最高等的，而那些由他们看来像是世界上最精美的东西，由别的民族看来却只有很少的价值。他们也不知道有些杰作虽为本族人的创造，但他族在这种创造上也有同性质的成功，所以用不着妄自尊大，或矜为独得之处。

无论那个民族，即使一时文艺上有优越过人的地方，这也决不能够遗传的。向来所称为文化中心的地方，确不无一时的光耀，这光耀确也能延续若干时日而且具有它的特色。但大家都曾有过一段极得势的时间，大家都曾有几个著名的文人，都曾有几段文学上极度繁盛的时代。伯里克里斯时代的雅典，奥古斯都时代的罗马，阿拔斯朝的巴格达，文艺复兴期内的意大利，以及法兰西、德意志、英吉利、西班牙，与夫东方的中国、印度，那一处不曾做过文化的中心？而又那一处能够永远保持做这中心？那一处没有产生著名的文人，造成繁盛的时代，但又那一处能够包办这一切？如要问人类思想最高尚最完备的表现该从何处去寻，那么正确的答复应该不是属于那一民族的——大家都有同等的竞争权利，谁也不配居绝对卓异的地位。世界各民族的文学，虽渊源性质都不尽同，但彼此间不绝的影响、反应、交换、通借，庞杂混淆，成一总体，已分不出那一部分是那一个民族真正自己创造的了。这总体是一有机的组织，它的灵魂和生命，并不在那一个特殊的区域，而是在于各种原素的相调和、相凑合的统一之中。

我们，是真诚的民族主义者！我们不轻视自己，亦不轻视别人；不夸张自己的成就，亦不抹杀别人的好处；为改善自己以达于最高的高处，因此虚怀若谷，衷诚渴求别人的影响。我们不忘记自身，但归宿是在浩瀚的世界。

所以，我们也是一个国际主义者。

十三、民族性、国际性与人性

美国作家勃伦（Raudolph Bourne）于其 *History of a Literary Radical and Other Essays* 一书中曾讨论到国际文化的问题，他以为："美国人的事业，必须是解释和描写他所知的生活。能够供给美国人做艺术的材料的，只有他已深知其中的问题和色彩的那种人生——就此义而言，他不能是国际的。但他从事于一个青年世界的一种有希望的前途，又从事于一种为各国的青年所都承认的理想的价值，——就此义而言，他又能够是——而且必须是——国际的。"有识之士当都承认这是一种极为精卓的见解。

譬如我们是中国人，那么我们写作文学就应以中国人的生活为主要的题材，写出我们中国人的喜欢、悲哀、希望与理想，这一方面因为我们对自己的生活最为熟悉，另一方面，也因为我们生为中国人，有为我们民族服役的义务。在这一点上，我们应是民族的，不能是国际的。但我们中国是世界的一部分，我们中国人的生活是人类生活的一部分，特别是，我们中华民族现在正为全人类的进步事业而受苦、牺牲、奋斗，所以我们中华民族的战斗的生活就有了国际的、世界的价值。在这一点上，我们以自己生活的题材而写作了的文学，便不仅是民族的，且能是国际的了。便不仅具有民族性，且亦具有国际性了。

而所谓民族性、国际性，却又可以统一在"人性"里面。伟大作品之所以说得上具有民族性和国际性，就由于它是具有人性。

真正伟大的作品，诸如语言文字的不同，习惯传说以及见解之互异，这些困难在它之前都能够减小到最低限度，它的伟大就在于它能为一切人类所接近。悲多汶是德国人，但他的《田园交响乐》不仅感动德国人，任何人都要为他所感动。林布兰（Rembrandt）是荷兰人，但他的《解剖学课》（*Lesson of Anatomy*）所要描写的并非一位特殊的荷兰医生，却是由种种人皆懂得的面容来表现一个"人"的灵魂。在《罗密欧与朱丽叶》一出剧中，我们所以感觉兴趣，并非为了那十五世纪时一个意大利城市中孟德久和卡辟勃特两族间复仇的争斗那回故事，却是两个青年能够打破迫使他们分离的社会惯例而恋爱起来的那个不朽的剧情。雨果诗所以被人爱读，并非因为他可笑的地方色彩，却因为他那种令人可惊的抒情的才能，他知道如何利用这种才能去表现种种不朽的情绪。我国李白、杜甫等人的作品，一经译成外国文字，便也马上能成为激励他们的元素。

人首先是一个人，因此他首先有人性，或首先须有人性；然后他是一个民族的分子，于是有了民族性；最后他是一个世界的分子，乃便有了世界性，或国际性。没有人性作为根柢，那么民族性与国际性也就不能存在，无从说起。文学作品中的民族性与国际性，亦就要以作品中所表现的人性为根基。凡是愈人性的作品，就也是愈民族性的，同时也就是愈国际性的。作为一个人，他必有与其他许多人相通的性质，他爱群，爱族，爱全世界，这就是他人性的表现，这种爱好是许多人通有的。只有那种时刻孜孜兀兀力求上进，自觉或不自觉地为全人类增添福利的人才是可说具有了人性，有些残暴酷毒只顾自身利害的生命，虽具人形，却无真正的人性——只有兽性。这种人既不能有民族性，也不能有国际性。这种内容的作品亦然。

如上所述，在文学上，我们一方面是真诚的民族主义者，他方面，也是热烈的国际主义者。现在又可以说：我们更是一个澈底的人性主义者。当作品已表现了真正的人性，表出了人们对生活的改善之欲求与坚贞的奋斗，就同时也表现了真正的民族性与国际性。在人性的照耀中，民族主义与国际主义在文学中不但不冲突，且综为一体了。

以果戈理为例

——论民族文学的暴露黑暗

一、爱国者的果戈理

在世界文学史上很难找出一个伟大作家之死是比俄国果戈理（1809—1852)更悲壮,更动人的。凭着他那股想"给人以未知之善"的热情,相信着就像奸诈的恶棍乞乞可夫们也能够"仗着感悟和悔忏,将他们拔出孽障,纵使不入圣贤之境,也可以使他们成为高尚的道德的人",但他终于狂乱,痛哭,甚至在宗教的前面跪倒了。严肃的现实主义的创作精神和他的世界观发生了致命的冲突,在把《死魂灵》二部原稿烧毁后的第十天,他终于离开了世界! 正如伯浪杰所说:"没有别的东西,像被决心的抛到煖炉里面去的草稿的火焰那样,更能够照出这个作家。"

感觉到"非死不可了"的绝顶的苦闷,拒绝了一切忠告与治疗,继续着绝对的断食的果戈理之死,如他在生前所预感到的一样,是伟大的自我牺牲,是对于俄罗斯的未来的自我牺牲。在给同胞的遗言中,他叫喊;

不要成为死的魂灵,而成为活的魂灵呵!

在给马多威伊的信中,他说出:

为什么我不为一切自己的罪恶祈求饶恕,而愿意祈祷俄罗斯土地的救助呢?

158

不仅果戈理的祈祷,他的一切欢愉、想望、痛苦和工作,都是为了俄罗斯,由于俄罗斯的。俄罗斯的旷野捕捉着他,使他震撼地感到祖国的辽阔与广大。这强力的旷野给了他一种不可思议的力量,使他双眼辉耀,使他在挽救祖国的伟业中充满着热情与信心:

> 没有一个宾客,没有一个访问者而能够淡然的在露台上久立;他总是惊异得喘不出气来,只好大声叫喊道:"天哪,这里是多么旷远和开展呵!"(《死魂灵》二部一章)

> 唉唉,俄国呵,我的俄国呵,我在看你,从我那堂皇的美丽的远处在看你了。……你只是坦白、荒凉、平板……然而是一种不可捉摸的、非常神秘的力量,把我拉到你这里去的呢?有什么一种奇异的魔力藏在这歌里面,其中有什么在叫喊,有什么在呜咽,竟这么奇特的抓住了人心?是什么声音,竟这么柔和我们的魂灵,深入心中,给以甜美的拥抱的呢?唉唉,俄国呵,说出来吧!你要我怎样?我们之间有着怎样的不可捉摸的联系?你为什么这样的凝视我,为什么怀着你所有的一切一切,把你的眼睛这样满是期望的向着我的呢?……唉唉,怎么的一种晃耀的、希奇的、未知的广远呵,我的俄国!(仝上,一部十一章)

俄罗斯的旷野里睡眠着无数勇敢大胆的同胞,他要唤醒这些魂灵,挟着他们飞跑:

> 飞呵,飞呵,飞呵……地面在你底下扬尘,桥在发吼,一切都留在你后面了!(仝上)

> 俄国呵,你奔到那里去?给一个回答吧。你一声也不响,奇妙的响着铃子的歌。好像被风搅碎似的,空气在咆哮,在凝结,超过了凡在地上生活与动弹的一切涌过去了。所有别的国度和国民,都对你远避,闪在一旁,让给你道路。(仝上)

渴望着俄罗斯的国家和人民泼剌地向遥远的未来前进的果戈理,是怎样需要着一种使祖国得救的"全能的言语"呵!他焦灼,等待,愤慨,甚至几乎要哭泣:

159

现在是全世界已没有一个人,具备才能,来振作这因怯弱而不绝的动摇,为反对所劫夺的无力的意志——用一句泼剌的话来使他奋起——一声泼剌的"前去",来号令精神了。这号令,是凡有俄国人,无论贵贱,不问等级、职业和地位,谁都非常渴望的。

能向我们俄国的灵魂,用了自己的高贵的国语,来号令这全能的言语"前去"的人在那里呢?谁通晓我们本质中的一切力量和才能,所有的深度,能用神通的一睐眼,就带我们到最高的生活去呢?俄国人曾用了怎样的泪,怎样的爱来酬谢他呵!然而一世纪一世纪的驶去了,我们的男女沉沦在不成材的青年的无耻的怠惰,和昏愚的举动里,上帝没有肯给我们会说全句全能的言语的人!(《死魂灵》二部一章)

以自己的泪作为武器战斗了一生的果戈理,在他的灵魂里是充满着多少对祖国、对人民的真挚严肃的爱呵!他以满含着泪水的笑声来尽情鞭挞了存在祖国地上的丑恶,他终于以生命殉了艺术——也就是殉了祖国。作为一个爱国者的果戈理,由于他能爱着那个谁都未能知道的美丽的俄罗斯,就使他的语言具有了辉煌的预言的意义,就使他不仅与当时的俄罗斯相结合,且是与现在和将来的俄罗斯都结合在一起了。

二、在一群假爱国主义者的围攻中

十九世纪前半期的俄国,正是一个思想上发生激变的时代,这时有代表进步以白林斯基为首的西欧派,也还有其他各色各样的派别。在这些派别里,不消说,有许多是以爱国主义为号召的。然而他们的爱国主义在对待果戈理的态度中,充分证明是一种欺骗愚人的幌子。一个真挚的爱国者如果戈理,简直毕生就在这些骗人的爱国主义者诬蔑和围攻之中。

代表着法国传来的浪漫主义,建设了俄国浪漫主义理论的尼格拉伊·波黎佛义,崇奉着"国民性"、"普遍性",以及"抒情的倾向"三字法宝,对于果戈理所表现了的单纯、自然以及丑恶的描写,当然不能理解。当在果戈理的最初的作品集《狄康加近郊农园之夜》,其中浪漫主义的要素比之写实主义的为多的时候,波黎佛义是赞扬了,而在以后,除了否定之外就再无话说。他说《检察官》只不过是一篇笑剧,他说在《死魂灵》中除掉那些不断地遇到的不可能的学实,引起厌恶的精细，以及丑恶的琐事之外，就没有别的——他说那些简直是一堆谵语。一度曾是新的真理——浪漫主义之雄壮的战士的波黎佛义，当另外的更新的真理——写实主义产生出来的时候，已经不能理解其义。于是同从前的敌人结合起来，一同对这新的敌人进攻了。果戈理因为看见了并描绘了生活中的单调与丑恶，于是就被这位主张着"借着艺术的美丽的理想，而为我们和解了眼前所见的现实的不调和"的波黎佛义诅为"丑角"！

从德国传来的浪漫主义在俄国与官僚的国民性结合起来，便成了官僚的爱国主义，代表这一团的人有协威列夫与波果定，称为"莫斯科的工人团"；又有沈珂夫斯基、布加林与哥莱齐，称为"裴柴尔科尔堡的三人团"。

协威列夫们的官僚的爱国主义实际上是一种排他的自尊心，他们说俄罗斯生活之根柢的爱国精神，无比地美丽，已经没有再学西欧的必要了；他们以为俄罗斯不但可以不依赖欧罗巴而发展下去，并且以其生活之健全的要素——爱国的土地共有制度与正教信仰，和物质上的丰富——强大的军队与丰饶的谷物，是比欧罗巴更进步了。代表着这种传统的思想而给了最明白的形式者，是当时教育部长瓦罗夫的三要素说，瓦罗夫认为"正教"、"君主独裁"、"国民性"这三者的融和，是"救助俄罗斯的最后的停泊，是俄罗斯的伟大与力的最足信用的抵当"。

这种幼稚的夸张明白是君主独裁传统下所产生的思想，"君主制度"与"正教"建立在奴隶制度之上，他们要维持现状，当然反对西欧派。

沈珂夫斯基们同样是极力迎合官僚，辱骂西欧的颓废，拼命地赞美俄罗斯的国民性——温顺，谦让！这种思想不消说是很甜蜜的使中间阶级承受了。他们大声疾呼要绝对忠实于瓦罗夫的好学说，可是实际上却也是虚伪的，他们不过在为个人的利益打算。

所有以上这些人物们，都主张着罗曼蒂克的大言壮语，外形的华美、内容的贫弱，以及对于现实生活的无理解，才是文学的正道；所以当他们看到果戈理的作品时，嘲骂实成为当然之事了。而他们间或给了果戈理的赞赏，如白林斯基所说，不过是由于暂时的欺骗：

> 表现下劣的趣味的法兰西语言的洒落、舞蹈会、时髦、单眼镜、无尾的长服、口髭、颊须等，对于无能的一般民众，露出才子与天才的敏捷与伶俐——具有这些特质的人们，评果戈理是有道德的讽刺，与破邪的道德的

天才,那只不过是成功于暂时的欺骗而已。

这些人们给了果戈理更多的是嘲骂。沈珂夫斯基评论《鼻子》这篇故事的话是:"不死的最好方法就是写作关于鼻子的故事。"他们说果戈理是作出了俄罗斯语言的辞典,以防范俄罗斯语的坠落!而因为他们要掩饰或不正当地美化现实,拒绝一切悲哀与丑恶的调子在文学上出现,所以他们对《死魂灵》的诽谤也就最凶。他们咒骂果戈理是小丑,把《死魂灵》发表出来是重大的罪恶。他是冒渎了艺术,更冒渎了神圣的俄罗斯社会!

这些炫学、非开化的、自私自利的、假作机智的人物们,这样把果戈理天才的作品辱骂了、糟塌了一顿,就算完成了爱国的任务,就算完成了他们"道德上的伟业"了!

把过去的传统取了一种民主的自由思想形式的斯拉夫主义,就和愚蠢利己的官僚爱国主义不同了。对于他们,俄罗斯传统之所以尊贵,并不因为那是祖国的传统,而因那是世界上最良好的传统。这种可尊贵的俄罗斯传统的胜利,由他们看来,也便是全人类理想的胜利。这派在情热上无可非议,但在实行上,则到了否定西欧文化,承认君主独裁的谬向。代表这派文学活动的阿克萨珂夫喜极而呼地称赞《死灵魂》产生了那充满着久被人间忘却的、平和光辉的生活的叙事诗,竟说这部作品中的内容与人物,实是俄罗斯民族的精粹。这真可说是从相反的方向达到了同样的谬误。

据上所述,真挚爱国者的果戈理,在当时实始终在一群假爱国主义者的辱骂与围攻之中,而一些对他的赞美,也同样谬误,并无助于他的光辉。然而现在我们都已经知道究竟谁是真正爱国者的了。屹立在围攻之中,果戈理为着祖国的崇高的服务,是永远不能磨灭,不能克扣的。

三、与丑恶战斗

为着永远的幸福,是要与永远的丑恶战斗,这是人类最高的站斗。在俄罗斯文学里,是从果戈理才开始了从描写圣境转向到暴露丑恶的。在给友人的信里,果戈理曾说:

普式庚是不能一再重复的。现在应当成为我们的模范的,不是普式庚。不同的时代已经到来,对于艺术要开始不同的任务了。国民还在青年的时期,文学是以刺激起斗争的精神,使国民能够斗争,是它的任务。同时在现今,在文学中是来了另外的最高的斗争了,那不是一时的,而是永久的,是为着我们的自由与我们的灵魂的斗争,叫起国民来。

这所谓永久为着我们的自由与灵魂的斗争,就是对丑恶的斗争。

描写了俄罗斯社会的卑污和无聊,地主官僚的贪婪、胆怯、欺骗,和醉生梦死的果戈理,他的动机和目的是什么呢? 如他所说:

> 为什么我们要从我们祖国的荒僻和边鄙之处,把人们掘了出来,拉了出来,单将我们的生活的空虚,而且专是空虚和可怜的缺点,来公然展览的? ——但如果这是作者的特性,如果他有一种特别的脾气,就只会这一件事:从我们的祖国的荒僻和边鄙之处,把人们掘了出来,来描写我们生活的空虚,而且专是空虚和可怜的缺点,那又有什么法子呢?(《死魂灵》二部一章)

不消说果戈理这一段话实是一种反语。这决不能仅仅用是作者的"特性"和"特别的脾气"来解释。他写了许多作品,用他自己的话讲,是为着要把"全人类的各种生活的怠惰象征化——怎样低降一切种类的怠惰的世界的绘图成为一个街市的怠惰的状态,或是相反地,怎样提高一个街市的怠惰的状态,而达于全世界的怠惰的象征化"。在作者的忏悔里他对自己著作《检察官》和《死魂灵》的根本动机有更适切的说明:

> 在《检察官》里,我把当时在俄罗斯我所知道的一切罪恶,在最要求正义的场合上的一切决心的不正,集成一束;把它们嘲笑一次。
>
> 我,特别是在我的作品里,想陈列出那尚未被任何人所评判过的俄罗斯灵魂的最高的特质,以及那尚未被任何人十分地打碎了的低劣的东西。

因为这是一种有意识的战斗,所以果戈理对于自己的嘲笑,也感到有了前后的不同。在作者的忏悔中,他说:

> 在《检察官》以前的我的作品里,我是看出了我不因为什么而在笑着的

163

这种事实；若是想要嘲笑的话，那有着全社会的嘲笑的价值的深刻的嘲笑是可以的呵……在《检察官》以后，我痛感到我们的笑是和以前大不相同了。

在给友人的信中，他说明了由于《死魂灵》的忧郁所引起的深刻的反省：

> 自从这时以来，我只是思索着怎样软化了《死魂灵》所给与的痛苦的印象。这时我才知道，我应当舍弃了那不值得嘲笑的大部分的丑恶，而摘发那好像是永久地伴着人类的丑恶。

果戈理这样地"敢将随时可见，却被漠视的一切：包住人生的无谓的可怕的污泥，以及布满在艰难的，而且常是荒凉的世路上的严冷灭裂的平凡性格的深处，全部显现出来，用了不倦的雕刀，加以有力的刻划，使它分明地、凸出地放在人们的眼前"，他的苦心孤诣原是要使俄罗斯甚至全人类改正他们的错处而得救，然而他这样揭出了那些无聊的、惹厌的，以可怕的弱点惊人的实在的人物，结果却招来了不快的命运："他得不到民众的高声的喝采，没有感谢在眼泪中闪出，没有被他的文字所感动的精神的飞扬，没有热情的十六岁的姑娘满怀着英雄的惆怅来迎接他。"（《死魂灵》一部七章）因为他不会从自己的箜篌上编出甜美的声音来令人沉醉，所以也逃不出当时那伪善的麻木的判决！那是把涵养在他自己温暖的胸中的创作，称为猥琐、庸俗和空虚，置之于侮辱人性的作者们的劣等之列，说他所写的主角正是他自己的性格。……害怕着苦口的真实，因而到处都反对和轻蔑着果戈理是"辱国"的那些人物们的真相，其实在果戈理也是看得雪亮的，在《死魂灵》里，他就曾详细地分析这种人的心理，说：

> 如果作者不去洞察他的心，如果他不去搅起那瞒着人眼，遮盖起来的，活在他的魂灵的最底里的一切，如果他不去揭破那谁也不肯对人明说的，他的秘密的心思，却只写得他全市镇里，玛尼罗夫以及所有别的人们——那样子——那么，大家就会非常满足，谁都把他当作一个很有意思的人物的吧。不过他的姿态和形象，也就当然不会那么活泼的在我们眼前出现，因此也没有什么感动，事后还在震撼我们的灵魂，我们只要一放下书本，就又可以安详的坐到那全俄之乐的我们的打牌桌子前面去了。是的，我的体

面的读者,你们是不喜欢看人的精赤条条的可怜相的,"看什么呢?"你们说,"这些有什么用呢,难道我们自己不知道世界上有很多的卑鄙和糊涂么? 即使没有这书,人也常常看见无法自慰的物事的。还是给我们看看惊心动魄的美丽的东西吧。来帮帮我们,还是使我们忘记自己吧!"——"为什么你要来告诉我,说我的经济不行的呵,弟兄?"一个地主对他的管家说:"没有你,我也明白,好朋友,你就竟不会谈谈什么别的了么? 是不是? 还是帮我忘记一切,不要想到它的好——那么,我就幸福了"……

对于作者,还有一种别样的申斥,这是出于所谓爱国者的。他们幽闲的坐在自己的窠里,做着随随便便的事情,在别人的粮食上,抽着好签子,积起了一批财产,然而一有从他们看起来以为是辱没祖国的东西,即使不过是包含着苦口的真实的什么书一出版——他们也就像蜘蛛的发见一个苍蝇兜在他们的网上了的一般,从各处的角角落落里爬来,扬起一种大声的叫喊,道:"唔,把这样的事发表出来,公然叙述,这是好的么? 写在这里的,确是我们的事——但这么办,算得聪明么? 况且外国人会怎么说呢? 听别人说我们坏,说得舒服么?"而且他们想:这于我们有没有损呢? 想想我们岂不是爱国者么? ……

他们爱国者,就大概是一向静静的研究着哲学,或者他们所热爱的祖国的富的增加,不管做着坏事情,却只怕有人说出做着坏事情来的。然而爱国主义和上边的感情,也并不是这一切责备和申斥的原因,还有完全两样的东西藏在那里面。我为什么该守秘密呢? 除了作者,谁还有这义务,来宣告神圣的真实呢? 你们怕深刻的、探究的眼光射到你们的身上来,你们不敢自己用这眼光去看对象,你们喜欢瞎了眼睛,毫不思索,在一切之前溜过。你们也许在心里嗤笑乞乞可夫,也许竟在称赞作者,说:"然而,许多事情,他实在也观察得很精细,该是一个性情快活的人吧!"这话之后,你们就以加倍的骄傲,回到自己的本来,脸上露出一种很自负的微笑,接下去道:"人可是应该说,在俄国的一两个地方,确有非常特别和可笑的人的,其中也还有实在精炼的恶棍!"不过你们里面,可有谁怀着基督教的谦虚,不高声,不说明,只在万籁俱寂,魂灵孤独的自言自语的一瞬息间? 在内部的深处,提一个问题来道:"怎么样? 我这里恐怕也含有一点乞乞可夫气吧。"怎么会一点也没有!(《死魂灵》一部十一章)

如上所述，果戈理对于自己的笑的意义，对于丑恶的暴露，实具有明白的自觉，而这都是要救助俄罗斯的坠落。在作者的忏悔中，他曾说过："替祖国尽职，总是我的愿望，当我想到就是在文笔上，仍然能够替祖国尽职的时候，我才开始决心走上作者的生活。"在这一点上，果戈理的爱国热忱是绝无可疑，而那些诬蔑他的人们，才是真正干了辱没俄罗斯的勾当！

四、以生命来完成

果戈理无疑是俄罗斯文学史上一个辉煌的爱国诗人，然而他的爱国主义在正确的意义上说，却并未完成。不过在作品上虽没有完成，他却以自己的生命来完成了。

果戈理爱国主义中一个最大的疵病，就在他对于祖国的挚爱，和他思想上的宗教色彩结在一起了，他喜欢宣讲道德的真理，向全人类——尤其是俄罗斯人，宣讲一种新的教训。在《死魂灵》的第一部里，他还能冷静地来对付自己的祖国，来写出关于它和那些人物们的坠落的历史，以及种种邪恶、空虚、无聊和庸俗的故事，而在第二部和第三部里，他却忍不住了，滋长不已的祖国之爱，渐渐迫使他走上了一条文饰和赞美的路，他依照了自己的爱国感情，想来写出祖国生活中最好的方面，来举出积极的典型，于是就想把像乞乞可夫等一群空虚邪恶的人，也写得能够振作起来的了。从《死魂灵》的第一部到第二和第三部，他是想做一个从黑暗到光明，由地狱升到天上的但丁第二的，在他看来，这实是献给祖国的誓约：首先荡涤过一切可憎和污秽，然后美丽的神圣之爱、真实的人类性就来了！他梦想着俄罗斯国家和那批恶棍因此得到改正，"放下屠刀，立地成佛"！不消说，他这种想法是过于天真，所以当然失败了。严肃的现实主义的创作精神使他怎么样也不能使乞乞可夫们振作起来，勉强使乞乞可夫们振作了起来的不是一个个活生生的人，而是僵尸，是空虚的影子。于是在死前十天，他到底把那些未完成的续稿，都抛到火里去了。

果戈理的爱国主义对他自己是收得深的道德意义的，但如《死魂灵》等作品之所以能在俄国文学和俄国生活上造成伟大的意义，却并非由于他的道德的理想和观照，俄国的读者从他的冷静的誓约中毫无所得。作品还没有完成，他的爱国主义之最后鹄的是不曾达到，也永不会达到的。而他对于俄罗斯社会的弊病——邪恶、孱弱、庸俗、怠慢和滋惰——之指摘，却有着重要的意义。俄国人这才第一次看见他们自己，他们生活的狼狈，果戈理在这一点上是发挥了爱国的效率的。

果戈理的爱国主义，是有一股真实的爱国热心做基础的。在这一点上，那些伪恶的爱国主义者是望尘莫及，不能比拟。然而他的作品还没有完成，他这种爱国主义也永不会有解决问题的可能。不过他到底以他的生命来完成这种爱国主义的了。

为了俄罗斯的生而死，为了祖国的自由与幸福而死，这是一种最悲壮，最璀璨的死。以生命来完成了的杰作，果戈理宜乎为千万代后人所崇敬，能够真正为着祖国和大众的利益而奋斗、而牺牲的人是不朽了！

论民族性的改造
—— 民族性与民族文学

一、民族性的解释

要说明民族性怎样影响文学，或文学怎样影响民族性，不能不先明了什么是民族性，民族性如何造成、变化，以及它在一民族生活上的重要。对于民族性的这些问题一向有许多误解，如果继续持着这些误解，我们就无法来进行这个讨论，就是讨论也不会有好的结果。

民族性是一种心灵状态，或一种行为之共同性。但对于这种心灵状态的由来，学者们却有许多不同的解释。比人巴尔根（Balkans），英人洛斯（J. H. Rose）法人吕朋（G. Lebon）等纯从心理上解释，以为这是一民族的分子与生俱来的特点。如吕朋于其《民族进化的心理定律》（商务有译本）一书中，曾说，每一民族具有一种心理组织，也如其解剖学上的组织一样固定。道德上与理智上的特性，其全体构成一民族的精神，代表它过去的综合、祖先的遗传，和它行为的动机。这种特性在同一民族的个人中，初看有时好像极多变化，但细究之，就可知道这民族中的大多数分子，心理上都具有一些共同的事迹，并且和解剖学上的特性一样显著，一样固定。这种在一民族全体分子中可以观察出来的心理要素之集体，就构成了民族性。

反对纯从生物学上遗传心理来解释民族性的学者，如海士（E. J. Hayes）等则重视历史文化的因素，以为民族性不是生物遗传的偶然产物，乃是社会环境和文化传统的创造。而如亨丁顿（E. Huntington）等人，就又特别着重气候的势力，以为民族性主要是由气候造成。

学者们解释民族性的造成还有许多说法，但类此的见解，都不能给我们一个完整的观念。民族性实在是许多因素凑合的结果。巴克（E. Barker）于其《民族性》（National Charactor）一书中，以为造成民族性的因素有物质的及精神的两种，前者包括遗传、地理、经济三项；后者包括政治、宗教、文化、理想、教育制度等项。而在这两种因素之中，物质的因素尤为民族性之基础。巴克这种说法，不消说是比较完全得多了。

民族性的因素，归纳各种说法，不外三种：即生物遗传，自然环境，历史文化。生物遗传中包括民族的遗传、变异与混血。自然环境中包括民族所处地理环境之直接影响，如气候、地形及食料，间接影响如灾荒、饥饿、疾病与人民移动。历史文化中包括社会环境的直接影响如经济制度、社会组织、风俗习惯，间接影响如家族制度、婚姻制度、宗教、教育制度、生育及战争各项。这中间有先天的，也有后天的；有物质的，也有精神的；民族性就是这许多因素共同作用的结果。不过比较起来，后天的及物质的因素，如经济制度、社会组织等，是更基本些。

民族性既是许多因素凑合的结果，而且后天的因素又比较为基本，因此像吕朋那样单从心理方面解释，并以为它是固定不变，当然是错的。吕朋虽然承认民族心理组织的固定性乃是变化的可能性，而不是真正的固定性，但他对于这种变化的可能性，却是持着一种几同固定的的解释。他以为：心理性质和解剖学上的性质一样，乃为一极少数的不可缩减的根本特性所构成，在它周围则聚集着若干可以修改可以变迁的附属特性，只有这些附属特性才能为地区、环境、教育与其他各种因子所改变，而根本的特性则常有重现于每一新代的趋势。他解释一般人所以为的民族性变迁，实际只是表面的变迁。他以为：每个人的心理组织中，都包括有特性的某种可能性，这种可能性为环境所限，常常没有表现的机会。当这种可能性出现时，立刻便会产出一个颇为暂时的新人物来。这像在宗教上政治上有大恐慌大变乱的时期，民族性有暂时的变形，如习俗、观念、行为等都改变了。不过一切虽都改变了，却很少是常时期的，环境影响于人所以曾彷佛如此之大者，正因为它所支配的只是附属的与可转变的要素，或即特性的可能性之故。在实际上，这种变迁并不深刻。一个最和平的人困于饥饿时会残酷地去犯罪，但我们并不能据此便说他的本性已经完全变了。美国人以前内战时曾用了像他们今日用来建筑城市、大学、工厂等同样坚忍的毅力自相残杀，他们的本性没有改变，只有应用这本性的目的物是改变了。所以在吕朋

169

看来,民族性虽不是不变的,但它仅能由于极慢的遗传上的结果,才可使它变迁。然则这种变迁,实与不变相差无几。

巴克的意见就乐观得多了。他根据他对于民族性形成的了解,反对民族性定命之说,以为民族性泰半是人类自己造出的,世界上没有既成的和不能避免的民族性。民族性没有永远固定民族各分子性格,断定某个人、某团体命运的力量,每一民族时刻都在自己创造它的性格和命运中。我们不能根据民族性定命之说,来立一永久断语,咒骂某民族必永远遭殃,或歌颂某民族必永享安乐。必须相信每一民族乃在世代变动之中,每一民族在每一时代都有造成某一时代民族性所应负的责任。民族性不但是人为的,而且实在是在继续不断的创造与再造之中,它不是在形成后就永远不变,乃是随时可以更变的。每一民族都曾在它历史的过程中,更改其性格,以适应新的情势,或某种新的目的。根据这些认识,所以巴克又有他的民族性发展三阶段说。他以为民族性的造成,可分三个阶段。在第一个阶段,以种族、环境、人口及各种物质要素制成一民族性格。在第二个阶段,以这民族所造成的政治、宗教及文学对于民族本身所发生的反响而自造其民族的性格。在第三阶段,在社会组织及教育制度的范围中,以自由的选择和自由的理想,自造其民族的性格;不过这种工作,仅能自今日开始,过去若干世纪中的民族性,并不是这样造成的。

从上面的叙述,我们可以知道,巴克的见解不但是比较乐观,而且比较切合事实。民族性实在不是生物学上的"性",生而即有,永不改变;它实在是一种习,而不是性。扼要说,所谓民族性,其实是某民族在那时所行社会制度的特点。因为所行的社会制度各族未必相同,所以民族性有差异。又因为一国一族,在某种情形中必须要行某种社会制度,否则国族即不能存在,所以民族性有改变,可能改变,而且必须改变。

民族性是人类自己造出的,是可以更改的,但当一种民族性造成之后,未改之前,在这个时期内,这种民族性对于一民族的生活,确有支配的势力。它支配这民族的命运。支配其信仰、制度和艺术。它把一个民族内的各分子,用如丝之细如钢之坚的结线团结起来,如像蛛网的线索,把他们的精神加以联结。吕朋认为各民族的生活永远是极少数不变的心理上的因子所支配,这当然是错的,但若说各时代的民族性对于该民族各时代的生活都有支配的势力,却是事实。因此,一种适应的或渐变适应的民族性,是应该维护、充实、加强的。而一种不适应,或渐变不适应的民族性,是应该改造、去除、消灭的。

综上所述，民族性是一种心灵状态，或一种行为之共同性，这种心灵状态，由许多因素凑合而成，而后天的、物质的因素，如经济制度、社会组织等项则较占优势。因此，它是可以更改的，而且在某种时候，它必须更改。民族性在造成之后，对于一民族的生活，有支配的势力，而当它要更改，或使之更改的时候，本受其支配的信仰、制度和艺术等等，也便成了它自身的反对物，可以促使或加速其更改。文学艺术在巩固、发扬或改造民族性的这个工作中，一向是一种重要的力量。

二、文学表现民族性

各民族的民族性，在形成之后，都表现在生活的各方面。也可说这时民族生活的各方面，都是其民族性的表现。文学亦不例外。

法人洛里哀（Firedeliek Loliée）于其 *A Short History of Comparation Literature from the Earliast Time to the Present Day*（《比较文学史》）一书中，对欧洲主要各国民族性的特质，曾有扼要的叙述，我们可据以比较研究其文学。他叙述法国的民族性，大意说：法兰西民族是以能赏识高尚的文辞之美擅长的，就民族全体而论，他们于修辞学及散文最擅长。所谓"文字上的雄辩"，是法兰西文学的主要特色。法国的散文，一因作者对于"理性"、"明畅"等观念天然具备，二因作者恒必力永文章上的优美，所以似已达到很美满的境域。法国的语言和文学的最显著特征，在于它们的膨胀力和广大的影响。有许多思想从巴黎产生的，曾周游世界，法国人往往以社交的和宣传的天才自负。法国文学所缺乏的，是北欧文学常见的那种创意的能力和如画的美。他往往也用幻想，以与德国的夸大和英国的乖僻竞争，但幻想终不是法国人的特色。

洛里哀这段叙述可以帮助我们明白法国文学的特色。法国的民族性，表现在圣佩韦、罗南、福楼拜等人作品上的敏感、匀整、调和等特点，是很显著的。

洛氏叙述德国民族性时，说：德国人是最愿容纳外国的思想和影响，他们对于外国无论是社会或知识性质的重要事件，决不会茫无所知。他们的祖国观念极强烈，但他们很容易并很愿意取其他民族之长以补自己的不足；他们天性中生就一种易显的国际兴味。德国对于实际的观念总比对于抽象的观念薄弱。它在极短的一个时间内所造出的形而上学的概念和神学的概念，其数已可与其他一切国家所造出的概念相抵。它有一个哲学家，便有一种学说，所以有莱伯

171

尼兹、康德、菲希脱、谢林、黑格儿、费尔巴哈、叔本华等等名字,同时便有这许多派别的哲学家。它的真理追求者曾深入极其玄奥的问题又曾举于不可穷极的高处。它的一般不知倦怠的思想家,无论是云烟密蔽的峰顶,也不足以阻其探险的勇气。德国民族性的根本特点,是一种深思默索的精神,当它军国主义昌盛之前,这种精神实很强烈的。

这段关于德国民族性的叙述,也能帮助我们了解德国文学的那种严肃的哲学的精神。在世界各国的文学里,我们能够找出不少伟大作品,德国文学的精深博大,却是难有比拟的。哥德的精神及其作品,是德国文学一个代表的例子。

洛里哀论到英国民族性时,说:"心的唯物主义"是英国人思想的特征,他们若不用事实或实例的帮助,是不能思想,不能推理的。常识是英国民族的特征,他们缺乏概括的观念,缺乏理论上的高远见解,纯粹的学说和哲理,在英国是不发达的。而伦理学则否。他们对于人类有精确的知识,对于本务有明了的观念,对于意志能自由指导。

洛氏这种看法,恰和巴克于其《民族性》一书中所说的相同。巴克说:英国人的性情和行动受纯粹思想的影响,不如法国人那样深。法国人醉心追求真理,亟欲其真理普遍化,希望它既能在国内发生影响,同时又能推广传布到海外。英国却从来没有醉心追求真理的人。如其会议,不但世人必引以为骇,英国人自己也必为之惊骇。英国人不喜欢空谈理论,必须要这种理论能够引动英人喜欢实际行动的本能,或这种理论能和英国人所爱护的某种传统相符合,然后这种理论才能为英国人所接受。所以理论在英国,乃是追从事实,而不是指导事实。证之英国历史上各次的巨大运动,我们到底不能承认有什么理论,能为未发现的事实之事前的根据。

英国的民族性是这样,它影响到英国的文学,遂使英国文学充满了伦理和道德的内容。巴克在他的书里把艺术的概念分为表现人生和解释人生两种,不管他这种分法是多么牵强,他却承认英国的文学是倾向于后者,即倾向于伦理和道德的途径的。他说英国诗人自斯宾塞到雪莱,都立意把文学和道德及改良人生的观念合而为一。自 Boswell 到 Thomas Hardy,他们的作品都和实际人生有关,他们表现人生的奋斗,并为人生的矛盾寻求解决的途径。他并说,在Longland、More、Walliams Morris 等人幻想派文学中,也少有不注意到社会生活和制度的问题的。我们若说人类生活和社会生活乃任何国家文学的要素,那么也可以说解释人生和努力劝善,就是英国文学特具的色彩。代表着十九世纪后半期的迭更斯(Dickens)、塔刻立(W. Thackeray)和但尼生(Tennyson)等人的作品就是显明的事实。而且就是像王尔德(Oscar Wilde)那样被目为恶魔主义的人物,其所以比之法国的波多莱尔不免还有逊色,这就因为王尔德在根底里还是多少存在着英国式道德观念束缚的缘故。

对于俄国民族性的观察,特别可以使我们相信民族对于一国的作家的作品,在根底上可有重大的影响。洛里哀说:斯拉夫民族的特征对于历史有一种浓厚的兴味,这与一种爱族的心理并存;又在其想像力具有非常的感受性;此外还有一种重要的心理上的特征,即他们无论对于什么事情,心中无不存着一个浓烈的道德问题,他们之中,凡是有思想的人,从最卑微的到最伟大的,无论是小说中的人物,或真正的人,其于"一个人对于人类全体应该抱何态度"一个问题,莫不感有很深的兴味。人们对于他的一个同村人、同城人、同国人,以至国境以外和他们一样能感快乐和苦痛的一切人类,应该有一种什么义务? 这是他们常常要问的一个问题。世界文学中能把一切关于个人、社会以及政治的观念,都像这样统属于一个根本观念之下的,只有俄国文学吧了。

勃兰兑斯于其 *The Impressions of Russia*(《俄国印像记》)中则说到它的另一面,他说:俄罗斯人,一方面是世界第一的高压主义者,在他方面,却又是最暴烈的自由主义者。又,一方面是杀身殉教的盲目的正教徒,在他方面,却又是企图杀人掷炸弹的虚无主义的党员。他们无论是信仰或不信仰,爱或恶,服从或反抗,不论在那件事上,都是极端派。

近代俄国文学的先驱者果戈理,也用一种有意义的比喻形容他本族的性格,说:"譬如大海,在无风无雨之日,比晴朗普照的太阳还要静,但在狂飚一到,波翻浪倒之日,便是狂澜轰天动地的怒号了。"

的确,俄国民族常是一个激烈的极端派。也就是这种品性,使俄国文学充满了反抗和斗争的精神。俄国文学上会有托尔斯泰那样的原始基督教信仰者,也会有阿志巴绥夫那样的恶魔主义者。而在最近,则尤有以高尔基为首的那批无产革命派。俄国民族的这种性格,使他们文学史上开满了灿烂的花朵。

以上所言,不过是几个例子。

一民族的性格既经形成,就表现于其文学;而当文学表现民族性的时候,这种民族性也就常常因而更加充实,更加稳定。文学也就在这种表现中,尽了它团结、组织和加强民族的任务。

三、文学改造民族性

民族性是人类自己造成的，是可以更改的，在许多可以更改民族性的力量之中，文学也是重要的力量之一。当一种民族性能够适应一民族的生存发展要求时，文学往往是这种民族性的积极同情者、巩固者和发扬者。但当一种民族性已不能适应一民族的生存发展要求时，而在改变或使之改变时，文学往往就成了这种民族性的反对者，它能够帮助或加速这种民族性的改变，同时亦就变为别一种适应的新民族性之积极的同情者、巩固者和发扬者。

任何民族的文学，都足为其民族生命的楷模，都足影响其民族生命的发展。它先转移民族的气质和品格，再影响到民族的本质。一民族的文学影响一民族的气质和品格，方法很多，大要不出三种：第一，自文学所表现的道德观念影响它；第二，自文学所表现的人生态度影响它；第三，自文学所欲解决的问题，和它对于某问题所表明的精神，来维护一种原有的特性，或来共同把它改造。巴克说：古典派学者莫不知荷马的诗乃是统一希腊的连结力，乃是希腊宗教的圣经和源泉，并且实在是当时唤醒希腊民族的传统，而造成希腊民族的创造者。英国文学对于英国的贡献也不亚于荷马诗歌之对于希腊。英国文学有其自身的灵感力与影响力，直到今日还是统一英国民族的团结力，和英国教育的源泉。文学对于民族性的影响，在积极、消极两方面，力量是一样大的。

文学影响民族的力量，就是在最微细最不经意的地方，也能够达到，这种性质在记载历史文学是如此，就是在充分幻想的文学也是如此。巴克以为幻想派文学中所描写的伟大人物，维妙维肖，充分表现出他的思想和行动，这可使读者在脑海中不知不觉存在一个理想的人物。文学上的这种理想人物，大可成为一种模范的人物，供全民族去仿效。这种影响力之大，几乎无时不在表现之中。荷马的诗中有其理想的人物，希腊的宗教观念和伦理观念均受其影响。莎士比亚的戏剧里，也有其理想人物在。人类受模仿律的支配，不仅模仿生人的行为，并且也模仿理想人物的行为，文学之能发生力量，巴克以为这亦是一个重要的原因。他说柏拉图因为过于重视这种力量的伟大，在他的《共和国》内竟不许戏剧存在；他要实现一种理想，每一公民只许保有一种职务，且须对其职务专心致力，他以为戏剧所描写的人生是多方面的，人生受此多方面的暗示，而引起模仿的本能，结果人生将成为一大舞台，每一个人都是表演各种戏剧的优伶。巴克以为我们固然不可过于重视柏拉图的推理,但柏拉图立论的大前提,却并不是绝无根据。

上面巴克的见解未必尽对,但有一点是确定的,即文学在移改人们的气质品性上是有很大的力量。文学就是凭了它这种力量以改造民族性。

民族性是许多因素凑合的结果,改变这些因素,便是改变民族性的先决条件。或者这种因素已经变了,或正在改变,那么证实、鼓吹或加速这种改变,都可以使民族性的改变更为迅速。文学在这两方面都可以尽力。

民族性的变更及需要变更,主要是因为客观环境变了,旧时代产物的民族性,已不能适应新环境的需要。一个民族的特性,如果在原来一个环境里是一种维护它生存发展的要素,那么在新环境里,这种特性如仍不加改造,就将成为一种阻碍它自己生存发展的要素。由适应到不适应,这就是民族性所以要改造,新的民族性所以能造成的原因。

文学如果能具体地表达民族性在新环境里不适应的一般情形,如果能具体的描写出新环境的变化及其特点,指出一种新的民族性应该具备那些特点,始能在新环境中继续团结、组织、鼓励自己民族的分子,使自己民族继续得到生存与发展,那么文学就可以负起改造民族性的任务。当一种民族性开始在改变,或开始被人感觉到需要改变的时候,这时不适应的情形一定已经很多了,新时代的轮廓一定已经显现了,新性格胜利的榜样也一定已经可以见到了,文学就应该具体地仔细地表现出这种事实,利用它本身的感染力,去改变民族各分子的性格,并且使他们改变后仍能趋向一致。

古代的雅典,凡属雅典人民,无论执何职业,属何阶级,都可到城市的戏院里去共同欣赏雅典戏剧家的作品,因为在这种机会,文学就能施展出它的力量,以统一它民族的各分子,维护或改变、创造它的民族性,所以越通俗,越与大众接近的文学,在改造民族性的工作中,力量越显著,越大。

四、中国的民族性,其批评及改造

关于中华民族特性的研究,中外学者发表甚多。庄泽宣先生近著《民族性与教育》一书中曾归纳西洋学者 A. H. Smith、Paul Monroe、John Dewey、Russell、B. E. Huntington、A. F. Tegnare、T. F. Wade 等二十四家,日本渡边秀方、长野朗、服部宇之吉、桑原隲藏等八家,中国孙中山、梁启超等三十六家

的意见,参以分析二八七〇则谚语、一八九四则格言、八五六七则联语、七六二则歌谣的结果,把中国民族性列为如下三十点:

天命思想　崇拜祖先　家族观念　中庸妥协　安分守己　洁身自爱　自私自利　猜疑妒忌　迷信　保守　伟大　宽容　和平　文弱　礼让　委婉爱面子　虚伪　忍耐　富于同化力　知足　乐观　实际　勤劳　富于适应性节俭　缺乏创造力　缺乏组织力　缺乏进取心　缺乏同情心

庄先生此书搜罗宏富,叙述详尽,但不免将民族理想与民族特性彼此互混,与前后倒置。不过关于这问题在这里我们不能详论。我们在这里只说中国民族的四个显著特性,即:容忍,保守,中和,现实。

中华民族容忍力之强,恐为任何民族所不及。身体上的"忍饥耐寒"、"忍苦耐劳",神精上的"忍气吞声"、"逆来顺受",一方面在历史与文学的记载中是不胜缕述,一方面也成了先哲教导后人的格言。中华民族保守性之强也是无与伦比。"安土重迁"、"守旧则古",是我们民族生活上最普遍的表现,中和性也一样强烈,所谓"折衷"、"调和"、"委曲求全"、"安分知足",就是这一特性的表现。而我们民族的现实性,则表现在着重现世生活与实际利益上面。

中华民族的这些特性乃由许多种因素凑合而成,但社会组织与经济制度的因素则较占优势。中国一向是个农业国家,农业社会的生活是简单、安定,因而也比较保守。各家族各乡村都能互相独立,所以人与人间的接触竞争较少,团体间与地方间亦然,因此养成安土重迁的特性。在安定生活下,凡事可从容应付,故好闲暇,会享受,感觉上比较迟钝,不大注意时间。又因农业社会中手工业发达,各地制品,自能供给,分成无数自给的小经济单位,各有货币、度量衡、收税机构,经济关系既不密切,所以虽有地域观念,而不产生社会意识,更说不到团结和组织力。只讲自给自足,维持现状,对生产技术方法不求改进,对人口又以为地大物博尽量生殖,所以一般人受尽经济压迫的苦痛。在这种压迫之下,平时勉强度日,已不能不勤劳工作,一遇荒年,则尤非竭力樽节不可。生存竞争剧烈时,更属痛苦。

中华民族的特性是客观环境的产物,在过去的时代,它不仅曾使我们民族在生活中成为一个适者,而且还有了巨大的发展。它使我们民族在体质方面具有抵抗与顺应环境的特殊力量;能生存在极广的区域中,能抵抗各种病菌的侵袭,能适应各种不同的气候,能忍受各种体质上的困苦。凭这种力量,我们就有了八百万华侨,分布在全世界任何一个角落。它又使我们民族在心灵方面具有折衷与调和环境的特殊力量！能以温和的性情立身处世,以怀柔的态度同化异种民族,以融和的精神吸收不同文化。因为有这些特性,中华民族才能发展为世界上历史最悠久、疆土最广大、人口最众多、文化最统一的伟大民族。

但中华民族现在的客观生活环境却已经变了。中国过去的环境是单纯而易于适应的,现在的却繁复而不容易适应。农业社会被迫着不能不踏上工业化的道路。过去的安定与和平,一变而为繁杂、动荡与充满着战争。旧文化再也抵不住新文明的进袭。我们不能一味的容忍,那会招来更大的侮辱。过分的容忍,就等于怯懦。我们一味的保守,会使我们忽于创造,流于顽固,无法应变。我们专讲求中和,则成了敷衍,而不合理的现实性则使一般人都只贪图眼前的小利,而忘却宏远的大计。这些在过去环境中形成的特性,当今天环境已经变更,事实已证明其必须消灭。我们民族这些特性,在过去是证明能够适应的,而现在也要在新的环境下改变,并继续适应。

中华民族过去的特性优点很多,但也有不能不予以改造的地方,不改造就将不能生存,更说不上能发展。近百年来,由于环境剧变,社会组织日变严密,经济制度逐渐工业化,我们的民族性事实上已有了若干改造,不过速度缓慢,还远难适应生存发展上的需要。如何加速这种改造,便是我们当前的急务。

中华民族过去的文学里充满的是前述各种特性的表现,我们都耳闻目睹,不烦举例。而我们今后的文学,则将表现一些新的特性,在这过渡的时代,则尤应为创造这些新的特性而努力。同时发扬旧的优点,使民族性适应这伟大的时代。

五、当前民族文学如何改造我们民族性

当前民族文学应该如何来参加改进中国民族性的工作,具体地说,有三个方面:一方面是开示新环境的一般状势,助成新社会组织新经济制度的创立;二方面是表现过去那些特性在新环境中不适应的情景;三方面是描写典型的新性格之胜利的榜样,使其普遍影响于一般国民。

文学应该表现我们当前半殖民地的痛苦生活,真实地写出近百年来民族生活中一切重要的变化。往日我们能够躲在本乡的小天地里生活,不知道一点外间事也一样过得快活,但现在我们却必须走出本乡的栅栏,去与问全世界的大事。往日我们可以关起国门来耕田过活,用不着开工厂造机器也对付日子,但

现在我们却也非要开工厂造机器不可,文学应该写出诸如此类生活上显著而重要的变化,并表出它的意义、原因、结果和过程。

环境变了,我们的社会组织、经济制度等都在变。但是都还没有完全变成。文学应该根据它对于实际生活的体察,以它的描写,来促成、改造我们正在演变中的社会组织和经济制度。因为这两者在民族性的改造上,是极重要的因素。

表现过去那些特性在新环境中不适应的情景,这种题材在当前是非常丰富的。一个容忍、保守、中和、现实的乡下人,为什么一到了城市里就"呆若木鸡","手足无措","走头无路"? 同样的道理,中国人在世界的舞台上一味的容忍,不但不能得到"得寸进尺"者的让步,反是招来了更大的侮辱,所以到而今都只能过着一种屈辱的生活。一味的保守,追随着前人的遗规亦步亦趋,便失去了创造,迟缓了进步,因为不能"迎头赶上",所以只落得事事吃亏,处处落伍。一味的中和,成了敷衍软弱,不能敢作敢为,争取断然的革新。一味的现实,则成了"为小失大"。

文学应该具体地表现出以上这些不适应的情景,从国内到国外,从乡镇到城市,也从村庄到乡镇。不但要写出这种失败,而且还要显示出失败的原因,暗示在这种新环境中,什么样的性格才能适应。文学表现这些情景,应该深入到生活的底层,在平凡的日常生活的琐细事件中,抉发出这些不适应来。只有日常生活里的不适应,才是最普遍的,最深刻的,最严重的;也只有这样的描写,才能够被一般人所理解,才能震动他们,提醒他们,使他们在不知不觉中,就改造了这些不适应的性格。

描写典型的新性格之胜利的榜样,这对于一般人更可能有大的影响。在近百年来的社会变迁中,我们民族中有些分子,由于所处环境变化最早,他们已先有了一些较能适应的性格。这些性格在新环境中使他们获得了许多胜利,为大多数人所不及。描写这种性格的胜利,可以使本有变化倾向的大多数人,加速变化他们的性格,并供给一些具体的榜样。

描写这些胜利的性格,我们可以一方面选取几个民族英雄如中山先生、廖仲恺先生、詹天佑先生(平绥铁路的建设者)等等作榜样,一方面也可以择取几个新性格的特点,来创造新的典型。这些特点,简单说,可举出:团结,创造,和斗争的精神。

文学应该竭力提倡团结的特性,民族团结,国族团结。描写坚固团结在现代生活中的一切胜利,一切成功。从民族的日常生活中去表现团结的重要,从

178

民族的日常生活的利害关系中去表现出爱国爱族的活道德。把对家人的爱、乡土的爱，转变为对全民族、全国家的爱。不是抽象地、理论地鼓吹这种爱，使他们"知道"团结的必要，而是要用事实的表现，去使他们"感觉"到团结的必要。要从个人、社会、国家的团结的胜利事实中，使他们确实感到自己应该倾向于团结，自己的幸福才有保障，才有希望。

文学也应该同样努力培养创造和斗争的特性。显示出生活中创造的重要，斗争的重要，显示出没有创造没有斗争就没有胜利，民族全体和个人的生活，就无法脱离悲惨的境地。创造和斗争，并不限于特殊的时地，日常生活中的创造和斗争，就是一切创造斗争的源泉。不安于故常，不为先人的言语所束缚，时时事事，都要超过前人的建树，失败了也不灰心，成功了也不自满，一心一意要发展我们的生活，这就是创造。而创造本身，也就是一个斗争的过程。我们斗争的对象要不仅是压迫我们民族的敌人，推而广之，残暴的自然、可怜的无知、进步的迟钝、盲目的冲动等等，也都是我们斗争的对象。在一切不合理、不自然、不人道的种种对象之前，我们贫贱不移，富贵不淫，威武不屈，敢于奋勇搏击，虽杀身有所不惜。在这不能藉容忍、藉保守、藉中和来生活的时代，只要我们是有理，我们就必须冒险、进取，虽走极端有所不顾。斗争应该成为我们新的道德。

五年来的抗战，使我们的民族性有了大的改变，虽然这种改变还不够快，也还不够普遍。在全国广大的战场上，到处有着淳朴的农民在参加反抗日本的战争，他们走出了本乡，而且也抛弃了他们的土地、茅屋和牛羊。勉堪温饱的小贩能对国家献出巨款，一向只能为自己儿孙们打算的老太太们也能戴起老光眼镜在深夜的豆油灯光下一针针为将土缝制军衣，甚至娇生惯养的小学生也多自动清缨赴战的了。我们的民族性正在变化着，我们已渐渐团结、创造、斗争起来了。文学应该描写这些新性格之生长中的光辉，使这些光辉能够飞快地笼罩我们整个民族，使我们民族的生活在未来能够变得更强壮，更美丽……

论传统的传授
——民族传统与民族文学

一、为民族生存团结发展要素的民族传统

用民族的传统来创造爱护本族的观念是一种最旧而最稳固的生存工具。古代民族以禁食、恐惧、身体上的困苦、身心极度强烈的惨痛……种种庄严的形式来传授这种传统，使经过这种艰险试验的青年，能够自然地对本族得到深刻的认识。在文明的社会里，民族传统的传授并未消灭，不过是找到了一些价值相等的代替物，将民族的经验用简约的方式传给后代，去完成与古代民族相同的目的。

这种行为的根本计划，乃是在成立一个生者死者以及尚未出世者的坚固集团。在这个集团里，个人觉得他是集团的一部分，一分子，因此，在世界上就成了颇为重要的人，他分享着集团一切的伟大胜利。在集团的联系里，一切伟大的人物都是他的伴侣；同样，集团的一切忧患，解释起来也是他的忧患。它的一切希望与梦想，不管是否实现，也都是他的。因此，他虽然地位卑微，却由于是这伟大集团的一分子，也就变成一个伟大的人物，他的卑微的生命就也染着一种梦想不到的光荣。他被高举起来，超越他自己而升到一个更高的境界；在这里他和他的伟大祖先们同行。他是一个伟大集团的分子，集团的血液在他的血管里汹涌，他骄傲地享受集团的统御与名誉。

这整个英雄崇拜的感觉包含着一些格言、成语、态度和行为习惯。这些是特殊集团特有的东西，能在危急的局势里支配行为的路径。这些是各个英国人、德国人、俄国人所知道的东西，也是各个英国人、德国人、俄国人，在各种局

势里决定要做或不要做某种事情的东西。

在变迁的世界里,传统由各现代集团的领导人物加以解释,使它们适合于集团行为的路径,成为时代风俗习惯、一般社会政治制度的一部分;这样,它们就可使当时的领导人物得到一种权力,能用传统的名义解释传统,用历史性的过去时代的名义,负担指导社会的责任。传统的功用,就在这里。

社会并没有把一切传统都很小心地传授给下代的子孙,它所传授的,事实上大多是那些在既定情形下,既定目标下,具有特殊价值的传统。不仅这样,而且也可以把过去一切政治的、经济的与宗教传统毁灭无遗,而重新创造出一种新的传统来。前者的例子触目皆是,后者则可以苏联为例。从这种事实,我们可以明白,传统的传授虽然可加选择,不适宜的传统虽然可加毁弃而重新创造,但传统本身所具有的大力却是不变的。不论是那个新或旧的国家,它们都知道在传统的熏陶教导之下,能使本国本族的每一分子产生一种对过去的共同热诚,能使他们与之合而为一。这样便会帮助本国本族去实现团结发展的工作。

旧的传统虽说可以完全毁弃,不过在大多数的场合,传统的传授实在是一种选择的程序。即如苏联,仔细研究起来也还是这种情形。固然,贵族大地主和小资产阶级的传统已被他们彻底地否认,新的阶级、学说及其人物,与其民众运动的记载,成为创造新传统的资料。在这里,过去的一切名义是受新社会所摒弃了,可是过去革命运动的历史发展却获得人民的信仰,而这种革命运动不过是具着自由主义的本质。所以苏联在事实上也是传授了过去的传统,不过它所传授的,乃是过去传统中有利于目前局势的一部分,它是选择了那些对创造苏维埃政治团结习惯有用处的一部分传统。

不加区别地接受传统的时期已过去了。代之而起的是一种以批评的态度去分析传统、接受传统的方法。不过由于社会各个集团的利害关系不同,目的各异,因此虽同是着重批评和分析,而对传统的着重也就各有不同。各个社会集团不断有争握传统传授权的剧烈斗争。简单说来,当然只有那种能够促进本国本族生存团结发展的传统,才有最高的价值,才是值得积极地欢欣地去接受。平常所说的民族优良传统,应该就是指此。

民族传统明白是民族生存团结发展上的一个要素,因此没有一个国家民族不是用尽方法在传播它们的传统;在那些方法中,文学自然占有一个极重要的地位。文学有意或无意时时在传播着国族的传统,国族的传统同样也有意或无意地充塞在文学作品之中。

181

二、为民族文学基本题材的民族传统

民族传统就是指远古以来相习成风的观念和行为，久为这民族所尊崇和一体遵守。她是遗传和环境构成的生活和思想的不断进程的结晶。一种宗教，一种语言，一种历史，一种思想观念，或是一种传说和习俗，都可以包括在传统的名义之内。民族文学的题材虽不能纯限于民族的传统，但民族传统是民族文学的基本题材之一，却毫无疑义。我们可以随便举出一些例子：

关于民族的缘起，在世界各民族内都有一种普遍的传说。这种故事多半带有神秘的色彩，缺乏科学的根据；但它对于一民族影响的重要，却并不因而减少。例如阿利安的故事，反而在最有智识与最有科学眼光的民族中极为流行，产生了重要的影响。

本族的遗风旧俗，也常为人们所乐道。英国人每以他们海军那屡胜的战绩自骄，法国人常喋喋不休夸耀其先祖的豪侠勇敢，美国人则举出他们的民主和自由精神；在意大利人心目中，他们的罗马祖先的事迹最足称道。

抟合个人而成民族的最强的动力，就是对于过去其同经验过的苦乐的回忆，对于往日同遭的胜利或失败的追思，这些往事，或流传于民歌，或寄存于史乘，其深入人心，可以历久不忘。历史上一些光辉万丈的丰功伟绩，固然足以使人依恋怀念，不过已往的共尝的磨折，先世同受的苦厄，民族一切的牺牲、伤亡，和覆灭的往事，追溯起来更有深远的影响。这些往事入于歌谣和儿歌，使世世代代记忆常新，一有机会就能够使民族飞跃奔腾。以前塞尔维亚人总不能忘却那一败涂地沦为土耳其属国的耻辱，便是一例。种种往事一经镂入心腑，便具有永久性。一民族的繁荣发达，非当代的成就所能独致，它还要从过去的民族生活吸收资料，否则现在的生活就没有基础。

语言是民族性最直接的表现，它是人类心思及于外界的最初印象。共同的思想表现媒介的应用，对于促进思想方法的统一、公众利益的认识之发生，以及意识的沟通，都具有莫大的重要。语言不同的人们，从同一的前提上往往不会作出同一的结论。民族意识的发展，民族特性的形成，民族团结的巩固，与语言的共通都有极密切的关系。

宗教的信念和感情，据马志尼的意见，是社会结合的基础与枢纽；以建国为职志的民族持续与和平的进步，实以宗教为不二的保证。因为宗教能联合人们的心魂，使趋于同一的鹄的，昭示人们以高尚的意识。当近代意大利民族发展的初期，他力说意大利虽可以塑捏成为国家的模样，但决不能建立真正的国家，伟大而振奋，自觉其使命之重大而决心猛进；除非它重受宗教的陶冶，而这新的宗教又须是知识进步与意大利的传统思想结合而成的。事实上，宗教对于许多民族如波兰、日本、犹太等的形成、团结、发展，都很有助力。

一民族世代相传的一些思想观念，在它的团结发展上尤有深远的影响。古圣先贤的嘉言懿行，伟大哲人的明睿启示，英雄的抱负，政治家的谋略——这些或载之经传，散在谣曲，播于众口，在无形中就结成了一条坚固无比的链索，把同族的人们围在一起；又像一支火炬，引导着他们向同一的目的地奔驰。

上面所举出的，都是民族文学的绝好题材。不论是故事传说，遗风旧俗，过去共同的光荣与苦难，语言，宗教信仰，与世代相传的思想观念；它们本身固已具有很大的力量，但如果它们能通过文学的形式来表现、传授，那么它们对民族的生存团结发展，一定有更大的价值。当各种传统藉文学的形式来表现、传授时，效率是更大、更久；因为那样可以跟族内的分子接触得更多，并且也可以接触得更频繁，因而影响也是更深入。

德国大文学家哥德于其自传（中译本下册页三四七—三四八）中曾说过："以优美的天才手腕把史实文艺化的必要，的确，把民族传统经过文艺化的程序来传授，可以引发出一种特殊的感兴，这种感兴的力量就是使人们对传统的观念习俗能够亲切地、自发地，并且是十分开怀地去接受。在这里，不消说，民族文学所选取的，应该只是那种适应于现代历史要求的传统——这就是我们常说的民族优良传统。我们不能希望一种违反时代潮流的传统，只因为能够通过文学的形式，就可顺利地传授；这是不可能的。"

三、中国的民族传统与民族文学

中华民族有五千年历史，有优秀的文化，有大多数人共用的语言、丰富的传说、无数的英雄、记不清的许多光荣与苦难——这些都是我们民族文学取之不尽用之不竭的宝贵题材。在这无限丰富的传统宝库中，有几方面的传统在当前的文学里我以为特别值得颂扬。这就是有关我们民族的演进历史、文化本质等方面的东西。现在提出来作简单的说明：

中华民族是会汉满蒙回藏等族而形成的一个混合的大民族，不是几个各自

183

独立的民族的统称。在我们国土上的民族，从前虽也有其各自的特点，但到了近世，已渐渐融合成为一个民族——即伟大的中华民族。中华民族的造成不是一天完工的，这里有很长的历史，悠远的文化的传播教导，长期的交往关系；其中经过许多患难、许多困苦，凭藉自然的力量、文化的连锁，才把这许许多多种族不同的人们结成兄弟。我们历览记述中华民族历史演进的史籍，深知它不是一股一系原始的血统关系，它今日的伟大也不是一股一系的功绩；它的成就是在东方文化下各股各系结合的成就，它的伟绩也就是各股各系共同的伟绩。今日在中国虽还有汉满蒙回藏等之名，但已无各民族分别存在之实。我们说汉族是中国民族的主干，而汉族经过历史的变动混合，早已失去固有的性质；其余如满族，事实上只有过去的名词，并找不出什么界限；回族在多年前已同化于中国内地居民，蒙族、藏族虽于距内地稍远的地方还保留一部分个别的形态，但大部分已与内地居民同化，在最近更有了彼此接近融化的倾向。经过五千年历史的接演变动，在我们国土上的民族，是已结合融化而成为一大民族了。

把历代出发于各处不同、各种不同的民族融在一炉，是中国传统文化的灿烂功勋。中国的文化是什么？它表现在各个不同的方面，结局却是殊途同归。中国文化的基本中心仁爱主义，亦即扩大的人道主义。一切由"仁"的意旨出发。《中庸》说："修道以仁，仁者，人也。"《论语》说："樊迟问仁，子曰：爱人。"因此对于一切人与人的关系，都以"仁"，即"爱人"为出发点。统治者的统治天下，须以仁："尧舜帅天下以仁，则民从之；桀纣帅天下以不仁，则民不从。"孟子也说："三代之得天下也以仁，其失天下也，以不仁"。梁襄王问孟子："天下恶乎定"？孟子答是"定于一"，"不嗜杀人者能一之"；而"不嗜杀人者"，即是"恻隐之心"，为"仁之端"。仁爱宽厚，成了历代统治者得有天下的要诀。

在政治上要行仁政，在家庭间也要讲亲亲仁人。《中庸》说"仁者，人也，亲亲为大"，孟子说"未有仁而遗其亲者也"；至于父母之对子女，更无不以仁爱为基点。在我们的家庭中，"孝"固出于仁，"慈"亦是出于仁，这等于爱民是出发于仁，尊君和忠君也是出发于仁。

中国的文化，建设在仁爱的基础之上，在国内要统治者行仁政，在福国利民的政治。对外族也以仁爱的观念为基本，愿为四海之内的兄弟，对不安静的外族也不主张征服，而要用仁爱的文化去感化它："故远人不服，则修文德以来之。"且对异族也讲求忠信笃敬，孔子就说过："言忠信，行笃敬，虽蛮貊之邦行矣。"又如："道治政治，泽润生民，四夷左衽，罔不咸赖。"这些都足证实中华民族的文化,对于异族也是主张亲爱的。

中华民族今日能成为伟大的民族,这种宽仁厚爱的文化力量实在占有绝大的成分。五千年来在中国的国土上,各民族能够融合同化,就由这种文化所促成。我们历史上虽也有不少兵戈之事,但能使各民族融合同化的,不是武功,而是文化。孟子说过:"以力服人者,非心服也,力不赡也;以德服人者,中心悦而诚服也。"我们的传统观念就是反对内战,反对边功,反对远征,历史上虽有征伐,但结局仍以中国的文化,使各民族不致世世积仇而同化于一炉。

中华民族在这种仁爱主义的文化传统教育之下,再加上特殊的地理环境的孕育,具有了和平、宽大、诚信、朴实等等美的性格;而见义勇为的名言,也成了勇敢风格的教条。我们内心忠厚,不主张侵略外族,有时甚至因为容忍过多,而被人误认为是苟安、懦弱、畏怯;不过,了解我们的人是能知道我们的容忍一定有个限度,遇此限度,我们也会绝不犹豫,给敌人以最大的反击,过去的史迹证明我们一经外族欺凌侵略,便会坚决勇敢地起来抗斗,而我们的勇敢精神、浑厚力量,是永远所向无敌的。

中华民族在对外关系的观点上并不止于消极的善邻友好,或抵御强暴,最精粹处是要积极建设一个万人一体、万人连带的大同社会。最能代表这种理想的是《礼记》里《礼运》的一节:"大道之行也,天下为公。选贤与能,讲信修睦,故人不独亲其亲,不独子其子,使老有所终,壮有所用,幼有所长,矜寡孤独废疾者皆有所养。男有分,女有归。货恶其弃于地也,不必藏于己;力恶其不出于身也,不必为己,是故谋用而不兴。盗窃乱贼而不作,故外户而不闭,是谓大同。"

所有以上关于我们民族的演进历史与文化本质的举述,都应该是我们民族文学艺术地来颂扬的题材。描写我们民族精神缔造的过程;描写我们民族的共同生活、共同幸福与共同灾难;也描写我们民族的精诚团结与需要精诚团结。这样,可能更加强我们民族团结一致的感觉,可能更澈底地把一切不正确的歧视观念根本消除,可能更使敌国的挑拨离间无可作为。描写我们民族文化中仁爱主义的优良传统,表出它的无比的美点,它的宽宏大度和勇毅无敌;也表出它的远大的理想,使世上万民,共达大同。这样,可能更培养我们民族的自爱、自尊、自信;可能更使大家决心追随伟大的祖先,就是在万分艰难的环境中,也不忘记大的任务,而坚决为全人类的进步奋斗。

民族文学的创作者来颂扬民族的优良传统,当然绝不能出之于观念化的方法。一切论证都得通过具体的事物来显现,一切优良的传统都得以活生生的事实来感动大众,来继续它的生命。不论是小说、故事、诗歌、民谣、童话、戏曲、小调,或其他各种形式,也不论是寄托于一个英雄、贤士、文人、学者、贩夫、走卒,或村妇、俗子;只要表现得真确,处置得妥贴,我们民族的优良传统决可显现,文学使民族格外团结得坚固的力量也决然可见。

民族传统与民族文学的巧妙结合,就要使我们更加坚定地信赖我们的民族,和我们民族在历史上证明了的伟大。虽有一切错误,一切灾祸,但每次沦落之后,仍能复兴过来,再走上那发展的道路。也将重新鼓舞一百年来因内忧外患而受到丧失的道德素养与牺牲精神,培养自信去代替失望,勤劳的努力去代替疲倦的放任,团结的精神去代替分化,坚苦抗战的决心去代替苟安幸存的心理。

道路是修远且有无穷的困难,但民族的优良传统将给我们拯救,而这是要通过文学的帮助。

论历史的教训
——民族历史与民族文学

一、历史与民族意识

民族的本质，就是民族意识。所谓民族意识，即指一民族的分子，感觉自己和民族的关系，以及自己民族和别民族不同的那种思想。一个民族的集团，如果所具备的各个民族因素——种族、历史、语言、宗教、生活习惯等等——不甚显著，不甚积极，使这个集团里的分子未曾发生深切的民族意识，不自觉他们是一个特异的民族，那么他们虽有那些因素，仍不足以形成一个民族。民族意识实可说是民族存在的试金石。

当民族的意识和感觉发生之后，民族的分子就常有把他们那些共同的属性——即上述种族、历史、语言等等——发展表现的愿望，同时在消极方面则有紧紧地合力保护这些属性以免受到外族侵害的决心。因此，民族意识又可说是民族发展和团结的具体因素。

各种民族因素在民族集团的各分子未曾认识它们的存在，以至获得民族意识以前，它们对于民族的形成诚无深大意义，但在另一方面，如果这些共同的因素不存在，那么民族意识也就将无从发生。所以各种民族因素与民族意识乃是相辅而行的。

不仅民族意识的发生要依赖各民族因素的存在，并且民族意识的发扬与增强，也要依赖各民族因素的激动。在这些足以发扬增强民族意识的民族因素中，历史的因素就是最强有力的一个。

一个民族结成以后，民族意识虽然时时都存在，但有时由于种种原因，也会

187

表出销沉的状态；而有时则又表出非常的昂奋。昂奋的民族意识常常象征着一个民族的隆盛、创造和再生，销沉时则显然临到一个民族的危险、痛苦时代了。历史的因素一向被运用来造成和支持这种昂奋，同样，如果这危险痛苦的民族终于没有灭亡，或更复兴了起来，那也时常是历史的因素效了劳的结果。

历史纪录了这个民族的共同努力，这中间包括着共同的胜利与失败、欢欣与苦痛，这就使它的分子形成了一种精神的联合，精神上的振奋与再振奋。这有时比体质上的，或语言上的相同还要有力。法人雷南(E. Renan)于其《何谓民族》一文中曾说："民族的性质是精神的，它之所以凝结而自成一体的，也就是它之所以标异于其他人类的。使它能够凝结的，是共同的胜利、共同的传习，以及共同的历史。因为有了这些共同的传习与历史，而后同族的观念才得以发生，而后各分子才有互为一体的感觉。"在历史的感觉中，一民族的分子才深感到了他个人的伟大、责任的严重，以及同志的众多。凭了这些，他不必自暴自弃，不能敷衍塞责，不要以为孤立无援；然后他就能奋发有为，勇往迈进，或虽一度灰颓也能重新振作起来。"过去"的火把燃着了"将来"的明证，引导着他们深信不疑地去赶那无穷无尽的前程。

因此，一些历史家、历史传授者、历史著作，在各民族的隆盛运动，或复兴运动中，就产生了很大的影响，领得了真诚的赞赏与崇高的评价。例如俾斯麦就曾说过：除普鲁士的军队之外，对于创造德国历史最有贡献的要推德国的历史教授了。我们知道，在德国煽动民族情感，激发民族意识最有力的历史家，就是：Friedrich Christoph Dahlmmann（1785—1860）、J. G. Droysen（1808—1884）、Heinrich Von Sybel（1817—1895）和 Heinrich Von Treitschke（1834—1896）四人；他们编辑篇幅巨大的史料，使德国人士对过去光荣的事迹，发生共同的感觉。而在法国，这种感觉是由 Henri Martin（1810—1883）所著的 *Histoire de France* 与 Thierry 和 Jules Michelet 二人的著作所引起的。意大利的统一是受 Botha 所著 *Storia dells' Italia* 的影响。捷克斯拉夫的建国得助于 Franz Falaeky 所著关于波希米亚历史的诸书，因为由这使他们产生了对 Huss 与 Ziska 时候的光荣日子的回忆。同样，Alezandor Zanipol 的《罗马尼亚史》对罗马之成为民族国家也有极大的刺激力。当历史家在波兰人面前提起查格仑王朝(Gagollon Dynasty)的伟大时代，在塞尔维亚人面前提起 Stephen Dushan 的光辉时代，在菲列宾人面前提起 Mallalcs Replie 的灿烂，或在印度人面前提起蒙兀儿帝国在东方的伟绩的时候，他们便立刻引起深长的共同的记忆，而把他们复兴民族的力量唤起来了。

在艰危的时际，昂奋的民族意识曾如何拯救了许多苦难的民族！然而有多少人知道这是历史的功绩呢？

二、论历史的传授

在历史上，首先担任群众的教育事业，使群众能有种种共同的历史观念的，要算是教会——但其目的是宗教的，而非国家的。从第七世纪到第十九世纪，教会学校许可任何人入学，圣书的历史，圣地的故事，《新旧约》，亚丹和亚伯拉罕，诸帝，诸预言家，耶稣，诸使徒和诸教皇，便成了它的基本课程。教会的走廊上和彩色玻璃窗上也都绘着这种往昔的事迹，使信奉基督教的群众养成一种深刻的连带情绪。

到了十九世纪，一种新的历史教义就创造出来了。圣地成为国家的领土，代替以前"选民"（Chosen People）的是法兰西、日耳曼或意大利的人民。圣徒、预言家和殉教者都不谈了，而另换上一批民族英雄、帝王、大将、外交家和政治家，他们曾经舍身卫国，或设法扩充祖国的神圣领土。半世纪以来，欧洲各国都在国家的监督下刊印各种历史书籍，以便养成全国人民崇拜同一英雄，或记取同一事变的心理。

这种新的历史教义的确成了创造"国家精神"的一种巧妙方法。但对于这样的传授，我们却有些话要提出来说：

第一，这样的传授时常带有神话的意味。为要表示传统的悠远，凯撒曾断言自己是维那斯（Venus）的直系后裔、爱攸拉斯（Iulus）的儿子、伊尼阿（Aneas）的孙子。味吉尔（Vergil）的《阿尼特》（Aneid）惟一目的就是要用古典叙事诗的形式来传布这故事。又如日本天皇，自说是太阳神的直系后裔。过去的系谱学者常常要把贵族家庭的根源倒填若干年上去，而且愈古愈好，直到现在，利未斯米瑞玻益（Levis Misepois）的诸公爵还是断言他们自己和圣女（Holy Virgin）有远支从兄弟的亲谊。近代的历史学者时常不但不把神话的意味去掉，反而推波助浪地由它滋长。

第二，这样的传授时常有使民族间造成"世仇"（Hereditory enemy）的危险。夸张的记叙，扬己抑人的口吻，据一二人的事实以侮辱民族全体，以及一种时时处处想侵犯邻族正当利益的野心，这些都是导使民族间相互切齿仇视的原

189

因。希罗温斯、希勒塔尼和加斯科尼所有的幼童都在一种共有的同情心之下团结起来,同时又为一种共有的怨恨心所束缚!因为大家对于巴威、萨克森和普鲁士的一切幼童都怀着怨恨之念。所以由于历史的煽动,德、法二国的人,不必会面,就早都在互相憎恶,准备厮杀了。

第三,这样的传授也时常表出其目的似全在要让人忘却那不方便的历史事实;其实那些被认为不方便的事实,就这种传授的一般目的而言,并不定是不方便的。所有的历史书籍都夸耀着各自民族史上的胜利、光荣、伟大,而对于他们那些失败的故事、痛苦的经验,却一致提得很少。仿佛失败与痛苦的往事对民族意识一定如倒了一盆冰水一样。

第四,就是这样的传授,往往是很刻板、枯燥,对材料的处理并未做到能够激动人心的。

我们以为历史的传授应该符合科学的水准。这样作了并不会妨害到传授的目的。一民族的强盛不一定在乎它与神有亲谊,主要得靠它自己的努力;这不在乎它的过去已有多长,而要看在确实的时代中各分子会如何共同努力过、耕耘过、受苦过。这种真实的记录具有比那些虚无的夸口大过十倍的效力。对于已经进步了的人类,神仙鬼怪已失却使他们恐怖膜拜的力量了。

造成世仇的危险也应该竭力避免。任何民族都有它自己的正当权利,绝不容人侵害。它所有维护自己这种权利的措施甚至抗争,也都是正当的。但过此,到它到侵犯及邻族的正当权利时,它就一切都错了。正当的历史的传授应该教人能尊重自己、自族,可是同时也能尊重他人、他族。否则循环报复,耗尽人力物力在不必需的殆害破坏之中,反而失了发展繁殖本族的原意。

失败与痛苦的往事对于民族意识其实有着比胜利故事更大的激动力与启示。关于这一点与第四点,在下面作较详的讨论。

三、痛苦造成自觉

历史上的丰功伟绩诚足以鼓励一民族分子的创造,增加他们的自信,激发他们的民族意识,但失败的历史也一样可能,甚至是更可能具有这些功效。因为失败与痛苦给了他们普遍的损害、深刻的刺激,可以使他们团结得更紧密,特别是,可以使他们对本族当前的处境,和未来的伟大使命,有高度的自觉。

从近代欧洲民族的历史,我们可以得到许多例证,知道失败与痛苦的历史确有助成民族团结发展的作用。普法战争给了法兰西民族重大的打击,但这种历史结果却使法兰西民族团结得十分坚固,使它终于在上次世界大战时雪了国耻。一个法国杂志就曾对这点说过:

> 俾斯麦对法国的贡献,其实比对德国还大。他造成他本国表面上的统一,而使我国的统一真正重现。恢复了我们的精力,重新激起我们对外国的嫉视,对本国的忠爱,对生活的轻视,为国牺牲的精神——总而言之,为拿破仑第三消磨殆尽的法国民族的美德,都由俾斯麦重新给予我们了。

西班牙民族情绪的奋兴,先是由于摩尔回族的压迫,以后是由于拿破仑的蹂躏,这些被压迫的往事强有力地警醒着他们。波兰人民对外族的敌忾之心所以那样猛烈,就因在历史上他们的国家曾受过几次瓜分。德国民族的成立,虽不能谓由外力压迫所致,但拿破仑之征服德国,大有补于德国各集团各公国的统一,却是人所共认的事实。英吉利民族的发展是有被西班牙威胁的一段历史做背景,同样,爱尔兰人所以能坚持着他们的民族性,就因他们的祖先是长久在英格兰人的虐待之下。

若以我们中国为例,则情形也一样明显。近百年来受各帝国主义国家——特别是日本的侵略凌辱,这种痛苦的追忆,的确也在我们民族的空前团结上有不少功劳。此外如印度民族现在的奋起,也有大半是英国几百年来黑暗统治历史的助力。

我们主张民族失败与痛苦的历史也应在殷勤传授之列,主要不在仅仅表示这些失败与苦痛亦是这民族各分子的先祖们的共同经历,不容抹掉,而在从这些失败与痛苦的历史经验中,应能找出许多教训,使这民族的后人能够凛遵这些教训,不再蹈失败与痛苦的覆辙。统治阶级的腐败,士大夫们的败德失节,"朱门酒肉臭"与"路有冻死骨",以及种种天灾、人祸;这些就是导民族入于悲惨境地的主要原因,我们如果知道了这一点,为求本族的生存发展,就可以设法补救这些弊病,或预防这些原因的造成。

在历史的传授中,可以说,有些失败与痛苦的往事,比之胜利与欢欣的追忆,是更为有益的、方便的事实!

191

四、史实文艺化

动人的历史必须通过种种动人的方式来传授。否则,它应得的效果就要受到损失。重要方式之一,即是将史实通过文艺的表现而传授。哥德曾说:

> 以优美的天才的手腕把史实文艺化,使国民对于本国的历史有新的联想,是引起他们的特别的感兴的快事。他们看见祖先的种种长处而自鸣得意,看见祖先缺点,则以为自己早已免除而不禁微笑。所以这样的描写,总会博得人的同情和赞赏。而我在这种意味上,从格兹得到许多可喜的效果。(自传中译本页三四七—三四八)

哥德的观念并不是完全正确,但文艺化后的史实有助于传授,却是事实。这里所谓文艺化的意义,绝不是指要将史实夸张,加以不合理的涂改;主要是指应将史实用具体而生动的笔法显现出来。历览前史,不论中外古今,最伟大和最激动人心的史籍,十九同时也就是文艺上的杰作。古希腊荷马的两大史诗《伊利亚特》与《奥特赛》,现在一般都只把它们当做文艺上千古不朽的杰作,其实同时它们也是史籍上千古不朽的著作。汉代司马迁的《史记》,是我国古代最精美的史书,可是它也一向被文人们看作创作的典范。

文艺化之所以有助于史实的传授,就因具体而生动的表现,不仅容易为一般人所了解,而且是更容易传达出历史的真相,为建立了真实的感动人心的基础。这就是为什么巴尔札克并不以史学名家,而其《人间喜剧》却被一位哲人赞为具有巨大的历史价值。那位哲人如此说:

> 巴尔札克——我认为他比较过去的、现在的、将来的一切左拉都要伟大得多。他是伟大的现实主义的艺术家,他在《人间喜剧》那部大著里面给了我们一部最好的法国社会的现实主义的历史,用记录风尚的形式,一年一年的,从一八一六年到一八四八年,描写着逐渐得势的资产阶级对于贵族社会的逼迫,那贵族社会在一八一五年之后又恢复了元气,而尽可能的重新树起旧式的法国政策的旗帜。他描写着这个对于他是模范的社会,怎么样在庸俗的铜臭的暴发户的逼迫之下灭亡下去,或者自己转变成为这种

人物；他描写着贵族夫人——这些夫人的偷情不过是支持自己的一种方法，而且是完全适合于她们在婚姻之中的地位的方法——他描写了这些夫人怎么样让开自己的地位给那些资产阶级的妇女，而资产阶级妇女的出嫁，已经是为着金钱，或者首饰衣裳的了。他在这个中心问题的周围布置了法国社会的全部历史。从这个历史里，我才知道了更多的经济上的详细情节（例如真实的——Real——财产和私人的财产在革命之后的重新分配），这里，甚至于比一切职业的历史家、经济学家、统计学家，在这时期里的著作合拢起来的材料还要多些。

没有了具体与生动，历史传授的效力是小得可怜的。以我国为例，今日大多数人对宋以后历史的一点知识，便并非来自那些正式的枯燥乏味的史书，而是来自那些"三真七假"的演义、笔记和说部。今日我们各级学校里的历史教科书也还是非常刻板、枯燥，堆满了令学生头痛疾首的人名、地名和年月，仿佛一部真实的历史，可以从那种流水账式的记录中有效地传授出来的。为什么那些历史教科书的作者们不能改变一下作风呢？

综上所述，我们以为历史的记载是激发民族意识的重要因素之一，但目前各民族在历史的传授上却还存在着许多缺点：其一是带有神话的意味，其二是有造成民族间世仇的危险，这两点都应该竭力避免。其三是对失败与痛苦的历史各族多认为不便而讳言，我们以为这种恐惧并无事实的根据，并以为这种历史如传授得法，比之胜利与光荣的往事更富于启示，促进民族的自觉。其四是对史实的记载过于枯燥、刻板，使传授的效力大受损害，以为应将史实通过文艺表现的方式来传授。

以上我们似乎仅就历史方面立论，没有显到文艺的主动性，其实只要把整个叙述移隶于文艺之下，就很明白：文艺如欲为民族服役，就应以历史事实为主要的题材，历史传授上所存在的缺点，就也是它以历史事实作题材来表现时应行克服的缺点，他如失败与痛苦的史实就也应是文艺创作的宝贵泉源。民族的历史与文学，在对于民族的服役上，的确可说是两支关系密切的友军。

论英雄的塑造
——民族英雄与民族文学

一、英雄之死

　　一九三七年一月三日在西班牙前线阵亡的英国作家福克斯(Ralph Fox)，于其《小说与民众》(*The Novel and The People*)一书中，曾慨叹英雄和人类的个性已经一道从现代小说中消灭。他说：现在的小说写到各种事物，却独独不写人的性格；有些，例如赫胥黎的小说，写的是大英百科全书和个人亲自熟悉的人们的特性；另外，例如劳伦斯的小说，如威尔斯的大部分小说；而如汤姆(Tom)、真尼(Jane)、爱密莱(Emiley)和哈莱(Harry)等人的著作，则又不过是一种轻松的社会讽刺。对于十九世纪资本主义的社会生活的卑污和单词的反感，阻碍了小说家了解和把握这一世纪生活中的某些最有意义的形态。他们只描写在平凡环境中的平凡的人，对于当代许多最富生命的人却糊涂无知。作为这时代进步势力的中坚的"下层社会"人物的生活，对他们仍然只是具有"海外奇谈"似的诱惑力，因此就不能创造出什么正确的个性。并且他们对于另外两种真正资本主义社会史中扮演主要角色的人：科学家和资本家的"领袖"——现代生活之身拥巨资的统治者，也完全忽略。小说家自己是这样的不懂科学，是这样的和在这个狭窄的专门化和分工的世界中活动的科学范围隔离，以致这一个富有生气的人类个性的园地，对他们竟是一本未启的天书；又因为他们很少是敢于反抗宗教和愚昧的偏见，暴露商业的腐化和社会的病根的大无畏的写实主义，因此没有一个十九世纪的大科学家曾有一本好的传记。在那些富豪财阀之中，虽多粗野、好杀、残暴、可厌如魔鬼，但他们却也多是天才。而且我们是不把这些人从现代生活中分开——可以说,他们跟现代文明技术的进步、伟大民族的运动,以及一切英勇的牺牲,都有着密切的联系。文艺复兴时代的艺术家,并不害怕去描写一个恶棍,莎士比亚说过如果没有恶棍,生活就不是完全的;而现代的小说家们却躲避着他们,惟恐不及!

现代小说家因为放弃了个性和英雄——与恶棍——的创造,结果也放弃了写实主义和生活本身。当詹姆士·乔埃斯下决心要刻划一个平凡的人,甚至拣取那在都伯林所能找到的最平凡最"下贱"的人做模型,他又是如此专心的要描写他在平凡环境中的一切行动,甚至叙述他的主人公如何登坑时,不仅写实主义已经崩溃,生活也已被取消了。

福克斯的指陈我们大体能够同意。他所指出的这种情形在目前依然是资本主义体制的国家内表现得特别明显,虽然在有些国家如苏联等的情形则已并不如此严重。

二、英雄必须重新回到小说中来

现代小说家的中心任务,是把人再放到他在小说中所应占的位置上去,描绘一幅完整的人的图画,了解而且想像的地再造现代人的个性的各种特征。这也就是说,英雄必须重新回到小说中来。

在这个群众的革命战斗的时代,要求着,并且也产生着许多英雄。他们从过去灰黯的生活中爬行出来,和所有被压迫的力量聚在一起,由于现实的教训的锻炼,经过多次的受难和牺牲,终于长成为一个新的英雄人物。这些新的英雄人物应该在小说中得到适当的表现,为的他们虽不足以创造现代的历史,但从他们身上却可以具体地看出现代的面貌,具体地看出一个革命的实践者之努力和成功的一般过程。新的英雄人物代表着现代水准之最光辉的个性,而这种个性之创造和表现的价值,更是超越了小说本身的。

站在民族革命战争的立场,我们也需要英雄的表现。除开前述的几个理由,还有这些英雄可能紧密地团结我们民族的各个分子,以及给他们极大的领导与鼓励。他们可以代表我们民族的利害关系、观念、象征、传统、希望,以及回忆中的事物,他们使这些质素得到美妙的解释和显赫的表现,使它们得到生命与色彩,能够感动一切人。华盛顿,林肯,俾士麦,拿破仑,列宁,中山先生,都是各民族的英雄,他们在社会一代一代的生命里,将永远激动着各自民族的分子,使他们备发有为,有所创造。抗战中我们已产生了许多新的英雄,他们或在前线,或在后方,直接是争取民族解放,间接是为全人类的自由幸福而尽其全力在斗争,文学应该表现他们,使为民族服务的一切较抽象的方法论,获得具体和活跃的形象。

三、群众的英雄

英雄必须重新回到小说中来,但英雄也有几种;我们所要求的乃是从群众中生长,依靠群众也造福群众,和群众一道奋斗到底的英雄——就是群众的英雄,而不是那种个人的英雄。

在十九世纪的小说中,我们常见的主人翁,大都是和社会奋斗,结果却老是被后者所克服和打破迷梦的青年。这种青年是斯丹特尔(Stendhal)小说中的惟一主角,巴尔札克时常把他当成扮演中心的脚色,几乎所有的俄国小说都以他为主要人物。这些落落寡合的青年,是理想的,热情的,忧郁的,并且是绝望的。谁能否认他们的英雄的资格呢?然而他们却不过是与社会绝望的斗争着的个人的英雄。

这种个人的英雄在现代生活中也随处可见。在紧张的战斗中,就有一些人发为各种冒险的勇敢行为,甚至就牺牲了他们宝贵的生命。在政治工作上,就有一些人不遵守策略的约束,躁急错乱,好大喜功,为了个人的荣誉,甚至便遗误了工作,或忘记了工作的正当目标。他们从个人的荣誉出发,或可以做到"鞠躬尽瘁,死而后已","视死如归"的地步,可是他们这种个人的英雄行为,却常常要使工作或战斗本身蒙受许多不必要的损失与牺牲。

个人的英雄所创造了的许多事迹,似乎轰轰烈烈,其实就英雄的根本意义说,这些事迹是并不英雄的。因为由于他们的个人主义,不但无补于社会和群众福利的增进,且反是妨碍了它。因此,根本说来,他们——个人的英雄们——并不是英雄。

真实的英雄之根本特性,就是他能以群众的集团的共同生活为生活,而不以他自己的生活为生活;群众的、集团的任务,要求,利益,理想,也都是他的。群众的和集团的力量给他教育、改造和滋养。没有了群众,他便没有了力量,也便没有了英雄。绥拉菲摩维支曾这样自白:"郭如鹤是英雄,也不是英雄。他不是英雄,因为如果群众不把他作成自己的领袖,如果群众不注入他以主意,那么

196

郭如鹤是一个最平常的人。但是,同时他也是一个英雄,因为群众不但注入他以主意,而且追随着他,服从他好似服从领袖一般。……如果你要由他手里把群众夺过来,他就完全成了最平常的人了。"以前哥德也说过这样的话:"凡是国民诗而不基于伟人,不基于国民和他们的指挥者团结一致时的事变,必然是浅薄的,和成为浅薄的。君主的勋业要在战争和危急存亡的时候表现出来,那时他藉此而显出是伟人,因为他决定而且分担最后一人的命运,这比起决定命运而自己置身事外的神祇来,更饶兴味。"(自传中译本上册页三〇八—三〇九)即使是君主,如果他能在集团危急存亡的时候,自己不置身事外而分担最后一人的命运,那么无疑他也担得起英雄的称号。他之所以担得起这个称号,主要因他就是在危急存亡的时候,也并没有抛弃群众,欺骗群众,失去群众,并且反是团结得格外紧密。

因此现代小说的任务,在一方面是表现出新的群众的英雄,创造光辉的个性,在另一方面,便是要执行对于个人的英雄主义的批判。小说要表明个人的英雄是不值得效法的。

四、神还是人

传统的英雄是神,他骑在马上把群众率领着。

以前小说中的人物是简单的,他们不是显而易见的英雄,就是显而易见的恶棍。他们大抵都由少数原素组织而成,就中善的原素压制不善的原素,或不善的原素压制善的原素。所以当读到终篇,就知道何人是善,何人是不善,毫无疑义。于是恶棍就受到了一致无减等的排斥,而英雄则受到了一致无上的赞美。这样的英雄是多么单纯而确定呵!

可是自从科学发达以来,心理学的研究证明凡属真实的人物,是并非必善,或必不善的;不仅善与不善之间有许多等差,而且在被称为善人与恶人的中间,也并非老是为善与作恶,实在时时有着作恶与为善的倾向的。真实的人并不是由什么固定不变的原素组成,随着环境的变动,他时时刻刻都在发生变化。

过去小说中的英雄,一个个都是神,他们都是天生成的。在他们里面,没有复杂的思想在交战,没有矛盾和犹豫使他们苦恼,一切都是进行得非常单纯、确定、顺利。由于他们的超越凡俗,使我们怀疑英雄们是不是也会饥饿,也要睡觉。他们或能得到我们的崇敬，可是我们却站得距他们远远的。甚至我们不大相信能跟他们站在一起，自然更不用说要追随他们之后了。

然而神毕竟是不存在的，英雄应该是人——活生生的人。当神的英雄从人的现实生活里抽去了一切复杂性和充满的矛盾，抽去了他们和社会生活的密切关系时，同时他也就失掉了使人类感动信服的基础。不是人，便没有英雄。没有血肉的英雄，是不能使有血肉的人类真诚地忧或怕的。

人的英雄和一般人一样地具有着优点和缺点，矛盾和犹豫，特别的脾气和口头禅，他也跟任何人一样地用脑、排泄、疲乏和生病，并且他也一样还在群众的集团的影响下，改正、发展他的性格。他穿着同样的制服，跟大家坐在一条凳子上，讲些谁都能明白的话。谁都可以拍拍他的肩头，和他亲亲热热地谈上几点钟。这样平凡的人也算得是英雄么？你尽可说他不是，可是他对于事情的趋势却有先见之明，能够走在它的前头而不是跟在背后；他对于群众和集团的利益却绝对尊重，能够将整个自己完全交给公共事务；他在是是非非的最后关头却能不屈不挠坚持奋战到底。

现代的小说应把英雄写成真实的人，作为社会关系总和的人；作家们应该学习在那形象的织物中，描写"集团与个别的人，总体的力与个人的丰富等等之辩证法的相互关系"（吉尔波丁）；亦就是说，要从集体的战斗生活中，表现新的人的英雄。只有这样，英雄才能在现代历史中发生巨大的作用。

五、一些常人

常人并不能个个都成英雄，但真实的英雄却不外是一些常人，至少在外表上他们都是常人。成功的人物描写，是能使人物在小说中出没地跳动着，从纸上跃起，可以听到他的声音，看到他的面容和姿态的变动，并且嗅到他。但无论技术如何高明，任何一个作家都不能把实际不存在的人物写得如此活龙活现。真实的英雄，因为是常人，因为是与常人都血脉相连，所以才可能在小说中具有活跃的生命。

常人都平凡，英雄至少在外表上也都是平凡的。

在法捷也夫的《毁灭》里的英雄，也都是一些与知识分子们奔放的想像所造成的幻影全不相同的常人：

他们很污移，粗野，残酷，不客气。他们互偷彼此的子弹，因为一点小事，就用最下贱的话相骂，因为一片肥肉，便闹出见血的纷争。(《毁灭》中译本页三〇九)

这些人都是英雄，可是也都是常人，是常人，因为他们并不标奇立异，他们并没有戴上白手套，他们过的也是常人的生活。又不仅是常人而是英雄，因为他们比常人更有先见之明，更坚定，更勇敢，更有牺牲的决心。

在《毁灭》中的那些常人，他们也能在斗争的生死关头，进行了为一般常人所不能胜任的决死的战斗。

因为是常人，或十分接近常人，所以真实的活生生的英雄，才有在小说中存在的可能。

六、带着一切内心的矛盾和缺点

英雄也是人，人是复杂而矛盾的，而且没有一个人所走的路子能是笔直而不弯曲的，能是正确而不犯过错误，有过缺点的。作家们描写英雄，如要使他们在读者的心眼里活跃起来而不是一些空虚的影子，就应当把他们如实地描写出来，带着一切的内心的矛盾和缺点。用绥拉菲摩维支的话说，就是："他在实际上是怎么样就怎么样去写他。"

《铁流》里的郭如鹤是一个英雄，可是在作者的笔下，他并不是一个完人，或一开始就是一个完人。他是一个不驱逐虚荣的人——完全把自己牺牲了也不是为着叫人去赞美他，不是为自己造光荣，实在是为着理想而奋斗的人，可是在有些时候，他却也怕自己的光荣会暗淡起来。为什么把一个如此纯洁、高尚，以一生都献给革命的人，也描写着他有这种荣誉心的呢？为的是这种心理在每一个人心里都不可免，为的是把它写了出来更可见得郭如鹤这个人的真实。

《毁灭》里的莱奋生是一个英雄，部队里并且把他当成了神似的人物。"他不将自己的思想和感情，分给别一个人，只常常用现成的'是的'，和'不是'来应付。所以，他在一切人们——除掉知道他的真价值……那些人之外的一切人们，就见得是特别正确一流的人物。"所以，"从莱奋生被推举为队长的时候起，没有人能给他想一个别的位置了——大家都觉得惟有他来指挥部队这件事，乃是他最大的特征"。(《毁灭》中译本页三六〇——三六一)可是在法捷也夫的笔下,莱奋生不但有时也会动摇,也会失措,而且部队也终于受日军和科尔却克军的围击,一百五十人只剩了十九人,可以说,是全部毁灭了。这和流行的英雄无不超绝,事业无不成功的小说,是多么地不同。

夏伯阳无疑也是一个光辉的英雄,可是富曼诺夫却描写他道:

　　夏伯阳跟人家做起朋友来,是又快又容易的。但是他跟人家吵起架来也同样的容易。他有一种暴躁脾气,只消有一点儿惹上他,他就要大发其火,要说出顶顶刻毒,顶顶侮辱的话来,要咒要骂,什么他都不买账。……

　　论他的生性,他是吵闹的,喧哗的,而且很容易显得非常严厉,以至于人们怕敢走到他面前去。人们心里都隐隐怀着一种恐惧,怕他要叱责他们,而且,谁知道,就是打他们也未可知的。……

　　他的头老是昂昂然,傲傲然,他的声名之所以震动草原,不是无因的。他自己也被他声名所炫耀,并且以为他自己是个无敌的英雄,他是为成功所沉醉和眩惑了。

　　他的亲信的部下都大声的称赞他,甚至当他面前夸耀他。他们都无节制地运用他们的想像,拿夸张的色彩涂上了真实,为他歌唱热情的赞歌,彷佛在他面前烧着香,不住的灌进他的耳朵,说他是无敌的。他极爱听狡猾而含深意的赞美,甚至于爱听谄媚,总是夷然自若的听着,及至服过这样一服强烈药剂之后,还要舔舔嘴巴,像是在舔一盆乳酪,甚至于还要拿自己的夸赞去补充那个谄媚者的话。……

　　他的性格里还有一种奇怪的特质,他会孩子气的相信任何流布的谣言,那怕它显然是毫无意识的。例如:他会得相信烟草的分配量之沙马拉是十磅,在前线则不到八分之一磅;他相信司令部里日夜不断的喝酒,相信参谋部的人员都是白卫军和奸细,他相信军火、靴鞋、面包、来福枪、军用品之类,都是为了奸人的设计故意留难不发的,并不是因为什么东西都短缺,因为运输不良,因为桥梁折断,等等;他相信鸟类是传导伤寒病的——鸟类愈多,伤寒病也愈甚;他相信糖塔是田里种出来的;他相信节用你的鞭,就是损坏你的马……

　　有时候,他要待人以非礼……(《夏伯阳》中译本页一八九—二〇〇)

200

所有这些英雄们的内心的矛盾与缺点之表现，正就是能使这些英雄们在作品中直立起来的主要原因。因为这些矛盾与缺点，我们才感到他们的确是实际地存在；因为他们能渐渐而终于艰苦地克服这些矛盾与缺点，我们才感到他们的确是光荣的存在，也因为看到他们这种改变的过程，我们才得到丰富的启示与教育。

只有这样的英雄才不是呆板的、规律的、抽象而合理的，而是有机的活人，具有他各种本来的自觉与不自觉的传统及其偏向……

七、虽败犹"雄"

一般人对英雄的另一个错误见解，就是以为凡英雄必在事业上有了惊人的伟大成功的，否则，便不认他是英雄。这是所谓以成败论英雄，在昔人认为不公，我们也认为不应以成败论英雄，但以为在许多英雄的失败中，有些里面实包含着极大的成功，他们只是在表面上露出了失败。

问题在我们评论英雄，不应当根据英雄本身的遭遇结局如何，而应当根据英雄所从事所努力的远大事业成就如何；而论这件事业的成就如何时，又不应当根据它一时的表面的成就，而应当根据它永久的实质的成就。历史上有许多步步高升的人物，终其身享受富贵，似乎是成功了，但他们不配称英雄，因为他们没有什么理想，对人类社会的远大前途与永久福利毫无贡献；有些人少有大志，曾经奋斗，可是不堪苦炼，中途变节或妥协，终于名成利就，似乎是成功了，但他们也不配称英雄，因为他们若不是绝无贡献，则贡献亦极微极微，又有些人能够坚持努力，终得煊赫成就，可是虚张声势，基础不固，成就如昙花一现，或虽稍久，亦随其人俱去，这种成就只是一时的，表面的，这种人即或可称英雄，也难得高的等级。然而有另外一种人，他们坚苦卓绝，为一种伟大的信仰服务，历尽艰苦，依然沉着地奋斗，富贵不能淫，贫贱不能移，威武不能屈，念兹在兹，生死以之；最后他们死去了，甚至是寂寞地，世界上没有几个人知道，论声名无声名，论货利无货利，论事业也似一无成绩，可是——他们却千分万分称得起是英雄，并或是最高的英雄！

为什么呢？为的是他们确确实实已在所努力的事业上达成了许多东西，他们确实已使事业的成功更进一大段，同时他们刻苦努力的成功或失败的经验，也确实可为后来者凭以达于完全成功之域的阶梯。他们的成功虽不为众人所

201

知,但这种成功却是真正的,永远的。他们自己虽"失败"了,"败亡"了,但事业却成功了,成长着。《毁灭》里的部队虽自一百五十人损失剩了十九人,但这部队所从事着的事业却不但没有损失,还可以预见到了胜利的必然来临。夏伯阳虽在泅过乌拉尔河时中弹死了,并连尸体也被冲得不知去向,但活着的勇士们却可以继承他的遗志,奋斗到底,而敌人终于被他们所征服。夏伯阳的尸体虽被冲得不知去向,但他所从事着的事业却并未随着他的尸体被冲掉,反而更接近成功了,谁能够说:"失败"了的夏伯阳不是英雄?

作家们不应该趋炎附势,奔走承欢于一时煊赫的大人将军之门,徒以一饮一啄之惠,便把他们当作英雄而写在作品里,而应该仔细地去从战斗生活中寻找、发现、创造典型的英雄,不要因为他们的无声无嗅,污秽破烂,不懂礼节,就放弃错过他们。

八、目前的英雄与英雄描写

伟大的抗战已使我们产生了许多真实的、群众的英雄。但他们并没有得到适当的、大量的表现。

目前我们正临在一个社会激变的时代,两方面的人物——新与旧,进步与顽固,严肃地工作与荒淫无耻,爱国英雄与出卖祖国的奸贼——可说都是踊跃登场。我们看见了许多腐化恶化的人渣,而英雄的产出至少也同样地多。

在前方我们几百万正规武装部队中,在沦陷区我们千百万英勇的游击部队中,我们已经产生了许多英雄,并且正在大量的产生着。在大后方的生产建设的部门中,情形也一样。这些人们过去都长久地生活在灰黯和被隔绝的环境之中,没有受到集体战斗的训练,因此多显得褊狭和缺乏教养,但从抗战以来,经历了长期的集体与战斗的生活,他们就得以逐渐改正自己,养成了坚苦卓绝,不屈不挠,爱护同胞、人类,以及踊跃为信仰牺牲等等光辉的性格。他们于是很多就成了真实的、群众的英雄。

然而作品却并没有给他们适当和大量的表现。有的,大都是一些夸张的、传奇式的、个人英雄主义者的故事。他们不过是结构或记述了一些极偶然的故事,藉以博得若干落后读者的惊叹,有头脑的读者从这种虚幻的作品中毫无所得,因为他未被感动。

这种情形必须改变。

了解生活的真相,对生活再深深地思索、体验,密切注视生活的每一个新的步伐,研究伟大人物在历史进展中的作用,只有这样,我们目前的许多作家,才有可能在作品里塑出英雄,塑出鲜明活跃的伟大个性。

论乡土的描写

——民族乡土与民族文学

一、难忘的乡土

普通说乡土是有两种情形：一是指个人出生的乡土，譬如他是某省某县某乡人，那么某省某县某乡就是他的乡土；一是指民族生存发展的乡土，譬如中华民族是生存发展在亚洲的东部，那么亚洲的东部——这地图上称为中国的一块地方，就是中华民族的乡土。

就个人说，在他出生的乡土不但有熟识的地点与景色；山，海，草地，湖，森林，川河，或寺塔，以及和幼年的经验交织着的局部地理形势，而且是随处都有朋友和亲人，可以从他们得到最亲切的感情。早年情景的图画是人生摹想的重要部分，而人生的摹想又和人事发生很密切的关系。所以当他长大成人，虽或离乡背井，而对童年钓游嬉喜之地，不论是明媚或荒凉，都一律眷念怀想，不能自已，而且是愈离得久远，思乡之心也愈深切。

就民族说，在它生存发展的地土上有着他们自己创成的一套文化、历史和制度，由这些东西才形成了他们的特殊的性格，而他们的一切灵感、理想，和一切热情力量也因此才有寄托。一个侨居外邦的人才能够告诉你远离乡邦的苦处，他在那遥远的地方无论是语言、风俗、习惯、饮食等等一切都是陌生的、孤独的，他有苦无处诉，有乐无处告，甚至有道理也无处讲，因为道理的标准也往往是不同的。这时他才能深切地体味到住在乡邦的愉快！他对于异国人费了无数解说也说明不了的事，对于这里的人用一言半语就可以讲得明明白白。他觉得在这里才是可以发展他一切才能，展开一切想像，完成他一切壮志的所在。

惓念乡邦这种心理实在是古今中外的人们所同具。《庄子·徐无鬼》篇说："子不闻夫越之流人乎：去国数日，见其所知而喜，去国旬月，见其所尝见于国中者喜，及期年也，见似人者喜矣，不亦去人滋久，思人滋深乎？"古人如此，今人也不例外。许多在本乡贫苦几不能活的农工，都不愿离乡背井到外面去找生活，另外则有许多侨居外国的同胞不愿在外国享受较大的经济利益，而情愿跑回故乡来——这都是因为他们与故乡的习惯风俗，以及物质的环境，已有了极密切的关系。已经失掉了乡邦的犹太民族之万古流传的祷词是："要是我忘记了你，哦，耶路撒冷，我的右腕就忘记了它的灵机！"他们每天祈祷上帝赐给他们生还郇山（Zion）之福，他们的葬礼拿起一撮来自耶路撒冷的泥土，撒在死者面上，以象征死葬故土。犹太人这种对故土的恋念，已成了他们民族团结的基础。

　　人们恋恋于他出生的故乡与国土，这原是一种极自然的现象，而这种现象却是大有助于道德的进步、民族的团结。乡土地方的共同生活中所表现的亲切、友爱、合作、一致，可以说是社会道德的根底，一切进步的源泉。一民族的分子个个都眷念爱护他们的国土，由于同类的意识，和利害共同的感觉，他们一定愿意并且能够团结起来。也因此，为要振兴民族，爱护乡邦便常常成为一个响亮的号召。玛志尼运用他生花的妙舌、动人的词锋，劝意大利人爱他们的故土——他们民族的摇篮，一切意大利人的祭坛，和祖泽所在。他号召一切意大利人要为他们的故土献出所有的心思、才智和热血。德国的爱国志士阿特脱（Ernest Arndt）要他的同胞不论是不毛的山地，或荒凉的海岛，也须常爱故土，为的是在那儿可以遵照着若祖若宗的成法习俗，以生以养，不受外族的压迫、欺凌与侮辱。犹太的爱国志士谆谆告诉他们同胞和子孙的是这样的语句："只有在精神上与故国不离的人，他的劳苦才得上帝的祝福。"

　　对乡土的恋慕可以使一个人重新奋发，使一个民族坚固团结，苦战图强，在消极方面，排除敌人的侵略欺压，以维护自己的生存；在积极方面，更可领导群伦，向外作合理的发展，使自己乡土的美德良行，可以推及到全世界，使全世界的人们，从受苦中同登于衽席。

　　为此，现代各国就有许多办法来培养这种爱乡之心。一个流行的办法就是竭力鼓励同胞到国内各地去旅行游历，使他们对国内的各处地方，和各种天然美景产生一种油然的深沉的欢欣与爱好，另一个办法是设立许多乡土研究的科目和许多乡土博物馆。在德国一般公认后者是成了激动一切德人爱护乡土、民族和祖国的美德的地方。一个人在本地方博物馆所经验到的关于乡土历史和风俗人情上,以及在艺术和文化上的意义,是永远忘不了的。

文学的表现在培养人们爱乡心理上,当然也是一个重大的因素。文学可以描写乡土,把乡土的优美活跃纸上,使出生在这里的人们愈并加深了他们的印象而永念不忘,也可使同族之内出生在其他地方的人们,因为认识了这里的优美或宏丽,而格外对于本邦的伟大与瑰丽,增加了无限的崇敬与欢喜。

在整个乡土的描写里,包括着对于整个乡土的生活与历史的描写。每一个川谷、山峰或树林,对我们的关系都不仅是一个川谷、山峰或树林。惟其因为它们都能引起我们一些或喜或悲的回忆或想像,所以我们才对它有特殊亲切的感觉。我们要在描写乡土里同时揭露乡土生活的真相,用满心的欢喜来讴歌它的欢乐与成长,但也要用严肃的态度来指出它在造成全民福利上的腐败与不健康的事情,衷诚地澈底地谋取解救,为的是我们爱我们的乡土,也要它能继续哺育我们。

二、从容地描绘

在乡土的描写中,可以包括乡土整个的生活与历史,但本文所讨论的将仅限于如何通过乡土景物的描写,来表现它的生活与历史。

我以为描写乡土的景物,第一用不着无中生有,第二用不着装腔作势,剑拔弩张。许多激动人心的事件,由于乡土的怀念与爱护而起的,大率不过是一些平凡的事物发生了作用。威尔士(Professor Graham Wallas)于其 *Human Nature in Politics*(《政治中的人性》)一书中曾把乡土对为国牺牲的意义发挥得很透澈,说:

> 有为国家而战死的,究竟他是为何而死? 安坐在书室中的读者,便想及地图上某一处地方的版图和气候、历史和人口,以为殉国的举动是可以拿这些东西来解释。但是在枪林弹雨之中,生死一发之际,实不容人对他的国家有合于论理或分析的思想,那时在他心中的,只有对某种有意义的事物之自然而然的抉择,和自然而然的爱慕之情。他毕生难忘征兵时所给予他的种种刺激和感触,地理书上的文句、街道、田野和人物的形相,人声、鸟声和溪流声。这一切无量数的事物就是他对他的国家观念所从出。在最后责任已尽的一刹那,他脑海中浮现着的是什么呢? 那也许是他的失地

背后的一行无顶树，也许是他故国的人物，易想得起的习俗，或只是一种使人从纷乱的经验中易提得住他所爱的实体的想像。假如他是意大利人，它陡想起的会是意大利(Italia)这个名字这数个音乐似的字音。假如他是法国人，他猛忆起的或是佩着破剑的法兰西的云石像，如他在本乡的市场中所见那样；或是法国国歌的如狂的节奏。……

布洛克(Rupert Brooke)于其 *Letters from America*（《美国来鸿》）一书中描写一个朋友于一九一四年八月，听见宣战消息时的情感，说：

> 他回忆着英国，思潮泉涌，惊奇的感觉增强起来，他感到恋人胜利后的微弱无力。灰黯不平的小田园，和细小的旧围篱，在他的眼前飘过去，野花、榆树、和山毛榉露着安闲的样子，沉静的红砖屋露着不矜持的骄傲，村野里充满着迂回的山陵和可爱的矮林。他似乎被举高起来，俯望科士华(Cotswolds)西方的一片景色，卫特(Wetld)、韦特郡(Wiltshire)的高地，和皇子利士镇(Princes' Risborough)山下的中部(Midlands)。同时他似乎也听见从前听到的歌曲，其中有许多是赞美诗。

同样我们还可以举两个例，一是帕卫斯(Elewelyn Powys)于其 *The Verdict of Bridlogoose* 一书中，说他曾在美国住过五年，在菲洲也住过五年，原来绝无重返故土——英国的想头，可是现在他突然想到家乡了，为的是他"渴望着西乡的小树，渴望着黑莓叶、羊蹄树叶、冷沟草的气味，渴望着海岛六月夜充满着柔和香味的潮湿气氛"。一是包尔特温(Stanley Baldwin)于其 *On England*（《论英国》）一书中所说的：

> 当我自问英格兰一词有何意义时，当我在外国想到英国时，英国由我的各种感官和我接触——由耳，由眼，由某些永不磨灭的气息。我要告诉你这些气息是什么，你们之中也许有一些人跟我的感觉一样。英格兰的声音——乡间铁店里铁锤打在铁砧上的叮当声，秧鸡在多露水的清晨的叫声，大镰和砥石磨擦的声响，农夫和拖犁头的牛步过山凸的情景，这是英国有土地以来所常见的景色，在帝国毁灭之后，在英国的一切事业已经停止进行之后，这景色依然看得见；这是英国许多世纪来永远存在着的景色。

四月的林中的野白头翁，最后一车干草在暮色苍茫中给马儿拖过一条小巷，林间烟雾在秋夜上升的气息，或麻的火堆的气息；在千百年前，当我们的祖先还在过游牧生活时，当他们还在欧洲大陆的森林与平原漂泊时，当他们带一天的粮食回家时，他们一定闻到这种气息。那些东西在我们天性的深处打上烙印，震动着人类的心弦，震动得一年比一年更剧烈。

所有以上的事例中，激动了他们的都是乡土中一些极平凡的景物。为什么这些极平凡的景物反能激动人心的呢？这是因为这些习常见惯了的景物，已经与他们早年长期的生活历史密切不能分开，已经成为他们生活历史的一部分的缘故。这些平凡的景物，已经与他们的一切欢喜、一切愁苦、一切梦想与一切力量结合为一，而成了安慰他、鼓励他、督促他、启示他的源泉。只有真实地感觉到的景物，才能激动人心，而激动人心的景物，也不必一定要瑰丽炫奇，所以既用不着无中生有，亦不必要装腔作势。

在从容地描绘乡土这一点上，屠格涅夫的《猎人日记》断是一个模范的例子。他是那样亲切细致地描绘了俄国的乡村，使异国人的我们对于这些劳苦朴素的乡土也十分神往。你看他描写乡村早晨的景致：

> 于是你动身往远野去了……你走过了无尽的货车，走过了好几个旅馆——以一村到别一村，经过一望无边的田地，顺着发绿的藤围，你很长久的乘行着。喜雀从豆棵上飞来飞去，村妇手里持着长铁耙，走到田地里去，穿着破袄的路人肩后背着行囊，举起累步走着，田主的负重的马车套着六匹长大而乏累的马迎着你走过来。窗里凸出着枕角，一个仆人侧坐在车后脚蹬那里，抓住绳儿，穿着掩到眉毛那里的皮大衣。那边就是县城，有木制的，弯曲的小房，有无尽的围墙，有荒凉的商家的石头建筑物，还在深溪上面有老式的桥梁。……

这种描写的特点是在平凡中见出亲切，在无所号召中蕴蓄着使人倾想不已的魅力。这里没有丝毫的夸张，他淡淡地措绘着一切，而组成的一幅图画却是那样地生动，迷人，有力。

在果戈理的死魂灵里，也散布着许多对祖国乡土的描写，那比较是带有一点激越的调子，而仍不失其从容的态度。他以满心的欢喜赞叹俄国原野的旷远

和开展,他的声音里是充满了爱、希望与祈求:

　　唉唉,俄国呵! 我的俄国呵! 我在看你,从我那堂皇的、美丽的远处在看你了。贫瘠,很散漫和不愉快是你的各省府,没有一种造化的豪放的奇迹,曾蒙豪放的人工的超群之作的光荣——令人惊心悦目的,没有可见造在山石中间的许多窗牖的高殿的市镇,没有如画的树木和绕屋的藤萝、珠玑四溅的不竭的瀑布;用不着回过头去,去看那高入云际的岩岫;不见葡萄枝,藤萝和无数的野蔷薇交织而成的幽暗的长夹道;也不见那些后面的耸在银色天空中的永久灿烂的高峰。你只是坦白,荒凉,平板;就像小点子,或是细线条,把你的小市镇站在平野里,毫不醒一下我们的眼睛。然而是一种什么不可捉摸的,非常神秘的力量,把我拉到你这里去的呢?……唉唉,俄国呵,说出来吧! 你要我怎样? 我们之间有着怎样的不可捉摸的联系? 你为什么这样的凝视我,为什么怀着你所有的一切一切,把你的眼睛这么满是期望的向着我的呢?……这不可测度的开展和广漠是什么意思? 莫非因为你自己是无穷的,就得在这里,在你的怀抱里,也生出无穷的思想么? 空间旷远,可以施展,可以迈步,这里不该生出英雄来么? 用了它一切的可怕,深深的震动了我的心曲的雄伟的空间,吓人的笼罩着我;一种超乎自然的力量,开了我的眼。……唉唉,怎么的一种晃耀的、希奇的、未知的广远呵! 我的俄国!(《死魂灵》一部十一章)

　　乡土描写的要点没有别的,就是要从容、真实和亲切,一切都要由衷而发,有见而言,不厌平凡,不求奇怪,能够这样,一切魅力就都是它的。这样的乡土描写,不仅可以促进社会的道德、加强民族的团结,并且也可以显示出宇宙的美学。

三、两个构图

　　在前面讲过:普通说乡土是有两种情形,即个人的乡土与民族的乡土。现在我们提倡爱护乡土,会不会爱了个人的乡土,就会忘却民族的乡土,见了部分,就会看不见全体呢?
　　事实上,这样的情形并不是完全没有的。对狭小的故乡或区域的忠诚,常常和国家的理想发生冲突,成为阻碍团结程序的一个有效工具。瑞士文学是出名的专致力于地方生活之描写,作家们大多爱用方言写作侧重地方精神的作品,他们从故乡各种古老的传说中吸取灵感,描写当地人们的心,因此瑞士的文学是无限地加深了人们对于狭小乡土的爱恋,增强了他们拥护地方权利的思想。这样的结果,自然不是我们所希望的。

对区域爱好的心理,在建造更大的乡土单位上,的确常会成为最有反抗力的因素。德美瑞士等国的名邦,都曾顽固地依恋着它们的地方特权,结果政府不得不由战争以求统一。因此现代大国家在创造的时候,必须把人民的忠诚心理,由视力可及的区域,转移到整个国家的较大构图上去。这个较大的构图渐渐变成小构图,然后又恢复原状,结果把大小两个构图混而为一。当这种程序完成时,区域可以增加全体的力量,而全体便成为一大串累积的区域。加上了国家的意匠与印象。这样,一个乡村和紧贴的一省混合起来,一省经过一番奇变,就成为一个庞然的大国,所以,只要运用得当,对于狭小乡土的爱恋,仍还可以籍此来增强对于广大国土的自豪心与爱恋心。John Drincs Water 于其 *Patriotism in Literature*(《文学上的爱国主义》)一书中就曾说过:"一个人的性格,必受过地方观念的永久影响,人心才能有深浓的国家情感。甲在他的一书中也许会把爱地方的情感扩大起来,而乙也许始终只爱他所熟识的一两处大的地方。可是这两种人对地方的忠诚心理是和旅行家所得到的快乐很不相同的。前者之所以有那种忠诚心理,乃因为他们已和一地方的景色熟识得很长久,知道这景色的各种状态,使地方和自己的生活发生密切的关系,心中有一种家乡的观念。"一个人的诞生地和儿童时代的景物,一定是早年的记忆和情绪上回想的集中点。在大多数的民众中,对于本国的观念,一大部分就为以家庭或邻近作中心的观念所构成。的确,一个人如果不爱他看得见的家乡,又怎能爱他看不见的国家,看不见的全人类呢?

要爱护民族的乡土,并不就是要人不爱他个人的故乡,同样,爱护自己的故乡,也不必就丢掉了民族的乡土,因为自己的故乡就是民族乡土的一部分。民族的乡土因为有了各个好处不同的区域而增加了丰富与光彩,各个不同的区域也因为同属于一个广大系统而提高了它们的价值。我们爱自己的故乡,一方面是因为它对我们特别熟悉,一方面也因为它是我们民族的广大乡土中一个最好的组成部分。民族的与个人的这两个构图,似乎相反,其实却是相成。

爱好乡土的心理是国民教育的一种工具,但它不是政治社会——至少不是爱国主义所能始终依赖的因素。自从工业化和都市化的程度和范围一天天加深和扩大,农业不再成为主要的生产方法和主要的社会生活基础,现代居民移动率的增高,爱好乡土的意义是会渐渐减少了。但这种心理一直到现在仍还在许多人的意识中占一重要地位,则无可疑。因此讨论如何利用对乡土的恋念,来加强对国家民族的忠诚,仍有其价值。至于将来,自然会有别的更重要的因素,足以维持一个人群的团结,显明出来了。

论传习的势力

——民族传习与民族文学

一、一个不断活动的因素

传说与习俗,指长久以来相习成风的一种观念风俗,每一民族都有为他们所尊崇、所服膺的传习。它实是遗传和环境构成的生活和思想的不断的进程的结晶。

在民族的生活中,传习是一个不断活动的因素。人们常在不知不觉之中,脱口而出,无心而做。传习已成为民族本身的一部分,不容抛弃,而抛弃就不啻实行民族的自杀。传习的势力之大,可以英国为例来说明:英国社会与政治生活中的整个阶级组织,都是基于传习演进的结果。它的法律是习惯法,他的国会议事规程是历代因袭的习惯,在英匡学校里,举凡居处、服饰、师生同学间的关系、节日的举行、宗教仪式……等等生活的各方面,都一一为前例所拘束,正如雨果在 *Henrani* 一书中所描写那样,进到英国学校里,就恍惚踏入一个动人的画廊,在那里一个一个蜚声世界的爱顿大学或哈洛学校的前辈的画像,都悬在历史的墙上,默然而目光四射地注视着各个学生的言动。传习的势力在别的国家也一样巨大,它浸淫着人们的身心,操纵着人们的思想,领导着人们的行动。

二、作为民族的防腐剂

传说习俗既为积累的习惯见闻的总和,它对民族影响之大;自不待言。世世代代的生活常为其先祖的社会的、政治的、宗教的与哲学的传说习俗所左右，这些传习世代有所增加，即有变更也是很迟缓；这样子民族的传习便持续不断，足以左右民族的性质，打成民族情绪的基础。由于它，各民族才有其特殊的生活态度和行动的法度。一民族的发展常表现于民族传习之积累和演进，这是民族精神的反映。

民族主义的先知马志尼以传习为民族的观念形态之极则，在所著 *Life and Writing* 一书中说："为资助我们对真理的探求计，上帝给我们以传说和习俗——前人的音响——和我们自己良心的声音。这两者调合便是真理。"马志尼以为过去的光荣和苦痛的流传，最足以促进民族的成立，和培养那为民族构成的基础的情绪。的确，合个人而成民族的最强的动力就是对于过去共同经验过的苦乐的回忆，对于往日同遭的胜利或败创的追思，这些往事，或流传于民歌，或寄于稗闻、史乘，其深入人心却无二致。民族英雄的丰功伟业，经过千百年都成了传说，成为个人惓怀于其民族的标鹄。慕尔（Ramsey Muir）于其 *Nationalism and Internationalism* 一书中曾说："历史上的事迹，悲壮的际遇，这是民族精神最高洁的养料；由此就孕生出神圣难忘的传习，以形成民族的灵魂；丰厚的资源，繁密的人口，广大的版图，比起它来都不免渺小。一个民族而富于这些传习，这民族疆界以外的人们，若跟它在种族、语言或宗教上有渊源的，常渴想分沾其光荣。征服者企图毁灭一个民族，只足以给被征服民族一个机会，来表现出它是正为不可克服的争自由的精神所激发。这种精神，虽诉于最卑懦的灵魂，也可使他震动而不能自抑。"瑞士和巴尔干诸国的历史就都足以证明为争自由而奋斗的英雄的传说，常大有助于民族的成立。这样的例证其实是指不胜屈的。

不过，已经共尝的磨折，先世所受的苦厄，以及民族的牺牲，即使年代湮远，回忆起来，比之追溯民族的丰功伟绩，尤有深远的影响。为的它是深入民族的灵魂的创伤；藉着民间故事或小说做媒介，死亡和覆灭的往事自童年便印入人的脑海中而不可磨灭。若把这种经验为教育儿童的材料，使儿童纯洁的心上留下深刻的印象，功效之大尤胜于民族胜利的故事。儿童具有很强的复仇的天性，民族失败的故事可以激起他们救国、复仇、雪耻的雄心；这些故事既是从幼年就灌注入他们的脑中，就成为儿童生活的一部分，一生萦于怀抱，他为民族的传说，世代流传，使壮年皓首都不能忘记了他们与他们的民族的关系。

民族的繁荣发达不是当代的成就所能独致，它还须要从过去的民族生活吸收灵感,否则现在的生活便失其基础。亲春安(Zem mer)于其 *Nationalism and Internationalism in Foreign Affairs* 一书中曾以希腊雄辩家之言"成城者非城墙而为人心"为据,说:"构成民族的灵魂和意识的,不是领土和人口,而是过去的伟大经验,和未来的更伟大的前途的感觉。"而早在一八八〇年,雷南(Memst Rernair)于其以"何谓国家"为题的梭朋讲演(Sorbomre Address)中,就已经说过:"使一群人民成为一个国家者,并非语言和民族的统一,乃是他们大家从祖宗的丰功伟业和荣耀,或其艰难困苦和牺牲所传下的记忆之情操,以及共同生活于同一国家,而传进其遗产于后代之愿望。"(引自 R. C. Beooke:*Civic Training in Switzeland:A Study of Democratic Life*)。

民族的习俗之保存可以维持一个民族的个性,并使他们发生深浓的结为一体的感觉。这种情形可以瑞士为例;在前引勃洛克的那本书中,曾说到瑞士人民对于家族的联系之深远的亲情,一部分可说是由他们的家宅和家具之独特的性质:对于瑞士人,家宅不仅是木或石的一种庸俗的结构,它乃是代表他和他的家属之个性,以及本镇的风格之实体。在许多住宅的正面,尤其是英格丁州的住宅,满缀着古时雕刻的纹章,表章业主所御公服的徽章,其上的镀金和颜色,已因年代久远而剥蚀;在许多州内,房屋的外墙常以壁图为饰,这种壁图虽很粗劣,但极富于本乡的象征,并附有建筑者服膺的格言,播扬业主的盛德。所有这些房屋虽都没有园丁的照料,并且它们常常也确是卑微的建筑,不过它们的个性——亦即瑞士民族的个性——却巍然独存。就是这种个性使瑞士旅居在外的人民时时燃起怀念祖国的热情,并使所有的瑞士人能够亲密地团结。

所以传说习俗对于民族有重大的作用,是很自然的事,人群聚居在一处,时常接触那一种品性行为是可爱可敬可歌可泣,这一群人自有他们特殊而共通的观念,以这种观念为基础,每一群人便产生某些特异的传说与习俗,保留它们,珍视它们。群的特性形成具有群的特性的传习,反之,这些传习又从而产生或至少是保持这种特性。

正如个人之大半为过去的经验所构成,民族在本质上也是它的历史,过去的光荣与苦难的产物。一民族如能对过去惓怀不释,也便可以揣知其将来。没有传习以抟合民族的各个分子,所谓民族怕不过是机械的被动的结合。在一群人中因为历史的传习之岐异,分代出来成为特异的民族,在历史上不乏例证,巴西民族由葡萄牙民族分化出来,就是这种情形。传习的势力之大,观其有助于流亡以后犹太民族的持续,亦可得到证明。犹太人的传习,就是一大套的宗教和半宗教的规矩,民族的民间故事的实库,希伯来圣者和学者们的可崇拜的遗事。阿尔萨斯洛仑二州的割让纷争,燃起德、法两国人民争相规复的热望,这也是传说势力的一证。捷克人为外族压迫数百年,却保留一间历史长远的大学,捷克民族的情绪,才因此保持不坠。

从上所述,可知传说习俗的重要,不单在于它是民族的一个不断活动的因素,并在于它是民族的防腐剂,使人们即使远离乡井,置身别的民族之间,也仍不会被外族轻易同化,而仍与自己的民族保持密切的联络。

传说习俗在民族生活中的地位既如是重要,因此现代就有许多细心的政治家已经注意到如何利用这种势力的问题。例如倍脱斯(C. C. Peters)于其 *Objectives and Procedures in Civic Education* 一书中就曾指出:"政治集团不断使全体国民对国家的传统得到深刻的印象,以发展维持国家的团结。共同的记忆是民族或国家的一种重要财产,它具有很大的团结价值,任何种的制度都不能忽略它。共同的胜利,共同的失败,伟大的名称,伟大的日子,伟大的质素与特征,都和天地,社会的贮积、构造、储备与机构一样,是承继产业的一部分,怎样把这些产业交给下一代的人,怎样使他们对现在的状况加以注意,这是集团统治者的一个伟大工作。……原始的民族在诱导新分子为国民时,使他们对集团得到深刻的印象,在现代的情形之下,它要经过长期的民族态度的训练,由幼年至老年,不断地得到复习的机会。"

关于这种民族态度的训练,在德国就特别注重,他们并且特别注重在幼年期的训练。在德国小学的低级与中级各班中,有民间故事一科,他们的目标在使学生在精神上认识家乡,从对家乡的认识进而认识祖国。这一种教学的根据是对家乡真切的研习,不靠书本而靠观察和体验。在本地方和附近的旅行中,学生立刻可以从方言、通俗诗、服装、食品、草木鸟兽等特殊的欣赏,建筑和居处的形式,风土人情,法律,庆典的习惯,以及各种迷信……中,渐与民族社会打成一片。在高级的各班中他们则将民间的艺术作详尽的讨论。从研究德意志的古代和德意志的种族着手,与德意志文化史有密切的联络,这一种的目标是要领导学生理会德国艺术,在神话,古代故事,民歌,特别是语文的本身,法律,以及风俗习惯中的表现。民间故事的最高目标是唤醒学生对于在各部落中表现出来的民族团结的感觉,这种国家民族的团结,不因性别与生活形式的不同而改变,更不因阶级与教育上的差异而减少。(根据 Paul Kosok:*Modern Germany* 一书的叙述。)

对于传说习俗在民族生活中地位之重要，在现代组织严密的各国中，不仅已有了深刻的认识，并早已意识地急起设法充分利用这种势力，以加强其民族的团结；这原是很自然而必要的事，但在中国却一直还没有引起对这问题的注意与重视，不能不算是政治教育上一个很大的缺憾。

三、以文学化来深入

传说习俗在民族生活中的势力一旦再能得到文学的助力，那一定将更为巨大，因为这样可能使它的影响普遍而深入。通过文学的表现，人的心灵之最深处也披露出来，可以称为民族精髓的复杂的心情和各种动人之处都曲为写出，以与读者听者的热情拥合。

民族的文学可以有助于民族传习的产生。本来，民族传习的产生主要是由于生活的演进，但一经文学来表现，它的产生便可以显得明白而确定。往往一部分人所熟悉的故事经过文学的表现就变成众所周知的民族的传说。而在今日，一切都由自发的进为自觉的行动的今日，文学尤为意识地创造传说的最好武器。文学可以不待故事自然地成为传说后再去确定，而可以根据民族当前的需要，去适当地创造一些故事，使之迅速成为传说，以教育一般人民。

民族的文学亦有助于民族传习的持续。传说与习俗时时都在变化，如果只存在于人民的口头和行事，那么不要多久，先前的习俗就要变化或消灭得无影无踪。文学可以把这种流动性很大的传习随时加以写定，使它们可以传之久远，增其丰富。另一方面传习经文学加以表现，接触的人物更加多了，接受的程度也更加深了，这有助于传习的持续，自然也非浅鲜。

民族的文学同时又可改造民族的传习。民族的传习由各时代的生活环境而起，未必都适合当代的要求，我们只能接受传习中不背现代精神的长处，而对于其中一些渣滓，不能不加以扬弃。举凡传习中一切封建色彩浓厚的成分都要批判改造。例如传习中有许多忠君的故事，现在就应该把它做一姓的家奴，改变成爱国的群众英雄。每一个新的时代原能产生它自己的传习，这些传习原也是继承前代的传习发展而来，不过对过云传习的改造工作至少在过渡时代还有其重要的价值。这个改造工作由文学来做是再好没有的了。

综上所述：民族的传习在民族生活中占有极重要的地位，它可以团结和发展一个民族;而它的这种势力在得到文学的协助之后,将更见得伟大。民族的文学可以有助于它的产生、持续和改造。把这个事实反过来说,民族的文学如要给民族的团结与发展服役,它也应该充分运用民族的传习这种题材。文学与传习结合,民族的需要才可获得满足。

（本书出版于 1944 年 2 月）

文艺学习论

——怎样学习文学

代序:每一天都可以开始

　　一个人要从习惯的昏沉中振作起来是多么困难。犯罪的人也吧,万恶的人也吧,在他们生活里某一个瞬间——在这个和平的良善的瞬间,他们也会有一个幡然改图的愿望,也会产生出一种对于自己当前行为的怀疑,从而就发出了重新堂堂正正或轰轰烈烈做一个人的希望。虽然是那样渺茫,那样不可靠,那样一转眼间就又充满了腾腾的杀气,但一个恶人终于不能是天生成的,以及一个恶人之终于不能不稍稍受到一些正义力量的影响,却就因此得到了证明,不过我们所要谈的问题倒不在这个地方,乃在:人们虽然个个都有着趋向良善和上进的希望,可十有八九仍是没有振作起来,反而在污池里越陷越深的亦所在都有。

　　问题本来是很明白的:因为你只是在"想",在"希望",而并未当真地站立起来,开出步去,所以你就必然要越陷越深,因为污池原是那样地深不可测,只要你肯沉下去,它是足够把你淹过了头顶的。

　　我们每个人都有着这种病根,好像他是同我们的生命、血液,一同来到这纷繁的世途的,我们总是盼望着一个比现在还为顺遂的境遇,我们总是说过几天就可以把某种"不大好"的脾气改掉了,我们几乎过不多日子就会来这一桩玩艺:规定一个重新开始写日记的日子,甚至还规定了每天应该写日记的时辰,或者订出一个"工作的时候工作,游玩的时候游玩"看来非常美满的生活计划。可是从什么时候开始做起——也就是所说的"实行"呢?如所周知,那几乎总是明日啦,下星期一啦,下月一号起啦,或者索性等到明年元旦起实行吧。谁也不是想到了或想好了就实行的,谁也都是在实行之前还想格外放肆一番的。以为实行是苦事,于是就要实行前的放肆一番来预先慰劳自己,并且在放肆一番的时候认为所放肆的是应当，再不想到这原是一件危险的事情了。我们常常看到的这一类事情就像戒烟或者戒赌戒酒。嚷着要戒的人总是嚷得人人皆知，为着要戒了便索性多买几包烟几瓶酒来，于是结局也便大家都推想得到，他也许曾戒绝几天，而在开戒的时候为要补偿过去几天的苦恼他又格外狂吸痛饮了几顿，也许他就连一天都不曾当真戒过。很明白，结算起来，他嚷着要戒的结果反是比不戒还更坏。

我们几乎都是这样一类天天嚷着戒烟禁酒却依然醉眼陶然手不释卷的烟鬼酒徒，虽然也许我们并不抽烟喝酒。这种情形就在自命思想进步的一群里也是不能完全避免。所谓"空谈家"，"等待主义""以后再说论"，虽然思想进了一点步，可是拆穿了讲仍不过是上述的烟鬼酒徒一类。因为虽然空谈得不错，等待的很好，或者以后果能谈出些什么来，但他们对于当前的难局却一无用处。他们顶多不过是一些变了相的烟鬼酒徒而已。

在《回忆契诃夫》一文里，高尔基说："在我们前面，走过恋爱的奴隶，愚昧和怠惰的奴隶，对于人生底幸福的贪欲的奴隶……等等男男女女的长的行列，走着被人生底黑暗的恐怖所捉住了的奴隶们。他们在漠然的不安里面踉跄地走着，因为觉得现在没有他们的位置，就用着关于未来时、不连接的语句来充实生活……他们里面的许多人，做着十年以后人生会怎样愉快的美梦，但从没有人自己问一问自己：'如果我们只是做梦，到底有谁来使人生愉快呢？'"在这里我们也可以照问一句：如果我们只是躺着不动，到底有谁来使我们向前走去呢？

每一个人都难免有些病根，出生和生长在这样一个社会环境里而要容易地成为一个完人简直是不可能的。但也不是说因此每一个人就非活得像一只猪不可。一切的病根都从狭隘的自私而起，自私越少病根也就可越少。凡是过于重视自己的人他对别人必然是忽略的，凡是私心太重的人他就必然不能有任何真正的革新。灵魂上的壮观不是没有牺牲就能得到，那代价需要付出对于许多别人苦痛的关切与同情，如果没有这样一种东西作为推动，那么就连小小的一烟一酒之微也将永远不能有戒掉的决心和勇敢。

我们应该庆幸能够适逢其会地生活在世界史上大时代的中心。为此我们便得想到所有从旧社会的恶劣根源夹带来的种种病根和污点。假如我们能够不再沉醉在自己的小围栏里，不再为自己点燃起来的香烟缭绕所麻醉，那么把我们自己彻底洗刷一番是非常必要的。而且，让我们再重说一遍，不必去等候明天，下礼拜，下月初一，或者甚至一定要等到明年的第一天，每一天都可以开始。

I　总论

生活、战斗与文学

　　文学是现实生活的表现，革新和改造，也即是生活战斗的记录。伟大作品只有当它是建基在生活的真实的表现上时才有可能产生。一个真正的文学工作者，不但应对生活有正确的认识，并且还应亲自参加革新和改造生活的战斗，严格地说，对生活的正确认识必须要从战斗的体验里才能获得。没有对生活的正确的认识，在生活里没有为着正义与合理的战斗，就也不会有真正的文学，有的，只是一些恶化或腐化的垃圾而已。

　　高尔基对于这点有非常坚确的意见。

一、生活是健康的，人生是美丽的

　　首先我们就应该肯定生活的健康性。人生是美丽的，因为是美丽，所以能够鼓励我们的勇气，因为是美丽，所以我们现在虽然过着痛苦的日子，将来却有希望可以过得很好，人生实际是美丽，而说它是悲苦的，固然是错误，但尤其重要的是，如果大家真相信了人生是悲苦的，就不会有人愿意努力来改造，这样，人生就要真正变成悲苦不堪的了。高尔基最最愤慨痛恨的就是那些绝望地哀吟人生悲苦的可怜虫们。在小说《农夫》中他这样说：

　　　　说人生是充满着创伤、叹息、不幸和眼泪的，是胡说。在人生的创伤里面，也有在为人权而战斗，在为伸张光明与自由之道而战斗中所受的光荣

223

的伤。在人生的叹息里面,也响动着败北了的勇士底高贵的诅咒,鸣激着对于复仇的英勇的呼声。在人生的眼泪里面,也有欢喜的眼泪。……人生并非只是无聊卑俗的东西,也有英雄的东西,并非只是污秽黑暗的东西,也有光明的、魅人的、美丽的东西。在人生里面有人所可发见的一切,人有创造世间所没有的事物的能力。这力量,即使在今天还不够吧,明天是会充实起来的。人生是美丽的。人生是对于世界的幸福与欢乐之伟大的、难以克制的运动。我是相信这件事,而且不能不相信的。

人生有黑暗也有光明,有痛苦也有幸福,而光明和幸福是自然的,黑暗和痛苦却是人们自己造成的。自然的可以发扬光大,人们自己造成的只要人们自己努力当然更可以改造。所以虽然有着黑暗和痛苦,却不必就要恐怖。高尔基说:"对生活的恐怖,是盲目者的恐怖。"抱怨,恐怖,诅咒,慨叹,方式尽管不同,却都是生活能力薄弱的表现。高尔基自述:

> 我在年轻的时候,从不曾对生活发过不平。在我开始过生活时的环境中的人,都非常喜欢抱怨,可是当我知道他们的抱怨乃是由于不欲相互帮助,而以抱怨来藏匿自身的情感的那种狡猾而来的时候,我就努力不受他们的牵引了。……愈是无抗议的能力,无劳动的能力,或不想劳动,等等的人,总之,愈抱着"从相近的人的荷包以图安逸生活"这种趣味的人,是比谁也爱说不平的。
>
> 生活的恐怖……是盲目者的恐怖。……在生活的险恶,和残忍之前的恐怖,是愚蠢而可耻的。当我知道了人并不是如外表上那样狰恶,并非人们与生活威胁我,而乃是对于生活的我自身之社会的及其他的无知,自身的无力,没有走进生活的武装等等在威胁我的时候,我便从这种恐怖脱离出来了。(《给青年作家》)

因之高尔基特别厌恶这些"比带有黑死病菌的老鼠还更有害的异端者们":

> 把自己所受的伤痕对世间公开出来,而公然地搔弄它,自己挑挤血脓,对人们表示勇敢,这是许多人所曾做的把戏……然而,这却是丑恶的事,也当然是散布毒害的事。

我从世间接受到的东西是更伟大的。因此，我没有对它报仇的任何理由。而且把自己的讨厌的创伤暴露出来，使别人发生嫌恶的心理，或是榨出金属的声响而震聋别人的耳朵，这到底有什么必要呢？

我相信，自己毕生对于人生，对于人们采取积极的态度，是必要的。这场合，我就称做狂信者也可以的。然而，许多受异端者，虚无主义者，伊凡·加拉马左夫式的滥调迷惑着的人们，却交谈着关于世间是"冷酷的"、"无意义的"，对于世间"应该采取否定的态度"等等极低级的议论。我如果做了县知事，则我宁可不将革命家之类处绞刑，而打算吊起这类"否定态度的人们"底头。因为弄玩这种无用的诡辩的异端者们，对于我国实比带有"黑死病"菌的老鼠更有害。(《给安特列夫》)

生活本身是健康的。生活不能迅速地达到完全的美满，这不是生活本身之过，乃是人类自己的过失。只要稍一回想生活发展的历史，我们就能恍悟生活已经完成多少惊人的创造了。把生活看作绝望的，命定地悲苦的，在一方面是极度的愚蠢，在另方面实在是最大的罪恶。

二、生活要求着勇敢的、坚强的、热情的人

生活本身是健康的，为着维护和加强这种健康性起见，因此它要求着勇敢的、坚强的、有力的、热情的人。不是如此的人，既无补于生活的改进，也就决不能创造出有价值的文学。高尔基一再指出：

生活——不管人的罪过所造成的那些表面上的畸形，始终是生物学的地健康的，充满着热血的。它要求强壮的、勇敢的、能够营养它的人。而那些自渎者和空谈家，它就要毫不宽恕地扫除他们。

我觉得，许多青年对个人的不舒服、侮辱、不幸的感觉，发展得太病态了。这是不好的征象，这是生活能力发展得太微弱的征象。生活要求着强壮的、坚忍的人。(《论文化、哲学、恋爱及死亡》)

我们的时代缺乏善良的人们——关于无限地爱人类和世界的这些明朗的心灵，关于能够为祖国而工作了的强力的人们。(《M·M·丘珂宾斯基》)

我们必须要做一个有独立人格，能够自尊自信的人，一个没有独立人格的人之不能做成功什么事情，犹如一枝小草不能作为房屋的栋梁一样，因为它自己连立直一下都不能够。在给拉托文的信里，高尔基说：

> 生活的事情，什么都不能向别人慨叹。但若因为生活的腐败，人们的冷淡，同志之间的不合理的关系，因为他们想要骑在自己周围的人底颈上，而责备他们，却是非常有益的。

> 不要慨叹生活的困苦，慨叹的是弱者。但却必须为着尊重自己的人格而要求承认有自由劳动和自由生活的人权。

> 要求虽然要求，但是不依赖，不诉苦，不叹息。因为这些是失去了要求的权利而乞怜的乞丐的事。人类必须尊重自己，必须带着夸耀向所有的人说："我是像你一样的人，我的一切都是和你平等的。我跟你一样有好好地生活一辈子的权利。

在所有旧时代遗留给我们的产业中有许多是非常丑恶的，奴隶性就亦是其中的一种。如果我们不努力摆脱它，我们就难能从旧世界的狭笼里脱离出来。高尔基说：

> 你们有蕴蓄自信和自身的力量的必要。这种信念可以克服障碍，涵养意志和锻练意志。应该学习征服在自身之内和自身之外的一切丑恶遗产。不如此，又怎能从旧世界脱离出来呢？（《给青年作家》）

懦弱、无力、没有自信、不能自尊、缺乏意志的人何以不能创造出有价值的文学来呢？问题在这样的人不但没有战斗的决心和毅力，根本他就不会有正视现实的勇气。文学是现实生活的表现、革新和改造，现在他连正视现实的勇气都没有，还能谈到什么！

三、从战斗到文学

古哲人赫立开列脱说："斗争是一切存在之母。"而柏克曼说："生活就是斗争。站在人民的身边去和沙皇斗争，跟着人民一道受苦，倘使必要的话，还跟他们一道去死，那就是生活。"（《狱中记》）他们说的都非常对。

高尔基指出，我们现在都应该做个"理解世界的人"。他分析过去一般人对待世界的态度，大致可分三类：一类是感触世界的态度，就是作为排除人类的成长与运动的种种反作用的连锁，而被动地感受现实的态度。一类是静观世界的态度，这就是所谓"无关心"的，在生活上只要能吃饱穿暖，平静安全，就感到非常满足的那种人的想头。另一类是评论世界的态度，这是为家庭与学校所养成，由于各种书籍而补足的合理的见解底组织。而作为现代的"最戏剧化的主人公"的，则应是"理解世界的人"。这种人——

> 他们是像把世界作为自己的东西而完全占有着它的。他们研究它，理解它，他们是新人类中伟大的、勇敢的、强力的人。为此他们所以被旧世界的人们那么激厉地憎恨着。(《论戏剧》)

理解了世界的人他就同时有了成为战士的可能。因为如所周知，现在的世界是太不公道，太不合理了，为要使大家的生活得到改善，就非战斗、革命不可。每一个向往幸福的人都应该立下为改善生活而战斗的志愿。高尔基说：

> 我们生存在意气消沉的时代。我们被封锁在怀疑之中，在冷静的薄光之中过日子。把这些东西一扫而空之后，我们须要用希望来修饰人生，用活动来推进人生，用思想来提高人生，把我们的生活改造成更合理的、生动的、复杂的东西，这正是我们的义务。(《犬儒主义论》)

这正如鲁迅所说的：

> 世上如果还有真要活下去的人们，就先该敢说，敢笑，敢哭，敢怒，敢骂，敢打，在这可诅咒的地方，击退了可诅咒的时代。(《忽然想到》之五)

不过如果只是理解了，志愿了，却不亲自实际去战斗，那还是徒然的。而社会上却有的是只会嚷嚷而不去动手的家伙。契诃夫在《樱桃园》里假谢尔该维支的口讥笑这种人说："怎么说呢？我们至少落后了二百年。可是直到现在，还是一样地空无所有。对于过去，并没有建立一种确定的关系。我们只知道进行哲理的思考、诉苦、发牢骚，再不然就是狂饮伏特卡。"而在《回忆契诃夫》里，高尔基也愤慨地说：

> 在我们面前走过恋爱底奴隶，愚昧和怠惰底奴隶，对于人生底幸福的贪欲底奴隶……等等男男女女的长的行列。走着被人生底黑暗的恐怖所捉住了的奴隶们。他们在漠然的不安里面跟跄地走着，因为觉得现在没有他们底位置，就用着关系未来的、不连接的语句来充实生活。……他们里面的许多人，做着十年以后人生会怎样愉快的美梦，但从没有人自己问一问自己：如果我们只是做梦，到底有谁来使人生愉快呢？

一定要把自己所理解的和所志愿的化为实际的行动。不如此，生活就没有真正改善的希望。而且也只有这样之后，理解的才能更深切，志愿的才能更坚强，无数被旧世界所折磨摧残了的人——那些被活埋、被掠夺的人在黑暗中哀号，我们应该起来响应他们，把他的苦楚传到全世界人的耳里，我们应该用他们的声音和惨痛来向人类发言，把它从冷淡和怠惰中唤醒来，并且给失望的同胞带来希望，带来新生。高尔基号召我们：

> 为着祝福在这地球上建设光明、愉快、自由的生活——这全人类的愉快的工作，而轻快有力地跑到街头去，是必要的了。
>
> 不要相信怠惰者的话。不要怕牺牲自己，要以自己的强的理性和意志企图自己生活的幸福，这样，你就会感到：自己对于一切的生命都是必要的。在地上，像感到自己是必要的这样大的幸福，再也没有了。（《给格拉宾西特可夫》）

到街头去，就是说，到民间去。到那美丽朴实的人民中间去，那人民，不管他们受过许多世纪的残暴的痛苦，到如今还依旧是如此伟大、有力、亲切和崇高的。到民间去，做人民中间的一分子，分享他们的欢乐和愁苦，这样，就有机会感化他们，并真实为他们的需要服务。

到街头去，亦就是说，到紧张的工作中去。不要光是在屋子里静静地思考，不要专顾你自己，应该把自己投入到千百万人的汹涌的洪流里去。要紧张地工作，一刻也不疏忽自己的任务。

战斗，战斗的经验就是创造文学的最好的材料。没有斗争的生活是退化的生活，从这样的生活是决计产生不出有价值的作品来的。

四、只问耕耘，不问收获

二十世纪是一个英雄的时代，因为人类史上最重要的一次改革将在这世纪内完成，也是一个产生英雄的时代，因为在这一次改革中从那些千锻万炼的志士中必然会造成许多煊赫的英雄。但不消说这种英雄是和过去所谓的英雄完全不同的。简单说，新时代的英雄乃是指那种在工作与战斗中感到愉快并且也的确有所作为的人物。如高尔基所说：

> 我们必得重新教育自己，使得奉侍社会革命成为每个诚实的人所负的工作，并且同时把它作为个人快乐的源泉。一个人不应当轻易的为一己而牺牲，尤其不应当使一般的人都以为有天才的人是只能为旧世界的恶势力而牺牲的。（《论文学及其他》）

> 我一生认为英雄的，只是这一些人：他们在工作中感到愉快，并且也能够工作。他们的目的是为着，创造的工作而解放人类所有的力量，因此使得我们的世界更加美好，和组织起那些对于人类有价值的，世界上许多生活的形式。（《十年间》）

真正的英雄们会认识自己是为工作，为了战斗，才生到这个世界上来的。因为这样，如果戈理所说，他们就也不会选择危险较少的场所，就像好的兵士一样，非把他们的一切，向战斗最激烈的场所抛去不可。

我们今天的时代是非常伟大的，但却没有多少人能真正努力于工作，这连号称"知书明理"的知识分子都是一样。契诃夫在《樱桃园》里假主人公谢尔该维支的嘴斥责着说：

> 在我们俄国，如今还只有很少的人在工作。知识分子的绝对大多数，像我们所知道的，他们什么也不寻求，什么也不做。他们对于工作还没有养成习惯。自称知识分子，知书达理，得天独厚，然而见了仆人总是"喂"、"喂"地喊，见了农民踢一脚，像对待畜牲一样。他们的学问很糟，严重点儿的东西什么也不读，简直什么事也不做。关于科学，只能说点空话，关于艺术，懂得尤其少，他们装成非常严肃的样子，板起脸来，尽谈重要的问题，专

门研究哲学。可是这其间，我们大多数人差不多有百分之九十九，却像野蛮人一样生活着，三言两语闹翻了，马上将起胳膊，吵呀打呀的闹个没完。平时吃的是恶心的东西，睡在潮湿闷热的地方，到处都是臭虫，说不尽种种道德上的堕落。……很明显地，他们这种高谈阔论，不过是要蒙蔽自己和别人的眼睛罢了。

契诃夫斥责着的这种情形今天也还到处存在着。新的真正的英雄不但应该切实努力于工作，而且必须不断地工作，不但应该努力争取成功，而且必须"不要满意于已经成功的果实"。在《论纪德的苏联观》里罗曼·罗兰这样说："这是需要的！每一个工作在斗争于革命中的人，不管他的地位，尽最大的努力，负责去干得更好些。我们大家熟知，仍有很多的困难和阻碍，横在我们的路上，很多的不长进的腐化的病态，无餍的希望和庸俗的蠢昧须得克服，我们都知道说起来什么都还没有完成。……生活是一个为了发展和进步的斗争过程。让我们拿出全副力量去战斗，让我们不要满意于已经成功的果实，让我们把自己推进到更高的目的上去。"人类的进步是永无止境的，一次成功每不免为我们自己筑出一条藩篱，因此就更远更大的成功说，我们始终是处在一种需要突破现状的状态。而为了这，工作与战斗就必须要求有严密的组织。高尔基说：

　　我们生活在非常艰难的时代——一个急需强而有力的组织化的工作的时代。(《给格核拉宾西特可夫》)

必须要有组织。革命事业如此，文学活动也是一样。没有组织就不能产生应有的效果，个人也必须在组织中才能发挥出巨大的力量。不要以为自己的力量是无足轻重的，因而就妄自菲薄，其实只要运用得适当，你就会发现自己的援助实是非常需要的，这在严密组织的工作机构中尤其是如此。贝倍尔说："不论谁都不可妄自菲薄，以为自身的援助没有多大的效力。在为着人类进步的斗争中，不论什么力量，不论如何微弱的力量，非使用不可。不断的滴水，可以穿通木板，聚滴为溪，聚溪为川，再聚川而为伟大的江河。最后，不论怎样的阻碍物，都抵不住这浩荡的江河。人类的发达，就也是如此的。"(《妇人与社会》)高尔基也以此勖勉青年作者们说：

你的时代是堂皇地钻入生活,进入火和暴风雨的时代。旧世界的敌意和憎恶迎你,但是,我觉得那敌意和憎恶,似乎正是创造勇敢的人的。你在解决着的任务是巨大的。你日常为他服务着的工作,纵使看去好像细小无聊,也是巨大的,他的勇敢程度,是空前的。(《给某青年作家》)

我们必须深信自己贡献出去的力量是存在而且有益的。事实上确是如此。然而这却不必就要盼望自己能够亲眼看到或亲身领受到努力之最后胜利的结果。新的真正的英雄"只问耕耘,不问收获",因在他们看来,"尽其在我"之后,耕耘与收获实在没有什么差别。贝倍尔说得好:"假使一切自己感到有参加的义务的人,都用全力去参加人类进步的斗争,终局的胜利,是绝对确实的。个人应该牺牲一切,努力到底。我们自己在世的时间,能否看到更新更美的文明时代,可以不必顾及。这种为着最高的目的斗争,要得到最后胜利,自然非经过许多发达的阶段不可,而这些阶段的时期和性质,我们是不能决定的,这正如我们自身能够生活到几时不能决定一样。但是,我们是为生的欢悦支配着,所以也不能抱着要在我们这一辈子中一定看到胜利的希望。社会的急速的发展,每天都呈示出新的证据,到处有变动,都有进步,更好的日子的曙光已经近了,那么,我们不要管在什么地方,在什么时候建立这种人类更新更美的时代的界标,只要努力就好。万一我们在这次伟大的解放斗争中途牺牲了自己,那时一定有我们的同伴来继续我们的事业。我们应该以一种已经尽了人的义务的意识而牺牲,应该以一种不论有如何反抗,我们的目的一定能够达到的信念而牺牲。"(同前)真正的英雄他们自己能够达到的,便自己努力达到,要不然,就在失败中指示给别人一条能够达到的路。他们的参加革命,固然希望收获得越多越好,但这收获却绝对不是指的他们个人的升官发财,安富尊荣。

劳动的力量创造一切,对的。高尔基说:

从最简单的纽扣和火柴,一直到复杂的机械和飞机,样样都是人类所创造的。人类劳动的力量解决了人生一切的谜和秘密。……我们所应做的一切工作,就是要发展和增进这种力量。(《给马格利司脱罗伊工人的一封信》)

为发展和增进劳动的力量而奋斗,这就是我们生活的意义,战争的目标,文学表现的前提。凡是不能发展和增进这种力量的生活、战斗、文学,都是糜烂的、无聊的、歪曲的、没有价值的。

论文学工作

一、一个基本条件

许多人都以为从事文学工作的一个先决条件是首要具有所谓"文学的天才"。但抽象的所谓"文学的天才",却是非常含糊、笼统,不可捉摸的东西,这只能使一些过于胆怯或谦虚的青年悄然离开了文学,相反方面则使一些过于胆大或妄信自己的青年毫无准备就扑向了文学。结果是十分明白的,"文学的天才"这种观念赶走了许多原来可以并且能够从事文学工作的人,相反倒引进了许多实在是文学上的游手好闲,或不学无术之徒。

因此从事文学工作的一个先决条件不是什么"文学的天才",如高尔基所说,应是作者和现实生活的密切拥合,不把他自己幽闭在灵魂的孤独之中。只有在和现实生活的密切拥合中,才能供给作者一种潜在的力量,使他可能产出有价值的作品。高尔基说:

> 使得欧洲文学陷入创作力的贫乏,如它在二十世纪所表现的原因是什么?那就在有人用着过度的热情累赘地主张着艺术的自由,创作思想的自由。他们找出许多论点,来说明文学是可以离开阶级关系而存在,而发展的,文学是不依存从属于社会和政治的。这是一种不良的政策,因为在无形之中,它驱使着许多文人,只能在狭隘的范围中来观察现实生活,使他们把自己幽闭在灵魂的孤独之中,局限在那种用着完全和生活避离的内省工夫与武断思想而进行的徒劳的所谓自我认识之中。但事实证明:脱离了现实生活,人就不能有所把握,而现实生活却是从头到尾都浸在社会政治里面的。不管人们自己生出什么离奇怪诞的想头,他到底还是一个社会的单元,而不是一个大体的单元,跟星球一样。(《苏俄的文学》)

我们想像不出一种不能正确、丰富地把握现实生活的作品,能够产生什么价值。反之,它只有腐化恶化人类的结果。在这样的意义上,所以那种因为不能或不愿把握现实生活,而流于形式上的矫揉做作、涂脂抹粉的作品,完全是不

必要的,多余的,有害的。高尔基说:

> 在我看来,当别人经常不倦地从事于可惊叹的工作的时候,如果有些人却以保守者——即人民的仇敌——的字面上创造的魔力来娱乐自己,这样互相龃龉的结果,将是他们在我们劳动人民的世界中,成为绝对多余的。(《论轶事》)

是的,这样的人和这样的作品,在我们看来,在未来的生民世界里,确实是绝对多余的,有害的。

二、热情,信仰,爱

我们为什么要从事文学工作呢? 如果大家都能坦白的回答,那一定将有许多种不同的答案。我们都知道从事文学工作可以为人知道名字,可以赚一点稿费或版税,可以作为和异性交际的一种条件,甚至也可以把它作为一条钻谋升发的桥梁,诸如此类。但如我们真是为了这些才来从事文学工作,那我们一定将遭到惨败,因为古今中外无论那一个大作家的成功事实都证明着这一点。他们都不是为了一己的小利小益才来从事文学工作的,而那为了一己的小利小益才来从事文学工作的人,都不过是一些文学上的流氓或骗子,从来没有获得过真正的成功。

在给莎哈洛夫的信里,高尔基说:

> 把文学作为消间的副业看待,是粗暴的,也是卑劣的。为上帝服务,这不能叫做职业,因为这是需要信仰与爱的——何况文学还是要为创造上帝的人类服务!
>
> 所以,如果有人为着仅有的工资而加入了文学的领域,那末,他将来只会产生些生意经式的、低级的、卑劣的文学,是可以断言的。

每一个从事文学工作的人,在这里都应该了解:关于一己的小利小益之贪欲,热中,执着,决不能和这三个神圣的字眼——热情、信仰、爱——相提并论,为什么要从事文学工作? 这应该为的要打破不合理的社会制度,改造这个丑恶的旧社会,而重新建立一个光明幸福的新社会。也就是说,这应该为的要击破

233

一切腐化恶化的旧人物旧势力，而从几千年的专制独裁重压下，救起大众来，并激发引导他们的创造力，提高到人类发展的更高一个阶段。我们是应该确信了我们所以来从事文学工作，是一定能在这个远大事业上有所帮助，有所增加，并且感觉到自己确实能够在这个工作上特别便于发挥出长处，可以得到较大的效果，才来从事文学工作。一定要这样，我们就不会把从事文学工作当个仅仅是消闲的或职业的手段了，也一定要这样，我们才能认真地从事这个工作，而获得成功的前途。

所以高尔基又这样恳切地告诉一位青年作者斯尔格捷夫，要他一定要"以那神圣洁净的工作所必然需要的神圣的严肃，来对待文学"。因为不这样，他就不可避免要成为文学上的流氓或骗子了。

三、天才和熟练从那里来

所谓"文学的天才"，和对于文学技术的熟练，认真说，是从那里来的呢？是不是天生成的或主要由父母遗传来的呢？高尔基对这问题如此回答：

> 对于文学工作的热情，或对于读者的尊敬，你如果缺少这两个条件，那么要写作熟练是不可能的，而因此，你也就不能在语言艺术的部门里，做个有希望的工作者。(《给某青年作者》)

这个回答是非常之精确的。如果没有对于文学工作的热情，也就是没有对于文学工作的信仰与爱，这样他就是失掉了对于自己工作评价鼓励的准备，那他怎么还能做出来好的工作，锻炼出好的才能来呢？在同上一函中高尔基又说：

> 才能是从对于工作的热情中成长起来的。极端地说，所谓才能，甚至本质上不过是对于工作，对于工作过程的一种爱而已。

因为才能要从对于工作的热爱中产出，所以在没有这种工作热情的作者和作品，就不但不能有成功的表现，并且就成了他们的一切粗疏、草率、混乱、恶劣的源泉。在一些给青年作者的函件中高尔基曾一再郑重地指出：

234

大体说来，这篇小说是很疏忽地写成的，既没有对于主题的认真态度，也没有对于工作的热情。……

作者是一个相当能够写作的人，所以，如果他能热情地去写，那当然他自己也就会发现许多用语上的错误。……

对于工作的热情、爱好，在这里简直感觉不到，他冷淡地写下去，而且，以非常粗率的形式提出问题。个人的幸福和大众的历史任务那一样重要？作者自己没有加以表明。因此，我们读时感到了这样的印象，作者不过是冷淡地，由于好奇或为了无聊才提出来这个大问题而已。（《给两位青年作家的公开信》）

这作品，激头激尾地写得太急，太草率。对于工作太过自信的职员式的态度，最不可以表现出来。这样的作家和职员，在地方上是很多的……他们差不多病态地富有自爱心，不能接受批评，没有用功的能力。他们自以为已经什么都懂，什么都能的了，可是，他们却实在缺少着一种对于工作最重要的"爱"。文学工作对于他们只是职业的手段，只是一种营利的副业。是的，惟其是这样的文学工作者，才会若无其事地写出……扰乱不堪的文句。（《给某青年作家》）

至于向作家要求对读者的尊敬，高尔基以为这和向面包师要求对顾客的尊敬是一样的情形。在给另一青年作者的信里他说：

如果面包师适当地调和了面粉，而把手上的脏东西或尘灰之类也混拌了进去，那可说这个面包师是没有考虑到吃面包的人，或那面包师是把顾客看做比他自己低贱的下等人，否则，他就一定是个无赖痞。

作者所以一定要尊敬读者，除了读者并不比作者低贱这一端之外，主要还因为不尊敬读者的作品，会害了读者，影响到社会的进步。文学作品的读者多数是入世不久的青年，对于他们，书籍不是游戏，该应能够帮助他们扩大关于生活和人类的知识。高尔基说：

国家必须教育出成千成万的第一流文化工人、灵魂技师。要使大众恢复他们发展自身智慧、天才和天赋的权利，这工作是十分必要的。这一目

235

的要求我们作者对他们的作品和社会行为,负起严格的责任。这使我们不但处于像普通写实主义文学的"世界与人物之裁判者"和"生活之批判者"的地位,而且还给我们直接参加创造新生活的工作,和改变世界的过程的权利。这种权利的存在,要求着每个作家对一切文学、文学中之一切不应有的现象,具有责任和义务的自觉。

对读者的尊敬,如上所说,一方面可以表现在对于工作之基本性质和倾向的自觉自省上,另一方面也可以表现在对于读者经验和了解的关切协助上。应当知道,文学作品的说服力,只有在作者读者的经验结合一致时才有可能。高尔基说:

> 作家的工作究竟是什么呢? 作家须各式各样地想像自己的观察和印象、思想和经验,等等,而把它们装进各种的形象、情景和性格里去。作家的作品如想强烈地打动读者的心灵,就得作家所描写的一切——形象,情景,性格,等等,能够历历地呈现在读者的眼前,使他们能各式各样地去想像它们,并且以他们自己的经验、印象和知识的蓄积去补充和增加。只有作家经验和读者经验的结合一致,才能产出艺术的真实、言语艺术的特殊的说服力。文学对于人类的影响力,就可以用这点来说明。(《给两位青年作家的公开信》)

而因为要做到这一点,所以高尔基特别倡导作家读者间的那种"同志似的亲近"。他说:

> 某某同志……和他工厂里的读者都有很密切的关系,那简直是一种血肉相联的关系。他在把自己的稿子去付印之前,总常先读给他们听。把自己的作品拿给读者去批评,这种方法可以使文学和生活密切地结合起来。我以为这种方法,还可以引起工厂里的读者大众对于文学的兴趣。也就不能不促进大众文化的发展。我以为作者与读者间的直接交往,同志们的亲近,是一种非常理想的情境。因为这种亲近能使双方都获得利益。(《冷淡》)

236

作家固然可以使读者从他的指引得到进步，但没有读者的拥护和帮助，作家的才能便也无从发展。

四、集团的、友谊的劳动

在《论伟大作家与青年作者》一文里高尔基说：

> 我是不理会那些骄傲作家对待青年作者的态度的。
>
> 我觉得，和我国的一切工作一样，文学也必须是集团的、友谊的劳动，这劳动，为求其发展，同志间必须彼此共同地努力、合作。
>
> 没有斗争就是灭亡，所以各种不同意见之存在于文学团体之间，是很自然的。只要那些"公认的天才"和"文学的领袖"们不要增长他们的自骄自傲，不要把丧失地位的恐惧心带给别人，这倒还可以增长大家的知识。……真的，只有坚强的人，才能从事于独立的集团的事业。

文学工作在过去一直是一种个人的作业，结算起来，它不能不影响到了文学的进展。个人独自研究的方式往往只能造就少数人的成功，决难强力地推动整个社会的进化，同时一般个人，也决不能在现在这种畸形的社会里得到应有的发展和成功。所以我们必须把文学工作从个人的劳动提高改造为集团的事业。这样的改变至少有四种利益，其一在学习创作的过程中如果遭遇困难，可以集合许多人共商解决，集思自可广益，比较个人独自思考当然周密得多。其二对于材料的搜集和研究，在分工合作的办法下，可以节省许多浪费，并且效果特大。其三在集体工作中可以经常互相批判督促，藉此养成有规律的生活和良好的写作习惯。其四在集体中学习，必然会引起竞争，这样不但在兴趣上不致枯燥，而且进步也一定很快。

Ⅱ 一般论

为什么要学习文学？

尽管有许多人看不起文学，尽管有许多人鄙夷不屑地讥笑文人，说文人不是"乱嚷一顿"，就是"酸溜溜"地"无病呻吟"，也尽管研究文学是一件"没出息"、"发不了财"的勾当，但文学却仍旧发达，研究文学的人却仍是越来越多。这究竟是什么一回事呢？

这事实证明着研究文学的确有许多好处，虽然这许多好处在有些人眼里是一点也没有用的。

那么研究文学到底有点什么好处——也就是用处——呢？扼要地说，有如下三个：

第一，就是它能够增广我们的见识。在文学里，我们可以接触到各种各样的人物、各种各样的事件，这些人物和事件，古今中外无所不有。例如我们读了《水浒传》，就可以接触到许多历史上的人物，这中间有祸国的奸贼，贪污的猾吏，为生活或黑暗官府逼上梁山的那许多英雄好汉；那里面又有许多历史上的事件，例如农民的暴动，官府的残杀，政治混乱下江湖人物的横行，等等。又如我们读了现在许多描写游击队勇敢杀敌的作品，就可以知道敌人在沦陷区里的横暴，我们同胞的痛苦，以及他们的觉悟和奋斗。总之，文学作品里的天地是一种极深广的天地，它比之我们自身所经历过的不知要深广多少。我们平日只是生活在一个狭小的角落，即令你比别人多见了点世面，多经过了几件大事，但比之人间整个的事物的知识和经验，你这些算得上什么呢？我们既是实际上不可

238

能把今古中外的人物事件一一去亲自经历亲自认识过,那么惟一的增广见识的方法,就是到文学中去寻求。因为同是传达知识和经验,文学以其充满着血和肉的形象,比之哲学等等是更生动、更显著,也更确切的。譬如同样讲汉奸的卑鄙无耻,一条标语只能给我们一空洞的概念,但一经文学的表现,我们却能跃然如见一个汉奸在面前活动,他的卑鄙无耻这时我们不但可以知道,并且还可以"感觉"到了。只有"感觉"到了的知识才是深切的,能够为它感动的知识。所以高尔基曾说:"差不多每本书都给我在没有认识过的世界里打开了窗户,给我讲着关于我不曾知道、不曾看见过的人们、感情、思想和关系,""请爱好书本吧!它将使你的生活容易化,它将友爱地帮助你了解感情、思想、事变的各方面的和复杂的混合。"(《我怎样学习的》)而他解释文学的教育意义所以会这样巨大,就因为它是"同时并同样有力地影响着读者的思维和感觉"的。(《论工作的不熟练疏忽不忠实等等》)

第二,就是它能够扩大我们的眼界,激起我们深刻的同情心。世界上一切残暴和偏见,大多数来自识见浅陋。譬如一个乡下人,为什么他这样固执,这样自私呢?就因为他老是住在穷乡僻壤,对于许多他不知道没有见过的事物缺乏了解之故。如果他知道得多,经历得多,理解多了,他就决不会那样小气、固执、冷酷的了。一个眼界狭小的人,一定会处处感到陌生,感到敌意,因此老是要怀着鬼胎,小心翼翼地防着别人的计算,于是"见死不救"、"落井下石"、"放冷箭"等等的事情也就层出不穷了。其实人类中固然有不少存心作恶的坏蛋,但也不是个个如此,其中大多数倒都有善良的心地,可以亲爱共处,互相帮助的。人与人间如此,民族与民族间,国家与国家间,也是如此。文学的好处之一,就是它能增广我们的见识,随之眼界就可扩大了,而深刻的同情心也就可以激发起来。这种好处,小点说可使人与人间相处得和睦愉快,大点说可使人类渐渐团结,而终于达到世界大同的理想境域。关于这一点,高尔基也说过一段极精确的话:"文学的最大优点是在加深我们的意识,扩大我们的人生观,赋予我们的感觉以形体,藉此告诉我们:所有的理想和行为,整个的精神上的世界,都是由人的血液和神经创造出来的。它告诉我们……各国的伪君子都是相似的,遍天下的厌世者都同样可悯,而遍天下的男女都同样地着迷于那动人的'精神上武士'吉诃德先生。说到头来,所有的人都用各种的语言说到同样的事情,说到他们自己和大家命运。……(因此)当你向那具体表现于文学上的创作力之洪流仔细观察时,你会觉得并且相信:这洪流的最大目标是在永远冲刷掉种族间、民族间、

239

阶层间的一切歧异，解除人们自相争斗的重负，而使他们用全部的潜力去跟自然界的神秘势力相争斗。到了那时，文学似乎将成为全人类的宗教，这宗教将吸收写在古印度的经典、波斯拜火教的圣书，以及福音书和《可兰经》中的一切。"（苏联国家出版社第一期图书目录的序文）

第三，就是它能够警醒我们，指示我们，并且帮助我们去和罪恶奋斗，去创造新的生活。人世间有许多丑恶和罪行，是忍受着的我们所不清楚，不明白的，或者由于发现不出前路，没有奋斗的同伴，因而就懈怠或迟误了跟它的战斗的。文学的功用，就是经常能以血淋淋的事实警醒我们，使我们不致在一点点的安静和困乏之前就妥协下来，松弛下来。它又能以具体的战斗的全貌来指示我们，使我们知道应该怎样去战斗才能牺牲得最少，而胜利得最多。它的这种指示可使我们因而少走许多冤枉路，而且可以扫除了我们的矛盾、犹豫和迷惘。文学又能够帮助我们去战斗：从它所描绘的人物，和他们所表现的英勇，可使我们知道自己决不是孤单的一个人，世界上正不知有着多少同伴，他们也在受苦、愤恨、挣扎；他们也在反抗、流血、牺牲，自己虽然并不认识他们，但彼此的事业是共同的，而这力量也终必有汇合在一起的日子。这就足以使一个人从失望中直立起来，从沮丧中重新振奋起来了。在一切的文学作品中，或明或晦，都充满着人们对于精神上自由的神圣的热望，对于残暴压迫的憎恶，对于更高尚的生活的理想，以及对于不合理不公道的坚决的反抗，这些就是最强有力的根据，使我们即使在孤独中也觉得有伴，即使挫败了也觉得仍有贡献，即使牺牲了也觉得仍有价值。文学，如高尔基所说，它又"以一个敏感的朋友眼睛，或一位法官的严厉的眼色观察着人，跟他表同情，嘲笑他，赞美其勇敢，咒骂其无能，这样，它就能超越在人生之上，而跟科学一道为人们照亮了达到其目的，发展其良好性质的途径"（同上序文），易言之，它始终是一种指示我们、匡正我们的力量，使我们不致走到中途就衰倒、昏落下去。关于这一些，也没有更比高尔基在下面一些话里所说的更动人的了：

　　我愈读得多，书本便愈使我跟世界亲近，生活对于我愈变成光明，有意味。我看见有许多人，他们生活得比我更坏，更困难，这稍微给了我一点安慰，不会和恶劣的环境去妥协。……

　　差不多在每本书里，都在低声叮叮地响着什么骚扰的东西，诱惑着不认识的人，感触着那人的心灵。所有的人就这样地或那样地受着苦痛，那是不满于生活,而寻求着那更好的东西,于是他们就都成为更相接近,更可了解了。……

好似一些极美丽的神话中的鸟一样,那些书本像对囚犯一样地向我歌唱着,讲说着。它们唱着的是:生活是那么多方面而且丰富,人为着追求善和美好,又是多么勇敢。于是愈向前继续,心头愈充满了健康和活泼的精神,我变成更为沉静,对自己更有确信,我更意识地工作着,不甚注意那许多生活的袭击了……

书本也同样地向我私语着别种生活,那生活比我所认识的还要有人性。给予理智及心灵以翅膀——那些书本帮助了我在陈腐的泥沼上面抬起头来,在这泥沼里,要没有它们,我也许会溺死,会被愚笨和平凡所吞噬的。在我们面前,愈来愈扩张了那世界的界限,书本都说着:企图走向"善"的人类是多么伟大、美丽。他们在地面上做了那么多的事,而这又使他们受了那么多的难信的磨折……(《我怎样学习的》)

从上面的三点,我们就可以明白:为什么受尽了鄙视和奚落的文学,却仍然发达,却仍有许多人不倦地去研究。可以说,如果你要做一个有知识的人,特别是做一个积极的人生的斗士,你就不能不研究文学,而这一点,也便是许多并不以文学为专业的,却也都要研究一下文学的缘故了。

文学工作者为什么要学习与学习什么

作为一个现代的文学工作者,什么是应当走的道路呢? 高尔基的回答是:"前进而高升"! 在第一次苏联作家大会的开幕词中他说:

前进而高升,这是我们大家应当走的道路,这是我们国家内我们时代内的人物所惟一应当走的道路。所谓前进而高升的意思是什么呢? 这就是说,需要高过一切渺小的个人的争吵,要高过惟我独尊的心理,要高过夺第一把交椅的斗争,要高过命令他人的愿望。总之,是要高过以往遗留给我们的一切卑贱的和荒谬的东西。

为什么"前进而高升"是现代文学工作者们惟一应走的道路? 这缘由,归纳

241

高尔基的意思,可分做四点来说:

首先就是他们不但处在一个充满着莫大悲剧的时代,并且还担负着或不能不担负着那改革世界的伟业,为了这,他们就必须努力学习。在上述的闭幕词中他这样号召:

> 我们参加了伟大的事业,具有世界意义的事业,我们应当做个配于参加这个伟业的人。我们现在所进到的时代,是充满着莫大的悲剧的时代,因此我们应该准备,学习怎样去用现代悲剧家所用的美妙的描写形式,去形容现代的悲剧。我们一分钟也不要忘掉,全世界的大众现在是听着我们的话,想着我们。不要忘掉,我们是在人类史上从未有过的那些读者们和现象前面工作。我号召你们,同志们——去学习! 学习怎样去思索,怎样去工作,学习怎样去互相尊敬,互相看重……而不要化费力量来作彼此间无谓的斗争,因为历史号召了你们应去和旧世界作无情的斗争。

其次就因为现代一般的文学工作者实际上就是,或将就是大众的领导分子,为此他们就不能不充实自己。在《论伟大作家与青年作家》中他指出:

> 这些人们——青年作家,应加深地注意和努力。因为,再说一句吧,他们是勤劳大众的智力,将来的优秀记者、作家、革命文化事业的人员,和防备新作家重染庸俗习气的壁垒。

再次,作为一个现代革命事业的参加者,就应当具备一种对于理性的全能之不可动摇的信仰,而为了这,他就非获得知识——也就是非劳动不可。在国内人民庆祝他创作四十年的纪念大会上,高尔基说:

> 还有一件我所希望于青年的事情,那就是信仰,一种对于理性的全能之不可动摇的信仰。这就是给你衣服、居室和温暖的力量。我们必须信仰这种力量,坚定地相信它能够使我们达到未来的无限的进化;我们应该把这种信仰灌输到我们的脑子里去,而这就非获得知识不可——也就是非劳动不可,因为知识的基础就是劳动。

而尤其重要的,第四,因为文学工作在根底上是"一种记忆工作的紧张过程",如果他们的知识的总量蓄积得还不够大,那他们就决无做得出色的可能。在《苏俄的文学》这篇讲演中他说:

　　　　我们必须将劳动认为一种创作的过程。创作这一概念,大家是太任意应用了,虽然我们谁都没有权利这样做。创作是一种记忆工作紧张过程,在创作的时候,记忆从知识印象的库藏中选用其最重要的特征事实、图像与情节,并将它们转化为最生动、最明白易晓的文字。……我们作家的印象的蓄积、知识的总量还不够大,而且作家们也未见急切努力于这种知识和印象的加丰。我们的作家往往成为只是事实的记载者,对于种种变化过程的心理,每不能充分描写;他们对于那些外表上似乎轻微,而在内容上其实重要的各种记号,以及对于那些新人正在发展的过程,都没有充分注意。

　　以上是就文学工作者学习与修养的必要说。必要是知道的了,可是具体一点要学习些什么,并且应该怎样去学习呢?
　　首先应该学习观察新的事物。在《论青年作家》中高尔基说:

　　　　在我们现实中急需注意,开发描写一切稳固地生长着的、有用、新鲜、富有明确性的事物。这新鲜的事物是青年作家不大觉得的。这显然是由于他们不知道旧的,他们太热中于倾听人们的话语了,于是就忘记了在事业中,在对生活发生了新与旧的悲剧斗争中,学习观察新的事物。如果他们留意科学工作和工人生活,他们就会观察到这新鲜的事物了。这些工作不但是喝烧酒,并且是在神话般的困难情势里,真实地,英勇地,建立着自己的国家的。……我们的世界不是用言语,而是用行为、用劳动来创造的。

　　这就是说,文学工作者必须随时密切注意当前的事业,并从矛盾和斗争中去观察成长的因素,这样才能发现并认识新的事物。而表出新的成长中的事物及其成长的过程,正就是文学极重要的任务,同时也就是文学所以能够教育人民的原因。
　　其次应该熟习事业的技术。什么是技术?许多人都不免误解,依据高尔基的解释,是这样的:

我们的一个个的概念,是由长时期的观察、比较、研究所得来的结果,可惊的自然力的作用。——在我们生活和实践,能够研究它的作用的范围内——发展了我们的理性的分析能力,分解着看来是整个的东西,和团结各个不同的现象而成单一东西的综合能力。

　　这样,劳动的经验,在我们理性中发展了研究、理解、洞悉世界的能力,把世界的一切事物,组成为概念、表象、思想、理论的形态。这四种形态以后更作为认识自然力和秘密——有益或有害于我们生活的各种各样的自然现象和过程的武器而使用。社会现象的认识,也和这一样。

　　天才的文学家,就是都具有优秀的观察和比较的能力,摘出具有特征的层级的特性的手法,和把这些特性综括在一个人格中而描写的技俩等三种东西,并且能够创造文学的形象、社会的典型的作家。描写是创造形象的文学技术最本质的手法之一种。不可把技术——劳动的过程——和形式这一概念混同。(《关于创作技术》)

这就是说,所谓技术不是别的,就是在劳动中观察比较研究所得的结果,也就是一种劳动的经验。它决不是可以凭空得来的,乃得于对事物的深入和熟悉。因此它当然不能和一般所谓形式这一概念混同。

至于现代的文学工作者为什么要熟习事业的技术?则有两方面。一是由于他们工作的对象太复杂了:

　　作家以那生动多角,极复杂的材料为对象而工作,这材料有时在作家面前表现为一个难解的谜。因此,作家必须深刻观察和思索关于人类,以及人类的复杂性的原因,它的多样性和质的矛盾;否则就很难处理这材料。(同上)

　　工人由矿石作成生铁,生铁作成钢、铁板,又由钢作成缝针、大炮、战斗舰。但文学者的材料,是和他自己同样地具有个性、意欲、希望、嗜好和情趣的——动摇的人类。并且,就是过去往往和现在矛盾,将来又是不大明了的人类。这材料,具有一种反抗那想把典型的形态,具象于被描写被象化了的个性中,或许多集团里的个性中的——作家的意识的最大的力量。(同上)

另一方面,便是由于熟习之后就可以尽量发挥他们的才智:

在青年作家们中,也有许多热望着学习和有天赋的人。在他们之中,有许多能干的人物。但他们却都需要学习事业的技术,他们大多数在技术上是没有武装的。这无限地损害他们中间许多人,使他们不能尽量发挥出才智。必须为他们设立文学技术的课程。……在课程上,必须阅读关于俄国文学语言与所谓"本国"语言的联系的讲义,必须阅读关于俄国文学史的关系的讲义。没有什么"创作理论",也不需要什么天才,却需要提供关于工作的显明概念,这最好不要用哲理,而要用事实。(《论青年作家》)

文学工作者应该怎样学习

文学工作者应该学习观察的事物,熟习事业的技术。那么应该怎样去学习呢?

首先应该向生活学习。那具体的方法,如高尔基所指出的,第一就要接近生活,不自处于生活之外,不可以做鲁宾孙:

当然,对于你,多写是必要的。但是,更接近生活,而直接利用它的暗示、形象、画面、颤动、血和肉,也同样是必要的。……

不可以单做抒情诗人,不可以把自己的精神禁闭在你自己所造成的围栏里。

请拿出要做幽默家、叙事诗人、讽刺诗人,以及十分愉快的人的精神!请撮取一切,而将一切给与生活和人们!(《给阿夫米宁》)

现在,大部分诗人似乎处在生活之外,生活的混沌之外,完全住在无人的荒地上。这当然比生活在现实的混沌中容易而愉快。但是这样却等于掠夺自己。

不可做鲁宾孙,生活,叫喊,笑骂,爱憎,都是必要的。探究尚未发见的东西——新的语言、音韵、形象、画面,也是必要的。诗人不但是自己灵魂的乳母,实际是世界的音响。(同上)

第二就要向整个的生活学习。在《论轶事》里,高尔基用他自己的经验说明了这一点:

245

我私下在学习我整个的生活,而且继续在学习。我从莎士比亚和塞万提斯学习,从奥格司提、倍倍尔和卑斯麦学习,从托尔斯泰和列宁学习,从叔本华和麦克里可夫学习,从福楼拜和达尔文学习,从斯丹达尔和黑格尔学习。我从马克思也从《圣经》学习,我从虚无主义者库拉普庚、司蒂莱和教堂神父学习,我从谣俗和木匠、牧羊人、工厂工人和其他千千万万的人学习,在他们里面我度过了半世自觉的生涯。我并未发见我正在肄业的学校里,放了任何对我无用的东西。在继续从列宁和他的门徒学习的时候,我同时也从没有什么学问的理发匠和受过高等教育的司庞格莱学习。我也从我的通讯人学习一些东西。形形色色的学问,我愿把它叫作从现实学到的学问。

第三就要了解生活的一切细流,单是知其大体依然不够:

> 作家必须了解一切——生活的一切的川流,川流的一切细流:现实的一切的矛盾。现实的现象无论觉得怎样微小,怎样无意义,但作家也必须了解:它是崩溃的旧世界底破片,或新世界底嫩芽。(《给两位青年作家的公开信》)

因为如果不了解生活一切细流,就无法表出日常生活的真相;而日常生活却是单纯而又最困难重要的,并且文学的题材就大半要从这里面去汲取。例如在给马克西莫夫的信里他就这样说:

> 我想劝你,现在立刻开始写最单纯的——例如以"日常生活"为主题的短篇。
> 请试写你的日常生活——你怎样醒转来,到什么地方去,看见什么,怎样就寝,以及诸如此类细琐滑稽的、忧郁的,一切小的,对于你的梦中的生活,对于你所要求的一切,有着怎样的关系。
> 单纯的东西是最困难而重要的,请记住这点而写作!

除了向生活学习,加紧实践之外,读书自然也是学习的一个重要方法。读书的范围应该很广,但对于现代的文学工作者,则应该先从历史书籍读起。在国内人民庆祝他创作四十年的纪念会上他说：

> 我要求我们的年青作家同伴去学习又学习，去知道他们的国家，去找出它有什么以及它缺少什么，去知道它的现在、过去和将来。

要知道这些，就得读历史。读了历史又不仅可以知道这些，其一还可以使人"发现自己"：

> 先从历史读起，那就是古代的作家们——从希罗多特斯、兹克纪特、里维、塔西兹特等"历史的元祖"起，更下以至于蒙先、吉朋等。这些人们一定会教你必须将他们当作引路者的理由，而且也会将你引导到真正的"自我"方面去。
>
> 最重要的事，是在这些错杂的历史事件中发现自己，而且使自己的意志和那创造着"全人类的善良事物"的意志并行；而和障害着那"包含人生意义的伟大创造"的意志对立。（《给沙哈洛夫》）

其二，还可以增加工作的兴趣：

> 对于刚从事文学的人，先有知道文学史的必要。无论对什么工作，都须知道该工作的发展历史。假如各个产业部门的劳动者们——连关于各该工场——都知道其怎样发生，怎样完成了产业等时，那他们便会理解该项劳动文化史的意义，而更抱着很深的兴趣来从事工作了。（《给青年作家》）

其三，还可指示读者一条应走的路：

> 不但对于本国的文学，就是对于外国文学的历史，也有知道的必要。因为文学的创造，在一切的国家和民族中，本质上都是一样的。这里的问题，并不只在形式上外观上的关联！……重要的乃在知道……从古以来，无论在什么时代、什么地方，都张着捕捉人类心灵的网，都有着把拯救人类于偏见和迷信之中为工作目的的人们存在，都有着在细末的自己享乐中间，想抚慰人类的人，都有着对丑恶可憎的现实发出反抗之声的叛逆者存

247

在。而最重要的,在知道这些叛逆者们,在结局上,是指示人们应走的路,将人们推到这条路上去,是打破那或使人与现实的丑恶相妥协,或使人沉溺安逸的那种说教人的工作的。(同上)

其四,更还可以使人了解今日,把握今日,并使他们认识自身工作的历史的意义:

> 我们具有丰富的才能,但是却送出许多无聊的书籍到市场上去,这是因为我们对于过去的历史的知识太贫乏的缘故,一切的事物,总是靠着比较才能认识它的意义。我们青年们,因为不懂得过去,所以不能十分理解今日的意义。所谓作家,多少应该是历史家,是历史的解说者。我们的作家们,不认识他们工作的历史的意义;因此,在工场和农场的集团劳动中,新的特性的发生和发展的过程,他们便完全不能把握了。他们虽然肯定着事实,评价着事实,但却不能……表现出事实的论理、行动的化学、人类变化的合法则性,以及人类陷于过去的眩惑雾中的逆流等等。(《文艺散谈》)

因此高尔基以为文学工作者而缺乏历史文化的知识,是非常危险的:

> 我们作家对本身事业的知识是如何贫乏,又如何不了解文学的潮流、格调、风尚及其……历史。他们或者是自觉无力地在戏剧的形态上反映现实,或者是疯狂地玩弄着词句或保护色——在自己的皮毛上涂上合乎现实环境的彩色。我们作家历史文化的知识的缺乏,跟他们技术的知识的缺乏相结合,这在我们的条件下,对他们是非常危险的。(《论形式主义》)

反之,他指出缺乏历史文化的知识对于有些人却是欢迎之至,因为基于上述理由,他们是反对研究历史的——只有那些虚伪的、歪曲的、"无伤大雅"的历史,才可以除外。在给几个美国人的回信中他写道:

> 法国诗人兼学究保罗·梵乐希,在所著《现代生活评论》中大叫"忘掉历史",说历史:"使人们沉湎于梦幻里,它陶醉人们,使人们生出错误的回忆,夸大他们的印象,展开他们的旧的创伤,剥夺他们的和平,并且把他们

投入壮烈和迫害的梦幻里。"又说:"历史是头脑的化学实验室里所造出的一切产物中最危险的东西。"历史阻碍了他们,对于过去的研究,于他们也是危险的。

像保罗·梵乐希这一类"高贵"的人物,为什么要反对研究历史?拆穿西洋镜,不过是怕那些"下贱"的人们因此而发现了他们自己,兴致勃勃地走上了应走的道路而已。而"高贵"的人物却是必要"下贱"的人们继续昏迷下去才能维持其"高贵"的地位的。

对于文学工作者的学习,高尔基还指示了一点,即老作家也应向新作家学习:

> 古时候的格言"鸡蛋不能够教鸡",已经显明的丧失了自己那种陈腐和守旧的意义。第一"大家都是从鸡蛋里爬出来的",而第二,说到小鸡,它们之中却有好多是从老鹰窠里飞出来的了,大多数已受着现实生活的严厉的教养。他们受着生活的锻炼,而且积极地参加着新世界的建设事业。(《论小孩子》)

这是非常正确的。我们不是看见有不少老作家,除了他们的年龄的确比较大一点之外,别的什么都毫不足敬佩么?这是因为随着他们年龄的老大,思想、热情、兴味等等也都衰老减退了。老作家们如要在事实上始终占着"老成"的领导的地位,在某些方面,就非也向青年作家学习不可。

所有以上高尔基的话都是对他本国的文学工作者说的,但正如他所说:"文学的创造,在一切的国家和民族中,本质上都是一样的",所以他的这些话对我国的文学工作者也同样适用。这又不但是指初学写作的青年,老作家也包括在内的。

怎样获得写作的能力

"怎样能写作呢"?每一个有机会和青年同学们接触的人常常有遇到这样的问题。可是这却是一个很难匆匆就回答得了的问题。

有些人以为写作需要天才,写作是天才者的事业,我们不承认这种说法,因为这不合事实。如一位法国学者所说，"天才就是忍耐"；用我们自己的话说，天才就是"九分汗下，一分神来"。这样说，就是我们人人都有写作的可能，都有写作的权利了。

谁都知道写作的基本材料就是生活，没有生活也就不会有写作，但谁会没有生活呢？我们呱呱坠地时就已开始生活了。这样说，就是我们人人都有着写作的基本材料，虽然这中间有许多差异。

但为什么大家仍感到写作的困难？

显然，这所谓"写作"是指其比较高级的意义，换句话说，这是指"好的写作"，或"写作得好"而言，不是说他连随便写写什么的能力都没有。"彼丈夫也，我丈夫也"，可是别人却能写出很好的文章，使读者感动得流泪，自己的却老是引不起读者的兴趣，甚至连自己也感到乏味。

问题就在这里：你写不出好的作品，并不是你根本不能有这种能力，并不是你缺乏写作的基本材料，而是你还缺少着一种准备。如果你有了这种准备，你的写作能力就能训练出来了，提高起来了，有写作能力的人，他比你并不多点什么，除了他有这样准备。

那么，怎样准备呢？

说到准备，有些人总喜欢分成技术内容等等方面来说述，我以为对于写作，那一方面的准备都和全体有关。例如读伟大作家的作品，你说这种准备是技术方面的还是内容方面的呢？读者从这种作品里固然可以学到技术，但同时他也可以学到内容——即使内容"不好"的作品也是如此：因为这可以使他了解"不好"的真面目，而自己警戒着要写出"好"的来。

写作的准备，我以为可分三项讲：

第一，是对生活的仔细观察和深切体验。生活是写作的基本材料，是人人都有的，但为什么有些人能据以写出好的作品，另有些人则不能？这不为别的，就因为后一些人虽然生活着，却并没有仔细观察和深切体验过生活。这又不但对广大人类的生活是如此，有些人便对自己所过的生活也是如此。对于自己所过的生活，应该是，并且也必自认为最熟悉的了，但实际是否如此？真很难说。大学生的生活，当然也是一种很好的题料，当然也能从中掘发出极有意义的主题，但试问有几个大学毕业生能这样好好地写出一篇作品来呢？所以写不出来的缘故，就在他们并未对自己的生活仔细观察和深切体验。他们自认为最熟悉的，实际上不过是一些浮面的枝节的东西，或者不过是一些错误的东西，而对于自己生活的社会意义和因果关系,则全未理解,或理解得并不正确。

人的生活,在不去掘发的人看来是再平凡狭小没有,可是在去掘发的人看来却是无限地深,无限地广。只有见到了生活的深与广的人才有可能写出好文章。这种"眼光"可以培养成功的,其方法是先对自己的生活仔细观察和深切体验,然后再由近及远,一步步扩大自己的生活经验;一步步加深自己对生活的理解和认识。

第二,是文学名著的阅读和文学理论知识的培养。前人或当代先进们的作品,是我们学习上最具体有益的榜样,从中可以看出他们在写作上的一切苦心与经营。他们写了些什么? 怎样写的? 他们对生活怎么看法? 爱什么和恨什么? ……诸如此类,不但能够使我们学会了手法,并且同时也教给了我们怎样生活和怎样对待生活。凡是一部作品,能够经历许多年,得到许多人的好评,成为"名著"了的,无论如何,它总有许多好处,还能帮助我们,即使是古典的作品也是如此。可以说,没有一个成功的作者不是在他开始写作之前就读了许多文学名著的。关于这,高尔基就是众所周知的一个例子。俗话所说:"熟读唐诗三百首,不会吟诗也会吟。"这样空空地吟出来的诗自然只能是歪诗,但可见就是歪诗也要先"熟读唐诗三百首"才成。民间文学的无名作者虽不读书本子的文艺作品,但若不是能记诵着许多口头流传的歌谣故事,他就一定不能有所创作。

对于一个从事写作的人,文学理论知识也非常必要。并不是说,没有这种知识他就根本不能写作,而是说,有了这种知识,他就可以少走许多冤枉路,可以藉助于别人的经验和提示,使自己容易获得进步。正确精细的文学理论,原是从具体的作品里绅绎归纳出来,以推进创作的,我们没有理由可以忽视它。

第三,是正确的社会科学知识和人生观的充实与建立。写作的基本材料是生活,基本对象是人,而生活和人就都是所谓"社会的物事"。

写作的基本材料和基本对象既都是"社会的物事",如果作者缺乏正确而丰富的社会科学知识,以致不能表出材料和对象的意义与价值,试问他写出的作品怎能有"意义与价值"? 又怎能写得"伟大而深刻"? 我们说一篇作品"平凡","毫无价值",通常并不是指这篇作品连文字也写不通顺,主要是指这篇作品只浮光掠影地说了点无关紧要的东西,或者只是说了些极肤浅的现象,却不能从一望是平凡之处和现象背后把非凡的本质显示出来。例如描写一个窃犯,若只把他的面貌衣衫甚至行窃时的一举一动都写了出来,那么充其量也不过是一篇自然主义所能到达的"不错"的作品而已,却决不能是"很好"的作品。为什么?

251

就因为它并没有显示出这个窃犯和他的偷窃行为与社会有什么关系。他为什么要偷窃？如果是因为穷，那他为什么会穷的？是他自己的不努力么？还是由于受人的欺侮压迫？他的这种偷窃行为又给了什么影响？……诸如此类，它都没有反映和暗示出来。惟其这样，所以它才是"平凡"的，"毫无价值的"，——因为读者从这篇作品并不能理解什么，并不能因此增加一点他对社会和人生的认识。而如要做到这一点，充实正确的社会科学知识是必要的。只有这种知识才能使他把生活表现得又广又深，才能达成作品的教育的任务。

对于一个作者，一种正确的人生观也是使他进步成功的原因。写作的能事，决不仅文从字顺而已，主要倒在作者对生活的意见是否健康，对人物的爱憎是否公平。作品里表出的这些越健康，越公平，那么它也就越有价值，越伟大。一个悲观厌世的人，是写不出什么好作品来的，超然遗世的人也不能够，那些因袭保守卑鄙享乐的人自然更不能够。我要告诉大家，特别在目前这个时代，只有那种把人生看作是英勇奋斗，争取生活的茁新，推翻旧时代的黑暗统治的作者，才真能够获得写作能力。

以上三项，把它们分开来说不过是为便利起见，实际上它们都互为因果，所以应该同时进行，才能收到充分准备的效果。初学写作者如果能这样去进行准备的工作，他就不但能获得写作的能力，并且还能进步得非常迅速。

青年作者的幼稚病

如所周知，在所有的伟大作家中，很少更比高尔基对青年作者那样关怀、爱护，那样寄与着殷切的期望的了。然而同样地，也很少有比高尔基对青年作者的种种幼稚病，指摘得那样严厉、直率、无情的。苏联的青年作者从高尔基一方面得到了鼓励和指教，他方面也得到了惊醒和纠正。对于苏联的青年作者们，高尔基的责骂和赞美同样是一种滋养，因为他们可以感觉到，在这位先进者的责骂里，也仍然藏蓄着深深的爱意。

一再非难了同辈老作家对青年作者们所采的姑息的态度，高尔基是不姑息他们的错误的，他指出青年作者们一种常犯的幼稚病就是自大。往往稍能动笔，就以为自己已经非常了不起，不妨到处招摇了，他说：

细察这些糟蹋纸墨者的工作，我很遗憾地必须指出其中大多数人的两种本质:浅学和自大。

他们拥有着过多的自高自傲的,和贫血症妇女所有的那种敏感性,不过写了几篇小说,或登过两三首总算还不错的诗歌,于是他们竟就高傲地谈论起自己的什么什么创作来了。(《论青年作家》)

因为认定自己已经非常了不起,所以他们便目空一切,肆意骂人。高尔基指出:

有些初学写作者,误以为写作是一件容易的事,以致有些人已经患上了"写作欲"的病。最后,有些青年以只写所谓"革命笔调"自豪。还有这些:"你们竟修改了我的著名的文体!哼,这些人都是猪猡!"………(《论伟大作家与青年作家》)

他们费尽思虑的不是要自己在修养上进步,或在品德上净化,却只想着要早早地成名,达到"出风头"的目的。高尔基指出:

有不少早熟的学者、哲学家和各种吹牛者。……他们的本质表现着急要做个首要的、显著的人物(同上)

越少修养的作家,他的妄求出人头地的倾向就越强烈,越明显。有个青年要求人家指导:"作家必须知道用什么方法,才能尽快地知道一切呢?"这个要求正是显出了许多青年作者的倾向——尽快地知道需要知道的一切,为的要出人头地!青年这样不懂现实,好像他既经倾心于出人头地,他就已经从现实中崛起来了。他不觉得自己是生在最伟大的革命时代,生在悲壮的大灾难来临的前夜。(《论青年作家》)

这些执笔朋友,在我看来,沉醉于功名太快了,强调自我的色彩太浓厚了。必须使青年作者们知道:功名——是杂色有酸味的毒汁,大量地服饮它,孱弱的头脑就变成恶劣,将沉醉得彷佛喝了啤酒一样。服用这种混合剂,应该当心一年间不要喝一茶匙。过烈的药剂,是会使心脏肿大,骄气扩张,发生傲慢、自负、性急和种种畸形的病来的。(《论伟大作家与青年作家》)

因为急于想成名，于是便不择手段，以为或听到某种主题很有意义，就不管自己能否把握也赶着去乱写一顿了，结果就是搅乱歪曲或毁损了这些主题。高尔基说：

> 你们因为急于要一举而得此名，于是就扑向了这类重大的、有着深刻的生活意义的主题，但这样的主题却不是你们之中大部分人的力量所能把握、应付的。于是你们就用了无聊之至的，缺乏精神的，或者只稍稍想了一下的语言的碎屑，来搅乱、歪曲、毁损它。（《给某青年作者》）

自大，好名，虽也可说是不学习的原因，但主要则是不学习，或不好好地学习的结果。无知造成偏见。大多数青年作者们的这种恶劣习染，也就是由他们的无知造成。他们不是从实际的行动和经验的观察中去了解现实，却是从一些报章杂志的浮面记载中去了解现实；他们不读大部头的有重量的作品，他们做了文化工作却不想读读文化史一类的书籍：

> 青年作者们对社会的无知，似乎比对文学还更不如。他们不懂文学史，很少阅读古典名作，而他们研究现实是只靠报章上的一点材料。彷佛要写关于当前问题的诗歌，除了从报章上偷窃题材便没有方法可想了。（《论青年作家》）
> 我们的青年人只能由书本得知这种卑陋可耻的生活，然而应该知道，没有一本书是能够完全表现出那生活的可耻和丑恶，能在令人作呕的事实中完全表现出这些来的。（《新人类》）
> 对于青年作者们，小市民是一种困难的危险的材料。他们不从那"力和荣誉"中去观察小市民，却只通过书本来理解最近的过去的小市民社会。欧洲布尔乔亚烂熟的颓废的病态的生活，在他们也是不大清楚的，也只是靠书本和报纸知道而已。（《关于社会主义的现实主义》）
> 很明显，求知欲在青年作者们中间发展得很贫弱。他们读得很少，诗人觉得阅读散文是多余的。不过他们却同样热切地读着互相攻讦的不通的评论。我指出了有研究文化史的必要，却遭受到负气的反响！"这对我们有什么必要呢？我们建立自己的"，或是"我们有自己的"。——好像我是劝他们去啜吸别人的血液似的。（《论青年作家》）

除报章外，青年作者们什么都不读，而报章文的语言则是嘈杂而枯燥乏味的。他们完全听不见现代文学的正确生动的语言。（同上）

因为不学习，不好好地学习，于是就自大，好名，于是就产生不出优秀的作品，于是就影响到文学作品的力量，使它还不能适应现实社会的需要。高尔基指出：

我们的青年作者虽不是不在快速地成长，但我们的文学，已经回答了我们的现实对文学表明的要求没有呢？我们必须坦率地说：还没有回答。这……可以从青年作者们的意识形态及技术武装的脆弱来证明；可以从他们对革命前的，和对人类史的知识的缺乏，以致他们不能理解现在和过去之明锐的差异，不能明白评估现在的知识——这些点来说明；而且还可以从这些地方来一般都停留在否定现象上的这种不正确的态度，他们专爱选择琐碎的插话式的说明。他们的注意题材，热中于作品的琐细化，他们一般都追随材料上的"最少抵抗线"而工作。（《和青年们谈话》）

所有以上青年作者们的幼稚病，可以说都是由于他们不学习或不好好地学习而起，所以要革除或脱出这种幼稚病，青年作者们必须首先承认他们是无知，惟自认无知才要求知，实际上不但青年作者，就是成了名的作家在这个叛变多端的时代也常常会陷于无知的，高尔基说：

学得了一点儿知识来写作，和多少能从其他书籍里巧妙地引申例证的人们——这些人们已经像自己有点类似"大众的精神领袖"了。时机也没有成熟呵！……我劝告他们应该记住：你们并不是什么都懂得的，而在现实这样激变中的现在，你们越是生活下去，将越难懂得一切。（《培养文化技师》）

青年作者们应该仔细地去培养自己的学识。比一切都重要的便是"耐心"。不求速成，不想抄小路，不"走马看花"似的读书和观察事物，不为了不正当的念头而去做自己明明还不配担任的工作。高尔基说：

255

青年作者们对现实的兴趣显然是低落的。观察技术发展得很薄弱,他们一般都常急急地做出"最后的结论"。匆忙,不仔细,这常是阻碍着我们去注意大量的占优势的事物的东西。(《论青年作家》)

高尔基以为像以上所说的这些青年作者,应该去向熟练的文学技师们学习,应该去向时刻不懈努力工作的劳动英雄们学习:

青年作者,尤其是那些多少适当地写了两三篇作品,就装腔作势,自认为文学的熟练技师而完全停止了学习的!这类文学家也不妨读读和思考一下突击队员们的书籍。……突击队员,这不但是个很好、迅速、有纪律地学习和工作的人,并且还是个能对劳动世界叙述自己经验的人。(《文学的突击队员》)

只有学习能治疗幼稚的病症!高尔基的这些指摘和忠告,对于中国的青年作者们是同样富有滋养的。

Ⅲ 语言的学习与大作家写作过程示范

论语言上的天才

一、语言的天才存在民众身上

语言的天才存在谁身上？"这还用问么？自然是存在伟大作家们身上"，然而这样肯定的回答却不一定靠得住。托尔斯泰应该可说是大家公认的一个伟大作家，可是他的回答却就是否定的。在给鲍耶的信里他这样说：

> 这类人（指农民——作者），是一班大家。从前，当我同他们谈话的时候，或者同那些背了褡裢经过我们乡下的漂泊者们谈话的时候，我非常注意他们的语言的表现。我有生以来初次听到他们的语言，竟至于时常忘记我们近代文学上的语法。……是的，语言的天才，是存在这类人的身上！

这就是说，语言的天才，是存在于农民们、漂泊者们！也就是大多数劳苦民众的身上。据托尔斯泰自述，由于长时生活在农民中间的结果，不但对于农民的语言变得极其敏感，并且连他自己的思想方式，也很受了他们的影响。托翁的巨著《战争与和平》现在我们也已有了全译本了，这就是他开始接受民众影响后的产品。自从他发现了民众语的美质，他便竭力从农民的谈话中去领略艺术的欢喜，并且竭力研究这种语言，使它能在文学作品里发生作用。这样的结果，他便再也不去顾虑传统的文体观念，竟宣布传统的文学语是一种没有骨骼的东

257

西了。一八七二年他写信给斯脱拉珂夫道:

> 我将变更我的作法和语法。民间的语言会有诗人所能说出的作表现用的声音,这对我非常亲热。这种语言,实是诗的最好的调器。谁要是想说些过分的、夸张的、虚伪的话,这种语言就不能适合。因为我们的文学上的语言是没有骨骼的,所以我们可以把它向各方面牵来牵去,而总归象煞是文学。

对于文学上的有些特殊存在的词藻,把它们称作没有骨骼的,真再正确没有了,可是又有多少人能够认识有骨骼的语言竟是出于民众的创造呢?[①]

托尔斯泰之外还有法朗士。

和法朗士同时有个属于象征派的诗人查理·摩列斯(Charlis Morice),曾经倡导一种主张,以为诗歌在它前进的进途中是不能不跟群众背驰的。他说:"群众和诗人决不能走同一条路。事实上,群众和诗人之间的距离是在不断增大。法国语言的本身也向我们指出:如果要使法语作为一种纯粹的东西而被保留着,那么诗人必须要和群众分开。为什么呢? 这是因为他们已把语言这漂亮的乐器渐渐弄坏了。而他们这些人,是除掉那些已经不适当的用语和拙劣的比喻之外,什么也不知道喜爱的"。

法朗士温和但坚决的反对了他这种主张。他说:"如果是我站在摩列斯先生的地位,怕不会做出这样断然的主张。"首先他说明了诗人乃是自尊心健旺、爱情深挚的人,他需要被人赞赏,被人爱,他应该高兴能有许多倾听他说话的群众。因此他是不应该轻蔑群众的。其次他说明群众虽然在艺术上没有显著的教养和才能,但说他们把"漂亮的乐器"弄坏了,却完全不是事实。不但不是事实,而且事实还刚相反。他说:

> 实际上,因为他们是使用语言的,所以碰着它——漂亮的乐器,语言——的事情是会有的吧。但是,他们实在具有这种权利,因为语言,是为着我们,同时也为着他们而制作的。我以为甚至还可以说,漂亮的乐器就

---

① 请参阅拙作《民众语言的革命》一文,刊二十四年九月十六日及十七日《民治日报》星期论文。

是他们没有学问的群众造成的。文学家对于那种制作只参加着很少的部分，而这很少的部分也不能够说就一定是很好的部分。这是很重要的一点。

从法朗士看来，原来"漂亮的乐器"——语言，也竟是他们没有学问的群众的创造，民众竟是有着创造出"漂亮的乐器"来的天才的！

此外还有渥兹渥斯，他在所著《抒情短歌集》的序文里说民众的语言乃是所有语言中的"最好的语言"。……①

如果这些都的确是事实，那么没有学问的群众倒是究竟凭了什么才能表现出来这种天才的呢？是不是这种才能真是从"天上落下来"，"上帝特地赐给他们的"？

二、一个例证

为要说明这一点，我记起了原是英国人的小泉八云氏批评托尔斯泰《艺术论》的那篇文章，他在那篇文章里说世界上最好的审美者，就是"人民中最普通的人们——民众"。换句话说，民众才是真有审美上的天才。而他对于这件事的解释，和我所要对于民众所以能有语言上的天才这件事所想作的解释，是差不多一致的。小泉氏说：

一个最贫阶级的普通农夫真是不能感觉美么？或者，我们将以那一种美作为试验呢？欧洲艺术的标准，是以鉴赏人性美的感觉为审美能力的最高试验点。一个普通的人，一个最普通的、民众中最无知识的人，是不能感觉人性美么？例如，他们鉴赏女性的美，是不如那些所谓优秀的艺术家么？……世界上最能判断美的，就是人民中最普通的人们！我不是说他们之中的每一个都比别人好，我是说，一个对于男人女人的最快最好的判断者，也便是对马对牛的最快最好的判断者。

实在说，所谓美与优雅，它最好最深的意义，就是表现肉体的力，在这一点上，农夫们比所有的我们都高明多了。……所谓美，是说骨骼的一定的均衡，人体或动物中有了这种均衡，才能表达最高度的力和最轻便的动。

① 请参阅拙作《最好的语言》一文，刊三十五年八月九日《中国新报》文学周刊。

如果我们抛开了美而考察人的体格。那是什么意思呢？那是能力的经济，也就是说：一个体格必须这样组成后，才能以最低度的物质量，达到最高度的力量和活动量。若说一个人在判断兽体已成为习惯，而不能判断人体，这完全是胡说，其实他们在所有的判断上，倒是最出色，最少错误的。

为证明这些话的正确，小泉氏举了一个艺术史上很有名的例，大意是说：当回教国王最奢华的时代，每一个王子要想找一个美丽的女子来做他的佳偶时，他们决不到地方官或贵族的家庭里去找，而总是跑到阿剌伯荒野的沙漠里，去请教那些饲马的马贩子，去求托他们替自己选择一个美女。当奥麦加特第五世的酋长玛立克请教一个马贩子应该怎样选择一个美女时，马贩子即刻告诉他说："你必须要选择那有这样型式脚的女人。"……以及诸如此类的话。并且说明身体的那一部分应当要怎样子的。这个马贩子所说的最好的地方，其实也就是一般贩子选择马匹时所认为最好的地方。那个酋长一听之下，惊异极了，因为他现在觉得选择美女，这个粗人原来比他的宠臣和艺术家们都高明得多。

以上不过提供了一种看法和事实，究竟小泉氏是怎样解释它们的呢？也就是，"人民中的最普通的人们"，怎样会有了这种审美的天才的呢？他的解释很简单：

> 他们观察人生是习惯了，已成为他们本能的动作。
> 熟悉了生活，活动的生活，就能给你一种了解美与力的全部的知识。

这些话，虽然非常简短，却扼要极了，对极了。

在美的鉴赏判断上，我们知道女性美一向是他们美学家工作的重要对象。他们曾经创立了许多繁琐的说法以炫示其精细和内行，例如他们说：美人的美可分为状貌和风韵两表相，而这项美的表相又可有几个层次，如上面两项，第一次的两表相，状貌中的面容、身段、皮肤，为第二次的三表相，而皮肤中的颜色、纹理、滑润，则又是第三次的三表相。必须各表相交互调和，才能是美，又必须各人所据的表相多少相同，并比较的评价相同，对于美的判断才能一致，云云。然则为什么他们的眼光常常还是比不上一个普通的马贩子呢？

这就是因为大多数的美学家和艺术家，他们都太注重于"表相"了，都太"书本的"、"狭隘的"了。他们都只注重于"美的形式"或"形式的美"，没有从"实际的"、"活动的"生活底观点出发去鉴赏判断之故。而他们之所以不能从这种观点去鉴赏判断,则不消说是由于某种偏见,或并不熟悉这种生活之故。对于一个并不熟悉"实际的"、"活动的"生活,因而不知道生活的需要是什么,只能形式地、抽象地、狭隘地、琐屑地去鉴赏判断美的人,我们当然是不能从他那里得到一点正确有用的知识的。

而马贩子则否,所以他能够胜过了"美学家"和"艺术家"。

这在语言上我以为也是如此。

三、民众何以能有这种天才

民众语的优点,例如:富于形象性(包括生动和明白)、精确性(包括深刻)、简洁性(包括含蓄和节省)、质朴单纯性(包括自然和写实),以及词头,复音缀语词,谚语俗语的丰富等等,实在不胜枚举①。民众怎能创造了包有这许多优点的语言的呢?

这原因,我以为可归纳为两个:

第一、就是他们的生活最丰富,他们的经验最充实。语言是思想的表现,思想产生于生活,而民众的生活,因为是最实际之故,所以也是最丰富,最活动的。所谓生活是最实际的,就是说他们必须直接劳动地生活,不像那些修辞主义者可以吃饱了闲饭胡思乱想。而因为要直接劳动地生活,所以他们就必须随时随地观察和体验,使工作得以顺利进行,和以较少的劳力获取较多的成绩。这样,在一方面,随时随地的观察和体验好像成为他们的本能的动作了,在另一方面,由于直接劳动的生活,并经常的观察和体验,所以他们从生活里得到的印象,认识,也是最丰富,最充实,最深切的。又因为这种生活以其最真实之故,是最变化多端的,他们实际是在变化多端之中观察和体验生活,所以他们得到的印象和认识也是最生动的。在这里,他们是实际地在和生活接触、肉搏,生活在他们眼里决不是一种抽象的,或模糊的东西,而差不多是一件可触可摸的物体,换句话说,生活在他们的眼里有着很具体的形象,他们就是形象的地来观察和体验生活,认识生活的。因此他们的语言不但精确,深刻,并且也富于形象性,生动性,明白性。渥兹渥斯说民众的语言,即"人们真实使用的语言",是一切语言之中"最好的语言",他解释这"是因为这些人们时时刻刻与最好的事物相交接,而

---

① 请参阅拙作《论民众语》一文,刊《大地》文艺月刊第一期,三十五年二月。

人们的最好的语言,也即脱胎于这些最好的事物"。另外他又指出这种语言所以是"最好的",及由于它是渊源于他们的"常有的经验"。渥氏的说话大简单了,但若他的意思"最好的事物"就是指民众在劳动中所交接的事物,那么他的意思是不错的,而所谓"常有的经验",也就应是指充实丰富的经验。

第二、就是他们有纯正的感情。所谓纯正,就是说没有虚伪和造作。一般而论,民众是非常地老实、诚恳、爽直的。他们和上层社会的士绅们的虚伪、伪善、猜忌、阴谋,完全不同。这自然也由于他们的生活是最"现实"的缘故。因为在这种生活中,人们才能认识"推诚相与"、"互助合作"的必要,才能产生纯正的感情。这种感情表现在语言上就造成一种质朴单纯的性质。渥兹渥斯除掉指出最好的语言是由于接触最好的事物而来之外,又指出:更由于"这些人们,所处社会地位的低微,社会范围的单纯而又狭隘,少受社会虚荣的影响,所以他们表情达意,都用一种单纯而质朴的语言"。他这层意思也不错,可以作为我以上见解的补充。他并且说:"这种渊源于常有的经验和纯正的感情的语言,比那些诗人,习用以替代它的语言,更富于永久性和哲学意味,这些诗人们,固以为他们和人类的共鸣绝缘,沉溺于一时兴到的表现习惯,创造词章去满足那无准无定的趣味与嗜好,可使他们自身和艺术增光的。"①

民众语成为优秀的另一个原因就在它有悠久发展进步的历史。过去书面的语言不过是一些文人在书房里的哼哼调,不是实际讲谈的语言,所以虽也有很久的历史,但由于不能随着口语一道很快地进化,所以始终几乎是停滞着的。民众语言就不同,它有悠久历史同时也是悠久发展进步的历史。民众语在数千百年来经历着无数人根据无数次的生活经验所给予的无数次锤炼、琢磨、淘汰和改造,它的所以是"活的"和"好的"语言,就是为此,决非偶然。这种语言的简洁性也可以这点来说明。因为他们对生活的认识既这样深切,而语言又已经过长期无数人的精炼,所以自然就能以最少的说话表达极丰富的意思了。至于他们的工作十分紧张,没有时间噜苏,这自然也是原因之一,但似乎还居次要。

所以民众之所以能具有那些优点,乃是由于使用它的生活丰富,经验充实,有纯正的感情,并还由于这种语言已有悠久发展进步的历史。②

---

① 请参阅拙作《论对民众语的爱好》一文,刊三十五年十月七日《侨声报》星河文艺周刊。
② 请参阅拙作《论语言的创造》一文,刊三十五年七月《文艺生活》光复版第六期。

从口头语到文学语

一、不能过分信赖口头语

向来对民众的口头语与文学语之间的关系有两种各趋极端的看法。其一认为口头语和文学语完全没有关系，采用口头语的结果只是使文学语粗俗化，低劣化，主张古文的人就是这样看法，其二认为口头语就是文学语，两者不应有什么区别，主张语体文——即现代文的人们中就有一部分是这样看法，这两种看法其实都有问题，不过关于前者现在似已不必申论，这里只就第二种看法提出来略加讨论。

民众的口头语有许多优点，差不多所有的大作家都这样说过，而且都深受着它的影响，可是正如潘菲洛夫指出的那样，只有粗莽人才能肯定说民众的口头语和文学语是完全一样的东西。

潘菲洛夫举出一般人对于语言存在着三种谬见，其中之一就是对于口头语的过分的信赖。他说："他们不知道我们就从来不曾追随过民众的语言。我们明白知道民众的语言中有许多好的成分，如果把贵族语和民众语放在天平称上，在价值和美丽上民众语一定要优胜得多。但民众语中也有许多必须丢弃的渣屑垃圾，而他们却把这些也都拨进了文学里来。他们称引着古典作家，说普式庚从他的乳母学习，他走过克留洛夫市场，记下人们的语言，其实普式庚不但曾向乳母或旅行至郊外和各处去学习语言，他还慎重地从国语的宝藏中，选择了那典型的、美的、必要的东西，他并不是随手碰到就什么都拿来应用的，他以他的不折不挠的努力，绵密地选取了典型的东西，创造了他的聪明的单纯性。"[①]

对于语言的这种谬见确实是粗莽人的意见，因为只要仔细分析和观察一下，就决不会造成这样的谬见。

过分的信赖口头语，从一方面说是成了它的奴隶，使作者毫无一点能动的作用，从另方面说也足以妨碍口头语的更高发展，因为要达成这种发展必得经过一番人为的推动。原来我们推崇口头语，要运用它，意思决不是指的囫囵吞枣地随手碰到什么都拿来应用，而是指一种吸收的工作，这中间要有选择，也要有改造。口头语只是文学语产生的基础，从口头语到文学语其间必得有一个精

---

① 引自所作《关于革命的语言》。

炼的过程。普式庚非常明白地说过："文学语是用口头产生的语言不断地丰富起来的,但是你也不必舍弃了它在许多世纪里所获得的东西。单纯用口语来写作,那就是说明他不懂得语言。"①其实只要稍加留意,就会知道无论那一位曾经非常赞美过口头语的大作家都没有过分地信赖口头语过。反之,他们都曾或明或暗地表出有把它精炼的必要。托尔斯泰指出语言的天才是存在民众身上,但这并没有妨碍他同时指出民众语中有许多"愚笨,恶劣,支离破碎"的成分。②渥兹渥斯曾说民众的语言就是最好的语言,但他同时又曾一再指出在运用这种语言时,"应该加以提炼,去其真正的缺点,和一切惹人憎厌的成分",以为这样才能使作品"不染一点日常生活的粗俗和卑践"。③

而在这个问题上,高尔基的意见则尤其明白而正确。那是怎样的呢?

二、从口头语到文学语

第一、他虽重视口头语却只承认这不过是文学语的毛胚,必须把这毛胚加过工,方能作为文学语而应用。两者虽不能判然分开,却也不是可以完全混同。例如他说:

> 语言是由民众创造的,把语言分为文学的和民众的两种,只不过是毛胚的语言和由艺术家加过工的分别。④

> 古典作家们用这样的语言——明白,正确,经过慎重选择的语言——写作。几百年来,把它日臻完善了。像这样的语言,才真正是文学的语言。这种语言是从勤劳大众口头上采取来的,但跟它最初的来源已经换了面目,因为这是……从口头语的元素中,舍弃了一切偶然的、一时的——不确实的,紊乱的,发音学上歪曲了的,因种种原因和根本的精神——即和一般民族语构造不一致的部分。⑤

第二、他以为不加选择地将口头语用在文学作品里,就会造成降低作品质

_____

① 一八三六年所作。
② 见高尔基作《托尔斯泰的回忆》。
③ 引自所作《抒情短歌集序》。
④ 所作《我的文学修养》。
⑤ 所作《与青年们谈话》。

地的结果。例如他说：

> 普通那些单纯的奶妈，车夫，渔人，猎人，以及所有过着勤苦生活的人们，他们在文学语的发达上都曾产生过显著的影响。但文学家他们却是从日常言谈（即口头语）的自然状态中，严选了正确的，恰当的，适切的语言而应用的。对于这种选择的必要，许多人的理解还很不够，因之他们作品的质地是低下的。①

第三、因此他虽不主张在文学作品里完全不杂用毛胚的语言——口头语，却说只能在有必要的时候，方可稍稍用一些，例如说：

> 不消说，口头语在文学家描写人物的对话中，还依然保留着，但这只是为要使描写的人物更造型化、浮雕化地表明特征，要使人物得显更灵活的时候才有需要，而在仅少的量上保留罢了。②

第四、高尔基曾一再指出，有些时候和有些人的口语是不正确，不大生动的，他提醒大家不要把"语汇的价值的机械的丰富化过程，当做一种切合新思想新感情的新语言之创造过程"。例如他说：

> 以仅有可疑的价值的材料为基础，急急乎下了结论：你把方言和乡村语言当做独创的语言形体，然而事实上你所表现的材料，只告诉我：丰富可贵的俄罗斯语，是被歪曲，被卑俗化了。……
>
> 我也读着许多工农通讯员、新作者和学生们的信，因此我得到了这样的感想：俄罗斯的口语被歪曲，被卑俗化了。它那准确的形式充满了方言，吞下了弱小民族及其它的语汇而膨胀了起来，口语的生动、正确和准确的程度更小了。反之，却更啰苏、拖沓了。——这是语汇的丰富化和扩大的过程中自然地不可避免的现象，然而……这却并不是我国语的精神中固有的语言创造的过程，而是一种机械的过程。……

---

① 所作《与青年们谈话》。
② 同上。

你太急于假定和确认那自以为是"语言创造"的成分，你认口语的纯外表的丰富化，当做口语的创造。……

现代的有文学农民，在语言的驱使方法上，比莱维特夫和格莱伯、乌斯宾斯基及其他作家描写中的农民拙劣得多。又农村通讯员的语言，在正确生动的程度上，比菲道尔钦珂和乌斯宾基所描写的兵士们的语言，还要拙劣。①

在这里，高尔基的意思就是说：在过渡的时代，口语的语汇由于吸收种种因素见得丰富了，扩大了，但暂时这种丰富和旷大的利益还只是在表面上的，因为它还没有在内部融会贯通，创造完成。这种尚未在内部创造完成的口语，在程度上暂时还比不上过去口语的生动正确，暂时看去还是歪曲和卑俗化了一般口语之固有的精神，我们如果就用这种口语来写作，结局也就易于失败而很难成功。这也就是说，口语中原来就有不少应该舍弃的成分，而在过渡时代的口语中则应该舍弃的成分尤其多了。在过渡时代，对引用口语，尤其应该慎重了。而我们现在恰恰就是生活在一个过渡的时代。

以上高尔基的意见岂不是很明白，文学语虽来自口头语，但那是已经文学家们加过了的语言，却不就是口头语。它比口头语更为精炼、正确、扼要、有力。而口头语则不过是比较低级的文学语的毛胚。

归根说来，从口头语到文学语中间所以必要有一个精炼的过程，就为运用口头语并不是我们的终极目的。我们的终极目的在文学上说乃在创造和发展富有形象性和生动性的文学的语言，以达到文学表现上的最大准确和真实。惟其如此，所以我们对于口头语的态度就决不会是一味的拜倒，而还要扬弃它和改造它。

三、文学语提高口头语

我们口口声声说文学作品应该运用民众的口头语来写作，彷彿文学语完全是被它所决定，它自己一点也没有能动的作用，实际却不是这样。文学语实是口语的一种提高，而这提高了的文学语，反过来也可以再把口头语提高，这样地互相推动，以至无穷。在提高口头语的工作中，虽不是惟一因素，文学语却能够

---

① 所作《给某青年作者的一封信》。

贡献出巨大的力量。

新文学运动初起时的许多议论，有不少由现在看来是谬误或不够的了，但在认为文学语可以改造民众的口头语这一点上，却仍是很正确。因此当时所强调的"若要造国语，先须造国语的文学"，是相当有远见的。这个意见在胡适之先生的《建设的文学革命论》里说得最明白：

> 有些人说，若要用国语作文学，总须先有国语，如今没有标准的国语，如何能有国语的文学呢？我说这话似乎有理，其实不然。国语不是单靠几位语言学的专门家就能造得成的，也不是单靠几本国语教科书和几部国语字典就能造就的。若要造国语，先须造国语的文学。有了国语的文学，自然有国语。……
>
> 天下的人谁肯从国语教科书和国语字典学习国语？所以国语教科书和国语字典虽是很要紧，决不是造国语的利器。真正有功效有势力的国语教科书，便是国语的文学，便是国语的小说、诗文、戏本。国语的小说、诗文、戏本通行之日，便是中国国语成立之时。试问我们今日居然能拿起笔来做几篇白话文章，居然能写得出好几百个白话文的字，可是从什么白话教科书上学来的么？可不是从《水浒传》、《西游记》、《红楼梦》、《儒林外史》……等书学来的么？①

胡先生的这些话是不错的。这些意见运用到我们这题目上来，就是说：要提高口头语，单靠少数学者的研究分析和建议是决然不够的，一定要藉助于用提高的口头语写成文学作品。若要提高口头语，先须造"提高了的口头语"的文学。

文学语的成功，使口头语获得了改造的例子，在意大利有但丁。在但丁之前，欧洲各国只有方言，没有国语，上层社会则都用拉丁文著书通讯。在十四世纪初年，但丁竭力主张用意大利语来代替拉丁文，一方面他就用通俗的多斯加纳方言——即佛罗棱萨及其邻近都市和小邦的方言——来写作，这结果就是使意大利在欧洲第一个有了自己的国语。此外英、法、德、俄等国的国语发生的功夫也都如此。乔塞、雨果、哥德、普式庚这些名字，就都指明着各国语言继往开

---

① 引自《新文学大系·建设理论集》页一三〇。

来的转变。这些转变、改造，自还有其经济社会的许多原因，但莫不是通过了具体文学作品的影响才最终有力地完成的。

文学语渗透民众口头语中的事实，从古已有，且也不乏记载，例如陆游《老学庵笔记》中就有一节说：

> 今所道俗语，多唐以来诗。"何人更向死前休"，韩退之诗也。"林下何曾见一人"，灵澈诗也。"长安有贫者，为瑞不宜多"，罗隐诗也。"世乱奴欺主，年衰鬼弄人"、"海枯终见底，人死不知心"，杜荀鹤诗也。"事向无心得"，章碣诗也。"但有路可上，更高人也行"，龚霖诗也。"忍事敌灾星"，司空图诗也。"一朝权在手，看取令行时"，朱湾诗也。"自己情虽切，他人未肯忙"，裴说诗也。"但知行好事，莫要问前程"，冯道诗也。"在家贫亦好"，戎昱诗也。①

其实类此事实，目前尤其明显。读书的人口语，有些所以比较优美精密，就因为他人受了文学语的熏陶影响之故。一旦民众的文化水准得以提高，文学的影响普遍深入，这类事实自将格外明显和迅速的发展起来。

中国的民众语正迫切需要着改造和建设，这任务文学作品应该负担起来，而为了这，需要每一个文学工作者都用提高了的口头语写作。

怎样学习民众语

一、向口头语和民间文艺学习

民众语有许多优点，只有用民众语来写作才能使文艺达到结合民众的作用，但如只有着这种想法，而并未实际地去向民众语努力学习，那么结果还是不会好的，可以断言。

那么应该怎样去学习民众语呢？首先，当然是向民众的口头语学习；其次，是向各式各样的民间文艺学习，而这种学习，为期有效，就应该采用笔记本的方法。

普式庚在民众语的基础之上为俄国文学创始了一种新的语言。这决不是偶然的。除了由于他有着反封建的思想，也是他努力学习民众语的结果。他是

---

① 卷四，据《学津讨原》本。

怎样学习民众语的呢？

他不但在童年的时代，就是到了成年，也还一样喜欢听他的保姆——阿利娜·罗狄奥诺夫娜讲故事。如果说童年时的喜欢，不是由于感到故事有趣，那么成年后他的喜欢就不同了，那便是由于想从中学习民众的语言，和知道民众们的事情。他不倦地倾听和记录下来民众的歌谣、故事和口语，随时注意着"下流"人民口里吐出来的句子。一八二四年他被充军在故乡米哈洛夫斯克村的时候，常常扮成农民到乡下的墟市和农民们常去烧香的寺院里去，跟农民和一般平民谈话，除了倾听他们的谈话，并叩询他们的生活。在奥连堡和柏地的时候，他常常请求人家唱民歌和讲故事给他听，高尔基叫我们注意他是"从克利罗夫，尤其是跟他的保姆、车夫、街上的小贩和旅馆酒店里的堂官们学习俄国的语言的"。又说他"常离开城市到乡间去，在那里欣赏语言，思想，和民间竞技的天真质朴"。一八三〇年"普式庚自己也说过：'亚尔菲里（1749—1803，意大利戏剧家）常常到弗罗兰亭市场上去学习意大利话。'有时静听莫斯科卖饼孩子的说话，对我们非常有益。他们的说话真是正确纯粹得惊人"。

学习民众语言，固然应该直接从民众的口语学习，但也应从各式各样的民间文艺，例如歌谣、谚语、故事、传说、神话、童话，等等。因为民间文艺的语言，就像在海滩上拾来的奇形怪状的光滑的鹅卵石，乃是经过千万次琢磨的结果。普式庚对于这两方面都没有忽略。高尔基说过他是第一个注重民间文艺的俄国作家，并且是第一个民间把这种民间文艺介绍到一般文艺里来的俄国人。而且民间文艺可能在了解民众思想和学习其语言这两方面给予学习者的益处，普式庚是都得到了。普式庚在童年时代就熟悉各式样的民间文学，成年以后他更是努力去研究和调查，除了本国的以外，也兼及外国的，如法国的。从这种研究和调查，他看到了表现俄国历史更为清楚的材料，这正如他告诉他的哥哥所说，用这种方法可以补救一班虚伪的可诅咒的教育的缺陷，这种研究和调查对于学习道地的俄国话，其作用之大是更不必说了。他再指出："要想彻底了解俄国的语言，必须研究过去的歌谣、传说、神话之类，我国的批评家们轻视它们，是不对的。""青年作者们，读读通俗的童话吧，这样，你们才能把握住俄国话言的特质"。

普式庚如此，果戈理也是一样。他曾经努力地搜集了各地的民间语汇，编过一部俗语、古语、稀用语集。他对于俄国民众语的赞美，例如说它"精确得出奇"和"能从心的最深处反映出民众特有的性格"，这些话其实也就是对民间文艺而言。

高尔基的主张则尤其明确。他以为向民间文艺学习的意义可分成两方面：一方面，从中可以知道人民的历史，灵魂，以及建基在他们身上的那社会的和政治的思想；另一方面，就是还可以从它——

学会了语言的节省，会话的简洁和写实性。(《我的文学修养》)

它(民间文艺)，完美地教给我们语言的节省、对话的压缩性和形象性，等等。

它教我像手指握成拳头一般的压缩语言。(《和青年们谈话》)

此外在《论轶事》一文里他说："有一桩重要的事，可以袒护湖畔诗人，他们晓得怎样用口传的民间材料，这样很使英国语言增加丰富。"同样的意思表现在《关于故事》这篇文章里，他说："不待说，人民的口头诗歌，这种永生不灭的诗歌，文学书的祖先，是很能帮助我熟悉我国丰富语言的美丽的。"

关于莎士比亚、加尔德仑、塞凡提斯、米尔顿、但丁、哥德、席勒、拜仑等等的言论，有些是完全不可考了，有些则或者我们还没有完全看到，但无如何，他们都一定是热忱地学习和研究了民间文艺并受了它的影响的，他们的作品都清楚地证明着这一点。

伟大作家们的事实告诉我们：对于民间文艺的爱好和学习，正是艺术上"民众精神"的确定和保证。忽视他的，不啻就是宣告"民众精神"的破产。这在思想上是如此，在语言上亦然。

二、养成写笔记的习惯

世界如一个战场，人生就是一回持续的战争。当我们在生活里苦闷、挣扎、奋斗的时候，于是我们就能深入了人生，接近了真理。而我们这种生活的每一片段、每一鳞爪，就都能为将来写作的极好材料。然而这是需要有意识的蓄积和保存。

法捷也夫在说到过去生活和他创作的关系时，曾说：作家半自觉半自发地蓄积真实的材料，往往他本人不知道这所得的结果如何，作品的观念、主题、结构，起初都是胸无成竹的。他自己的作品如《毁灭》、《乌德黑人的最后一个》是取材料于本国的革命战争，尤其是游击战的训练的。那时他因为没有想到将来会做一个作家，所以一切经过的印象都不曾好好地贮藏在心里。斗争中的许多惊心动魄的东西好多都丢掉了，而那些在当时就不曾意识到的自然更无踪影了。他说：如果那时他曾想到自己将来会做一个作家，并且能够知道使用笔记方法的话，那么显然许多宝贵的材料就不会失掉了。

的确，每一个文学工作者都应该养成这个习惯：把一切与创作有关的东西都随时记载下来，从一个人的面貌特征、细微动作，一个形容词，一句巧妙的讲话，事件的起因、经过、影响，自己的感想、意见、心得，乃至一个人物、一个题材、一个主题、一句土话，甚至一个单字、一个字汇……这些都常在我们的眼前、耳里、脑中，出现或闪过。一定要用笔记把这一切抓住，不但将来可以随时取用和考查，并且还可以依我们作比较研究之用。

但笔记在学习和搜集语言这个工作上的价值和必要是特别明显的。对于那些一闪即过的字眼、句子，特别是方言土语中的，我们怎能记忆许多！还有那些偶然想到，突然出现的非常巧妙恰当的话语，或者一句话语在某种情形下的特殊用法，如果不记下来，过后怎易再遇呢？街上每天都要经过许多古怪或漂亮的人物，但有多少人能在作品里给他们画下鲜明的形象？这不必因为根本就没有几个人的观察体验是特别精锐的，而是因为大多数人在一瞥地看过或领会之后，马上又让自己的印象消逝了。

一个恰当的字眼，一句精妙的句子，这都凝结着说者制造者在当时对事物所发生的感情与思想，然而它们却是非常容易变幻的。怎样才能使这种瞬刻变幻的感情思想复现，小泉八云的回答非常对："只有靠刻苦的努力。"（《作文论》）从笔记下来的语言，我们就可以迎着它们脉脉地着重来了，因此这些语言又同时给我们保存蓄积着许多感情与思想的生动经验了。

用笔记的方法学习和搜集语言，在我国古籍中间也有记载，不过阙载的一定极多，宋代孙升《孙公谈圃》卷下有一条说："公昔与杜挺之、梅圣俞同舟溯汴，见圣俞吟诗，日成一篇，众莫能和。因密伺圣俞如何作诗，盖寝食游观，未尝不吟讽思索也。时时于坐上忽引去，奋笔书一小纸，纳箅袋中，同舟窃取而观，皆诗句也。或半联，或一字。他日作诗，有可用者入之。有云'作诗无古今，惟造平淡难'，乃箅袋中所书也。"

又宋代魏庆之《诗人玉屑》卷十五，引《李贺传》说。

李贺未始立题然后为诗，如他人牵合程课者。每旦出，令小奚奴背古锦囊，遇所得，书投囊中，及暮归，足成之。

271

又宋代何谿汶《竹庄诗语》卷一引《苍梧杂志》说：

> 东坡尝谓钱济明云："凡读书可为诗材者，但置一册录之，亦诗家一助。"

以上三条所说，虽然笔记的范围比较现在我们所主张的狭小，例如只限于记录随时想到的佳句和从书上取材，但意义则和现在我们主张的笔记本没有多大不同。

在外国作家里，我们知道俄国的作家似乎是最重视这个方面。普式庚和果戈理都曾辛勤地倾听和记录下来民众的歌谣、故事和口语。契诃夫身边常带着的一样东西就是笔记本子。高尔基更不必说了，这里只举出两点：在《我的创作经验》一文里他说过他的笔记"起初记录些谚语、俚言、俗语，这些形成了我个人的印象"，在给人的书信里他又说过："从十六岁到现在，我都是当做别人的私语的听者而过活着的。"

至于现代的作家，我们也可以随便举出三位来作例子：

A·托尔斯泰在他的创作经验的自述中这样说："我写了好多年笔记，但写得很少，大部分都是记些句子，从前写我看到的风景等，但这些我一次也不曾用着过。记忆保存着一切的，只要把它提醒就得了，但句子、词，是必须记录的，有时由于一个句，就能产出典型来。"

左勤克也这样写："我想，每一个作家都应该预备着笔记簿。它对我常是极端地重要，几乎每天、每晚，我总要记进去几个单字、一两个句子，有时候也用极简单的一字或一句，记入一些随便遇见的形象。我已经养成了习惯，每天非做点这种事情不可。每天我写进笔记簿里的东西，在我的比较远大的工作上，虽然不常适用，但有些时候，特别在当我工作没有了灵感的时候，我便从笔记簿里摘取单字和句子。而把他们运用在小说或故事里。"

左勤克自述他处理笔记簿的方法说：你以为我从笔记簿里摘取单字和句子，是把他们粘到故事上去么？不是的。我的笔记簿分为三个部分：一部分是字，我记下我所喜欢的那类字——或新字，或因自己不常见而引起兴趣的字，荒诞不经的字，或谈话时惯用的俗字。是这类字，我便记下来。但若就这样把它们硬绷绷地粘成故事，是错误的。每逢我的故事使不出自己力量的时候，我便翻开笔记簿来，把那适用的、发光的或能增强我们所叙述的故事的真实性的字

272

句采用到原稿上来。第二部分是句子、俚语、箴言,第三部分记着我预先想到的故事和题目。(《我怎样写作的》)

左勤克的这个意思是对的。并不是一经写在笔记簿上的就可以随便硬绷绷地粘用,而是仍应加以选择和改造。

拉甫列涅夫回答许多人关于他所作剧本《炸毁》中的用语问题时说:我自己没有在海军里服过务,我从那里能晓得海员群众的字眼、谚语与声调? 在一九一九年,当我流落到铁甲火车中,而且沉到海员群众的海里的时候,那些人相互间谈话所用的句法、结构、语言和字眼之奇异,使我惊异得了不得。我把我所听到的这些统统记进我那本破损的小笔记簿里了。在完全谈不到文学的当时,我这样做并没有什么预期的目的,那时我做梦也想不到丢开了大炮会来从事文学。但这些话就这样给我记录下来了。继续了八个月,当这本笔记簿给写满时我把它抛开了。于是当我要在剧本里表示海员群众,而且要使他们用真正的海员们的话来谈话的时候,我才想起了这本簿子。真是多么运气我没有把它丢了。我从这里面用到剧本《炸毁》里去的大概有四分之一,剩下的还有四分之三,如果我还要写这类的东西,这个足够蓄贮好久的运用了。

由于笔记簿有这样大的作用,拉甫列涅夫原来不过是无意中做了的,现在则完全主张要抱着鲜明的目的继续做下去了。他说:这本笔记簿给了我很好的教训。一九二八年以前我是从不写笔记的,从前所看见和所听见的许多有趣的东西,现在好多都忘了,因为记忆力已经弱了。但是从一九二八年起,我定了规则,记起笔记来,我天天就按步就班地在日记上记笔记,按着可能。我写入简略的、精彩的材料,锐智的字眼,特异的句法。这或者对我好久都用不着,也或者马上就可以用着。这对于工作是非常必要的。我将毫不苟且地做下去……

文学是用语言表现的艺术。因此每一个文学工作者,都必需有一个充实的语言贮藏室,这贮藏室里正应该贮藏着大量你所必需的字汇——各种明畅的、罕见的、新鲜的、简练的、独创的字汇。这贮藏室要建立在什么地方? 其一在你心里,其二就要在你随时都带着在身上的笔记簿里。

果戈理的语言观及其写作过程

一、果戈理的语言观

伐娄赛也夫在一本研究"果戈理怎样写作"的书中,曾指出果戈理在他全部的生涯中,怎样用心地,甚至是刚愎地在俄国语文底一切的精细上,和一切的阴影上研究了它们。他热心地把凡是能够找得到的稀用的文字、方言、专用术语,都写进自己的笔记簿里。他还传下来一卷他所编辑并且全部亲笔钞写的《俗语古语稀用语集》,甚至他还梦想过要编一本《大俄语详解辞典》。是这样一种勤苦丰富的努力和语言知识,才使果戈理达到了语言艺术之极高境地的。

果戈理的语言在多方面都达到了极高的境地,可是这并不是偶然和无意识的结果,反之,他对这些方面都有明确的主张和自觉的努力。《死魂灵》虽是他的一部小说,中间却泄露了他的对语言之坚决明了的意见,从这些意见,我们将看到在果戈理身上,认识和实践的结合,是达到了多么和谐的地步。

首先,他以为讨厌民众语的,就造不出精美的文体。在果戈理的时代,一般所谓上流社会的男女,为要表明他们的身分不同凡俗起见,都说着一种半吊子式的俄国语。这就是说,那中间夹杂着许多生硬的外国语的成分。《死魂灵》第八章里描写他们说:

> N市的闺秀们也如她们那彼得堡的同行一样,在言语和表白上,总是十分留心,而并努力于正当的语调的。没有人听到过她们说:"我擤鼻涕","我出汗","我吐口水",她们却换上了这样的话:"我清了一下鼻子",或"我用了我的手巾"。无论如何不能说:"这盆子(或盘子)臭",不能的,连觉得有些这意思的影子的话也不能说。要挑选这样的一句来代替它:"这盆子不成样子呀。"或者类似的一句话。因为要使俄国话更加高尚,他们就把语言的几乎一半,都从会话里逐出来了。于是人就只好常常到法国语里去寻逃路,而这就成了完全两样的事情;用起法国话来,那么即使比上面所述的还要粗俗几倍的词句,说出来也全不算什么回事!(《鲁迅全集》二十卷,页三○五—三○六)

在同一章里,果戈理又说这些所谓上流的士女,他们用德国话、法国话、英国话和你应酬,多到令人愿意退避。他们甚至连说话的样子也要学来头、存本色,例如:"说法国话要用鼻音,或者发吼;说英国话呢,像一只鸟儿还不算到家,得再装出一副真像鸟儿的脸相,而且还要嗤笑那不会学这模样的人"。(同上,页三一五—三一六)这些男女,他们竭力避忌的,就是一切正当的俄国话;然而也就是这些男女,他们都又有着那么一种严厉的要求,他们简直要求一种最规矩、最纯粹、最高尚的文体来做文章。所以果戈理说："一句话，他们是要俄国话自己圆熟完备，从云端里掉了下来，正落在他们的舌头上，只要一张开口，教跑出外面去就好了。"（同上）

在这里，很明显地，果戈理的意思是说：讨厌正当的俄国话——民众语的，一定造不出精美的文体。那些男女"自己就不讲或不会讲合式的俄语"，又有什么资格来要求最规矩、最纯粹、最高尚的文体呢？

在反对胡乱采用外国语这一点上，我们知道哥德和果戈理是一致的。哥德在《诗与真》里所称为"可笑"的那种"外国式熟语的直接使用和它的半德语化"，正就和果戈理指出俄国"上流"社会男女用语的情形相同。这样的用语，以其没有经过选择、又没有经过融会贯通的过程，所以决不能达到纯净自然，平凡易解的地步。而一种良好的文体，如果缺乏这两个条件，当然也就不能成立了。

其次，他非常称赞民语，以为民众的语言才真是"活的"语言。在《死魂灵》的第十一章里，当果戈理赞美俄罗斯的"神明一般"和"出色"的儿女时，是以"死文字"和"活言语"来作比的。他说：

> 在这故事里，可也许会听到未曾弹过的弦索，看见俄罗斯精神的无限的丰饶。一个男子，有神明一般的特长和德牲，向我们走来，或者一个出色的女儿，具有着女性所有的美；满是高尚的努力，其作伟大的牺牲，在全世界上找不出第二个，别个种族里的一切有德的男男女女，便在他们面前褪色，消失，恰如死文字的遇见了活言语一样。（同上，页四一〇—四一二）

很明显的，果戈理这里所说的活言语，就是指的民众语。民众语为什么是活言语？细释他的说话，不但不是未曾解释，而且解释得非常出色。那原因，第一，就因它是"精确得出奇"，能够一下就击中事物的要害。他说：

> 俄罗斯国民的表现法，是有一种很强的力量的。对谁一想出一句这样的话，就立刻一传十，十传百，他无论在办事，在退休，到彼得堡，到世界的尽头，总得背在身上走。即使造许多口实，用任何方法，想抬高自己的诨名，化许多钱，请那塞饱了的秘书从古代的公侯世家里找了出来，也完全无济于事。你的诨名却无须你帮忙，就会放开了乌鸦喉咙。清清楚楚的报告了这鸟儿是出于那一族的。一句惬意的说出的言语，和黑字写在白纸上相

275

同,用斧头也劈不掉。凡从并不夹杂德国人、芬兰人,以及别的民族,只住着纯粹、活泼、勇敢的俄罗斯人,俄国最深的深处所发生的言语,都精确得出奇。它并不长久的找寻着适宜的字句,像母鸡抱蛋,都只要一下子,就如一张长期的旅行护照一样,通行全世界了。在这里,你再也用不着加上什么去,说你的鼻子怎么样,嘴怎么样,只一笔,就钩动了你,从头顶一直到脚跟。(同上,页二二)

第二,就因为它能从心的最深的深处,反映出民众们的特有的性格。他说:

恰如虔诚的神圣的俄国,散满着数不清的带着尖顶圆顶十字架的修道院和教堂一样,在地母的面上,也碰撞,拥挤,闪灿,汹涌着无数群的国民、种族和民族,而这些民族,又各保有其相当的力量,得着创造的精力。有着分明的特征,以及别样的天惠,由此显出它固有的特色来。在一句表现事物的话里,就反映着他那特有的性格的一部分。我们在不列颠人的话里,听到切实的认识和深邃的世故,法兰西人的话是轻飘飘地飞扬,豪华地发闪,短命地逆散的;德意志人则聪明而狡猾地造出了它那不易捉摸的干燥的谜语。但没有一种言语,能这么远扬,这么大胆地从心的最深的深处流出,这么从最内面的生活沸腾,赤热,跃动,像精确的,原来的俄罗斯语那样的。(同上,页一二一)

在以上所引的议论中,只有一点我们不能同意,就是果戈理的爱国热忱,使他过于抹杀了别国语言的优点。其实任何一国民众的语言,它们都有着和俄国民众语一样的优点。《比较文学史》的著者洛里哀在此书精辟的结论中也曾讨论到这个问题,曾说:你若去问一个法国人,他必定兴高彩烈地对你说:蒙田和巴斯葛以及福禄特尔等人的语言是世界无匹,因为这种语言曾经表示过许多优美而又深微的东西,它又自然,又有趣,又灵巧。再若去问一个德国人,他只消把它的许多合沓字铺排给你看,便可证明他那种发表思想和感情的工具是最完备、健全,而且富有弹性的。俄国人和其他各国人也都一样。其实就语言本身说,各国语言都有其长处和短处,而若就语言之寄托思想和感情说,则没有一种语言对于使用它的国民不是最合适而深感其丰富的。

除掉上述一点,果戈理的话真是再对没有了。果戈理的珍视民众语,可说是继承了普式庚的优秀传统的。在近代的俄国文学里,普式庚第一个创造了壮丽的语言,这种语言是从民众语的浩流中抉择并改造而组织成功的。他竭力主张著书本子上的语言应跟人民的土语接近起来指示作家们去研究歌谣和神话,他自己则除大量记录民歌谣谚,向保姆学习民众语不算,还时时扮成平民,到乡下的集市和寺院里去,和各色各样的平民们谈话,倾听他们的语言。果戈理继承并发扬了这个传统,接着托尔斯泰、契诃夫、高尔基他们也生气百倍地挑起了这个担子。这样就造成了近代俄罗斯文学的光华灿烂,和民主精神的昂扬。

我们知道哥德也曾称赞民众语,此外还有法郎士、雨果,等等。差不多凡是够得上称为伟大的作者,都曾说过类似果戈理的话。伟大的心灵同以对工作的真挚和热情作为惟一的基础,在屡蹶不折、愈挫愈勇的经历中,所以能够达到相同的认识。然而我们从别的作者那里,却不容易得到和他们一样丰富的论据,因而他们便显得特别重要可贵了。

二、果戈理的写作过程

果戈理的对语言的意见在他自己的作品里都变成了事实。他没有装出一副真像鸟儿的脸相去学舌外国话,他的语言是一种经过提炼的民众语,既活跃,又精确,这是跟他的写作过程有密切联系的,因为光是知道语言应该这样这样,不一定就能写出这样这样的作品来,如果他并没有去实际地努力。

他的写作过程是怎样的呢?

一八四三年他在从罗马寄给莫斯科谢惟略甫的信里,说:"我宁可饿死,不愿发表那没有分别,不加思考的作品,不要责备我!"又他在论文《历史画家伊凡诺夫》里说:"现在都感到拿迟缓、懒惰,来责备那样的艺术家——好像一个卖力者,把自己的全部生活装进工作里面,甚至忘记在世界上除了工作还有没有什么快乐存在的艺术家,是妄诞的了。"

果戈理是决不能敷衍工作的。他永远逃不开自己这样一个要求:"创造精密的东西——实体的,坚强的,从多余和过渡里解放出来的,在心灵的崇高的真面目上是全然清晰的和完美的。"在给检查官尼基勤克的信里,他说:"每一个句子,我都是用思索,用很久的考量得到的。同那种在别的作家一点不费什么地一分钟内就把它换了另一个句子的句子分离,在我是一桩困难的工作。"为着证明这一点,我们可以举出他自己的叙述:

首先需要抛掉一切走到手上的东西。虽然这并不怎么好,但得下这样的决心。连那笔记簿也要忘记。随后,过一个月,过两个月,有时也许还要久些,你再拿出你所写的东西来读一读吧,你会发现有很多不对的,很多多余的,和很多没有达到的地方。你在空白上做一些订正和注解,重新抛开那个笔记簿吧。当下次读它时,仍要在空白上添上新的注解,到那里无处可写了,就移到远一点的页边。当全部都被写成这情形时,你便亲自来把这些文字誊在另一笔记簿上。这么就给你新的光辉,剪裁,补充,词句的洗炼。在以前文字中会跳出一些新的字句,这些字句非安置在那里不可,但这些字句不知怎样却不能起初一下就现身出来。你再放下那个笔记簿吧。你拿起它,读一篇,用同样的方法改一改,当又被涂抹得不堪时,你再亲自誊一遍,你到这里会发见,随着文字的坚实,句子的成功和洁净而来的,是你的手似乎也坚实起来了,于是每个字也更加强硬和坚决了。应该这样做八次。只在八次的修改——必须是亲手的修改之后,工作才算完全艺术的地了结,才会得到创作的真谛。(N·V·别耳哥的回忆录)

因为是这样严格地创造了出来的,所以他的语言显得是多么自然,多么严密。而且自己也就在这样严格的工作中得到了无上的愉乐。在小说《肖像》里他所写的这一行话——

艺术家底一切的自由和轻快的东西,都是用过分的压迫而得到,也就是伟大的努力的结果。

就完全是他自己的写照——甘苦之言。

在某种意义上,果戈理是一个最高自我崇拜的奴隶,他常常觉得自己是一位神,被召来申诉永恒的真理的神。然而这却并没有妨碍他热烈地、固执地寻找最严格的批评。为什么? 因为他知道:高于一切的自爱者,还是他的作品的完整。为了这,他不但可以容忍,并且还原意感谢那些极愚昧的批评,因为从中他也能得到一些利益。你看他的自白是多么大量和充满着明智的光辉:

你愤怒是没有用处的。就拿在《死魂灵》上面的一些攻击底过程的语调说,这也有它好的一方面。有时候,倒需要有反对自己的愤怒。谁热中于美丽,他就看不见缺点,而且失去了一切。但谁若被激怒,那就是说别人努力地在我们身上挖掘一切的污渣,把它那样明显地暴露出来,我们便非得看看这污渣是什么不可。不过很少听到这种真理吧了。为求它底一个小片,可以宥恕一切的侮辱的声音,不论它这真理底一个小片,说了些什么。……

那些加于我的讽刺和嘲笑,对于我是需要的,虽然从第一次起就使我心里很不高兴。我们是怎样地需要不断的指挥,和那种侮辱的语调,那些刺激的、入骨的嘲笑呵。在我们的灵魂深处,隐藏着多少的微小的无聊的自爱,感伤的丑恶的贪心,所以应该每一分钟有人叱责我们,抨击我们,用一切可能的器具打击我们,一面我们还应该感谢那每分钟地打我们的手。

他在写给朋友们的信里,常是恳切地要求他们指出自己的缺点,说:"对我指出总是应该比对别人指出得更多,""请你尽尽地再说。得严格和认真些我需要这个的。"他又随时细心注意人们对他作品的反应,而从中自己体察什么地方还有缺点,应该改正。在诵赞自己作品的时候,他炯炯地察看听者们的脸,敏捷地捕捉那几乎看不出的理解上的印象。他写给阿克沙柯夫说:"我在他们深沉的静默中和偶然地轻轻滑过他们脸上的疑惑底脸小动作中发见了的东西,在第二天便给我益处了。如果懦怯不妨碍每个人充分地讲述自己底印象的性质,那么一定会给我无比地大的益处。……不害怕连累自己。不害怕伤损温柔的口气,和别人的情感的弦子,在头一分钟就讲出自己底最初印象的那种人,才是宽大的人。"

寻求和接受人家的批评,这还不过是他这种精神的一面,那另外一面,就是自己深刻的反省。他时时都感到自己所做的一切都是充满着缺点。在写给茹考夫斯基的信里,他说:"如果严格地正确地研究一下,我在此刻以前所写的一切都是什么呵!我觉得,好像我翻着学生底旧时的练习簿,在那里面,这一页是怠惰和空日子,另一页则是躁急和潦草。初学者底懦怯的战栗的手,和顽皮者的大胆的恶习,代替着文字,却抹出了钩子,因此,那手是应该挨打的了。"写在写给普洛科包维奇的信里他又说:"我害怕想起所有我的拙劣的作品,它们在我的眼睛里显得好像凶恶的原告之类。我的灵魂在请求忘却,永久的忘却!"

因为这样一个作家。所以他不仅烧掉过许多其他的手稿。甚至连费尽了多年心血的《死魂灵》第二部,也一烧再烧三烧终于烧干净了。伯杰朗说得好:"没有什么比那被勇敢地投进火炉去的原稿底火焰,更能够照出这个作家了。"

这就是一个天才,而这也就是足以把自己造成天才的——一个人的工作与精神的全貌。果戈理才忍耐了别人所不能那么久地忍耐的,流了别人所不能那么多地流的汗,才成为天才——语言上的天才的。

果戈理的对于语言的见解,和他这样的写作过程是不能分开的。从对语言的见解使他采取了这样一种辛苦努力的方法,而从这种辛苦努力中,也一定更加坚定了他的这些见解。理论与实践的交互影响,在果戈理身上也可以得着一个例证了。

托尔斯泰的语言观及其写作过程

一、托尔斯泰的语言观
在一九〇八年一月十四日给 S·加乌里珂夫的信里,托尔斯泰曾这样说:

> 你的关于巴里芒得普夫、普普夫和其他一般的诗的议论,对于我是无缘的东西:不但没有兴味,而且不愉快。我常常想,作为思想和真实的表现而有用的语言——灵魂的显现,这是重大的工作,议论它的规模之大小、韵律、鲜明性、素直性,等等,都等于亵渎圣物,那是和农民跟在犁的背后踏着跳舞步子而把笔直的土列弄乱了同样是恶劣的行为。

从这段话或有人会以为托尔斯泰凭其起语言的宗教式的崇拜,是根本反对讨论语言问题的。但实在他只是反对那些纯从形式和外表上来理解文学语的议论。诚然,脱离了思想和真实,一切对于文学语的议论都可说是废话空谈。

不管托尔斯泰的整个思想体系里是存在着怎样多的弱点,可是他对于语言的意见一般说来却是很健康的。他的意见主要有两点:

其一是主张语言必须正确和明了。大家都知道;在托尔斯泰的思想里有一个始终存在的特点,这就是他对于民众——特别是对于占有民众大多数的农民的重视。因此他评论语言和文学,一以它能否使一般农民了解为标准。一八九〇年十二月二日给 A·阿略兴的信中他说:

> 如果做得到——那是非常希望的——我一定要用连仅仅能够看书写字的农民也能够了解的文字写作。

他自期如此，也以此批评别人，例如他批评颓废派的作品：

　　为什么颓废派无疑地是文明的凋落？那理由是：艺术的目的在于把人结合在一个同样的感情里面这一点，而颓废派的作品却正缺少了这一个条件。他们的诗和技术，不过是使和他们自己相同的反常的人们——一个小小的圈子中意而已。真的艺术应该捉住很广的领域，把握人类灵魂中的本质的东西。真正伟大的艺术，在无论什么时代都是这个样子的。（一九〇二年九月二十六日的日记）

　　颓废派的作品不是结合广大人类的原因，自然不止一端，但他们的用语（因之也是思想）之扑朔迷离、隐晦怪诞，不能便大多数人了解，却是一个很重要的原因。
　　托尔斯泰希望文学作品能够为一般农民了解，文学作品能够成为结合广大人类的手段，所以他必然会主张语言的正确和明了。一九〇三年十一月给 A·梭珂洛夫的信里他强调地指出：

　　仅仅说文章里面所装的思想是正确还不够，那思想还应该表现得使一切的人都明白。而且重要的是：脑子里应当常时记住，不要说无论什么多余的话。

　　一九〇九年给 L·安得列夫的信里托尔斯泰劝告他要"在作品里更加用力，用明确性和正确性把自己的思想引导到作品里面，直到最高的阶段"。而在这之前，他已经告诉过 M·梭颇次珂说："文笔上最好的工作，就是为了使问题趋向明了，一面对自己，一面也启发别人。"（一八九六年末）并且已经指出过 V·弗洛里夫的缺点，是在"思想里面没有为了能够明确地表现那必须的成熟"了（一九〇五年十一月三十日）。
　　要做到正确与明了，是不容易的。一八九〇年四月九日的日记里他说："把你所理解的事情用语言表现出来使别人能像你自己一样地理解，是非常困难的事情。而且，时常总觉得，当然应该这样的事情，能够这样的事情，还很远很远地不曾完成。"因之他告诉 A·梭珂洛夫："为了那，大的努力是必要的。"告诉 L·安得列夫："为了把自己的思想引到完全的明确性去，将不会爱惜任何努力

281

和任何时间的罢。"归根结底,语言上的正确明了,是来自思想的正确明了,而思想的这个美质,必须是从作者的充沛的热情中,从他艰苦的对生活的战斗和体察中,锻炼培养出来的。托尔斯泰在这里所说的"大的努力",意思实即指此。

在托尔斯泰的语言观里,最值得注意的就是他明白地揭出思想对语言的决定的关系。不正确不明了的语言是来自不正确不明了的思想,没有思想的语言他以为不过是单语和成语的罗列,与"真正的艺术品"无关;因此认为区别出这两者来的"纤细的感觉和智慧的发达是必要的"。(一九〇二年十二月十三日的日记)这不但在语言问题上是一种正本清源之论,同时对学习语言者也可说已指出了一条最正当的途径。

托尔斯泰对语言的意见其二就是主张语言必须质朴自然,反对不必要的标新立异和不合实际的故意造作。在前举给 L·安得列夫的信里他说的"看到尤其是近来的作家——一切颓废主义站在那中间——努力地用特殊的东西新奇的东西给读者以奇异之感。使读者吃惊,在我觉得是罪恶。……那是失去了素直,而素直,是美这件事所不可缺的条件。素直而不巧妙的东西,这是会有的,然而不素直而巧妙的东西,却是不会有的",在一九〇〇年十二月三十一的日记里他说:"剧作的重大的不自然,是一切的人物同样地说话说得很长,或者是听着,实际不是那样的。每个人物都有随着自己的性格以及说话方法的特点而有说话听话的可能性。"我们知道标新立异也就是一种不自然,而不自然的,也就决不能做到正确与明了,这一点是和上述一点密切相关的。使用着这种语言的人。在大多数的场合,实际上他们自己也说不清要想说意思,对于这种人,托尔斯泰说:"假如我是沙皇,要颁布一条法律的:对于使用了自己也不能够说明其意思的文字的作者,除了应该剥夺掉写作的权利,每人还要打他一百板子。"(一八七八年九月六日给 N·珂斯它和夫的信)

因为主张质朴自然,所以曾经指摘过高尔基早年的小说《牡牛》,而对他说:

　　你使用文字并不高明。你的农民们说的话像是都很聪明,但在实际上,他们说的话却常有愚笨、恶劣和支离破碎的地方。最初,你简直不能听出他究竟要说些什么话,因为那是故意装成的。在他们那样地讲着的话语里,总隐藏着一种愿望,那就是要别人去代他把深藏在他心坎里的意思显露出来。一个道地的农民,通常是决不立刻显露出他心坎里的事情来的,因为这对他没有什么利益。他知道如果在你面前显露了一切,你就立刻可以看出他的全部的弱点。他们是很会猜疑的,甚至对自己的老婆也不肯说真心话。但是在你的小说里的农民却是一下子什么都显露出来了,这只是智慧者们的集会!而且他们说话都用警句,也与实际不符。警句对于俄罗斯的语言根本不自然的。(高尔基《托尔斯泰的回忆》)

照托尔斯泰的意思,高尔基的这种描写是犯了什么毛病呢?就是:滥用技巧,不肯写得质朴一点,免不掉书卷气。他说:

> 你常常喜欢用你自己的颜色涂到各种裂痕和缺隙上去。……你还是不把那些涂上去好些,否则你将来自己要懊悔的。再你的语言是非常巧妙,运用着各色各样的技巧,但这是不好的,你倒是应该写得更质朴一点,人们的讲话,常常是很质朴的,甚至不相联贯,不过却仍是很好。一个农民不会像一个有学问的年青女士那样问:"倘若四总是比三多,那么为什么第三会比第四好呢?"请以后不要再滥用技巧吧!
>
> 你是非常地书卷气,非常地书卷气。……这是不对的。这将会阻碍你前进的道路。(同上)

"五卅"前后,我们文坛上出现了许多以农民生活为题材的作品,作家都注意到农民们的生活并把他们的苦痛表现出来,自然是好现象。但可惜那些作家不过是激于一腔义愤。认为自己应该负起描写的责任,而实际则并不亲切了解农民生活的真相。因之他们的作品很少是成功的。这情形,在他们描写农民的对话式独白中最可以看出来。说他们是农民,倒是说他们是革命意识已极浓厚的知识份子,或文绉绉的读书人更正确些。这种情形恰和托尔斯泰对高尔基这番话中说的一样。

又因为是有着这样两个主张,而民众的语言恰是非常正确明了,质朴自然的,所以托尔斯泰才说语言的天才是存在民众们身上。在给鲍耶的信中,他说:

> 这类人(指农民和一般的民众),是一班大家。从前,我同他们谈话的时候,或者同那些背了褡裢经过我们乡下的漂泊者们谈话的时候,我非常注意他们的语言的表现。我有生以来初次听到他们的语言,竟至于时常忘记我们近代文学上的语法。……是的,语言的天才,是存在于这类人身上。

据托尔斯泰自述,由于长时生活在农民中间的结果,不但对于农民的语言变得极其敏感,并且连他的思想方式,也深受了他们的影响。这样的结果,竟使他再也不愿传统的文体观念,而宣布了传统的文学语不过是一种"没有骨骼"的东西。一八七二年他写信给斯脱拉珂夫说道:

> 我将变更我的作法和语法。民间的语言,会有诗人所不能说出的作表现用的声音,这对我非常亲热。这种语言,实是语的最好的调整器,谁要是想说些过分的夸张的虚伪的话,这种语言就不能适合。因为我们的文学语言,是"没有骨骼"的,所以我们可以把它向各方面牵来牵去而总归像是文学。

从上所述,可知托尔斯泰之论语言完全以正确明了与质朴自然为准则,而这又是完全出于想使大多数民众了解艺术的动机。无疑地这些意见都非常正确。而他自己也的确就是依据了这些准则写作的。

二、托尔斯泰的写作过程

和果戈理一样,托尔斯泰不但在理论上对文学语言有很正确的提示,并且在作品里也实际表出了他在这方面有着极高的成就,而这也是被决定于他那十分艰苦,十分审慎的写作过程的。这里也明白地显示着,如果托尔斯泰也可说是一个语言上的天才,那么他之具有这种天才决不是偶然的,因为他曾经给出了非常之大的代价。

托尔斯泰非常重视"全神贯注"和"仔细"的工作态度。法国学者布丰说了"天才就是忍耐的话",他补充说:"这话是完全正确的。不过这却不是说:好吧,我就忍耐吧,而是说:当你还没有把你能力所及的一切去贯注到一件事情上之前,决不要从自己手里放过它。"当有人提及绘画时对一草一木的考究是否必要时,有人以为这样的繁琐的分析会把灵感赶跑了,而他说:"一点也不——灵感乃是把可写的突然地写了出来之谓,灵感是表示着人们应该接近的美满境地,假如没有这种灵感,那么最好不要动笔。"又说:"愈于锐敏的灵感,那么,成全它的工作便应当做得愈加仔细。我们读着普式庚这样流畅单洁的字句,于是我们以为他是炼成了这样的型式。可是他为了这种流畅和简洁,费过多少心血呢,我们就不大明了了。"

的确,大多数的读者是不了解作家们的苦心经营的。杜甫就说过:"文章千古事,得失寸心知。"当读着一本作品时,十有九个读者会发生一种容易的感觉:"原来名著就是这样的么? 这有什么了不起,我也能写出这样的东西来。"幸而他们这种人很少真去写作,所以这种感觉他们常常可以保持得很长久。其中有些真去写作过的人便不同了,他们便不敢再随便夸口了。如果他们继续写作下去,那么他们就会逐渐了解伟大作家们的作品,即使只是一本看去极简单的东西,也一定会使作者遭受过非常巨大的顽强的艰难和困苦——例如无止境的改作、涂抹和删除。

托尔斯泰最不满意于当时一般作者的便是他们写作的草率。一九○八年九月间有次他说:"不久以前,我又把普式庚的作品读了一遍,这是多么有益啊——全部问题就在于:像普式庚及其他几位作家,或许连我也在内,都曾努力把他们能力所及的一切都贯注到他们的写作上去,可是现在的作家们则简直在玩弄题材和文字,玩弄各种比较法,而把它们胡搅一顿。"在一九○九年二月四日的日记里他又这样写道:"大大小小的天才,从普式庚到果戈理,都是这样地从事写作:'唉,不好,不妥当,无论如何,要写得更好些才行。'而现在的天才呢?'嗳,谢天谢地,就这样算了吧!'"

托尔斯泰这样的指摘不但很正确,而且他是有着作这种指摘的资格和权利的。因为极少人的写的过程能够像他一样地艰苦和审慎。

无论那一个作品,在写作之前他总要孕育着它经过一段长的时间,例如《安娜·卡列尼娜》,在一八七○年二月十四日他就已把它的主题告诉太太了,但这部作品一直到三年之后,即一八七三年在月十九日才开始动笔。《郭尔纳·华西里也夫》的孕育时期尤其长,它起意于一八七九年夏季,到一九○五年才着手写成,这中间一共孕育了二十六年。

孕育——这是一个极必要也极辛苦的预备时期。不经过孕育,一切都将显出是孱弱的,先天不足,不成熟的;而孕育起来,要把一切杂乱的、不纯的,加以整理和陶融,可又决不是轻而易举的工作。所以当一八七○年十七日他的心全被自己未来小说的计划所充塞住了时,他写信给费特描绘这种困苦的情境,说:

我烦恼着,什么也没有写,却在痛苦地工作着。你不能想像,这种深深耕耘土地的预算工作,对于我是如何艰苦。在那块土地上我是我定要播种的。我思索,和再三考虑着这部作品的全部未来人物可能发生的一切,又

285

屡次三番想到要从百万个可能的结合状态之中选出其中的一个来。这是非常困难的,而我却正在从事这种工作。

在这个孕育的时期中,托尔斯泰把所要写的一切都想好了,似乎写作起来应该很容易了吧?然而并不。对于他,写作时的困难也不下于孕育的时候。

在写作过程中,他常常要变更作品计划的本身,不管已经写好了多少页。《战争与和平》被他丢弃了的开头,在他的原稿纸上保存着许多。计划完全确定后,作品的故事就开始渐次展开,这时他就要对作品的各个部分仔细推敲和修改。《童年时代》是他的第一部中篇小说,他就把它改过四回。一八五二年十月八日在日记中他这样写:"必须永远弃绝那种想法,以为写作可以不经修改。改三回、四回,这还嫌少哩。"可知不倦的改作,一开始就已是他的信条。

在写作《战争与和平》的时候,他不只修改删除了个别的字和行,并且还整页整页地加以删改。负责这书出版事宜的巴尔金斯着急地写信给他道:"上帝才知道你做的什么。这样下去,我们将永远不能把校对和印刷的工作弄完。我可以找一个你所高兴的人来证明,你的修改大半都是不必要的,然而印刷费却因之大大地增加了,为了上帝,请莫再吹毛求疵吧。"(一八六七年八月十二日)而托尔斯泰却这样地回答了他:

要我不这样去涂改,像我现在涂改着的一样,我是做不到的。我确实知道,这种涂改有很大的好处。不……就是说,如果不经过五次的反复删改以投你之所好,一定会糟得多哩。

《复活》的情形也是一样。托尔斯泰在一八八九年十二月二十六日就已将这部作品的初稿大致描下,可是等他读完他的最后校正稿时,已是一八九九年了。这部作品的亲笔初稿和经他修改过的誊稿。保存下来的有五千三百页左右,这工程之辛苦亦可想见。

无论写什么作品,他总是竭力研究了种种材料,务使达到精确逼真的程度。在写《复活》的时候,为了不致误解当时囚犯生活的真相,他不但凭书本,并且还努力亲自去研究,或根据亲近友人的谈话去研究。他曾想访问莫斯科的布兑耳监狱,没有获准,于是他就设法去参观阿雷尔县的监狱。为要真实描写被放逐到西伯利亚去的囚犯沿着市街行进的情形,他便等候在布兑耳监狱的大门口,等候囚犯们出来，一直跟他们一道走完了由监狱到车站的路程。他又在家里招待这监狱的管理人，详问他关于狱中生活的情形。他又向坐过牢的工人详问他在牢里的生活。

归结到语言问题上来。所有以上的叙述都可以说明一点，即托尔斯泰在语言上的成功不但由于他对这个问题有很正确的认识，还由于他能精结地研究了材料，经过长期的孕育，并且加上多次的改作。他的成功不是凭空得到的，他在语言上的创造也决不是与内容的精炼脱离了关系的。从这里我们也可以明白：即使只是一句精确的话，那也还是要具备四个条件，即正确的思想、精密的体察、勇敢的表现和不倦的改作。

契诃夫的写作过程

契诃夫每在坐下来提笔写实地写戏之前，先要化费很大的一个时间去准备材料。他面前有一本厚厚的笔记簿，凡是经过什么地方，或者在读什么书的时候，忽然得到了独立的句子，只要对他的人物性合适的，他就都把它们记在里边。等到簿子里集聚的详细琐屑够了充分的数目，在他就认为可以从这句子上边构造角色了，再等到他把每一幕特有的情调找到，然后，他才开始按着顺序一幕一幕的写下去。戏中的人物，这个时候已经在他的心中完全确定了，即使这出戏往下写到底，据他的一封信上说：这些人物也都保持不变。他不相信一出戏是可以用许多事件硬凑起来时，所以在这一点上，他小心地避免。剧中的故事往下逐渐发展，恰如现实生活在这种期间慢慢发展的情形一样，慢慢地，慢得有些教人生厌，也教人看不出一如逻辑的痕迹。人生的活动，常是受偶然事件的影响的，人们一点也不给自己的生活自行起建什么东西。人类就像下棋的赌注一样握在看不见的赌徒的手中。荒谬的与可同情的，高贵的与无价值的，聪明的与愚蠢的，一切全都交织在一起，成了一个特别戏剧共鸣的形式呢。变成了人类声音与外在声音的和响，有时听见四弦琴声，有时听见一个带着七弦琴沿街歌唱的妇人，又有些时候，可以听见风把烟窗吹倒的声音，又有，别处传来的火警。（丹欣柯）

对于契诃夫的写作过程，这是一个很动人的叙述。这里把契诃夫的苦心经营，他的现实主义，以及对于生活的看法都告诉给我们了。"文章千古事，得失寸心知"，也许最公道的批评者真就是伟大作家们自己。因为在一般人眼里，一切彷佛不都是现成妥贴，并无什么难于领取的痕迹存在那些大作品里么。大作家们在他们那些黯然无光的日子里，所经历过了的种种失败和灰心，痛苦的追索，在不眠之夜的忡忡的心跳，以及他们为要造成这种现成妥贴而遭受到了的所有阻厄与危难，往往在读者心里不过得容易之感罢了。他们想像不出要造成这种现成妥贴是需要那么多的力气，原来这中间也得要去争取，去革命的。

契诃夫总感觉一般的演员们是"演得太多了"，以为"如果他们再演得像现实生活一点就好了"。现实生活表现在艺术作品里可以有适当的剪裁和整理，却用不着谁去故意造作。演得太多了正是造作得太多了，这是和现实生活背道而驰的。演得太多所以并不等于演得太好，就为的虚伪造作出来的东西终究不能动人。我们只对可能的东西感觉兴趣，艺术创造上的一切原理都不外是从这出发的引申。

可以说没有什么更比人类的生活更错综复杂，但在复杂的影响中也不是不能听出一种单纯的声音——就像人类要求从残暴的压迫里解救出来的呼声问题是要能从复杂里看出单纯，既不为复杂弄得眼耳糊涂，也不让自己的简单浅陋看成了人生本身的。把单纯和简单等量齐看的人太天真了。

Ⅳ　几个问题

关于文学创造上的外国影响

　　"我不要读歌德",一个青年文学家曾经这样对纪德说,为什么?"因为我怕受到感动"。又一个认识他的人不愿意读易卜生的作品,"因为怕太了解他"。别一个自始就永不读外国诗的人则怕的是丢掉了他的"文字的精髓"。

　　更妙的是还"有一回",纪德说:"我把一个题材举荐给一个青年文学家,我觉得这个题材和他这样适宜,竟使我有点惊奇他怎么没有早就看取了它。八日后,我碰见他,他焦燥莫名。他碰到了什么事情?我很感不安……'啊!'他懊丧地对我说,'我一点儿不怪你,因为你给我的意见的动机是好的——不过看在神的面上,好友,再别对我贡献什么意见了吧,你看我现在自己想到你那天告诉我的题目了,你教我拿它怎么办呢?这是你介绍给我的,我永远不能相信我独自找到了它'。——啊!我并未造谣——我承认我当时好久没有明白他的意思:原来那不幸的人是怕做不成他个人的!"

　　诸如此类,我们现在还不难遇见这种人物,他们以为外国的影响是一种不祥之物,它会给文学带来"损害性"和"损害本国的伟大与荣誉"的灾祸。这就是对于失掉自己的恐惧,可也没有再比这种恐惧更无稽,更狂妄,更愚蠢的了。

　　十八世纪的德国作家莱辛曾说:"谁也不能毫无恶果的在棕树下散步。"这是说我们纵然马上离开棕树的阴影,也已不是跟先前一样的人了。这说明着要我们想像一些完全深刻澈底自然产生的事物是多么不可能。尼采说过饮品也可以给一个民族的习俗和思想的大体以一种重大的影响,比如那些德国人,既

289

饮啤酒,就永远不要想具有饮葡萄酒的法国人那种精神上的轻快与锐利。这种说法夸张是有一点,但人们如要否认自然给他的影响,实在是徒劳的。我们平常也读着许多书,读完后我们合了起来,或者随便丢在书架上,但这些书里有某一句话却不能忘掉,它入我之深,使我再难分别出它与我自己,于是我就变成一个不同的人,已不是跟先前没有认识它时一样的人,而且不管怎样,我将永远不能重新变成先前那样子的人了。这句话的影响已经深深地浸入我以后的一言一动,再也退不回来,洗不干净了。何况更频繁的是我们整天非生活在熙攘嘈杂的人们中间呢?

问题是在于对一个健康的灵魂说所有影响都不会有什么恶果。那些畏忌影响,避开影响的,不啻就是默认了他们灵魂的懦弱和贫乏。他们既不愿给那些可以领导他们启发自己的影响以一臂之助,则在他们身上必无可以启发的东西。伟大的作家生命丰富,充满敏感,他们渴求外邦的影响,生活在新的开发的快乐等待之中,而他们那些身上没有多大富源的,就彷彿时时害怕着《圣经》里面惨痛的话应验在他身上:“有的还要给他,但那没有的,就连他所有的也要拿去。”

真正的艺术家渴求深刻的影响,俯身去就艺术品,竭力将它忘却而使自己更加深入。他把完成的艺术品,看做一个车站,一道边界,要改过样子总能更向前去或转往他处。古人说得好,“太阳之下没有新的东西”,一切的创造都是受了影响而来,而外国的影响则特别是一种激发创造的力量。

纪德说:“那些艺术创造的大时代,那些繁盛的时代,都是受影响最深的时代。例如奥古斯丁时代之受布腊文学的影响,英吉利意大利法兰西的文艺复兴时代之受古代文化侵入的影响,均是。”道登说:“现代欧洲每一种大文艺运动全是由两种民族的结婚生活所产生出来的。所以伟大的依利莎白文学是英国与意大利的爱情的产物;十九世纪初期的诗,是因为法国革命的辽远的希望,在英国刺激起来的热情而产生的。”其实我们文学的历史亦昭示着这种情形。我们文艺传统中的外来影响虽从汉代就已正式开始,如流行的乐府歌词,已受异族影响,但要到隋唐时代,通达西域的阳关大道洞开之后,西方文化卷入中原,才在中土的文学上起有重大的作用。外来影响在当时的盛况,就是造成了普遍的“胡化”。这种影响就使唐代的音乐与诗歌在形式和实质上都起了重大变化,造成了光辉的杰作。比这更重要的是印度佛教的传入和译经文学的起来,在它的直接间接的影响之下,给唐、宋二代以及后代的文学开了无穷新意境,创了不少新文体,添了无数新材料,打下了坚固不拔的基础。若就现代而言,那么"五四"以来我国文学界的蓬勃,乃是受了西欧各国文学的影响,更是众所周知的了。

事实上是世界上的每一种文学都是受了它本身以外的影响而发展了的。每一国的文学,如果只是自身孤独着,一定要因为食物的缺乏而死亡了。小泉八云说得好:"外国文学影响的力量之感应于我们自己的文学,就如以异民族的血液注入一种新力量,给一个软弱将亡的民族一样。"外国的影响每使一种衰败中的文学重复得了生气,好像是健全的滋补,它使故枝上重新开放鲜花。

法国作家古尔芒曾把文学上的外国影响比作一度新的恋爱,一个女子——一个男子也如此——每经一度新的恋爱,就彷佛更经一次青年,因为他们主要的生机就在于一种差不多没有间断的热情。一国文学受了外国影响的激荡后,也必愈显得新鲜而活泼。

文学上的一种新势力,与政治上道德上的新势力一样,不易由同一种性的团体里面发生。无论那个团体,一经组成而取得个性,它所出产的东西就不得不趋于一律,或至少也逃不出几种确定的变化。人类是具有变化的本能的,但它不易自然地变化,而常需要一种由外而入的酵母来引发它起变化。凡是在文学上挟有新势力的民族,那一定是一个多变化的民族,同时它也一定就是一个最能欢迎外国影响的民族。这种现象可以使植物学家想起那种最能欢迎昆虫的植物。

要提高个人的能力,我们都以为必须依赖社交,同样,要激励一民族的精神,也必依赖它跟其他民族有一种精神上的交换。有些人因为没有见到这种精神交换的必要,对外国文学的影响侵入本国文学,往往引为忧虑,其实这全是杞忧。民族的精神不致被那由外吸入的元素所阻碍,犹之一个人的血不致被卫生的食物所败坏。问题在于:食物是没有不卫生的。如果食物是坏的,那么那部分受病的机体必定会努力的撤清它。古尔芒又说:"就是疾病也不一定无用。凡是与一切绝缘的文学,势不能不经过一种衰弱与困倦的状态,文学与其有这种状态,比较起来,倒还是使它受些坏的外国文学的推动势力好。"

现代法国作家保尔·毛仑曾经倡导过一种文学中的新世界主义的运动,我们对他这一运动的内容虽未能完全同意,但他所讲的这一句话"在一个强有力的民族,外国的文学并不比外国的种族厉害",却是真理。他力言交换影响的重要,要求现代的一般青年男女,至少要有一部分的聪明才智是可与外国交换的。他说:一个有动产的家长常晓得他的产业不只有国内公债票的价值,并且还有外国汇兑的价值——即国际的价值……

因此，老是害怕着、避忌着、排斥着外国影响的人们，对于他们的民族，其实倒是一些短视者甚至还是害虫。

关于文学上的创见

托尔斯泰这样向人说过：

> 在一个艺术作品里面，艺术家是不能不说出一些新的东西，属于他自己创见的新东西的。至于如何写作则不成问题。……万不可缺少的是越过别人已经做到的地方，去采集新的东西，不管它如何的微小。……像我的朋友裴特那样写作是不行的，他在十六岁的时候这样写着："泉水汩汩，月光皎洁，她爱了我。"写着写着，可是他一直写到了六十岁还是"泉水汩汩，月光皎洁，她爱了我"！

是的，艺术家应该说出一些新的东西，否则他们的作品就不会有多少价值。可是新的东西又应当是怎样的一类东西呢？

常有的误解便是以"耸人听闻"的"奇怪"来代替"新鲜"，于是就有了许多奇装艳服异想天开的文章。新也有了，奇也有了，可是就文论文，却简直一团糟。而当我们读了那些真正的好文章，就是说那它真正说出了新东西的好文章，我们却感到轻松与愉悦，因为它的确打破了不少的哑谜，解答了不少疑虑，至少它也给了我们另外一个样子的表现。它满足了我们的求知欲，弥补了我们精神上的缺憾，它证实我们的思想路径还不曾走到目的地就已过早地休了息，它的明智的结论惟其对我们是出于意外所以也格外感觉轻松。从轻松，于是便又激发出来了我们的感谢与敬重，而这确是一个完全自然的过程。这就是为什么这些好文章能够强烈地吸引人和陶养人的原因。比较起来，那些以耸人听闻的奇怪事情来打动人的作品只能发生极短时间的作用，正好像用暴力来压服人民的反对一样。严格说，在本质上这样做是一种反文学的行为。

托尔斯泰又说：

> 一个艺术家的观察力的特殊性在于他观察力的独到之处。别人所不能

见的他见到了,别人见到的自然他也看到,可是他的看法也许跟别人不同。

在大体上,所谓"新的东西"只有两种:一是别人所见不到的,一是别人所不能说得这样好,或不能如此说的。别人应是指一般的人,一般人见不到的,作家能见到,所以作家才可贵。见不到并不由于不存在,或者由于识见太浅,偏见太深,所以见不到;或者由于并非专业,注意不集中,容易忽略,所以对于若干微细但极重要的变化见不到。见不到在一般人为不足责,在作家便是最大的缺点,在作品便是最大的伤害,因为这样的作家和作品便不能产生教育读者提高读者的作用。一般的人偶有意见,总苦辞不达意,勉强说了出来,也仍是不具体,不动人,不能一下子就在读者听者的心目里镌下深刻的印象;或者即使能够说得很好,也仍不能随机变化,使身份年龄教育程度都不相同的各种人物都能获得同样深刻的感动。艺术家的可贵也就表现在这种地方:他能够用巧妙的语言向各种不同的读者传播同样具体生动的情意,使一般人都能得到教益。在这一点上,我们可以说那些只能够重复地谈论,和只能够向特定的某个小圈子读者谈论的作家,总还是比较渺小的。因为他们如果真已做到了"深入",那么就是对待着最普通的读者也吧,他们也必然就能够做到"浅出"。

艺术家要能在他的作品里说出一些新的东西来诚然是不易的,但这并不是说新的东西根本不易得。如果我们的期望不要太高,那么对于努力进取的艺术家的新的东西就可以俯拾即是。我们的生活如此复杂多样,我们的时空环境如此瞬息变化。所以事实上我们乃呼吸在一个刻刻更新的世界之中,无穷无尽的新的配合与关系发生呈现在我们眼前,问题只在我们有没有能力、兴趣,甚至勇气——总而言之是对改造生活的热情,来观察、把握和表现这些崭新的东西。正如托尔斯泰所说,不管它在现在看来是如何的微小,可是将来的一切大变化却已从这一点上开始。你忽略了这一点便也是忽略了最重要的一点,因为无论你以后如何注意,你已经在对世界的认识上造成一次中断了。

在每一件真正的艺术作品中我们都可以看到新奇的事物,我们便从中学得到不少有价值的东西。托尔斯泰对一个演员这样解说:"例如你呈现一个农夫,我们在实生活中老看见,老看见他们,可是你传达给我们的是我们平时所没有看到的他们的特点,于是从你的演技中我就看到了对于我是新奇的东西了。"艺术家若是能把事物一向隐藏着的特点向大家揭示了,最低限度可以使大家对这事物的认识更完全,更丰富。若是这个特点竟有着极重要的势力,那么他简直是给读者开辟了一片新天地,也就是说他就提供了一个新观点,有时甚至可以完全改变了过去的局面。你先看到了这一点,你说了出来,这便成了预言,变为"独到之见"。因为你比所有的人都走得更远,所以你便显得比别人伟大了。真正的新奇来自作家灵魂上的开拓和远举,乃是他登峰造极、目光四射的自然结果,伪装不来的。

"新东西"的出现是一个继续不断的过程,停下来就马上是中断。所以懒惰和一时的兴奋都绝不是艺术家成功的原因。一定要不屈不挠、再接再厉、前仆后继地去努力,才能长久维持你的荣耀,如果你曾有过荣耀的话。"江郎才尽"正说明着此中消息。只有在自己的生命上也随时有所更新的艺术家,才可能采集得到最有价值的"新的东西",否则就只好"逆情以干誉,立异以为高",或者藉古文奇字、奇装艳服去招摇撞骗了。

关于平凡与神奇

真正艺术作品的第一个标志,就是从质朴中能够表现灿烂,从琐碎中可以看出统序。也就是,它能化平凡为神奇。果戈理的每一篇小说,对于我们难道不是首先发生这样的印象:"这一切是多么单纯、普遍、自然与真实,同时又多么独创与新鲜呵!"在果戈理小说中的人物,他们都是那样普通,那样熟悉,那样常见,他们四围的环境,又是那样日常的,那样在实际生活中被我们所嫌恶了的,然而在果戈理的表现中,他们都是多么生动而有趣呢,而且有谁能说,他在这里所写的一切,不是千真万确的事实,而只是幻想的捏造呢?

果戈理的崇高的价值,就在他能够从质朴的构思中,从简单普通的日常生活中,掘发出生活的真实,使人在一看没有什么意义的地方发现了意义,在表面美丽的地方看出丑恶,在愚蠢之中流出眼泪。用柏林斯基的话来说,就是他能从生活的散文中抽绎出生活的诗,从生活的平凡与琐碎中扶出深刻有力的东西,使它能震撼人们的心灵。

这种化平凡为神奇的本领是很容易的么?绝不是的。柏林斯基曾经指出:

> 故事愈通俗,愈平常,这就是说,假使那小说底内容愈能引起读者注意,那么著者方面也就愈需要有伟大的天才。当一位中才的作家,来描写强烈的情感与深刻的性质之时,他能怒立,能紧张,能说几句响亮的独白,

讲几件美丽的事物,他能以漂亮的结构、雅致的形式、很好的内容、纯熟的故事、绮丽的词句,那以自己的博学、知慧、教育和生活经验的结果来欺骗读者。但如要他描绘生活的日常的图画,描写普通的与散文式的生活,那你相信着吧,这将成为他的真正的绊脚石了,他滞钝的、冷淡的与无灵魂的作品,将永远不能副你的期望。(《论果戈理的小说》)。

我国晋代顾恺之论画,也说:

> 凡画:人最难,次山火,次狗马。台榭,定器耳,难成而易好,不待迁想妙得也。

为什么最平凡的生活和人物最难描绘?就因为越是平凡的,我们越易疏忽,越容易满足于那表面的认识,在另一方面,也因为越是平凡的,便是大家都很熟悉的,你的描绘不能有丝毫差错,一有差错就将完全暴露出了你的低能与不足。日常生活是最平凡的,不过也是最丰富的,人物是最习见的,但也是最多变化的,一个作者最难把握得到的就是这种丰富与变化,一旦他把握到了就自然能够造出种种"神奇"的事迹来。化平凡为神奇,真是谈何容易!

以上是就构思说,其实用语亦何独不然。我们说的深入浅出,说的用通俗语表现高深道理,也就是语言上的化平凡为神奇。

过去有许多文人学士,作诗文总要装嵌些古文奇字进去,不认识这些文字的人越多他们便越得意,越高兴,以为这样就可证明他们和他们的作品是多么高雅,多么不同流俗,其实这些人自己才真是浅俗,因为他们如果真是高尚、深刻,就决计不会单在古文奇字这种末节上来表现他们的高尚和深刻了。这些人不过是以古文奇字的表面上的艰深,来掩饰他们内部的空虚贫乏吧了。最大的证明,就是所有留传下来脍炙人口的作品,它们的形式是习见易识的,绝少用艰深的字眼,尤其决不故意用古文奇字。一首:"春眠不觉晓,处处闻啼鸟。夜来风雨声,花落知多少?"一首:"床前明月光,疑是地上霜。举头望明月,低头思故乡。"这些诗句里那一个字不是习见易识的,那一句不是浅显易晓?然而这又何尝妨碍了它们意境的柔婉悠远?用古文奇字著书立说的老祖宗扬雄,他做的两部书《法言》和《太玄经》,高雅也许算是高雅了,然而结尾呢,却不过止给人覆瓿糊壁罢了。我们可以断定凡是如此作法的作品都不可能逃脱这样的运命。

295

化平凡为神奇是极不易的,将一种高妙的道理浅显地讲出来使人人都明白,是极不易的。要做到这一点,必先能对这种道理参悟熟透,对各样事物了解精澈,这样以后,任意横说竖说,可以了无罣碍。否则是不可能的。

所以,对于一种道理,一样事物,能够做到了深入浅出的地步的,他一定至少已即近成热之境了。反之,不能浅出的,他一定还没有深入。这在其他学问和事务上是如此,在文学的表现上亦是如此。

柏斯林基说:"构思底质朴:在写实的诗中,乃是诗的真实与否,以及天才的真实和成热与否的一个最可靠的标志。"其实语言的质朴,亦是如此。我们应该明白:语言本身不过是一些符号,它的彩色、闪光、重量,要用作者的血肉和意匠去编织、撞击、锤炼出来,而不是这些符号本身,已先天地具有高贵或低贱的性质。

关于真正的自然

在盛赞着托尔斯泰那种惊人地"简单"的风格的时候,N·丹钦柯曾附带论到了杜斯退益夫斯基、屠格涅夫和果戈理的作品。托尔斯泰是简单的,非常深刻地写实的,又非常精炼于人物的性格,距离我们很近,近得彷彿只要我们稍一举步,我们自己就可以变成了托尔斯泰似的。读他的作品时,在每一个段落上,我们的脑子里都闪着这样一个思想:啊,多么不凡,而又多么简单!这恰恰和我自己想的一样!然而,这又没有一样是我想得到的,这些心理家,这些局势,这些确实的色彩,这些清楚而简单的字句!而杜斯退益夫斯基的作风,虽然也是简单得使人心颤,可是,他那种神经状态的暴露和铸炼而成的心象,都倾向于悲欢离合剧式的舞台性。屠格涅夫的作品精纯是精纯了,但他在颜色的线条上多少加上了装饰的点滴。至于果戈理的作品则虽有多么深刻,多么锐利,"然而我们总觉得他是一个惊人的"作者"!

一个惊人的"作者",意思就是他还没有能够完全泯际雕琢,甚至造作的痕迹。虽然可以惊人了,却仍旧只能把他放在平常的"作者"之列。对于果戈理是否真可以这样说,我们尽管有反驳的余地,但在作家群中有些人的作品确是如此,却亦无可否认。

真正巨大的"作家"和那些小有才能的"作者"之间,究竟存在着什么样的区别呢?关于这一点,我以为在 A·开尔批评"艺术剧院"于柏林演出《沙皇阿多》一剧的文章里正有着相当巧妙的解答。他说:

在戏的灿烂辉煌之中，还有明朗、简单和内心的坚强宁静精神，这一点，就连莱茵哈特的艺术，也还都没有成就到。有一个时期，当我揣摸莱茵哈特最近的几个演出的时候，我就不由得不想到组织那些演出的舞台管理；有多么强，有多么有纪律，我的脑子里永远也摆脱不开一个扰人的思想：四十次的排演。四十次么？四十三次呢！四十五次了！四十五次！莱茵哈特在他处理得特别好的地方，总是有一点叫你想到他那里所下过的苦工夫。可是，在这些莫斯科人们的戏里，我所见到的东西，都教我完全忘掉他们准备时的努力。整个的区别，就在这里。

全剧都那样自然，那样匀称，纯炼的技巧又那样溶化到戏的里面去；那样清楚，那样静默得像是里面锁着东西似的。戏里没有像在那里喊叫的东西，也没有像在那里眩示新漆好的油彩的东西。戏里却有一种东西——我几乎没有法子可以描写——一种精采得发火花的东西。（转引丹欣柯《文艺·戏剧·生活》中译本，页三六二—三六三）

这是一个精细的区别，普通人多半不能感到，但正如 A·开尔所说，"整个的区别"，也"就在这里"。这里没有惟恐读者看不出来的炫耀，没有惟恐读者听不出来的喊叫，也没有惟恐读者不感到惊异的浓眉大眼的装俏。它只是朴素地呈现出自己，只由于它本身具有一种"国色"，所以虽然粗头乱服，质朴不华，却依然能够表现出它的无比美丽。

在艺术的创造上，四十五次的排演或修改是必要的，甚至再多一倍数目也是必要，但对于真正巨大的艺术家，越是经过排演修改便越能接近自然，终至与自然契合无间，再看不出一点辛苦经营的痕迹。为什么他们能够这样？因为一件事物既然是现实的，可能的，那么它就必定有着一条——也是惟一的——活动的通道，也就必定存在着一种最合适于表现它的方式，辛苦经营的目的就在于摸索追寻出这条通道和方式，或者竭力再求其完整和满意。如果一旦豁然贯通了，便必定可以创造出一个自然的境界，虽然是一个比较高级的自然境界。以其是比较高级的，所以有时在有些人看来不能马上了解，以其终于是自然的，所以只要在了解之后，便会油然生一种简单的、确实的、清楚的感觉。而且以其终于是自然的，所以也便终于能使一般人了解。那些巨大的艺术家们，因为能确切地把握到这一点，所以他们的表现才能达到"天衣无缝"、"泯然皆契"的地步。那些小有才能的人，因为不能确切地把握到这一点，所以虽然能够由于多

297

次的摸索而接近这地步,却还不免"功亏一篑",留下许多尚可辨认的斧凿痕迹。为什么还会留下这许多斧凿痕?这也许他的排演修改还没有到家,但更主要的也许是他在根本上还不曾对这事物有真正清楚透澈的了解。

真正巨大的艺术是自然的,但这是经过"炉火纯青"以后的自然,不是"毛胚"的"原始状态"的自然。也便是所谓纯炼技巧已经溶化到作品的里面去了。凡是轻看这种作品的人,其实都是不知好歹,不晓甘苦的人,因为这些作品里所表现出来的东西,看似容易,却又没有一样他们真能如此地想到的。

关于商论的利益

创作诗文能多和师友商论,最易得益。所谓旁观者清,往往自己的错误含糊处,或由于一时观感不及,或由于偏嗜不肯割爱,不易更改发现。又往往稍经别人指点,就可恍然大悟,豁然贯通,别自展出造成一片天地来。在我国文评史上最早提出这件事来的是曹植《与杨德祖书》说:

> 世人之著述,不能无病。仆常好人讥弹其文。有不善者应时改定。昔丁敬礼常作小文,使仆润饰之,仆自以才不过若人,辞不为也。敬礼谓仆:'卿何所疑难,文之佳恶,吾自得之,后世谁相知定吾文者耶?'吾常叹此达言,以为美谈。昔尼父之文辞,与人通流,至于制《春秋》,游、夏之徒乃不能措一辞。过此而言不病者,吾未之见也。

《唐子西诗话》里也有一节说得很好,并讲了一个实例说:

> 诗在与人商论,深求其疵而去之,等闲一字放过则不可,殆近法家,难以言恕矣。故谓之诗律。东坡云:"敢将诗律斗深严。"予亦云:律伤严,近寡恩。大凡立意之初,必有难易二途,学者不能强所劣,往往舍难而趋易,文章罕工,每坐此也。作诗自有稳当字,第思之未到耳。皎然以诗名于唐,有僧袖诗谒之,皎然指其《御沟》诗云:"'此波涵圣泽',波字未稳,当改。"僧怫然作色而去。僧亦能诗者也,皎然度其去必复来,乃取笔作"中"字掌中,握之以待,僧果复来,云:"欲更为'中'字,如何?"皎然展手示之,遂定交。要当如比乃是。

298

商论有益,但那需要虚心,耐心。自信太甚的人,虽然嘴里不说,总觉得你的指摘不是吹毛求疵,就是无足重轻。于是虽有商论亦无用处。他们因为没有耐心再去考虑一下自己的作品,就只好使许多的缺点永远保留下去了。

关于老作家的经验

我们应该珍视作家们的经验,为的他们曾经写出过不少有价值的作品。初学写作者从老作家的经验里可以汲取许多具体的教训,他用不着像读有些天书似的理论书籍那样读得头痛之至仍不知所云。但作家们的经验却也并不是万全可靠的,特别当他们竟能把自己的道路当做惟一的康庄大路时尤其是如此。一个人对于自己的苦痛印象最深,快乐也是一样,但苦痛与快乐的成因可能有多种,在这瞬息万变的世界里实在并不曾有过一条长久相同的路途。有的只是存在于幻想里,因为就在那些自以为是如此相同的经验叙述里,其实那“相同”也不过只是建筑在“遗忘”和“想当然”之上的虚幻的东西,许多作家的经验回忆由于大多是事后的或临时的揣想,所以理虽然是具体的教训里毕竟仍参杂着很多不自觉的——可亦不足为训的成分。

这样的情形,如果戈理在《赌徒》一剧的对话里所写的那样,乃是——

> 一般的老人都有这一套的。例如说:他们在什么东西上受了烫痛,他们将深信别人一定也会在这上面烫痛的。假使他们在一条路上走着,一不小心,在霜冰上摔了一交——他们就喊起来,定出一条章程,就是在某条路上任何人都不能走路,因为在这条路上的一个地方有些霜冰,每个人一定跌破额角的。怎样也不肯注意到别人也许不致于这样大意,他们的靴底不见得也是那样的滑,不,他们是不想到这层的。狗在街上咬了人——所有的狗全会咬人的,因此谁也不应上街去。

我们不致愚蠢到要反对老人,不过老人的某些弱点我们得小心提防。认真讲,这种弱点也不止老人才有,凡是“自以为是”的人都容易染上的。那么除了从生活的深广处根本着手,怕就没有更可靠辨识和避免染上这种弱点的方法。

V 作人与作文

诗人，骗子，贩子

在《处女地》里有一位"俄国的哈姆雷特"——大学生兼某亲王的私生子涅兹达诺夫先生，屠格涅夫在介绍这位"激刺而又狷洁"，"勇敢而又畏怯"，并"以嘲笑自己的理想为义务"的人物时又告诉我们说：

> 他气他父亲要他去念"美学"（这是他自己带着苦笑说出的字眼）；他十分公开地谈论政治和社会的问题而他抱着最激烈的见解（他并不把它们当作空话看）；他又暗暗地尊重，欣赏艺术、诗歌和美的一切表象。……他自己还做过诗。他小心地藏好那一册写诗的本子，彼得堡的友人中只有巴克林一个人靠着他那特别的直觉猜到这本诗稿的存在。他把写诗的事认为是一个不可宽恕的弱点，只要别人提起一句半句，他就非常不高兴，就觉得是受了大的侮辱。

对于涅兹达诺夫的心理，屠格涅夫以后还仔细描绘了一次，那就是当他正跟玛利安娜恋爱着的时候，她的手被他拿住了，并且还被举到他的唇边……而玛利安娜却微笑地说："你不要再这样殷勤了，你不知道；我得向你承识一桩过错。""你做了什么？""这是，你不在家的时候，我进了你的屋子，我在你桌上看到一本诗稿的抄本……"（涅兹达诺夫吃了一惊；他记起来他忘了收起那抄本，让它放在桌上了）——"我得承认，我不能制止我的好奇心，我把它读过了。它们是你写的诗,不是吗?""是的,你知道么? 玛利安娜,我怎样喜欢你,怎样信任你,最好的证据便是我几乎一点也不生你的气。""几乎? 那么你有一点儿生气了? 你叫我做玛利安娜——这很好;我不能叫你做涅兹达诺夫,我得叫你做亚历克赛。那首第一句是'在我死去的时候,亲爱的朋友'的诗也是你做的么?""是的……是的。可是请你不要提了……不要来折磨我吧。"玛利安娜摇摇她的头。"那是一首很忧郁的诗……我盼望,那是在你认识我以前写的。不过据我看来,诗倒是好的。我觉得你本来可以做个文人的,只是你选了一个更好更高的任务。不用说,要是没有别的事可做的话,做那种文字的工作也是很好的。"涅兹达诺夫连忙看了她一眼。"你这样想么? 是的,我跟你同意。在文学上成功,还不如在事业上失败。"

对于涅兹达诺夫一类人的这种心理,我要说,屠格涅夫这疏疏几笔真是恰到好处。他们在本心上的确有点爱好文学,可是他们的"好大喜功"的认识却迫使自己轻视文学,爱好它却又嘲笑它,当人家称道他的"文才"时自然也私心欢喜,可是越在这种时候他们的口里却越会这样高喊:与其"在文学上成功,还不如在事业上失败"!

可是这究竟表明着一种什么气概呢?

这就是说:在文学上"我"已经一切都不成问题了,问题只在于"我"看不起这样一种成功。我要的是另外一种,那便是多么轰轰烈烈的,事业上的成功!

他们这时候对于事业上的成功的确还毫无把握,但当真他们在文学上倒已能有把握了么? 天知道!

漫说他们在文学上也还一样的毫无把握,就是有了一点点,这种了解亦仍是浅薄、错误。曹子建也曾这样说过:

> 辞赋小道,固未足以揄扬大义、彰示来世也。昔扬子云,先朝执戟之臣耳,犹称壮夫不为也。吾虽德薄,位为藩侯,犹庶几戮力上国,流惠下民,建永世之业,流金石之功,岂徒以翰墨为勋绩,辞赋为君子哉! 若吾志未果,吾道不行,则将采史官之实录,辩时俗之得失,定仁义之衷,成一家之言,虽未能藏之于名山,将以传之于同好。(《与扬德祖书》)

曹子建的态度正和玛利安娜的差不多,"要是没有别的事可做的话,做那种文字的工作也是很好的"。他和涅兹达诺夫的差别,在于他要比涅兹达诺夫的文字才能高明得多,可是他也一样认为文学是"小道",以翰墨辞赋为勋绩,实在只好算是一种耻辱,一种折磨。

可是,到底又怎样呢?第一,曹子建终于没有做出别的什么大事业,他还是继续写了诗,也因此他便成了文学史上的一个难得的人物。第二,以他的哥哥位为皇帝的曹丕来说吧,应该算是得志的了,但所谓"事业上的成功"又安在?若不是也有些不坏的诗文传下来,他就也要跟历史上那绝大多数的皇帝们一样,早被我们忘记得一干二净了。足见曹子建实在把"足以揄扬大义,彰示来世"的事物围范看待太浅狭,可惜他无法看见自己身后的事实,他身后的评判就正证明着他这一段说话的错误。

文学为什么不是事业——庄严重大的事业?诚然,在不把它当作事业来看的人,当然它就不可能成为一种事业。因为你既不真心喜爱它,相信着它有无限的能力,你就不会努力专心去追求它,研究它,这样也就当然不会有什么才能和成功可言。但若你是相信了,喜爱了,因此你是经过专心刻苦的努力了,追求了,那么,文学就一定能够对你成为一种事业,并且如果可能的话——就是说如果你是比一般人还更坚强,勇敢,奋发的话,它对你还将是一种非常庄严重大的事业。因为你能够在这上面把你对于人类社会的革新热情和高远理想化成一股宝贵的力量,使当时和后世的人都能分享到你的帮助和影响。古今中外,一代一代的帝王豪杰产生得不少,可是现在他们都到那里去了?他们不过在那种成堆的历史文献里还偶然存在着几个名字,而对这些文献,人们也早已失去从尘灰的积压中去翻检的兴趣了。只有荷马、但丁、莎士比亚、屈原、杜甫……这些人却还巍然地存在着,在我们的心里活着,永远也不会被忘却,因为他们曾以他们的正直和丰富哺育了我们后代人!

"与其做赞扬英雄的诗人,不如做诗人所赞扬的英雄",柏拉图因为讨厌诗人,所以把诗人贬作英雄以下的第二等人。柏拉图的话也许不错,如果雕章琢句、阿谀奉承、良心丧尽的也可称为"诗人",那么诗人不但应该被贬为二等,还当打入地狱去。但若像荷马、屈原这类诗人,那么他们本身便已是不可企及的英雄,真正的诗人和真正的英雄在他们身上已合为一,再不可分,还有什么第一等与第二等!

真正的诗人和真正的英雄都是战士,畏惧退缩,在危难前停步,在真理前掩目的人都不配称为战士。"诗人"而非战士,其实只是贩子或骗子,涅兹达诺夫一类人在客观上都不能超乎此。

诗人，英雄，哲士

柏拉图说:"与其做赞扬英雄的诗人,不如做诗人所赞扬的英雄。"爱皮克腊斯也说:"哲人与其写诗,不如在诗里生活。"

这种论调粗粗一听颇觉不错,细想之后却不尽然。英雄为什么一定高过诗人? 诗人为什么一定不是英雄? 写诗为什么不能是英雄或哲人的事业?

如果诗人能够从许多同样是平凡的面貌中认识出真实的英雄,如果诗人能够从一个人的许多同样是琐屑与虚荣的动作中认识出什么是英雄的动作,而且他还能用比较别人更完全更感动的语句,更勇敢更大胆地来赞扬他和那些动作的话,那么这个诗人其实同时也就成了英雄。哲人不如在诗里生活,但若他已经在诗里生活了,那又为什么不能写诗? 在诗里生活和写诗这件事会有什么冲突呢? 我相信若是真正的哲人,他已在诗里生活了,他便决不会反对写诗,虽然也许他并没有写;问题在于若是真正的诗便决不可能因而减损了作为一个哲人的价值。也是希腊的哲人普洛亭诺斯会说:"没有眼睛能看见日光,假使它不是日光性的,没有心灵能看见美,假使它自己不是美的,你若想观照神与美,先要你自己似神而美。"我也可以说凡是自己没有英雄的品质便不能看见英雄,而真正的诗也就含蕴着深邃的哲理。

所以柏拉图和爱皮克腊斯两人的话其实只是指着那些苍蝇式的英雄、蚊虫似的诗人、愚蠢的哲学家和不值一看的诗作而说的,因为只有这些才正适合于他们的论调。

投机分子

契诃夫谈到他同时代的一位作家格涅地奇(Gnedrch)说

这个人是一位真正作家。只有一件事是他做不到的,那就是,"不"写作。你无论用什么情形来屈服他,他也还是写,万一没有修好的铅笔,他也总会拿过一管没有修过的新笔,用齿咬一咬,取过一张纸来就写——一个素描,一篇小说,一出喜剧,或是一集故事。他娶了一个有钱的女人,他并不需要赚钱来维持生活了,可是,自从结婚之后,他继续写得比以前更多了。当他想不出独创的题材时,就去翻译。

而他对于一位被丹钦柯所称为有天才的青年作家,却辨驳说:

> 不然,请只想一想,他才二十五岁,就已经旅行过许多的地方,几乎把俄国都走遍了一半了。如果我们在他这个岁数而见过这么多的话,我们会也写得这么多么?你等着吧,他不久就会停止写作而换了职业的。

不过二十五岁学就已经会了走马看花闯天下的排场,显然就不能是文艺园里的苦守者,如果人人都有这种习性和幸运,恐怕真就不会有一个真正作家了。果然,如丹钦柯自己所说,这句话到后来证明确是预言。"感谢他的各方面的关系,他竟一变而彼得堡的上级官吏,到后来,就只写报告了。"敲门砖响,投机功成,于是便江郎才尽,自然自然。

真正作家的艺术是为人生的,却决不是为他个人的升发,他是不得不写,非写不可,所以他才能练习纯熟,越发深刻,终于对人类有了可贵的贡献。杜甫在子女相继饿死的时节还能想到千千万万的小百姓实在比他更苦,而写出诗来为他们向暴虐的政府控诉,杜甫的伟大就在这里,也不能不就在这里。我们今天所见的戳穿了多是投机者流,只是在那里估计投靠的价格,一成交就可以写官场报告去。我们为什么不也从这里来寻求作者们堕落,不进步,或所谓"江郎才尽"的根柢呢。

作家们为什么会"才尽"的?

在孔平仲《续世说》卷二里,有如下一段记载:

> 江淹以文章显,晚节才思微退,云:为宣城太守时,罢归,泊禅灵寺渚,夜梦一人,自称张景阳,谓曰:'前寄一匹锦,今可见还。'淹探怀中,得数尺与之,此人大恚曰:'那得割截都尽!'顾见邱迟,谓曰:'余此数尺,既无所用,以遗君。'自尔淹文章踬矣。又尝宿于冶亭,梦见一丈夫,自称郭璞,谓曰:'吾有笔在卿处多年,可以见还。'淹乃探怀中,得五色笔一以授之。尔后为诗,绝无美句,时人谓之才尽。

304

这节记载，就是后来大家常用的"江郎才尽"这个典故的来源。割截剩下的锦已被索回去了，那支五色笔也已物归原主，所以此后江淹便再也写不出绮丽五色的锦绣文章来了。

虽然是一个常用的典故，其实中间却包藏着谬误，特别是，它也含有着深刻的教训，而许多人倒并未给以应有的注意。

不消说索锦取笔这些事情完全是虚妄。江淹如果有些文才，那决不由于向人借到了锦和笔，同样，他如果才尽，也决不能是为了失掉锦和笔。用一种神奇的说法来解说一个作家的聪明或笨拙，不但是虚妄，并且也是一种诬蔑，而其影响则还足以使一般人对文艺的创造发生许多糊涂的见解，辛勤的努力被忽略了。同样那可怕可耻的坠落也被掩筛过去或轻轻滑过了。

江淹在南朝是一个以拟古出名的文人，以一个作者而一味拟古，本就不能算是高名，后来拟出了名，居然显贵起来，名成利就了，这样素志既达，那么以这类人的常例，所谓"晚节才思微退"，或竟至完全"才尽"，实是并不值得很奇怪的事情。

把文学作为敲门砖，作为赞谋升发的桥梁或梯子，早年多少化过一点功夫，有过一点成就，后来果然赞谋上去了，于是就不再亦不必更化功夫。从疏远、放弃文学，或更进到蔑视、抹杀文学，这样的例子难道不是很多很多么？相应着吹拍骗之才的月进无疆，他们在文学上所表现的彻底"才尽"，难道这种情形我们不是常常看到的么？不说别的，"五四"时代的新文学作者共有多少？但除掉极少数后来兴趣改变，在别种学科里另有贡献，而少数继续努力，迄今仍在开展其才华的人而外，其余的那么多人现在都到那里去了？

无疑地他们也都已"才尽"了——为了舒适的生活，更实惠的报酬，圆滑，衰老，胆怯，等等。而不是由于失掉了锦和笔，像传说的江淹那样。

惟其因为古来文士以"文章显"的人很多，所以虽以江淹的"才尽"为著名，实际上"才尽"之事是很多的。以其多，所以不免也会有人注意到这个问题，而试着给它一种比较近真的解释。如魏庆之《诗人玉屑》卷五有一条"陵阳论诗本于学"说：

> 范季随尝请益曰："今人有少时文名大著，久而不振者，其咎安在？"公曰："无他，止学耳。初无悟解，无益也，如人操舟入蜀，穷极险阻，则曰：吾至矣，于中流弃去篙榜，不施维缆，不特其退甚速，且将倾覆矣，如人之诗止学也。"

学如逆水行舟，不进则退，这虽是一句俗喻，原有真理，陵阳加以补充，以为"不特其退甚速，且将倾覆"，这个补充我觉得也极有意思。特别在今天的环境中不进的确就很容易马上堕落。

陵阳的解释是对的，不过光说"止学"，不但有遗漏，也还嫌笼统。我以为"才尽"的原因至少可以举出三个：

第一，贵显以后，或者小小得志之后，止学了，不努力了，这学字所指还不止是书本之学，而应是生活之学。目前有许多作者，刚从乡野来，写出了一点不错之作，有点名了，便只顾流恋在闹热的都市里，不想再走出了，等过了一些时日，脑子里积蓄用完，于是只好粗制滥造，胡写度日，自欺欺人，终至前功尽弃，变成"才尽"，就是这种情形。

第二，贵显或小小得志之后，生活不同了，昔日被践踏的尘埃，今日已成为尘埃的践踏者。如果不变初衷，继续呼喊，则身家性命难保，且也与自己一向渴求升发之志暗暗不合。如果天良未泯，则又不免吞吞吐吐，掩掩饰饰，写不出元气磅礴的好文章。若是索性翻脸，替主子讲话，那么便除造谣、说谎、欺骗之外，更谈不到能写出好作品来。又若天良未泯，而又贪恋物色，既不愿过作违心之论，也怕说了一言半语真话，会打破金饭碗，这样的人就都索性同文学拱手道别了。贵显的生活根本就不能使人获得和表出真能感动人的材料，过着这种践踏者的生活的人无论在创作或欣赏上向来就是和好作品无缘的。

第三，贵显以后，关切的东西不同了。社会民生的疾苦，若不过是不知道，也不过知道而已，甚且还要去加以粉饰、曲解。对他人的服务仅限在了一家或一族，对未来的向往尤不过是官做得愈大，财发得愈多而已。抱了这样一种态度的人，当然就无法认识人生的真相，而把种种的感激、奋发、安慰、勉励之情传达给一般人民。因此他们不写文章则已，要写就只好拟拟古，骈四俪六，雕章琢句，消遣一阵，肉麻一阵罢了。

文学事业无机可投，盖惟死心塌地，孜孜不倦，不辞苦难的作者才能达于成功之域，而其才能亦永无竭尽或停止不进的一日。"才尽"的事实，终可表明投机主义者的"图穷而匕首见"也。

在围攻中屹立的果戈理

在俄罗斯文学里，是从果戈理才开始了从描写胜境转向到暴露丑恶的。果戈理为什么要暴露丑恶呢？这并不是为的丑角似地想引起人们一声乐意的轰笑，用他自己的话说，是为要"陈列出那尚未被任何人所重重地打碎了的低劣的东西"，"摘发出那好像是永久地伴着人类的丑恶"，藉着深刻的嘲笑的力量，警醒国民，"叫起国民来"。

然而果戈理却就因此碰伤了许多人的作恶的疮疤，以致自己对祖国的热爱不但得不到别人的同情和了解，反是始终被人围攻，遭受到不知多少次的误会和破坏。

因为看见了并描绘了生活中的单调与丑恶，果戈理被尼格拉伊·波黎佛衣骂为"丑角"。他说《检察官》不过是一篇低级趣味的笑剧，他说在《死灵魂》里除掉那些不断地遇到的不可能的事实，引起厌恶的精细，以及丑恶的琐事之外，就没有别的；他说那些简直是一堆谵语而已。沈可夫斯基评论《鼻子》这篇故事的话是："不能死的最好方法，就是写着关于鼻子的故事。"他说果戈理是作出了俄罗斯语言中恶劣语的辞典。他们因要要掩饰或不正当地美化现实，便拒绝一切悲哀与暴露现实的作风在文学上出现，所以他们对《死灵魂》的诽谤也就最凶。他们指斥果戈理把《死灵魂》这部书发布出来是重大的罪恶，因为他不但冒渎了艺术，更冒渎了神圣俄的罗斯社会。

但果戈理却并没有在被围攻之中屈服。"替祖国尽忠总是我的愿望，当我想到就是在文笔上，仍然能够替祖国尽职的时候，我才开始决心走上作者的生活"。是这样一种神圣的愿望在支持着他，所以他没有屈服。渴望着俄罗斯的前进，他是曾经渴望地等待着一种"全能的言语"出现的：

> 现在全世界已没有一个人，具备才能，来振作这个怯弱而不绝地动摇，为反对所劫夺而无的力意志，用一句泼辣的话来使它奋起，一声泼辣的"前去"来号令精神了。这号令，是凡有俄国人，无论贵贱、不问等级、职业、和地位，谁都非常渴望的。
>
> 能向我们俄国的灵魂，用了自己高贵的国语，来号令这全能的言语"前去"的人，在那里呢？谁通晓我们本质中的一切力量、才能、所有的深度，能用神通的一瞬眼，就带我们到最高的生活去呢？俄国人会用了怎样的泪，怎样的爱来酬谢他啊！然而一世纪、一世纪的驶去了，我们的男女，沉浸在不成材的、青年的、无耻怠惰和昏愚的举动里，上帝没有肯给我们会说全句全能的言语的人！（《死灵魂》二部一章）

307

果戈理现在不再等别人了，现在要由他自己来说出这句“全能的言语”了，他知道这将受到怎样的叱骂，但那酬谢，也一定会有的，虽然这种酬谢不是那样热闹，而且也不会马上来到。果戈理自己就说过：“如果作者不去洞察他的心，如果他不去搅起那瞒着人眼遮盖起来的，活在他的灵魂的最底里的一切，如果他不去揭破那谁也不肯对人明谈的——他的秘密的心思，却只写得他全市镇里，玛尼罗夫以及所有别的人们——那样子，那么，大家就会非常满足，谁都把他当作一个很有意思的人物”了。因为许多人是不喜欢看人的精赤条条的可怜相的，所以一个作者如果会从自己的箜篌上编出甜美的声音来令人沉醉，他就可以得到民众们高声的喝采，就有被他的文字所感动的精魂的飞扬，就有热情的十六岁的小姑娘满怀着英雄的惆怅来迎接他。但若他揭出了那些无聊的、惹厌的、以可怕的弱点惊人的——实在的人物，“敢将随时可见，却被漠视的一切，络住人生的无谓的可怕的污泥，以及布满在艰难的，而且常是荒凉的世路上的严冷灭裂的平凡性格的深处，全部显现出来，用了不倦的雕刀，加以有力的刻划，使它分明，凸出地放在人们的眼前”，那么结果就不同了。这样，他就逃不出当时伪善和麻木的判决，他那涵养在自己温暖的胸中的创作，就会被称为猥琐、庸俗、空虚，以及诸如此类的诬蔑和侮辱。

可见果戈理是明知了这样做后将受到丑恶的围攻，却依然毫无所惧地做了的。“我为什么该守秘密呢？除了作者，谁还有这义务，来宣告神圣的真实呢”？有了这种殉道者的精神，所以，果戈理才可能对他的民族——国家社会，达到了高尚的贡献。

一个作者如果有着正义真理，他就不必怕被围攻，因为被围攻正是自己力强的表现。正义与真理所在的地方，援兵不久就会来到了，屹立就是胜利。

真实的人与真实的艺术

果戈理在剧本《巡按使》第一次公演后致普式庚的信里有一节说：

> 如加以分析，赫莱斯达阔夫究竟是什么样的人？一个青年人，官员，所谓空虚的，但包含许多属于并不能称做空虚的人们的性格。在尚未丧失良好的特质的人们里面表露这性格，是作家之罪，因为他这样子便是把他们提出来博人们的说笑。最好使每人在这角色里找出自己的一部分，同时无

所畏惧地向四周环望，不令人家指摘他，道出他的真相来。一句话，这种人物应该成为一个典型，内有许多成分散布在不同的俄罗斯人的性格里面，但偶然联合在一个人的身上，宇宙间实际原会遇到这类事的。每人在一分钟或数分钟内曾做过或将做成赫莱斯达阔夫，自然只是不愿自行加以承认。他甚至爱嘲笑这种事实，但自然只是在别人身上的，而不在自己身上的。灵巧的卫营的军官有时会成赫莱斯达阔夫，政府要人有时也会成为赫莱斯达阔夫，我们文坛中人也不免成为赫莱斯达阔夫。一句话，恐怕找不出一个人一生中没有一次做过他的——只瞧他随后怎样巧妙地转过身来，彷佛并不是他似的。（据耿济之译文）

赫莱斯达阔夫就是那位著名的冒充巡按使，他撒谎，把虚谎的话用近于真实的口气说出来，能够说得十分自然，十分天真，就像说真话一般。

在果戈理的这一节话里我们能够发现点什么呢？关于典型的理论，这中间虽然提供了一些，但毕竟有点过时了，因为如所周知，创造典型的作用决不止于只叫某些个人看了不致脸红，或者发生恐惧。典型的作用不是温柔敦厚地希望"言之者无罪，闻之者足戒"，正相反，倒是在完整地——因而也是特别明显地抉出人们的某种恶劣的丑态，或者人类中的某些卑鄙龌龊的角色，使读者可以由于深刻地认识了而联合起来给以共同的无情的打击。并且这还不过是比较消极的一面，在另一面，也尽可以去发掘出来积极的典型，虽然果戈理在这一方面似乎并不曾发现什么。

我的意思是说在这一节里与其注意出的还不如重视他那种严肃的自我批判精神。人人都有时候会成为赫莱斯达阔夫——一个骗子，坏蛋，但除了在暗地也许有一刹那的含糊承认，有谁能公开向大家说："恐怕找不出一个人一生中没有一次做过他的"呢？这样宣布着的时候，果戈理是把自己也计算了进去的，重要就在这里。许多人都攻击病态，攻击罪恶，但他们都在有意或无意之中把自己当成了圣人，因为他们只是攻击，没有反省。难道自己连一丝一毫的这种病态和罪恶都没有？难道自己连一丝一毫的造成这种病态和罪恶的责任都没有？

惟其能够不把自己除外，所以果戈理的创作才特别显得恳挚，也才特别富有现实的意义。"知彼知己，百战百胜"，这两句话对于果戈理的艺术正可适用。凡是蔽于己的其实也就是蔽于人，你越能够清楚别人便越能够清楚地照见自己。

果戈理的这种精神在他自己能始终一贯的。几乎相同说的话在《死魂灵》第一部的第十一章里这样写着：

> 我为什么该守秘密呢？除了作者，谁还有这义务，来宣告神圣的真实呢？你们怕深刻的，探究的眼光射到你们的身上来，你们不敢自己由这眼光去看对象，你们喜欢瞎了眼睛，毫不思索，在一切之前溜过。你们也许在心里窃笑乞乞可夫，也许竟在称赞作者，说："然而，许多的一事情，他实在也观察得很精细，该是一个性情快活的人吧！"这话之后，你们就以加倍的谁骄傲，回到自己的本来，脸上露出一种很自负的微笑，接下去道："人可是应该说，在俄国两个地方，确有非常特别和可笑的人的，其中也还有实在精炼的恶棍！"不过你们里面，可有怀着基督教的谦虚，不高声，不说明，只在万籁俱寂，魂灵抓独的自言自语的一瞬息间，在内部的深处，提一个问题来道："怎么样：我这里恐怕也含有一点乞乞可夫气吧？"怎么会一点也没有？
> （据鲁迅译文）

赫莱斯达阔夫也罢，乞乞可夫也罢，果戈理一概都承认了自己有时也会变成这样的人物，其实我们自己何尝会一点也没有？我们不肯承认并不能给洗清了所有的丑恶，而果戈理承认了倒反显出来他的特殊高尚之处了。

艺术作品处理的对象是真实的人，但要做到这一点，首先需要艺术家自己是真实的人。是人，就不是神，就一定有他的缺点，只要明白这是缺点而又绝不加以掩饰，不但不加掩饰并且还能同样地给以无情的攻击，这样，他的攻击，不会落空，浅薄或者落入旁观的淡漠；也这样，他的艺术才能真正恳切动人。

人性的奋斗

托尔斯泰的基本性格中有一个从小就已显现的特色，便是他本能地敌视一切既成的见解，几乎随地都准备跟别人的意见相背。他不管那发表了的是什么意见，说话的人愈有权威，他的反对就也愈有热忱。他从不相信别人的诚恳，每一个精神生活的运动，在他看起来，认为都是假的，屠格涅夫说他从没有遇到过别的——比起托尔斯泰那双多疑的眼睛，紧接着三言两语底恶毒的话，更使人扫兴,沮丧的了。也就为此,这两位大作家虽然对于彼此的艺术天分都很欣赏,可是由于托尔斯泰的这种复杂的天性,却免不了发生磨擦,以致虽然他们是一度又一度的重新做朋友,他们的友谊到底靠不住。

造成托尔斯泰这种性格的应该有多种原因,但我们相信认真与对于世情的敏感在这中间当占着重要的位置。他反对伪善、虚伪,讨厌不澈底的改良姿态,最为憎恨别人的自相矛盾,他要求的是:"要有就有,要无就全无。"当他自己是狂暴地饮酒、嫖妓和豪赌的时候,他不曾想法掩饰过。而当他决定了要为人类的幸福尽力时,他便澈底地离开了这些罪恶的习气。世俗的奇丑瞒不过他锐利的眼睛,可是尤其使他嫌弃的是人人都想用外表的洁净来掩盖他们内部的丑恶,惟其因为这样容易骗过善良的心,所以托尔斯泰的愤慨就更甚了。他的怀疑是为了要有所确信,他的敌视一切既成的见解也正是为了要确证生命自有其崭新的意义。一句话,他的否定是为了要重新肯定。

我们必须要明白了这一层才能明白为什么他要写出一部"忏悔录",同时必须要这样之后我们才能承认一个人能写出这样一部作品的确是一种勇敢的品行,世界上过去还只有极少数几个人曾获有了这种大勇来实践它。让我们读一读以下这段自白:

　　我整个灵魂希望要做一个好人,可是我很年轻,我很热情,而且很孤独,而且在我学好,向善的时候,尤其是全部地孤独的。每一次我想表示我是诚实的希望,就是说,希望在德性上变得好点,就受到轻视和嘲弄了;可是只要我放浪于可憎的热情中,那时候,立刻我受到了赞美和鼓励。……

　　野心,势力,贪婪,淫欲,骄纵,愤怒,报仇,——都受到尊敬,这几年间的事,我不能想起了来不寒战,不憎恨,不心痛。我在战争中杀人,我和人挑战,想在决斗之中杀死他们;我赌输了钱,消费农人的劳动,还给他们刑罚,自己放荡地生活,欺骗人民。撒谎,抢劫,各种方式的奸淫,酗酒,行凶,杀人,没有我不曾干过的罪恶,而人类同情我的行为,而我的同时代人熟虑之后,还认为我是一个比较有道德的人。……这样我过了十年。

这就是旧社会的真面目:它赞美堕落,鼓励放浪,却轻视嘲弄你在德性方面的上进。它只是纵容地造成罪行,从别人的痛苦和受灾受难上面建筑起荒淫无耻的殿堂。试问那一个社会上"比较有道德"的人不是在罪恶之中养大的? 他们那一个不是还在充分享受着罪恶的果实,然而他们却都俨然以"有德之士"自居了。只有托尔斯泰才感到这样生活的可耻,他把自己的卑劣的过去丝毫也不隐讳地公开了出来,可是因此他却向我们展示了人类灵魂上最纯洁璀璨的一面,人类的将来才使我们不会感觉绝望。人性的运命紧抱在旧社会手里,人性的恢复和发展必须和万人平等的局面一同出现。还有什么是比托尔斯泰的这种自白更能显出旧社会的坑陷性,更能说明一种社会的奋斗同时也就是人性的奋斗呢。

Ⅳ 批评与鉴赏

批评文学的标准

从来批评文艺的标准总括起来说不外两个：一即站在实用主义立场的政治标准，一即站在艺术本身立场的艺术标准。前者评价的主要对象是作品的内容，要求作品的内容能表现真理，有充足的教育和政治宣传的意义，认为能够做到这样的才是好作品。后者评价的主要对象是作品的形式，要求调和与匀整，甚至设立了许多形而上的规律去绳勒一切的作品，认为合这规律的才是有价值。显然的，前者的立场就是为人生而艺术的立场，而后者的则是为艺术而艺术的立场。坚持着这两个标准的常常又走进了这样的牛角尖里去：前者奖励了劝戒文学，单纯的宣传画，口号标语诗之类的产生，后者则拉使文学尽量跟现实人生远离，而陷入了虚伪糊涂的境地。

现在我们知道这样的两种作品评价的方法都是偏向的，这原因，我们同意蔡仪先生所作的这一段解释："因为艺术是认识客观现实的原理的，并不是除它本身之外没有其他的目的，而艺术的所以为艺术，却要求其自我完成，即艺术的能贡献社会服务人生在于它的自我完成。……艺术是有宣传性的，同时又是有艺术性的，而且艺术的宣传性和艺术性是统一的，艺术是追求真的，同时又是追求美的，而且艺术的真和艺术的美是统一的。所谓艺术真和艺术美，一般说来就是在于艺术的自我完成，也惟其能自我完成，所以能正确地认识真理。因此所谓为人生而艺术，就其认识真理这点来说，自然是非常正确的，却不是如俗流的实用主义者那样只看见艺术的宣传效用，完全漠视它的艺术性。所谓为艺术

313

而艺术,若就其自我完成这一点来说,也并不是完全错误的,却不能如艺术至上主义者那样只注意艺术的美,而全然否认艺术的真。漠视艺术的艺术性便要失掉它的宣传性,否认艺术的真也就没有艺术的美。"(《新艺术论》)

　　而且艺术的内容和形式原来也是统一的。两者实在是不可分离的一体。为便利起见,我们虽仍可以把内容形式两者区别出来,而可以分别从一方面来评价,但就是这样,我们也仍旧可以到处发觉两者间的非当密切的关系,例如在任何具体的作品下都会发见作者的思想感情创造着形式,即内容的形成时就已形成了形式的基础的部分,而形式的修饰的加工的部分同时也就是对于内容的修饰和加工,在这里我们也就可以知道形式本身亦包含着思想感情和心理的要素。内容和形式自然也有看来很是矛盾的时候,例如会发见内容和形式牵制的作品,或所谓形式有余而内容不足的作品,也会发见内容是这一阶级的要素多,而形式却多属于那一阶级的要素的作品,然而这些例子却只能用来说明作者的矛盾,而并非可以把形式和内容分开来评价,因为那些情形不过说作者的艺术才能的不充分或未成熟,或者说明作者的思想感情本身的矛盾和复杂性吧了,同时在这种作品发生客观的效果,构成客观价值的时候,两者也早已不得不作为一个统一的东西而被认识了。

　　艺术作品的内容和形式是统一的,相互关联的,不过也应该认清,在关联之中,内容是占着一种决定的地位。因此在评价上也同样的,政治标准和艺术标准是统一的,关联的,但政治标准是占着决定的或者说是主导的地位。没有一个作品在政治标准上说是不够的,而能单单借着其他方面的一些成就便能造出真正巨大的价值。法西斯的文艺因为在政治上是根本反动的东西,所以其中有一些作品虽也可能有某种艺术性,但它们决不会造成真正的和巨大的价值。至于在政治上说是正确的,而在艺术标准上说却是有所欠缺的作品,那么虽然不能成为真正巨大的艺术品,但它们在宣传教育上却仍可有相当大的价值,至少比那种只有某种的反动作品要有益得多。

　　从这样的见地,所以我们认为普列哈诺夫的这种看法是不正确的。他以为:批评家的第一任务是在将某一艺术作品所表现的思想,从艺术的语言翻译成为社会的语言,去把作家所提出的文学对象之社会的等价发现出来,而第二任务则就是继续分析作品的艺术价值,以为倘若科学的批评家以发现了某作品的社会等价,便拒绝作这种美学价值的判断,就不过是暴露这位批评家对于他自己想根据的立场茫然无知而已。普列哈诺夫在阐明文学批评之历史的和社

314

会的研究上，以及在客观性的必要上，确曾为科学的批评建立了评价的基础，但和他在方法论上的一切缺点一样，在这里他也表现了不能澈底应用科学的方法，尤其是认识论的实践的法则。他把作品的社会价值和艺术价值对立起来，这表出了他对作品之艺术价值的观念的理解。事实上是：不但对立为不可能，就连在统一之中的等量齐观，也不可能的。

如前所说，那么一种比较客观正确合理的批评标准，应该是建立在作品的客观真理和形象的统一之中，作品的表现如果离开了客观真理，那不论是怎样形象化的东西，都不能给予高的评价。严格地说，也只有传达客观真理的作品，才能达到真正的形象化。因此要评定一个艺术作品的价值，主要地就当根据有否帮助了那当时的——为现在同时也为将来的政治行动，或帮助了多少，有否反映了当时的客观现实，把握了客观的真理，或反映了把握了多少而决定的。例如在抗战时期，"一切利于抗战团结的，鼓励群众同心同德的，反对倒退，促成进步的东西，都是好的或较好的，而一切不利于抗战团结的，鼓励群众离心离德的，反对进步，拉着人们倒退的东西，都是坏的，或较坏的"。而这里所说好同坏，是统一了为大众的动机和被大众所欢迎的效果这两样东西的。这就是说：为个人的动机与狭隘集团的动机是不好的，为大众的动机但无被大众欢迎对大众有益的效果，也是不好的。社会实践是检验主观愿望的标准，效果是检验动机的标准。

但是所谓把握了客观的真理，反映了客观的现实，其具体解释又应当是怎样呢？所谓客观的，就是说不是主观的，也不是抽象的，而是具体的和跟实践运动相联结的，而因为现实是变动的、生长的，所以那反映也应当包含着现实的发展中的各种倾向。文艺批评的标准也同样的，它的根据不是什么抽象的思想或真理，而应当是从现实和现实的具体要求出发，换句说，它的根据应该是现实人民实践运动之历史的要求和方向。凡是有利于这种要求和方向的便是好的或较好的，否则便是坏或较坏的。批评的观点和人民大众的历史的要求与任务是应该完全一致的。这些要求和任务，因为是出于人民大众的现实的需要，所以看起来虽像只为着当时的目前，但实在也是为着将来的。因为没有现在也就不会有将来，历史的发展原来就是一级一级地进步去的。在这样的意义上，所以我们虽然重视政治标准，但也不承认有抽象的绝对不变的政治标准之存在。不过自然这种否认也并不就是说：为我们所重视的适用于某一时期的政治标准对全部历史讲就不成为真理。

315

批评家批评作品,是专从一定的社会目的的观点为出发,而一定的社会的目的,却依时代环境和阶级的关系而常有变迁,所以要得到各时代共通的绝对的批评标准,是根本不可能的,在这里只能有一个比较客观正确合理的标准是可以存在。而在现阶段,一个批评工作者如要把握到这个标准,而广大,有力,清晰地把我们时代的要求和任务融合在他的评价中,那么最主要的,便当养成和获得科学的,进步的,革命的民主主义的主张和观点。因为革命的民主主义不但正是我们人民大众目前一切实践运动之历史的要求;而且民主主义的必然要获得胜利,也正是这一切实践运动的发展的非常显著的倾向。

《文艺鉴赏论》新书评介

英国普列查特(P. H. Pritchard)著　胡仲持译

香港文化供应社印行　三十五年九月初版　二百三十三页　定价港币五元五角

文艺上的困难在鉴赏方面的至少并不比在创作方面的轻省些。刘勰在《文心雕龙·知音》篇里一开头就发了一顿感慨:"知音其难哉! 音实难知,知实难逢,逢其知音,千载其一乎?"鉴赏的困难除掉在这个工作的本身需要许多很严格的条件,还由于传统的不重视这个工作,以及一向就不曾把这个工作仔细地做过。传统的观念以为只要能把一些基础原理灌输给了读者,从而让他尽力去自寻办法以外,就不必再做其他,做了也是徒然。"只可意会,不可言传",既然连父亲都不能教喻儿子,何况要影响别人? 至于那些稍微做了一点点的,只因为他们不耐烦于分析,动不动就要高傲或厌烦地说出那句在事实上便是拒绝了一切研究的"此只足为知者道,不能为俗人言"的话儿,因此他们工作的结果反而只能证明这种工作的确应当放弃了。这样的结果是可想而知的:虽然有极少数人由于某种幸运而仍能攀登名著的高峰,但大多数号称名著的读众却没有多少真正能够衡量,判断,和赏鉴它的能力。这种情景的可悲在于它着实能够阻止文学事业的进展。

站在新的观点提出的鉴赏理论幸而渐渐起来了,借助于正确的方法和实验研究的成果,欣赏的基础已在扩大,新时代的读者已有可能去通过那些一向是黑暗的弄堂,而接近隐晦中的微光。不过惟其因为问题是十分复杂,所以在进步的过程中间仍造成了许多错误倒是非常自然的。错误当中比较最重要一种就是忘掉了本源的那种琐碎。也就是说，他们所着重的只是形式上的许多细节的叙述，形式在他们眼里变成了超越于思想和素材的东西。换言之，这种鉴赏由于它已离开了实际的事物，所以就变成非常抽象、空洞，同时又是极端地机械、蠢笨。

普列查特先生的这本《文艺鉴赏论》所以值得我们注意，首先就在于它能不蹈上述种种覆辙。除开它那种值得钦佩的谦逊，最值得我们赞赏的还是那紧紧抓住作品主要思想的努力。仅管它在这里只能论述到和谐、律动、风格，和谐如此类的等等素质，但它开始就表明我们应该仔细抓住作品的主要思想—以及它是怎样发展着，而说上述的这些素质它们所以发生作用只是由于有助于总的效果。它在考量着各种文学手法的地方再三再四强调了"信实"的必要。他屡次指出陪衬、律动、韵文形式、半阶韵、协和音和文采等等在真正的文学上都并不是浮面的装饰，或是语文花样的卖弄：它们毋宁是思想和素材之间的精神所造成的和谐，自然而然无可避免地发生出来的结果。他说那些不顾内容而鼓吹形式美的人们，以及那些不关心于形式而坚持题材的真实性的人们都是在背道而驰，没有真实性，不会有真正的形式美，如果真实性没有穿上了称身而且美丽的衣服，那么它对于自身的本性，也就免不了有些虚伪。"美就是真，真就是美"！

持有这样一种见解的书籍可以说在出发点上就已奠定了它的可贵地位，加上对于各种文学手法的那种种考量是如此仔细而扼要，这就越发增强了它的重要性。它的意见都是迟疑的，就是说并无只图痛快的偏见，它并不用严厉的教训口吻对读者耳提面命，却是用非常委婉的陈述，使你不能不心悦诚服地接受发它显露出来的真理。它也不用那种抽象论议大式，主要是从名著中举出许多实例来证明它的论点。外国的读者从中也许不能得到和它的本国读者一样丰富的启示，但比之纯粹抽象的论议是可以收获得很多，而且从这种方法本身他们就可以领悟到不少东西了。

全书共有十二章，第一章导言，末一章论崇高美，为文艺鉴赏的结晶点，中间分论统一与陪衬，律动，变化与重叠，文采，单语与字，散文与诗，韵文的诸形式，和谐与对称，故事与写景，个性与风格，等等问题。

著者认为"统一"的原则是：文章必须把一个主要印象传达出来，而一切细节必须归附于这个印象。无论那里，凡不足以破怀这种主要印象的不调和性或是不适切性都必须避免才好。在另一方面，措词呀，诗句或是文句的长度呀，以及其他足以造成一些文学技巧的一切细节则必须有着明确的助益。而为了保持统一,陪衬是紧要的。没有陪衬的统一常常会陷入死板和单调而失掉它的艺术效果。陪衬的运用很容易造成明显的效果,在天才者的手里,它能够传达最微妙的效果和最巧妙的冷嘲。但在另一方面,它的滥用也一样有害,那将只能获致一些仅仅的斑烂效果,虽然惊人却决不能动人。他说陪衬并不是要求着艺术家的努力的一种功夫,它隐隐地存在于一切自然中间,等着艺术家去揭发。

律动就是一种有规律的运动。我们的讲话也有着规律,虽不是绝对整齐,却可以弄得非常之适当。把平常的语言写出我们就有了散文,但在情绪加深了,或是熟情唤起了的时候,语言却就采取着更积极的律动:重读音更强烈地显著出来,语句更峻峭,必须的停顿,又有更多的次数。于是为要适切地表现深的感情,避免语言变成不连贯,诗的诸形式所确定的纪律便形成了:律动变得齐整,重读点的连续出现变得有规律。律动受了节制,这一种节制使它的表现的情绪得到除此以外无法获致的崇高的威严而且它使语言变得更美丽,更有情绪,更愉快因此也更易记忆。所以韵文律动并不是为要造成美好的效果或是愉快的声音而附加于表现着思想的平常的语言的人为的韵律,却是因需要而发展的自然的方式。因为如此,一种恰当的韵律所以不能模仿而得,如果诗人能和他的题材融合成一体了,它就必然能浮现到他的脑际。韵律的惟一限制就是在大体上非用我们用以呼吸和走路的正常的律动来构成不可,否则它就不能和真实的日常生活经常保持着接触。

在所有那些旧的和新的故事中间,迷人的因素有一半是在其中重叠的惯熟的语句。重叠的音响又亲切又习惯,使读者感觉到舒服。这样各种的用韵法就起来了。可是在任何种韵律的格调里,重叠如果再能和变化配搭,那么由于预备着惯熟的音响在一两种生疏的音响穿插进来之后就会到来,听觉就能有着更大的快感。诗人的技巧就在要能知道他们满足那样期待的事迟延多久才不至于使读者厌倦。重叠对于散文作者也一样有用,它或者可以使印象深切,也或者可以使印象明晰。不过这必须使用得俭约而精巧。他应当有灵敏的耳朵来细办美妙的音乐和仅仅叮当响的差别。

说到文采,就因为一句话可以是非常简单明了的,却不够是独创的,美的或是惊人的。文学家不满意于仅仅事实的说明,而要用美丽的单语的画景供给读者,这个欲望实是从深沉的感情中间发生的。呆板老实的表现方式,对于感情深挚的人并不适切。因为他的感情深挚,所以希望的是使那感情有了不是美丽的就是有力的体现,或是又美丽又有力的体现。于是我们就有了各式各样的譬喻。有效果的譬喻在于它能发见两种不同事物之间的微妙的类似。不过类似性不应当微妙到使读者觉着糊涂,浅出和深入非保持平衡不可。还有"拟人法",在文学上也演着很重要的角色,但这种方法也只有是从现实而不是矫饰的那一种精神十分自然地发生出来的时候,才能够真正成功。

语言中间有着非常丰富的资料可以把思想的精细的阴影表现出来,但这种财富对于一般人却只足以使表现功夫更加困难罢了。照合格的样式来写作把自己的思想表达出来而不至于破坏语言的定则,或是冒犯读者方面的妥贴感,这一种能力是可以学会的,但要把惟一切当的单语抓得准确,却并不同样容易。真正巨大的作品就是那种不能增损一字的作品,哥尔利治说过:"如果用光手从金字塔上挖出一块石头来,这比在密尔顿或是莎士比亚的作品上(至少就他们最重要的作品来说)把什么单语或是什么单语的位置调换一下,而不至于使这诗人说到另外的什么话,或是说到比他原来说着的较坏的什么话,该不会是更困难的事吧"。某些个别的字眼对于单语的音乐往往有着很大的贡献,能够加强单语的意义,而显出这一点来的征象是丰富的。

诗和散文的区别是一个纠缠了许久的问题,其实两者之间的精确的分界线于没有的。对于一切平常的情势,散文是最适切的媒介,而非常的情势则必需在更严峻的韵文形式的纪律之下,以求其最高级最易记忆的表现。诗的特质在于诗人应该比一般人感觉得更深,有更深挚的情绪,而散文则切贴地表现着正常的平凡的事情。诗人所以要顺从韵文的规律就为的这样倒可以使情绪获得最自由最充分的表现。这样一种顺从乃是"足使我们自由的一种顺从"。

在韵文的诸形式这一章里著者论及了抒情诗、民歌、回旋曲、二韵八行诗、皇家歌、商籁体、赋(ODE)、悲歌(ELEGY)叙事诗、罗曼斯(ROMAMCE)等等方面的问题。

对律的感觉很重要的。它会告诉作者,什么时候起头,什么的候停住,装饰在什么地方是美丽的,什么地方可就是无谓的累赘了,什么时候在他的意见的显豁的传达上,朴素是紧要的,什么时候严肃就惹厌了。对称的意思就是说一切的表现应该和作者放在当前的目的相称。沉重威严的题材应该配以较长的篇幅,微细的主题则应该尽量使之简约化。这在整部作品上的长度上是如此,在各部分也一样。那些短短的剪削过的句子对于紧张的瞬间和急促的行动是对称的,而把一个人在一条条大道和小街上怎样悠游自得似的踱索着情形叙述出来所用的那些长而流动的句逗，也是对称的。此外在细节上的安适和形式，以及色彩气氛的或浓或淡，也都是对称的问题。但是对称并不等于机械的正则性，在对称之中也可以有变化必须是和谐的，它必须不把"统一"破坏而把它加强。从小到大的对称都只不过是要造成从小到大的和谐。这种和谐就一作家们用来表示他们的风格和效果的。

爱好故事是一种十分优美的本能，但一般读者只是喜爱着复杂的结构上的兴奋，而真正伟大的故事则还应该给予比这更多的东西。故事不应当牺牲了忠实和对称去造成它的吸引力，这一定是虚伪而且有害的。故事应当提供作者方面的思想的证据，从而诉于读者的深挚的思想。情绪并不是一切，凡是会使我们想到情绪就是一切的故事基本上都要不得。在优秀的各种故事中间，有着我们在沉静的思想里为自己制造的，或的从投给我们的种种暗示所构成的那些东西。近代艺术的倾向就是留给个别的欣赏者来干的部分愈来愈多，艺术家单暗示启发着吧了。写景如能跟主要的思想亲和一致，那么它也可以用作一种陪衬，使主要题材凸现在清晰的浮雕里。

个性做着一切伟大的文学的标记，它的表现则就是风格。一个作家的风格并不是他为了一定的目的，意识地采取着的态度，却是无可避免地自然地依从他自己的气质的一种表现方式。风格是本人自己的力量之外的东西。他可以控制它，改进它，而且发展它，但是他却不能够在本质上改变它，除非是他能够改变个性。也因此，有些人摹仿了别人的风格，然而却只成了一种在样式方面的神巧手艺。凡是对作者能够最切贴最自然地获致自我表现的东西就是风格，而那种风格的优点是在对它的信实性的对称，信实，这文学上最优美最稀罕的资质，的确是惟一的评价标准了。

一切文学的素质和手法有着完满的成就的地方，就有着崇高美。伟大的心灵，发展到最高点的个性，当它找到了合适的表现的时候，我们就感到了一种崇高美。这种美不守什么规律，至少不守任何外边的权威可以应用的规律。它也没有界限，无论什么题材都有同等的机会，它并不是一段技巧的文章，精采的文章只是人工的装饰，它却是自然的生长。这种崇高美就是我们可以从而取得感情和灵感无尽的宝藏。

从以上简略的引述读者们多少当能看到这部著作里闪光的地方。事实上它的精采比这里引述的要丰富并且复杂得多。对于文学上的初来者不管他们想从事写作或欣赏，这本书都能提供许多精确的观念，可喜的它的文字是如此委婉动人，而且充满了循循善诱的格调。年轻的读者不要误会这是一本拿起了马上还得丢掉的书，单凭文字说它也决不致遭受这样的命运。

值得商榷的地方不能完全没有。例如他一再强调韵文对于规律的严格服从（第七章）。例如他认热烈的欣喜呀，凄苦的悲哀呀，深挚的热情呀，以及急求着表现的柔婉的憾惜呀等等感情，当它们只是诗人个人感情的表现时，而其所以仍能使我们发生兴味，乃由于它们是人类的共通感情之故，（第八章），又如他认为写实主义者的选择也是武断的，如果它在实际上并不公正而自以为公正，就容易有恶劣的倾向。（第十章）他似乎还不肯承认至少自由诗亦已能够表现非常深挚的情意。他似乎也忽略了当我们同情于诗人个人的感情时，我们主要是由于思想信仰的接近，而并不仅仅为了它是人类的共通感情这个重要的事实。他又似乎还不十分了解写实主义的真精神，因为写实主义者的选择如果是依据了历史社会的实践规律的，就不能说它是武断而不公正。若是因此就得主张不加选择，那么所谓崇高美也就无法产生了……

还有这本书对于文艺鉴赏的基本出发点似乎仍缺少足够的论说。在第八章的末尾他虽然已有几句辉煌的指引——他指出古代文学全部显示了对于普遍的人们的忽略和轻蔑，在那里面只有神们英雄们骑士们及其从者们活跃，大众却没有声音。直到近来才有作者发现了他们而把他们的感情表现出来，于是现在已可以见到，在最卑微的生活里也存着叙事诗性的斗争、罗曼谛克的冒险，以及戏剧性的场面。义侠的心所宝爱的种种藻饰终究不过是舞台上的小道具吧了，在锄头后面，正同在装饰富丽骏马背后一样有着人。著者以为对于这一真理的一般的体认使近代作者有了更广的眼界和新的刺激，这开拓了的广大境域，使文学有了新灵感，那效果之大是不能估计的。——可是比较对于各种手法的详细讨论，在这个最重要的关键上它反而表出有点轻轻滑过了。从事文学工作如果不是为了人民和为了真理，成功便是不可能的。

后　记

六七年来由于职务的关系常常要考虑到文艺学习上的各种问题,这里的一些文字就是这种考虑的一部分结果。这些文字的成写时间虽有先后,但其间都曾经过若干修正,可以代表我目前的见解。谢谢谭丕模先生使我这些文字有参加本丛书出版的机会。

年来出版的指导青年学习文艺的书籍已有多种,其中很有几本写得不错。这是一种好现象,可以见得大家都已真正注意到了从青年大众中间去培植文艺的新军。这本小书希望多少也能在这件大事上出点微力。它和别的几本同类书的区别在于它特别重视文学与生活和战斗的关系,特别重视语言的修养,和坚贞人格对于艺术完成的深切影响。写述的方法并不一致,精神血脉则力求融会贯通。高尔基的意见引述得很多,写作过程也全以俄国作家示范,这是因为他们的意见对我们特别有用,他们的故事对我们特别热悉之故。俄国和苏联的文学在最近二十多年使的我国所产生的巨大无比的影响,是无可否认的,而且着实值得我们感谢。

文章大多是逼出来的,有些为了要应付拉稿,有些为了要应邀讲演。在当时真是一件苦事(让我们回想一下战时后方山村里的那教种书生活吧),但现在倒觉得颇可感激了,没有这种逼力也许会一字都写不出来。让我在这里谨向六七年来朝夕相处的中山大学中正大学山东大学中文系诸同事同学致恳切的谢意。

三十六年七月七日在青岛

(本书出版于 1948 年 1 月)